【中国历代文学流派作品选】

唐宋古文选

王水照 编选

凤凰出版社

图书在版编目（CIP）数据

唐宋古文选 / 王水照编选. -- 南京 : 凤凰出版社, 2012.4（2015.12重印）
（中国历代文学流派作品选）
ISBN 978-7-5506-1258-7

Ⅰ. ①唐… Ⅱ. ①王… Ⅲ. ①古典散文－散文集－中国－唐宋时期 Ⅳ. ①I264

中国版本图书馆CIP数据核字(2012)第063156号

书　　名	唐宋古文选
编　　选	王水照
责任编辑	林日波
出版发行	凤凰出版传媒股份有限公司 凤凰出版社(原江苏古籍出版社) 发行部电话025-83223462
出版社地址	南京市中央路165号,邮编:210009
出版社网址	http://www.fhcbs.com
经　　销	凤凰出版传媒股份有限公司
照　　排	南京凯建图文制作有限公司
印　　刷	南通印刷总厂有限公司 南通市通州经济开发区朝霞路180号,邮编:226300
开　　本	960×1304毫米　1/32
印　　张	7.625
字　　数	219千字
版　　次	2012年4月第1版　2015年12月第3次印刷
标准书号	ISBN 978-7-5506-1258-7
定　　价	28.00元

出版说明

中华文明绵延五千年,代有圣贤著述立言,典籍浩瀚,经史子集四部递相传承。然江山代有才人出,就集部而言,传承中又有新变,遂创造出楚骚、汉赋、唐诗、宋词、元曲等"一代之文学"。这些丰富的形式开花结果,传播所及,生根发芽,于是蔚成派系,使中国传统文化园地里呈现出风光各异、生机勃勃的景象。而诗、文、词中的优秀作品便似琼花玉树,撷取并将其赠予亲爱的读者品味欣赏,是我们编辑这套《中国历代文学流派作品选》丛书的初衷。

所谓"文学流派",《辞海》(第六版缩印本)释义为:"在一定历史时期和活动范围内,对文学与现实相互关系的认识以及艺术志趣相近的作家自觉或不自觉的组合。""相近风格的作家可以并不属于同一流派,而同一流派的作家风格又可不尽一致。文学流派的丰富多样是一个时代和一定社会的文化和文学繁荣发展的标志之一。"然就传承方面言之,不拘于一定时期、一定范围、一定社会,千百年间仍有来者续其流,嗣其响,或同其体裁,或同其主张,或同其身份地位,或仿其艺术风格,或仿创作技巧,不一而足。如,中国古代描写山水的诗歌一路吟诵到魏晋南北朝,在谢灵运的继承和开创下,成为一个深刻影响中国人文性格的诗派。降及唐代,王维、孟浩然等人的创作更是将此派推到了一个前所未有的高度,流韵远播后世。又如,边塞诗在汉魏六朝时已萌芽,到盛唐时已成流派。随着国家疆域的开拓,诗歌内容、形式涣然出新,高适、岑参、王昌龄等一批作者勃然兴起,他们的作品不仅描绘壮阔苍凉、绚丽多采的边塞风光,而且抒写戍边将士的豪情壮志及征人离妇惜别思恋之情,思想上有一定深度。又如,豪放词派、婉约词派为宋词两大流派,前者以苏轼、辛弃疾为主要代表,其题材、风格、用调及创作手法上特色鲜明。后者以柳永、李清照为主要代表,词作大都崇尚委婉含蓄地传情达意,表现风格则以旖旎绮丽为主,充分发挥了词"专主情致"的特点。宋室南渡后，格调出现转折，往往寓含家国之恨、身世之感。两大词派不仅震烁有宋一代词坛，而且深刻影响后来者，由金至清历代不乏学习苏、辛、柳、李者。又如，以“唐宋八大家”为代表的文坛中坚推动当时的古文运动，结合着对六朝以来讲求声律、辞藻、排偶的骈文文风的变革和对儒学道统的倡复，把散文的发展推向了一个新的阶段，自成风格，给当时和后世文坛以深远的影响。而以方苞、刘大櫆、姚鼐为“三祖”的清代桐城文派，大讲义理、考据、词章，注重文中的情感和气势。作文观点鲜明，逻辑性强，写景状物多有传神之笔，描写世情足能令人动容，流传有许多脍炙人口的散文名篇。

本套丛书即约请苏州大学教授罗时进、西华师范大学教授佘正松、复旦大学教授王水照、中国社会科学院文学所研究员刘扬忠、武汉大学教授王兆鹏、南京大学教授许结分别对前述流派作品上下纵览，精选细择，探源析流，不落窠臼，编为《山水诗选》、《边塞诗选》、《唐宋古文选》、《豪放词选》、《婉约词选》、《桐城文选》。每书均撰写《前言》，对流派的生成发展、特色、后世影响等进行概述。正文按作者(附小传)、作品、注释、品评四部分依次编排。作者小传包括作者行迹、为官次第及其文学地位、文集存佚等。所选作品以脍炙人口者为首选，并注意在篇目多寡上直观地显现该流派的领军所在。注释涉及地名、人物、掌故、生僻字词、重要异文等等。品评涉及作品本事、史上诸家点评、用字特色、词句赏析、作品内涵等，信息量丰富。作为选本，本套丛书不免有鲁迅先生在《选本》一文中所赞赏和批评的优缺点，如言选本“包罗诸作”，读者能借以“窥见许多有名作家的作品”，因而比各家的文集“更流行，更有作用”；如言选本固然集中了古人文笔的精华，但读者“却被选者缩小了眼界”，其实这都非重点，有能力、有追求的读者自可依照书中提供的线索按图索骥，在选本以外“上穷碧落下黄泉，动手动脚找材料”，对感兴趣的作家或作品深入了解。重要的是，本套丛书别于当前市面上那些对古人、今人均不负责的粗滥拼凑且令人眼花缭乱的诗、文、词选本，读者当披沙拣金！我们希望本套丛书既能陶冶您的性情，丰富您的精神生活，又能带您完成对历代重要文学流派追源溯流的旅程，领略异彩纷呈的风景。

凤凰出版社

2012年3月

目　录

前　言

《唐宋古文选》是唐宋两代优秀的或有代表性的“古文”作品的选集，作为“中国古代文学流派作品选丛书”之一种，它又应展示出以“八大家”为中心的“古文运动”的创作业绩，这是本书编选的宗旨。选出优秀“古文”作品和反映“古文运动”历程，这两者既是统一的，但又是有区别的，因而首先需要辨明“古文”和“古文运动”两个概念与术语的含义。“古文”虽常见于古籍，却有一个逐渐衍化、嬗变的过程，内涵与外延随时而变化，需要用动态的眼光加以把握；“古文运动”始见于上个世纪20年代以来的文学史研究领域，已属于现代学术研究范围，虽不乏质疑，却已被普遍接受。

“古文”一词，含义复杂纷繁，大致可分三类：一是从文字学上来说，一般指如甲骨文、金文、籀文和战国时通行于六国的文字（经学史上有所谓“古文学派”和“今文学派”之争，固然是由于两种文本所使用的文字不同，但主要是内容之争）；二是指上古篇籍，如司马迁《史记·五帝本纪赞》中，使用“古文”一词以指《帝德》、《帝系》二书；三是在文体学上乃指在唐代出现的与六朝以来骈偶文相对举的文章文体，这也是本书所要讨论的问题。“古文”之称，始于韩愈，他用以区别于“俗下文字”之骈俪绮靡，而返之三代两汉之“古”，但他未及对“古文”作更详细的文体界说。第一位从文体学上对“古文”下定义的，是宋代柳开。他在《应责》中说：“古文者，非在辞涩言苦，使人难读诵之；在于古其理，高其意，随言短长，应变作制，同古人之行事，是谓古文也。”“古其理，高其意”是属于内容方面的要求，则容有弹性与损益；“随言短长，应变作制”，即散句单行、形式自由，这些形制上的规定，是十分准确到位的。

“古文运动”一词，据目前检索的资料，殆始见于胡适在1927年由北京文化学社出版的《国语文学史》（次年改名为《白话文学史》，由上海新月书店出版)。其后,1931 年出版的胡云翼《中国文学史》、1932 年出版的刘麟生《中国文学史》和郑振铎《插图本中国文学史》、1933 年出版的陈子展《中国文学史讲话》都沿用"古文运动"这一提法,并迅速流行于学术界。"运动"是个现代产生的新名词,当年罗家伦把 1919 年 5 月 4 日发生在北京的学生示威游行活动概括为"五四运动",准确地抓住其"有组织、有目的而声势浩大的群众性活动"的特点,可谓名实相符;但发生在千年以前的唐宋"古文革新"或"古文复兴"这一文学现象,并不完全具备现代新名词"运动"的全部内涵,它无非是为了突出这一文学现象已超出个别作家的倡导与实践,而具有相当的群众性和社会影响力,并以一定的理论自觉性为基础的。这仅仅是对"运动"一词在语言运用过程中的沿承和借用,是可被接受与认同的约定俗成。事实上,在学术界也并未引起什么误解。

一 唐宋古文运动的发展进程

在唐代以前,我国文章发展史上出现过两个高潮:一是先秦两汉时期的历史散文(如《尚书》、《春秋》、《左传》、《战国策》、《史记》)和诸子散文(如《论语》、《孟子》、《庄子》),以散体文为主;二是魏晋南北朝时期的骈体文。骈体文充分发挥对偶、辞藻、音律、用典等形式美优长,大大加强了文学的表现力,涌现了一批情文并茂、清新悦目的佳作。但很快出现了流弊,两汉以前那种自由质朴的文章几乎全被骈文所代替,作者们越来越追求声韵对偶的和谐齐整和辞藻的典丽,诚如隋代李谔所批评,"竞一韵之奇,争一字之巧。连篇累牍,不出月露之形;积案盈箱,唯是风云之状",新奇讹滥,变本加厉。散体文被挤压到议、记等少量应用文狭小的地盘。

随着骈文流弊的日益扩大,文体改革的要求也随之产生。远在西魏,苏绰作《大诰》提倡模仿《尚书》,就是标志之一。到了初唐,一方面沿袭六朝骈文的余风,一方面也开始展现出变革的气象。陈子昂"始变雅正",和他的诗歌复古主张相呼应,也要求文体的改变。开元之际的文章,大都以散体之气势运偶句,以流行之辞语见自然,成为文章日趋散体化的预兆。萧颖士、李华、元结、独孤及、梁肃、柳冕等,更是韩愈古文运动的直接先驱。萧颖士、李华等都主张“学经”“载道”，以改变当时衰靡文风。元结的散文在形式上摆脱了骈偶体裁的桎梏，内容充实，他的亭阁山水记、讽刺小品，多有感而作，富有现实性。特别是柳冕文道合一的主张，论说更为鲜明。他认为“君子之儒，必有其道，有其道必有其文。道不及文则德胜，文不及道则气衰”(《答荆南裴尚书论文书》)，要求文道兼备而又以道为重，已很接近后来韩愈的论点。古文运动的这群先驱者，既为韩、柳古文运动奠定了基础，而其理论上的偏颇和写作实践上的局限，也只能在古文运动的进一步发展中才能得到克服。

以韩愈、柳宗元为首的唐代古文运动，是借助儒学复古旗帜而推行的文体、文风和文学语言的革新运动。在韩愈的古文理论中，文道合一而以道为主，无疑是他理论的核心。他说“愈之志在古道，又甚好其文辞”(《答陈生书》)，或换个说法，“然愈之所志于古者，不惟其辞之好，好其道焉尔”(《答李秀才书》)，反复强调文道应该兼备，而道又是决定性的。韩愈的“道”在他的理论认识上，主要是指传统的儒家之道，这在其名篇《原道》、《原性》中都有明确的表述。这是因为韩愈面对唐中叶藩镇割据、中央政权实力削弱、社会政治经济危机深刻发展的局势，需要提倡儒学，以巩固皇权，保持社会稳定；面对佛道两教的炽盛，也需要恢复并维护儒学的正宗地位；面对其先驱者如柳冕等人的思想资源，更需要接续光大，以增强其号召力与影响力。在韩愈的主观祈愿上，他无疑是既想传道又想传文的，他提出从尧、舜、禹、汤、文、武到周公、孔子、孟子的“道统”，并以“道统”继承者自居，鼓吹先圣先王之“道”；又积极“觝排异端，攘斥佛老”，为复兴儒学扫清道路，他的“卫道”热情应是真诚的。苏轼的两句赞词“文起八代之衰，道济天下之溺”(《潮州韩文公庙碑》)就是着眼于文道两方面来肯定其历史地位的。

然而，不能由此把韩愈古文运动主要归结为一场恢复儒学的思想运动，目的在于“翼道卫教”。从韩愈的全部活动尤其是写作业绩来考察，他的真正关注点在“文”。他传道之文寥寥数篇，且所见甚浅，尚不能自成一“家”；学“道”路径在思想家们眼中是“倒学”(程颐语)，是“以末为本”(朱熹语)，本末倒置，有的更直截了当地说是“虚言‘道’以张其军者，自退之始，而子厚和之”，韩、柳所言，不过是“门面言道之语”(包世臣《与杨季子论文书》)。他的

“文道合一”论在实际写作中，只是指为文要言之有物，强调“不平则鸣”，并不是把“文”变为传“道”的工具与手段。从当时论争的问题来看，也是事关文体、文风和文学语言的问题。如裴度《寄李翱书》：“观弟近日制作，大旨常以时世之文，多偶对俪句，属缀风云，羁束声韵，为文之病甚矣。”而李翱《答朱载言书》列举“六说”以描述时人“语文章”之异见：“其尚异者，则曰文章辞句奇险而已；其好理者，则曰文章叙意苟通而已；其溺于时者，则曰文章必当对；其病于时者，则曰文章不对；其爱难者，则曰文章宜深不当易；其爱易者则曰文章宜通不当难。”争论的焦点在于文章之骈散、平奇、难易、深浅等问题。韩、柳等人正是在理论和实践相结合的基础上，破解这些写作难题而获得“古文”发展的正确方向的。

所以文体改革论才是韩愈古文运动的精华。他在反对六朝骈文大盛以后的实际流弊中，首先努力在词汇和语法两方面建立起“古文”的新标准：一是“唯陈言之务去”（《答李翊书》），要求语言的新颖；二是“文从字顺各识职”（《南阳樊绍述墓志铭》），要求文句的妥帖和流畅。他还认为这两方面应该是统一的：言贵独创，词必己出，但必须不违背“文从字顺”的语言规律和文风要求；而且应该用这种更新颖更丰富的语言来创造更正确更流畅的新文体，这就不是先秦两汉“古文”的简单还原了。

其次是他的“气盛说”。韩愈说：“气盛则言之短长与声之高下者皆宜。”（《答李翊书》）骈文在句式、音律乃至辞藻、用典等方面都有固定的要求，从合理的审美追求走向堆垛、板滞，韩愈的“气盛说”可以说从根本上对骈文僵硬体制作了解构。在他看来，作家写作时仿佛有一种力，这种“力”充足了，便会达到得心应手、左右逢源的境界，这就是“气盛”，在这种“气”的基础上才能自由驾驭语言，无论句式、声韵等从笔下自然流出，率意成文，就是绝世妙品，就是最大的表达自由。这正是唐宋古文家获得杰出成就的秘诀所在。

其三，唐代古文运动对文体的革新还表现在体裁方面。它一方面致力于旧体裁的改造和拓展，如在传统序类中别出赠序（韩愈《送孟东野序》、《送李愿归盘谷序》等），杂记类之有山水记（柳宗元《永州八记》）；一方面又努力于新体裁的创造，如寓言（柳宗元《三戒》）及寓言式的杂说（韩愈《杂说》）等。以后宋代古文家循此精进，更有多方面的发展。如杂记文中议论说理成分的加重(王安石《游褒禅山记》、苏轼《石钟山记》);笔记小品的大量涌现,书简、题跋等随笔之作,信手拈来,脱口说出,常于绝不经意中活现一片心境;特别是散文赋的产生(欧阳修《秋声赋》、苏轼前后《赤壁赋》),更为赋的发展开辟新路。这样,终于使唐宋古文达到众体兼备的境地。体裁的革新创造,意味着古文的使用范围、功能和形制的扩展和变化,同时它又与风格、文学语言的丰富和发展是同步的,促进了古文文学性的加强和审美价值的提高。

韩愈在文体革新方面切实而明确的主张,配合以杰出创作实绩,通过师承、交游关系的大力宣扬,在古文运动中得到很好的贯彻。不仅有"韩门弟子"为中坚,而且同时的欧阳詹、李观、沈亚之等也纷纷从事"古文"的写作。李翱在《韩吏部行状》中说:"自贞元末以至于兹(长庆末),后进之士,其有志于古文者,莫不视公以为法。"古文运动已成为一种广泛群众性的社会现象了。柳宗元在其中也发挥了特别重要的作用,他不仅热情地培养和指导后进的古文作者,而且以自己的写作成就在士大夫中间树立了新文体的威望,成为仅次于韩愈的核心人物。

唐代古文运动的成就突出却后继乏人,降及五代和宋初,靡丽浮泛的骈文重又统治文坛,由此又引发出以欧阳修、苏轼为先后领袖的宋代古文运动。欧、苏虽直承韩、柳,却又有自己的时代特点:其重点并不在打击骈文本身,而是致力于文风的改革。宋代古文运动经历过反对浮艳空洞的"五代体"和藻饰丰赡、典重华贵的"西昆体"骈文,又吸取宋初古文简古奥涩、学古不化的失败经验,摈斥僻涩怪诞的"太学体"古文,才奠定了平易自然、流畅婉转这一宋代散文的群体风格。严格地说,唐代散文尚未形成群体风格。韩愈的刚健雄肆、奥衍宏深,柳宗元的清峻峭刻、简洁凝练,均达于散文艺术的极诣,但从学者未能承响接流而形成强大的风格流派。韩愈的文风实有"难"(奇崛)、"易"(平易)两种,其门下两大弟子李翱、皇甫湜,一得其"易",一得其"难",而韩愈自己的主要美学趋向则在"难"的一面。刘熙载《艺概·文概》说:"韩(愈)文出于《孟子》,李习之(翱)文出于《中庸》;宗李多于宗韩者,宋文也。"这从历史渊源上指出了宋文平易风格的成因,也揭示出宋文与韩(包括柳)文基本风格的异趣。

当然,宋六家的散文也是各具面目的。如欧阳修、苏辙的纡徐平和、温醇厚重，苏洵、苏轼的汪洋恣肆、雄健奔放，曾巩的严谨平实、细密峻洁，除王安石以逆折拗劲、斩截有力而深得韩、柳真髓外，其余五家的个体风格实只表现为群体风格基础上的多样性，“平易”始终是他们风格中稳定的共同因素。

南宋的文风也基本上承袭欧、苏的传统。一般说来，南宋散文向加强说理和思辨的方向发展，欧氏的影响似更大些，风格更趋明畅，文字更为醒豁。但像陆游、文天祥、谢翱等爱国志士的文字，雄赡豪迈，挥洒自如，则与苏轼为近。

二 “唐宋八大家”——“古文”的经典化与影响力

在中国文学史上，唐代韩愈、柳宗元与宋代欧阳修、苏洵、苏轼、苏辙、王安石、曾巩合称为“唐宋八大家”，这一合称的产生、演化和在广大民间和官方的共同确认，标志着唐宋古文运动的最终成功。“古文”作为一种新型文体的经典化过程及其定型，既表示对这八位古文家写作成就的历史性肯定，也使这一群体在中国文学史上占据了崇高的地位，反映出古文运动对后世的巨大影响力。

北宋士人已有“韩柳”并称，穆修在《唐柳先生文集后叙》已云：“至韩、柳氏起，然后能大吐古人之文，其言与仁义相华实而不杂。”到了南宋，最早出现“韩柳欧苏”四家并称。王十朋《读苏文》说：“唐宋文章，未可优劣。唐之韩柳、宋之欧苏，使四子并驾而争驰，未知孰后而孰先。”吕祖谦《古文关键》开篇即云：“学文须熟看韩、柳、欧、苏。”但此书选文部分为韩、柳、欧、曾、苏洵、苏轼、张耒七家，多出张耒，却无王安石、苏辙，与“八大家”名单有出入，表明“八家”的遴选尚处酝酿阶段。

第一位为八大家文章编辑成集的，是元末明初人朱右，他编有《八先生文集》(《四库全书总目》卷一八九)，其书已佚，但在他的文集《白云稿》中，有《新编六先生文集序》一文，实际上是八家之文(将苏洵父子三人合为一家)。他在文中云：“有能振起斯道而奋乎百世之下者，独韩文公上接孟氏之绪，而又翼之以柳子厚。至宋庆历，且二百五十年，欧阳子出，始表章韩氏而继响之，若曾子固、王介甫及苏氏父子，皆一时师友，渊源切偲资益，其所成就，实有出于千百世之上。故唐称韩、柳，宋称欧、曾、王、苏，六先生之文，断断乎足为世准绳而不可尚矣。”这段文字表明，“唐宋八大家”的合称，其时已可谓初步确立。

在传播表彰“八大家”过程中，最重要的选本当推明代茅坤《唐宋八大家文钞》一百四十四卷。茅坤在该书自序中，毫不讳言他编辑此书是为了与李梦阳等人立异对阵。明代中期，李梦阳、何景明等前七子与李攀龙、王世贞等后七子，倡导文学复古运动，风靡一时。据《明史·文苑传》所言，他们的主张是“文必秦汉，诗规盛唐”；茅坤在自序中批评他们“湛淫涤滥，而互相剽裂已乎”，企图以这个选本作为纠偏之具。与此同时，唐顺之编有《六家文略》十二卷，所谓“六家”，是指韩、柳、欧、苏氏三父子及王、曾，把苏氏父子三人合为一家，因此，实际上茅坤所选与他完全一致。唐顺之还编有《文编》六十四卷，收录从周代至宋代之文，其中唐宋之文，也以八大家为最(韩 143 篇、柳 67 篇、欧 206 篇、苏轼 199 篇、苏辙 57 篇、王安石 52 篇、苏洵 33 篇、曾巩 25 篇)，同样体现出标举“唐宋古文八大家”的目的。

中国文学史家们在论述明代文学时，原有“秦汉派”、“唐宋派”之争，近来学者多有质疑，但王慎中、唐顺之、茅坤等人对唐宋古文的推重是无法抹煞的事实。归有光的古文写作成就最大，也呈现出师法唐宋的倾向。尤其是茅坤这部选本作为初学者入门书籍而广为流布，影响深巨。《四库全书总目》评云：“集中评语，虽所见未深，而亦足为初学之门径。一二百年以来，家弦户诵，固亦有由矣。”《明史·茅坤传》亦云：“其书盛行海内，乡里小生无不知茅鹿门者。”应该充分评估茅坤在“唐宋古文八大家”经典化过程中的突出作用。

降及清初，储欣辑有《唐宋十大家全集录》，在传统八家外，另增韩愈弟子李翱和三传弟子孙樵。但这个并称并未广为流行，不足以动摇“八大家”的权威地位。在清初，明确标举师法唐宋古文的还有著名的桐城派。桐城派首先是一个学术流派，但从其强调“义理”、“考据”以外，还重视“词章”(或“文章”)而言，则亦可视作一个文派。方苞说“学行继程、朱之后，文章在韩、欧之间”，竭力缩短程、朱对韩、欧所抱有的距离感，在“道”与“文”之间采取中庸、折衷的态度。方苞编选的《古文约选》和姚鼐《古文辞类纂》两部著名选本，八大家的文章都占有很大比重。他们还进行“古文”纯正化的努力，为“古文”设置严格的界限。沈廷芳《书方望溪先生传后》记方苞语说“古文中不可入语录中语，魏晋六朝人藻丽俳语，汉赋中板重字法，诗歌中隽语，南北史佻巧语”，这一观念又为姚鼐、吴德旋等人所尊奉。用“清真”、“雅洁”等规范的文字来阐发并践行程朱理学，这是桐城派的主旨所在。然而，这势必大大缩小汉语语言宝库，影响文章表达的丰富性和多样性，在实际写作中也无法遵守这套清规戒律。因而，也有学者主张“古文”实与“散体文”同义，古文的第一重义界就是散句单行的“散体文”，以与讲究对偶、词藻、音律、用典的骈体文相对举。本书所选“古文”，即采取这一可以容纳多种语言成分、较为宽泛的尺度。

本书得以编成，侯体健、卢康华两君助力为多，特此说明并致谢。

魏　徵

魏徵(580—643),字玄成,巨鹿(今属河北)人,后迁居相州内黄(今属河南)。隋末参加瓦岗义军,后降唐。唐太宗时任谏议大夫、尚书左丞、检校侍中等职。主持《周书》、《隋书》等史书的修撰。封郑国公,官至太子太师,谥文贞。他为唐初名相,秉性耿介,敢于直谏,唐太宗视之为"人镜"。言论散见于《贞观政要》,另有《魏郑公集》。《旧唐书》卷七一、《新唐书》卷九七有传。

谏太宗十思疏[①]

臣闻求木之长者,必固其根本;欲流之远者,必浚其泉源[②];思国之安者,必积其德义。源不深而望流之远,根不固而求木之长,德不厚而思国之理,臣虽下愚,知其不可,而况于明哲乎[③]!人君当神器之重[④],居域中之大[⑤],将崇极天之峻,永保无疆之休。不念居安思危,戒奢以俭,德不处其厚,情不胜其欲,斯亦伐根以求木茂,塞源而欲流长者也。

凡百元首[⑥],承天景命[⑦],莫不殷忧而道著[⑧],功成而德衰。有善始者实繁,能克终者盖寡,岂取之易而守之难乎?昔取之而有余,今守之而不足,何也?夫在殷忧,必竭诚以待下;既得志,则纵情以傲物。竭诚则胡越为一体[⑨],傲物则骨肉为行路[⑩]。虽董之以严刑[⑪],震之以威怒,终苟免而不怀仁[⑫],貌恭而不心服。怨不在大,可畏惟人,载舟覆舟,所宜深慎,奔车朽索[⑬],其可忽乎!

君人者,诚能见可欲则思知足以自戒,将有作则思知止以安人[⑭],念高危则思谦冲而自牧[⑮],惧满溢则思江海下百川[⑯],乐盘游则思三驱以为度[⑰],忧懈怠则思慎始而敬终[18]，虑壅蔽则思虚心以纳下[19]，想谗邪则思正身以黜恶[20]，恩所加则思无因喜以谬赏[21]，罚所及则思无因怒而滥刑。总此十思，弘兹九德[22]，简能而任之[23]，择善而从之，则智者尽其谋，勇者竭其力，仁者播其惠[24]，信者效其忠。文武争驰，君臣无事，可以尽豫游之乐，可以养松、乔之寿[25]，鸣琴垂拱[26]，不言而化[27]。何必劳神苦思，代下司职，役聪明之耳目，亏无为之大道哉！

注释

① 疏：奏疏，古时臣下向君主陈述意见的一种文体。 ② 浚（jùn）：疏通水道。 ③ 明哲：明智而洞察事理的人，这里指唐太宗。 ④ 神器：帝位。 ⑤ 居域中之大：古人以为域中有“四大”，帝王居其一。 ⑥ 元首：指帝王。 ⑦ 景：大。 ⑧ 殷忧：深忧。道著：道行显著。 ⑨ 胡越：胡地在北，越地在南，比喻相距遥远。 ⑩ 骨肉为行路：同胞至亲成为陌路人。 ⑪ 董：督察。 ⑫“终苟免”句：谓最终只图免于刑罚而不会怀念君上的仁德。 ⑬ 奔车朽索：用朽烂的缰绳驾驭着奔跑的马车，比喻危险。 ⑭ 作：兴建。安人：使百姓得到安宁。 ⑮ 念高危：想到居高位的危险。谦冲：谦虚。自牧：自我修养。 ⑯ 江海下百川：包容巨大的江海是因为处于百川的下游。 ⑰ 盘游：打猎游乐。三驱：一种围其三面、网开一面的打猎方式，表示有好生之德。度：限度。 ⑱ 慎始而敬终：从始到终，谨慎恭敬。 ⑲ 壅蔽：受到蒙蔽。 ⑳ 谗邪：惯以谗言构陷他人的邪恶之人。黜恶：斥退坏人。 ㉑ 谬赏：奖赏不当。 ㉒ 弘：扩大、发扬。兹：这。九德：指古书所载的九种德行，这里泛指一切德行。 ㉓ 简能：选拔有才能的人。 ㉔ 播：施播。 ㉕ 松、乔：赤松子、王子乔，古代传说中长寿的仙人。 ㉖ 垂拱：指君主垂衣拱手，比喻无为而治。 ㉗ 不言而化：不用说话而百姓即受教化。

品评

本篇是唐太宗贞观十一年(637)魏徵写给唐太宗的奏章。

“思”是全篇的中心内容，也是结构全文的关捩。作者首先提出“居安思危”的治国方针。他不局限于一时一事，而是以整个国运朝政为计，反映出一位优秀政治家的战略眼光；在当时唐王朝正处在蓬勃向上的形势下，作者及时而又尖锐地提出这个方针，又表现出他非凡的政治洞察力。接着他总结历朝善始不能善终的教训，分析“取易守难”的原因，并提到“载舟覆舟”、关乎国脉存亡的高度，突出强调了“居安思危”这一方针的重要性。然后才从正面阐述“十思”，作为“居安思危”的具体内容，这实是本文的主旨所在。最后说：“总此十思”，即能“不言而化”，也就不用“劳神苦思”了。从“思”始而以“无思”结，含意无穷。全文围绕一个“思”字，正说反说，前呼后应，条理清晰，逻辑严密，议论剀切精辟，文风平实明快，不愧为谏疏名篇。

据载，唐太宗接到此疏后，亲笔写了诏书答复魏徵，诏书中承认自己的过失，赞扬魏徵的直言，并将此疏放在案头，以作儆戒与督促。清人林云铭、吴楚材等一致认为该篇“可与三代谟训并垂”，足见其地位。

本文通行者均为节本，颇称简洁；今从《贞观政要》中录出，多出近百字，似比节本文气更酣畅，说理更周详。

陈子昂

陈子昂(661—700),字伯玉,射洪(今属四川)人。出身豪族,少时任侠使气,后发愤读书,于唐睿宗文明元年(684)登进士第。历仕则天朝麟台正字、右拾遗。曾两度随军北征。以父老解职归乡,遭县令段简陷害致死。陈子昂在政治上曾针对时弊,提出改革建议;在文学上,针对初唐浮艳诗风,力主复兴"汉魏风骨",革除齐、梁柔靡之习。他自己的创作,如《登幽州台歌》、《感遇》等,风格质朴明朗,格调苍凉激越,标志着初唐诗风的转变。有《陈伯玉文集》十卷行世。《旧唐书》卷一九〇、《新唐书》卷一〇七有传。

与东方左史虬修竹篇序

东方公足下[①]:

文章道弊五百年矣[②]。汉、魏风骨[③],晋、宋莫传,然而文献有可征者[④]。仆尝暇时观齐、梁间诗,彩丽竞繁[⑤],而兴寄都绝[⑥],每以永叹[⑦]。思古人,常恐逶迤颓靡[⑧],风雅不作[⑨],以耿耿也[⑩]。一昨于解三处[⑪],见明公《咏孤桐篇》[⑫],骨气端翔[⑬],音情顿挫[⑭],光英朗练[⑮],有金石声[⑯]。遂用洗心饰视[⑰],发挥幽郁[⑱]。不图正始之音复睹于兹[⑲],可使建安作者相视而笑。解君云:"张茂先[⑳]、何敬祖[㉑],东方生与其比肩[㉒]。"仆以为知言也[㉓]。故感叹雅制[㉔],作《修竹诗》一首,当有知音,以传示之。

注释

① 东方公:对东方虬的敬称。东方虬,武则天时曾为左史,生平履历不详。

② 五百年：约指自西晋至唐初。 ③ 汉、魏风骨：指汉末建安(196—220)、曹魏正始年间(240—248)的文学创作具有鲜明爽朗的思想感情和精要劲健、慷慨苍凉的艺术风骨。 ④ 征：同“证”。可征，即可以证实。 ⑤ 彩丽竞繁：指文学作品过于追求华丽的辞藻。 ⑥ 兴寄：比兴寄托。 ⑦ 每以永叹：常常感慨、叹息。 ⑧ 逶迤：衰败的样子。 ⑨ 风雅不作：风雅原指《诗经》中“国风”和“大雅”、“小雅”，此处指体现在《风》、《雅》中的文学精神，即诗歌创作的高尚意义。此句意谓《诗经》“风”、“雅”那样的诗歌作品不再出现，“风”、“雅”的文学传统未能继承。 ⑩ 耿耿：心中有所思，郁郁不安的样子。 ⑪ 一昨：前些日子。解三：姓解的人，行三，当是陈子昂和东方虬的朋友。 ⑫ 明公：古时对有名位者的敬称，此指东方虬。《咏孤桐篇》：东方虬所作诗的篇名，原诗已佚。 ⑬ 骨气端翔：风格骨力端直骏爽。 ⑭ 音情顿挫：声韵起伏和谐，感情沉郁顿挫。 ⑮ 光英朗练：指辞采爽朗凝练。 ⑯ 有金石声：音韵铿锵，如敲奏金石乐器般悦耳动听。 ⑰ 洗心饰视：指东方虬《咏孤桐篇》使人心胸如洗，耳目一新。 ⑱ 发挥幽郁：指东方虬《咏孤桐篇》能引起读者共鸣，涤荡幽郁沉闷的情绪。 ⑲ 不图：没料到。正始之音：指曹魏正始年间阮籍、嵇康等人的诗文创作，文学史家认为“正始之音”是继承“建安风骨”的。复睹于兹：又在这儿看到。兹，这，指东方虬的《咏孤桐篇》。此句暗指《咏孤桐篇》具有汉、魏风骨。 ⑳ 张茂先：张华(232—300)，字茂先，范阳方城(今河北固安南)人。西晋时期著名文学家、政治家。历任中书令、尚书、司空等职，以“博物洽闻”著名于世，著有《张司空集》(后人辑)、《博物志》。 ㉑ 何敬祖：何劭(236—302)，字敬祖，陈国阳夏(今河南太康)人。魏末任相国掾。入晋曾任中书令、太子太师、尚书左仆射、司徒等官。能诗，《诗品》列入中品。张华、何劭的作品也为一些古人认为具有风骨之美。 ㉒ 与其比肩：意谓东方虬的《咏孤桐篇》可与张华、何劭的作品比美。 ㉓ 知言：知音，亦指有真知灼见的话。 ㉔ 感叹雅制：叹服东方虬《咏孤桐篇》。雅制，典范的体格法式，是对东方虬《咏孤桐篇》的推崇之语。

品评

纵观中国文学发展的历史，不能不留意到这样一个事实：复古论调的高昂，往往是基于对现实文坛的强烈不满。无论是誉之为继承传统，还是贬之为乞灵古人，复古——向一个相较更为久远的传统靠拢，不过是变革局势、自成面目的策略与途径，其旨归绝非作茧自缚，为古而古。陈子昂的文学主张即是如此。

隋唐之际，文坛仍然沿袭齐梁余风，虽有欲起而矫之者，但效果均不明显。直至陈子昂出，标举汉、魏风骨，大力倡导革新。本文是他表述文学主张的纲领性篇目。文章以“文章道弊五百年矣”的斩截论断开篇，紧接着一针见血地指出“汉、魏风骨，晋、宋莫传”的诗歌衰变史，此下的齐梁文坛，则更是堕入“彩丽竞繁，而兴寄都绝”的衰颓境地。行文至此，陈氏复古论调的两大支撑点——“风骨”与“兴寄”，通过以破为立的方法，得以确立。文章的后半表彰了东方虬诗作，肯定其为“正始之音”，能与“建安”作家相媲美，因此从正面的角度，再一次表明了他对风骨、兴寄的追求。文章结尾点题，既说明《修竹篇》的写作缘起，也隐含其诗为风骨、兴寄标准的实践之意。

本文是一篇诗序，同时也是一封简短的书信，结构清晰，造语爽利，一股英迈勃发的文气贯穿始终，与他对文学风格的企望正相符合。当然，本文并非具有理论体系的专门之作，但必须看到的是，风骨、兴寄这两个借自六朝文论的词汇，经陈子昂使用已具新内涵，理论意义更加丰富，而盛唐诗坛的面貌，也恰足为本文作注脚。

王 维

王维(701—761),字摩诘,太原祁(今山西祁县)人。唐玄宗开元时进士,历任大乐丞、右拾遗等职,后官至尚书右丞,故世称王右丞。他多才多艺,是著名田园诗人、文人画代表,又擅长书法,精通音乐。其诗体物精细,清丽如画,又充满禅意机趣。散文也有特色。有《王右丞集》。《旧唐书》卷一九〇、《新唐书》卷二〇二有传。

山中与裴秀才迪书[①]

近腊月下[②],景气和畅[③],故山殊可过[④]。足下方温经[⑤],猥不敢相烦[⑥]。辄便往山中[⑦],憩感配寺[⑧],与山僧饭讫而去[⑨]。

北涉玄灞[⑩],清月映郭[⑪],夜登华子冈[⑫],辋水沦涟[⑬],与月上下[⑭];寒山远火,明灭林外;深巷寒犬,吠声如豹;村墟夜舂,复与疏钟相间[⑮]。此时独坐,僮仆静默,多思曩昔携手赋诗[⑯],步仄径[⑰],临清流也。

当待春中,草木蔓发,春山可望,轻鲦出水[⑱],白鸥矫翼[⑲],露湿青皋[⑳],麦陇朝雊[㉑]:斯之不远[㉒],傥能从我游乎[㉓]?非子天机清妙者[㉔],岂能以此不急之务相邀[㉕]?然是中有深趣矣。无忽[㉖]!

因驮黄蘖人往[㉗],不一[㉘]。山中人王维白。

注释

① 山:指蓝田县(今属陕西)东的蓝田山(亦属终南山)。王维有别墅在蓝田的辋川。裴迪:关中(在今陕西一带)人,能诗,为王维好友。 ② 腊月下:农历十二月下旬。 ③ 景气:景色气候。 ④ 故山:旧居之山,即指其隐居之山。殊

可过:值得一访。⑤ 温经:温习经书。 ⑥ 猥:自谦之词,辱。 ⑦ 辄便:就。⑧ 感配寺:疑应作化感寺,在辋川别墅附近。 ⑨ 讫:完毕。 ⑩ 玄:水色深青。灞:灞水,源出蓝田东,流入渭河。 ⑪ 郭:城郭。 ⑫ 华子冈:地名,辋川胜景之一。 ⑬ 辋水:源出蓝田南,北流入灞水。沦涟:水上波纹。 ⑭ 与月上下:谓月影随水波而晃动。 ⑮"村墟"二句:谓村中夜间的舂米声,又与稀疏的佛寺钟声交错相间。 ⑯ 曩昔:从前。 ⑰ 仄径:狭窄的小路。 ⑱ 鲦(tiáo):白鲦鱼,体狭而长,色白。 ⑲ 矫翼:举开翅膀。 ⑳ 皋:水边的高地。 ㉑ 朝雊(gòu):清晨雄雉的鸣声。 ㉒ 斯之不远:这些景色离现在不远了。 ㉓ 傥:同"倘",或许。 ㉔ 天机:天性。 ㉕ 不急之务:不急需的事。 ㉖ 无忽:不要忽视。 ㉗"因驮"句:谓托运送黄蘗药的人给你捎信。黄蘗(bò):药名。㉘ 不一:不一一细说。书信中的套语。

品评

此信是王维为邀请好友裴迪结伴同住而写的,情意深长,清隽有味。作者对邀请之意的表达颇堪玩索:一是文情多作顿挫,几经转折,始吐本意。文中先提及旧居之地。裴迪曾与王维一起住过辋川,度过一段"弹琴赋诗,啸咏终日"的相得相乐时光;而此次独游,无知己相伴,兴味索然,废然而返。所以,起笔的语气虽较平缓,实则想以旧地来唤起故友的记忆;明说故友忙于正事,不敢相烦,实则隐含相邀之意。欲邀先止,故作一顿。继则描写山中冬夜,对景思友,"邀请"二字虽未出口,而其意正待蓄满而发了。最后才直言相邀,约其明春来游。二是用山中佳景深趣来逗引故友的游兴,邀其同赏。裴迪与作者均为"天机清妙"之人,王维以疏朗的笔致描绘山中的冬景春色,景与趣合,足以打动对方。全文在"邀请"上用足了功夫,而字面上平平叙来,不露声色,但殷盼之情却宛然文字之外。

王维兼擅诗画,有"诗中有画,画中有诗"之称,这封短简也充满了诗情画意,有声有色。状写眼前冬夜,作者运用声响的动静关系,在犬吠声、舂米声、疏钟声的交织中,烘托出整个夜境的静谧和清幽;描绘预想的春晨,又利用色彩的互衬关系,春山对白鲦,白鸥对青皋,活显出早春那份鲜灵和明丽。同时,在这声响、色彩所组成的一实一虚的画面中,有着作者对自然机趣的领悟。

李　白

李白(701—762),字太白,号青莲居士,祖籍陇西成纪(今甘肃天水),生于西域碎叶城(今吉尔吉斯斯坦托克马克),长于绵州昌隆(今四川江油)。少时即豪放不羁,习剑学道,喜游名山大川。唐玄宗天宝初年,任翰林学士,不久被谗去职。安史之乱时,为永王李璘幕僚,李璘因受朝廷猜忌而被击败,李白因牵连而获罪,被放逐夜郎(今贵州桐梓一带),途中遇赦回。晚年流寓东南。他诗才横溢,感情强烈,挥洒自如,形成飘逸、奔放、雄奇的风格,与杜甫齐名,并为我国伟大诗人。有《李太白集》。《旧唐书》卷一九〇、《新唐书》卷二〇二有传。

春夜宴从弟桃花园序[1]

夫天地者,万物之逆旅也[2];光阴者,百代之过客也。而浮生若梦,为欢几何?古人秉烛夜游,良有以也[3]。况阳春召我以烟景[4],大块假我以文章[5]。会桃花之芳园,序天伦之乐事[6]。群季俊秀,皆为惠连[7];吾人咏歌,独惭康乐[8]。幽赏未已,高谈转清。开琼筵以坐花[9],飞羽觞而醉月[10]。不有佳咏,何伸雅怀[11]?如诗不成,罚依金谷酒数[12]。

注释

① 从弟:堂弟。序:本篇为宴集诗序,文体与王勃《滕王阁序》相同,是著作或一篇诗文前的说明文字,即序跋之序,后发展有宴集序、赠序等类。古人宴集时,常同赋诗,诗成后推举在场一人作序。　② 逆旅:旅舍。　③“古人”二句:

原出曹丕《与吴质书》,意谓古人手持灯烛作长夜之游,确实有道理啊! ④ 召:召引、吸引。烟景:指朦胧氤氲的春景。 ⑤ 大块:天地。假:提供给。文章:指文采。 ⑥ 序:叙谈。 ⑦ 群季:诸弟。惠连:谢惠连,南朝诗人。少时聪慧,极受族兄谢灵运的喜爱。 ⑧ 咏歌:作诗吟咏。独惭康乐:自愧比不上谢灵运的诗才。谢灵运曾袭封康乐公。 ⑨ 琼筵:华美的筵席。坐花:坐在花丛中。⑩ 飞羽觞:快速地递送酒杯。羽觞,古时酒器。醉月:酣醉于月下。 ⑪ 伸:表白。 ⑫"罚依"句:晋朝石崇常在其金谷园中设宴聚会。宴席上须赋诗,如有不能者,"罚酒三斗"。

品评

这篇百来字短文,洋溢着明朗欢快的情绪。作者在"烟景"、"芳园"之中,与兄弟们开筵飞觞,坐花醉月,畅叙亲情,幽赏雅怀,真是"良辰美景赏心乐事"四美并具,欢莫大焉。但这种欢快并不单一。发端数句关于"浮生若梦"的感慨,没有引发为低沉颓废的情绪,反而激起作者对生命的深深依恋和执着追求,因而其欢快被赋予了人生观方面的内涵,也给文章凭添一层洒脱高旷的气韵。有人却认为"识度甚浅",其实此序本来就不以追求议论的高深为目的,而只是即事抒怀,兴发感动,触绪纷来,让情绪自由自在地徜徉于天地人生、良辰亲情之间,从而显现出豁达轻快、萧散自然的心境。

此序的结构颇为精巧紧凑。全文一句一意,"转落层次,语无泛设"(吴楚材语);同时又紧扣题意,题目中的每个字在文中都有着落,一一呼应。内容的丰富、衔接的灵巧、文气的流走,无不显示出作者散文艺术的高超,难怪前人有"短文之妙,无逾此篇"(李扶九语)的极誉。

李 华

李华(715—766),字遐叔,赵州赞皇(今属河北)人。唐玄宗开元时进士,官至吏部员外郎。安史之乱中,长安陷落时被俘,受伪职。及两京收复,贬为杭州司户参军。后因病去官,隐居山阳(今江苏淮安)。文章古雅,与萧颖士齐名,为韩、柳先驱。亦工诗,辞采流丽。有《李遐叔文集》四卷行世。《旧唐书》卷一九〇、《新唐书》卷二〇三有传。

卜 论[①]

天地之大德曰生[②]。舜好生之德,洽于人心[③]。五福首乎寿[④]。麟、凤、龟、龙,谓之四灵[⑤]。龟不伤物,呼吸元气,于介虫为长而寿[⑥]。古之圣者,刳而焌之,观其裂画,以定凶吉[⑦]。残其生[⑧],剿其寿[⑨]。既剿残之而求其灵,夫何故[⑩]?愚未知夫天地之心[⑪],圣达之谟[⑫],灵之寿之而夭戮之[⑬],脱其肉,钻其骸,精气复于无物[⑭],而贞悔发乎焦朽,不其反耶[⑮]?

"夫大人与天地合其德,与日月合其明,与四时合其序,与鬼神合其吉凶[⑯]。"不当妄也。寿而夭之,岂合其德乎?因物求征,岂合其明乎[⑰]?毒灵介而徼其神,岂合其序乎[⑱]?假枯壳而决狐疑,岂合其吉凶乎[⑲]?《洪范》曰[⑳]:"尔有大疑,谋及卜筮[㉑]。"圣人不当有疑于人以筮也[㉒]。夫祭有尸[㉓],自虞、夏、商、周不变,战国荡古法[㉔],祭无尸。尸之重,重于卜,则明废龟可也[㉕]。

又闻夫铸刀剑者不成[㉖],则屠犬衅血而祭之[㉗],被发而哭之[㉘],则成而利[㉙],盖不祥器也[㉚]。其神者跃为龙蛇,穿木石,入泉源,以至发炯光声音[㉛]。人不能自神,因天地之气,化天地之物而为神,固无悉然,是亦为怪。古者成宫室必落之[32]，钟鼓器械必衅之[33]，岂神明贵杀享膻腥欤[34]！今亡其礼[35]，未闻屋室不安而器物不利用。由是而言，则卜筮阴阳之流，皆妄作也[36]！

夫洁坛埤而布精诚[37]，求福之来，缅不可致[38]。耕夫蚕妇[39]，神一草木，祷一禽畜[40]，鼓而舞之，谓妖祥如答[41]，实欤？妄欤？牺、文之《易》[42]，更周、孔之述[43]，以为至矣[44]。扬子云为《太玄》[45]，设卦辨吉凶，如《易》之告。若使后代有如子云，又为一书可筮，则象数之变其可既乎[46]？专任道德以贯之[47]，则天地之理尽矣，又焉假夫蓍龟乎？又焉征夫鬼神乎？子不语是[48]，存乎道义也。

注释

① 卜(bǔ)：古人以为用火灼烧钻过小孔的龟甲或兽骨，观察裂纹以预知吉凶。这个字的读音与字形，是模仿甲骨烧裂的声音与形象。 ②“天地”句：出自《周易·系辞》，意思是天地最大的德性是生育万物。 ③“舜好生”二句：脱胎《尚书·大禹谟》：“好生之德，洽于人心。”好(hào)生：爱护生灵。洽：浸润、渗透。 ④ 五福：据《尚书·洪范》，古人以“寿、富、康宁、攸好德(好德行)、考寿终(善终而不夭折)”为五福。此句谓五种福气以长寿为首。 ⑤“麟、凤”二句：出自《礼记·礼运》。四灵：四种灵性的动物。麟为百兽之长，凤为百禽之长，龟为百介之长，龙为百鳞之长。以上四句均出自儒家经典，李华以之作为不当杀龟取甲用于占卜的理论依据。 ⑥ 介虫：我国古代所称的“五虫”之一，始见《大戴礼·易本命》。泛指带甲壳的水族和虫类。长(zhǎng)：辈分大，居高位者。古人以龟为介虫之长。 ⑦ 刳(kū)：剖开。焌(jùn)：用火烧。古代占卜，所用是龟的腹甲，所以必须把龟杀死，取下腹甲，然后凿钻其反面，再加火灼，使龟甲正面显现裂纹，即所谓“兆”。最后在卜兆旁边契刻文辞，记录向鬼神询问的内容、鬼神的启示以及后来事情发展的结果，这些文辞即“卜辞”。 ⑧ 残：杀害。 ⑨ 剿：灭绝。 ⑩“既剿残”二句：意谓既已杀害了它(龟)，却又求它有灵性，这是什么缘故？夫(fú)：指代词，这。 ⑪ 愚：自称，谦辞。天地之心：指上文“天地之大德曰生”。 ⑫ 圣达：圣明通达的人。此句指上文“舜好生之德”。 ⑬“灵之”句：意谓一方面把龟视为既灵性又长寿的东西，一方面却又残害它。 ⑭“精气”句：意谓(杀龟钻甲，)把原本有精气的生命搞成什么也不是。 ⑮ 贞悔：《周易》每卦六爻，上三为“悔”，下三位“贞”。这里代指龟甲上凿钻烧裂的兆纹。焦朽：指烧焦、朽坏的龟甲。这句话的意思是说，而吉凶的征兆却显现在烧焦、朽坏的

龟甲上，岂不是（与事理）恰恰相反吗？ ⑯“夫大人”四句：出自《周易·文言传》，意思是说，品格高尚的人，德性配得上天地，明慧配得上日月，变化有序与四季相契，顺应吉凶与鬼神相合。夫（fú）：句首发语词。大人：品格高尚的人。合：匹配得上。四时：春、夏、秋、冬四季。 ⑰“因物”二句：意谓凭借外物（指龟壳）来求得征验，这难道称得上明察吗？因：依据，凭借。征：征兆，应验。 ⑱“毒灵介”二句：意谓残害了灵性的介虫却又要求它有灵验，这难道算得上行事有序吗？徼（yāo）：通“邀”，求取。 ⑲“假枯壳”二句：意谓凭借枯干的龟壳来决断疑惑的事，这难道能够判断吉凶吗？假：凭借。枯壳：指占卜用的龟甲。狐疑：疑惑。 ⑳《洪范》：《尚书》中的一篇。 ㉑ 大疑：与下文“疑于人”对应，指非一般人事方面吉凶利害的疑惑。谋：商议。卜筮（shì）：用龟甲为卜，用蓍（shī）草为筮，合称“卜筮”。 ㉒“圣人”句：意谓圣人不当在人事方面有所疑惑而去占卜。㉓ 尸：古代祭祀场合，需有人扮成受祭者的形象接受供奉，称作“尸”。 ㉔ 荡：废弃、荒废。 ㉕“尸之重”三句：意谓祭祀场合，“尸”比“卜”还要重要，（如今连“尸”都废除不用了，）也就证明龟卜是可以废除的。 ㉖ 闻：听说。 ㉗ 彘（zhì）：猪。 ㉘ 被发：即“披发”，披头散发。 ㉙ 利：锋利 ㉚ 盖：因为（是）。不祥器：古人以刀剑等兵器为不祥之物，故云。 ㉛ 炯（jiǒng）：光亮。 ㉜ 落：古代宫室建成，需举行祭祀，称作“落”。 ㉝ 衅（xìn）：古代钟鼓等器械制成，需屠宰牲畜将血涂在上面，称作“衅”。 ㉞ 神明：神灵。贵：看重。膻（shān）腥：指牲畜的血。 ㉟ 亡：同“无”。礼：指“落”和“衅”。 ㊱ 妄作：无知而任意胡为。 ㊲“夫洁坛埤”句：把祭祀用的高坛场地打扫干净，（向神灵）表达真心诚意。坛埤（shàn）：祭祀用的高坛场地。布：陈述、表露。 ㊳ 缅：遥远。致：招致，达到。 ㊴ 耕夫蚕妇：泛指普通百姓。 ㊵“神一草木”二句：意谓将某种草木、禽鸟或牲畜当作神灵，向它祈祷。 ㊶ 妖祥如答：（人们）说或凶兆或吉兆，一一应验不爽。 ㊷ 牺、文：指伏牺（羲）、周文王。相传伏牺制八卦，文王演为六十四卦。《易》：又称《周易》、《易经》，古代一部用于占卜的书，后来成为儒、道两家共同的经典。 ㊸ 更（gēng）：经过。周、孔：周公、孔子。述：阐述、解释。相传周公作爻辞，孔子作解释卦辞、爻辞的《易传》。 ㊹ 至：极致。 ㊺ 扬子云：扬雄（前 53—18），字子云，西汉蜀郡人，著名学者，仿《周易》而作《太玄》。㊻“若使”三句：意谓如果后代又出一个像扬雄一样的人，也写一部可以用于占卜的书，那么象数的变化岂不是没完没了，无法穷尽？象数：《周易》中凡言天日山泽之类为“象”，言初上九六之类为“数”。象数并称，即指龟筮。既：穷尽。㊼任：用。贯：贯穿。 ㊽子：指孔子。不语是：不谈论这些东西。《论语》记载：“子不语怪、力、乱、神。”

品评

本文在思想内容与写作手法两方面，均臻一定境界。

首先，从思想内容上看，作者以儒家思想为根本依据，重人事，重道义，不语怪力乱神，力证卜筮阴阳之流的虚妄可废，这对当时社会流行的算命、占卜风气，无疑是一种可贵的反思与批判，直至今日，仍有社会思想史的认识意义。其次，从写作手法上看，本文可谓精于辩论之道，正说反说，层层深入，且善于从论敌立场切入，绵里藏针，让对方毫无招架余地。比如，占卜行为合法性的取得，预设的基本前提是鬼神的存在，而作者即以儒家六合之外存而不论的论调待之，也即并未否定鬼神观念，进而拿天地有好生之德、鬼神岂贵杀生这类占卜者无从否定的结论诘难他，釜底抽薪，从根本上动摇了龟卜的理论与实践基础。

李华是初唐文坛重要的古文、骈文兼擅的作家，文章特色是骈中有古，古中有骈。其骈文名篇《吊古战场文》以四言及骚体对句为主，基本面貌是骈文，而杂以一定数量的单行散句。本文则基本为散体，却也明显带有受骈文影响的痕迹，在质朴古雅的整体基调中透出婉转流丽之致，值得细味。

元　结

元结(719—772),字次山,号漫郎,河南府(今河南洛阳)人。唐玄宗天宝时进士,历任监察御史、道州刺史等职,官至容管经略使,卒赠礼部侍郎。其诗多以反映民瘼、议论时政为主,内容充实,诗风质朴。致力于古文写作,简洁有致,力矫骈俪绮靡之习,为韩愈、柳宗元之前的著名古文家。有《元次山集》。另编选其友人沈千运等诗为《箧中集》。《新唐书》卷一四三有传。

右溪记①

道州城西百余步②,有小溪。南流数十步,合营溪③。水抵两岸,悉皆怪石,欹嵌盘屈④,不可名状。清流触石,洄悬激注⑤。佳木异竹,垂阴相荫⑥。此溪若在山野,则宜逸民退士之所游处⑦;在人间,则可为都邑之胜境⑧,静者之林亭。而置州已来⑨,无人赏爱;徘徊溪上,为之怅然!乃疏凿芜秽⑩,俾为亭宇⑪;植松与桂,兼之香草,以裨形胜⑫。为溪在州右⑬,遂命之曰右溪。刻铭石上,彰示来者⑭。

注释

① 记:一种记述人事、山水、景物的文体,本以叙述为主,后亦多议论。② 道州:治所在今湖南道县。③ 营溪:营水,发源于湖南宁远南。④ 欹(qī):倾斜。⑤ 洄悬激注:指水流遇阻后回旋冲荡飞溅。⑥ 阴:指树阴。荫:遮蔽。⑦ 逸民退士:指隐居之人。⑧ 人间:指人烟稠密的地方。胜境:

风景优美之处。 ⑨ 而置州已来：而从此地被设置为州的治所以来。 ⑩ 疏凿：疏通开凿。芜秽：杂草丛生。 ⑪ 俾(bǐ)：使。 ⑫ 裨(bì)：增添。形胜：优美的景色。 ⑬ 为：因为。右：西边。 ⑭ 彰示：明示，明白地告知。

品评

右溪是作者主持疏浚并亲自命名的一条小溪。作者用笔简洁，着力突出小溪特点：一是岸生怪石、倾斜嵌叠、曲折盘旋，二是溪流清澄湍急，三是竹木茂盛。三笔两笔就勾勒出一种雅趣盎然的清幽境界。文章似无过深的寄托，但慨叹右溪长期“无人赏爱”，流露出淡淡的惆怅。这份惆怅恰与清丽幽静的景色交融有致，相得益彰。

全文仅一百三十九字，但记叙、写景、寄情，一应俱全，已具备唐代山水游记即事记叙兼抒情愫的体制。吴汝纶称元结“开子厚(柳宗元)先声”，是不错的。

韩　愈

韩愈(768—824),字退之,孟州河阳(今河南孟州市)人。自谓郡望昌黎(今属河北),世称"韩昌黎"。唐德宗贞元时进士,任监察御史、国子博士等职。因谏阻唐宪宗迎佛骨,被贬为潮州(今属广东)刺史。后官至兵部、吏部侍郎。卒谥文。他是诗文大家,尤以散文成就而成为一代宗师。倡导古文运动,排斥六朝以来骈偶靡俪浮艳的文风,主张恢复秦汉的古文传统。其文刚健雄肆,奥衍宏深,富有独特个性,为"唐宋古文八大家"之首。有《韩昌黎集》。《旧唐书》卷一六〇、《新唐书》卷一七六有传。

杂说[①](其四)

世有伯乐然后有千里马[②],千里马常有,而伯乐不常有;故虽有名马,衹辱于奴隶人之手[③],骈死于槽枥之间[④],不以千里称也[⑤]。

马之千里者,一食或尽粟一石[⑥]。食马者[⑦],不知其能千里而食也;是马也,虽有千里之能,食不饱,力不足,才美不外见[⑧],且欲与常马等,不可得[⑨],安求其能千里也?

策之不以其道[⑩],食之不能尽其材[⑪],鸣之而不能通其意[⑫],执策而临之,曰:"天下无马。"呜呼!其真无马邪[⑬]?其真不知马也!

注释

① 杂说:一种论辩性的文体。汉以后常用以托物寄意,类同寓言。　② 伯乐:孙阳,字伯乐,春秋秦穆公时人,善相马。千里马:日行千里的好马。此句"千

里马”指“名”，与下句“千里马”指“实”，含意不完全相同。 ③ 祇（zhī）：适。奴隶人：指地位卑贱的马伕、仆役。 ④ 骈：并、接二连三。槽：盛饲料的器具。枥（lì）：马厩。 ⑤ 不以千里称：谓不被称为千里马。 ⑥ 一食：一顿。或：或许。⑦ 食（sì）：同“饲”，喂养。 ⑧ 见：同“现”，显露。 ⑨“且欲”二句：谓要求它发挥跟平常马一样的能力，尚且不可能。 ⑩ 策：马鞭，这里用为动词，驾驭。道：正确的方法。 ⑪ 尽其材：指满足它的食量。材，本能。 ⑫ 通：了解。⑬ 其：岂。

品评

《杂说》由四篇寓言性杂文组成，本文为第四篇。通篇用千里马作喻，阐述识拔和使用人才问题。文章以“世有伯乐然后有千里马”一句领端，显示作者观察人才问题的独特视角：在识才者与人才关系上，前者更为重要。不善识士（“千里马常有，而伯乐不常有”）、不能养士（喂马不尽其食量）、不会用士（策马不以其道）、随意诬士（面对良马而感叹天下无马），便是人才遭摧残、被埋没的原因。作者抒发了对压制人才的愤慨，表达了对“伯乐”的企盼。宋人谢枋得指出：“此篇主意，英雄豪杰必遇知己者，尊之以高爵，食之以厚禄，任之以重权，其才斯可以展布。”于全文大旨撮述颇当。金人王若虚认为：“千里之才，固有异于常马者，然亦非徒善食而后能也。”体察入微，但于韩文主旨则稍显隔膜。

本文篇幅短小，而句法多变，对文势的伸缩蓄泄，控制自如。一、二两段讲知马、养马，都是先正说，后反说，然后指出结果。但同中有异，结果处写法不一：知马段用陈述句作结，养马段则用反问句。最后一段连用排比句，把情绪推到愤激的顶点。结束两句，一问一叹，稍作盘旋停滀即直白揭明本篇主旨：“真不知马！”但末尾“也”字，也可作“邪”解（有的本子即作“邪”），则为两个反问句（选择问句），承上将愤激的情绪陡然压住，而主旨含蓄，“正意到底不露”（清人蔡铸语）。两说似皆可通，足供揣摩，但都体现了韩文劲峭拗折的风格。

师 说[①]

古之学者必有师。师者，所以传道受业解惑也[②]。人非生而知之者，孰能无惑？惑而不从师，其为惑也终不解矣。生乎吾前[③]，其闻道也固先乎吾，吾从而师之；生乎吾后，其闻道也亦先乎吾，吾从而师之。吾师道也[④]，夫庸知其年之先后生于吾乎[⑤]？是故无贵无贱、无长无少，道之所存，师之所存也。

嗟乎！师道之不传也久矣！欲人之无惑也难矣！古之圣人，其出人也远矣[⑥]，犹且从师而问焉[⑦]；今之众人，其下圣人也亦远矣[⑧]，而耻学于师[⑨]。是故圣益圣，愚益愚。圣人之所以为圣，愚人之所以为愚，其皆出于此乎[⑩]？爱其子，择师而教之；于其身也，则耻师焉；惑矣[⑪]！彼童子之师，授之书而习其句读者[⑫]，非吾所谓传其道解其惑者也。句读之不知，惑之不解，或师焉，或不焉[⑬]，小学而大遗，吾未见其明也[⑭]。巫医乐师百工之人[⑮]，不耻相师。士大夫之族[⑯]，曰师曰弟子云者，则群聚而笑之[⑰]。问之，则曰："彼与彼年相若也[⑱]，道相似也。位卑则足羞，官盛则近谀[⑲]。"呜呼，师道之不复可知矣！巫医乐师百工之人，君子不齿[⑳]，今其智乃反不能及，其可怪也欤！

圣人无常师[㉑]。孔子师郯子、苌弘、师襄、老聃[㉒]。郯子之徒，其贤不及孔子。孔子曰："三人行，则必有我师。"是故弟子不必不如师，师不必贤于弟子，闻道有先后，术业有专攻，如是而已。

李氏子蟠[㉓]，年十七，好古文，六艺经传皆通习之[㉔]，不拘于时[㉕]，学于余。余嘉其能行古道，作《师说》以贻之[㉖]。

注释

① 说：一种论辩性的文体。 ② 传道：传授道理（儒家之道）。受业：即"授业"，授与学业。解惑：解答疑问。 ③ 乎：同"于"。 ④ 吾师道也：谓我学习的是道理呀。 ⑤ 庸知：岂知、哪管。 ⑥ 出人：超出常人。 ⑦ 犹且：尚且。 ⑧ 下圣人：低于圣人。 ⑨ 耻学于师：以问师求学为耻。 ⑩"其皆"句：谓大概都由于这个缘故。 ⑪ 惑：糊涂。 ⑫ 句读（dòu）：即"句逗"，断句。 ⑬"句读之不知"四句：谓不懂句逗，就去请教老师；有不能解答的疑问，反倒不去请教老师。 ⑭"小学"二句：谓小问题学习，而大问题反被丢弃，我看不出来他们明白道理。 ⑮ 巫医：古时巫医并称，指以招鬼祈神来禳灾除祸的人。百工：泛指各种工匠。 ⑯ 士大夫之族：谓读书做官的这类人。 ⑰"曰师"二句：谓说起老师、弟子等等时，就聚在一起取笑。 ⑱ 相若：相似。 ⑲"位卑"二句：谓向地位低者求教，很觉羞耻；向官位高者求教，又感到近于奉承。 ⑳ 不

齿：不屑与之同列。 ㉑ 常师：固定的老师。 ㉒ 郯（tán）子：郯国国君，孔子曾向他请教上古官名之事。苌弘：东周大夫，孔子曾向他请教古乐师襄：鲁国学官，孔子曾向他学琴。老聃：即老子，楚国人，道家创始人。孔子曾向他问周礼。㉓ 李氏子蟠：谓李家的孩子叫李蟠。 ㉔ 六艺经传：指六经的本文和注释。六经即《诗》、《书》、《礼》、《乐》、《易》、《春秋》六部儒家经典。 ㉕ 不拘于时：谓不受时风的影响。 ㉖ 贻：送。

品评

本文就从师这一中心问题，从各个侧面展开充分的论析。首先以古为鉴，开宗明义地提出“学者必有师”的主张；继而论述师的作用在于“传道受业解惑”，因而择师的标准是“道之所存，师之所存”。这是正面的总论。第二段揭出当前的“师道不传”，运用对比手法（古人与今人、童子学句读与成人不学道、百工互学与士大夫耻师），力斥今人不从师之非。这是反面的驳论。最后以孔子拜师为例，又从正面提出学无常师、能者为师的命题，归结到从师是手段、学道受业是目的这一主旨，与开端“道之所存，师之所存”相呼应。赠言李蟠云云，则是尾声。全文有破有立，立“师”的定义，破其神秘性；主张不论贵贱长少，人人皆可为师，破“师”的等级性；倡言学无常师，师生关系是相对的，破“师”的绝对权威性，从而成为我国教育思想史上极富民主性精华的名篇。

柳宗元在《答韦中立论师道书》中说：“今之世，不闻有师，有辄哗笑之，以为狂人。独韩愈奋不顾流俗，犯笑侮，收召后学，作《师说》，因抗颜而为师。世果群怪聚骂，指目牵引，而增与为言辞。愈以是得狂名。”据此可知韩愈所遭的流俗压力与此文所具的时代冲击力。

本文在内容上注意说理的深入浅出，比类相较，易见主旨；在结构上，一波三折，正反交替，回思有味；在文笔上，气势充沛，文意络绎而下，层层展开，且时夹唱叹，使行文收放有节，不致一泻无余。

进学解①

国子先生晨入太学②，招诸生立馆下，诲之曰：“业精于勤荒于嬉，行成于思毁于随③。方今圣贤相逢④，治具毕张⑤，拔去凶邪⑥，登崇畯良⑦。占小善者率以录⑧，名一艺者无不庸⑨，爬罗剔抉，刮垢磨光⑩。盖有幸而获选，孰云多而不扬[11]？诸生业患不能精[12]，无患有司之不明[13]；行患不能成，无患有司之不公。”

言未既[14]，有笑于列者曰[15]：“先生欺余哉！弟子事先生于兹有年矣[16]。先生口不绝吟于六艺之文[17]，手不停披于百家之编[18]，记事者必提其要，纂言者必钩其玄[19]；贪多务得[20]，细大不捐[21]，焚膏油以继晷[22]，恒兀兀以穷年[23]：先生之业可谓勤矣。觝排异端[24]，攘斥佛老[25]，补苴罅漏[26]，张皇幽眇[27]；寻坠绪之茫茫[28]，独旁搜而远绍[29]，障百川而东之，回狂澜于既倒[30]：先生之于儒，可谓有劳矣[31]。沉浸醲郁[32]，含英咀华[33]，作为文章[34]，其书满家。上规姚、姒，浑浑无涯[35]；周《诰》、殷《盘》，佶屈聱牙[36]；《春秋》谨严，《左氏》浮夸，《易》奇而法，《诗》正而葩[37]；下逮《庄》、《骚》，太史所录[38]，子云、相如[39]，同工异曲：先生之于文，可谓闳其中而肆其外矣[40]。少始知学，勇于敢为；长通于方，左右具宜[41]：先生之于为人，可谓成矣[42]。然而公不见信于人，私不见助于友，跋前踬后[43]，动辄得咎[44]。暂为御史[45]，遂窜南夷[46]；三年博士[47]，冗不见治[48]；命与仇谋[49]，取败几时[50]；冬暖而儿号寒，年丰而妻啼饥；头童齿豁[51]，竟死何裨[52]。不知虑此，而反教人为[53]？”

先生曰：“吁，子来前！夫大木为杗[54]，细木为桷[55]，欂栌侏儒[56]，椳闑扂楔[57]，各得其宜，施以成室者[58]，匠氏之工也[59]；玉札丹砂，赤箭青芝[60]，牛溲马勃[61]，败鼓之皮，俱收并蓄，待用无遗者[62]，医师之良也；登明选公[63]，杂进巧拙[64]，纡余为妍[65]，卓荦为杰[66]，校短量长，惟器是适者[67]，宰相之方也。昔者孟轲好辩，孔道以明[68]，辙环天下[69]，卒老于行[70]；荀卿守正[71]，大论是弘，逃谗于楚，废死兰陵[72]：是二儒者，吐辞为经，举足为法，绝类离伦[73]，优入圣域[74]，其遇于世何如也[75]？今先生学虽勤而不繇其统[76]，言虽多而不要其中[77]，文虽奇而不济于用，行虽修而不显于众[78]，犹且月费俸钱，岁靡廪粟[79]；子不知耕，妇不知织，乘马从徒[80]，安坐而食，踵常途之促促[81]，窥陈编以盗窃[82]；然而圣主不加诛，宰臣不见斥：兹非其幸欤？动而得谤，名亦随之[83]，投闲置散，乃分之宜[84]。若夫商财贿之有亡[85]，计班资之崇庳[86]，忘己量之所称，指前人之瑕疵[87]：是所谓诘匠氏之不以杙为楹，而訾医师以昌阳引年，欲进其豨苓也[88]。”

注释

① 解：对疑难问题进行辨析的一种文体。 ② 国子先生：即国子博士，韩愈

自称。唐代国子监是设在京城的最高学府，下分国子学、太学、广文学、四门学、律学、书学、算学等七学，各置博士为教官。太学：这里即指国子监。唐代国子监相当于汉代的太学。 ③ 随：不经意、随便。 ④ 圣贤：圣君贤臣。 ⑤ 治具：法令。张：设立、确立。 ⑥ 拔去：除掉。 ⑦ 登崇：推崇、提拔。畯良：才能杰出之人。畯，通“俊”。 ⑧“占小善”句：谓略具优点者都予录用。 ⑨ 名一艺者：称有一技之长者。庸：用。 ⑩“爬罗”二句：指对人才的搜罗选择和磨砺培养。 ⑪“盖有幸”二句：谓只有学问不足而侥幸中选的，谁说还有才学广博而不被举拔的呢？ ⑫ 业患不能精：只怕学业不能精进。 ⑬ 有司：负有专责的部门及其官员。 ⑭ 既：完毕。 ⑮ 列：指诸生行列。 ⑯“弟子”句：谓子弟跟随先生学习到现在已有好几年了。 ⑰ 六艺：即《诗》、《书》、《礼》、《乐》、《易》、《春秋》六部儒家经典。 ⑱ 披：翻阅。百家之编：指先秦诸子百家的著作。 ⑲“记事者”二句：谓对记述史事之书一定撮取其纲要，对立论之书一定探究其深奥的含义。 ⑳ 务：力求。 ㉑ 细大不捐：谓小的大的都不放弃。 ㉒“焚膏油”句：谓夜以继日之意。膏油，指灯烛。晷(guǐ)，日影。 ㉓ 恒：经常。兀兀：勤苦不懈的样子。穷年：经年。 ㉔ 异端：古时指非儒家的学说、学派。 ㉕ 佛老：佛教和道教。 ㉖ 苴(jū)：填塞。罅(xià)：裂缝。 ㉗ 皇：大。幽眇：幽深微妙。 ㉘ 坠：失落。绪：前人留下的事业，这里指儒家的道统。茫茫：久远。 ㉙ 绍：继承。 ㉚“障百川”二句：谓捍挡百川的泛滥，使之东流入海；把已经倾泻的狂涛怒澜挽转过来。 ㉛ 劳：功劳。 ㉜ 酡郁：这里指儒家典籍意味浓厚。 ㉝ 含英咀华：谓咀嚼儒书中的精义。 ㉞ 作为：写作。 ㉟ 规：取法。姚、姒：姚是虞舜的姓，姒是夏禹的姓。这里代指《尚书》中的《虞书》、《夏书》。浑浑：深广的样子。 ㊱ 周《诰》：《尚书·周书》中有《大诰》、《康诰》、《酒诰》、《召诰》、《洛诰》等篇。殷《盘》：《尚书·商书》中有《盘庚》三篇。佶(jí)屈聱(áo)牙：指文章艰涩难读。 ㊲“《春秋》”四句：谓《春秋》简约精确，《左传》文辞繁富夸张，《易经》奇妙而有法则，《诗经》雅正而华美。 ㊳ 太史所录：指太史公司马迁的著作《史记》。 ㊴ 子云：扬雄，字子云；相如：司马相如。均西汉辞赋家。 ㊵ 闳其中：内容宏大。肆其外：文辞奔放。 ㊶“长通”二句：谓长大后通晓道理方法，处理各种事情，无不适宜。 ㊷ 成：备、完美。 ㊸ 跋前踬(zhì)后：老狼向前走踩着颔下的悬肉，后退时又绊倒在尾巴上，形容进退两难。 ㊹ 动辄得咎：谓动不动就惹祸获罪。 ㊺ 御史：监察御史。韩愈在唐德宗贞元十九年(803)曾任此职。　㊻ 窜南夷:指韩愈曾被贬往连州阳山(今属广东)。　㊼ 三年博士:韩愈在唐宪宗元和元年至四年(806—809)第一次任国子博士三年。元和七年第三次任此职后,作本文。　㊽ 冗不见治:谓职位闲散,表现不出吏治成绩。　㊾ 命与仇谋:谓命运与仇敌相伴。　㊿ 几时:不时。　51 童:秃发。齿豁:牙齿脱落。　52 竟:到。裨:补益。　53 反教人为:谓为什么反而教诲他人?　54 宊(máng):大梁。　55 桷(jué):方形的屋椽。　56 欂栌(bó lú):斗拱。侏儒:即棳檽,梁上短柱。　57 椳(wēi):门枢。闑(niè):门中央所竖的短木,用于止门。扂(diàn):门闩。楔(xiè):门两旁的木柱。　58 施:用。　59 工:技巧。　60 丹砂:朱砂。赤箭:天麻。四者均为中药。　61 牛溲:牛尿。马勃:一种菌类植物。两者均可入药。　62 无遗:没有遗漏。　63 登明选公:谓提拔人才眼光明亮,选用人才态度公正。　64 杂进巧拙:谓灵巧者和拙朴者一起引进。　65 纡余:指委婉谦和的人。　66 卓荦(luò):指超绝出众的人。　67 "校短"二句:谓比较人才的优劣,全据人的才能安排其合适的职位。　68 以:因而。　69 辙环天下:谓周游列国之意。　70 卒老于行:谓最后在奔走中终老一生。　71 荀卿:荀况,战国末期儒家代表人物。守正:恪守儒家学说。　72 "大论"三句:荀卿在齐国时,遭人谗毁,便逃到楚国,初为兰陵(今山东枣庄)令,后被削职为民,老死于兰陵。　73 绝:超出。类、伦:同辈。　74 优入圣域:谓优秀到进入圣人的境地。　75 "其遇"句:谓他们在世上的遭遇又怎样呢?　76 繇:同"由"。统:指儒家的道统。　77 要:求取。中(zhòng):切合要旨。　78 修:美好。　79 靡:通"糜",耗费。廪(lǐn):米仓。　80 从:跟随。徒:奴仆。　81 踵常途:指循规蹈矩。促促:拘谨的样子。　82 陈编:旧书。盗窃:指抄袭。　83 名亦随之:谓名声也受到诽谤的影响。　84 "投闲"二句:谓被放置在闲散的位置上,是理所应当的。　85 商:计较。财贿:财货、利禄。　86 班资:官品资格。庳(bēi):同"卑",低下。　87 "忘己量"二句:谓忘了自己的才能和什么地位相称,却去指摘上司的缺点。　88 诘:质问。杙(yì):小木桩。楹:柱子。訾(zǐ):诋毁。昌阳:菖蒲,传说服之能健身延年。引年:延年。进:推荐。豨(xī)苓:猪苓,只可作泻药,不能延年益寿。三句承上以"杙"、"豨苓"自比,表面上自谦才小不足大任,实含怨愤不平之意。

品评

本文作于唐宪宗元和十一年(813),是韩愈再次担任国子博士以后所作。文章模仿汉代东方朔《答客难》、扬雄《解嘲》等文，用笔巧黠，堪称一绝。文章借用汉赋主客对答的形式，首段先生劝学，中段学生驳难，末段先生解答。主旨在于阐明“业精于勤”、“行成于思”的“进学”要义的同时，着重发泄自己遭遇不公的愤懑之情。但是种种不满，尽借学生之口说出，而自己却泰然处之。以他人之口，一吐心中块垒，无牢骚之迹，而实有牢骚之心，这是借用法。学生驳难时，先铺叙先生的品学才能，可谓淋漓尽致，推扬到极点；然笔锋一转，先生的处境却是尴尬困顿、狼狈不堪的。前扬后抑，对比鲜明，这是反差法。先生解答时，极力自我贬抑，而实际上暗讽执政者择人不公，因而越是谦退知足，就越是衬出朝廷的用人不当。正意反说，反意正说，这是反语法。全文不直扑主题，不直抒胸臆，巧于避借，庄谐间作，真真假假，虚虚实实，波诡云谲。林纾称“文心之狡狯，叹观止矣”，是不过分的。

此文点画人物言行，时有《论语》中师弟对答的白描笔法，简洁生动。而大段的铺写，气势酣畅，文采飞扬。造语的精粹独创，尤为世所称。此文虽属赋体，而笔致灵巧，“骨力仍是散文”(林纾语)。

张中丞传后叙①

元和二年四月十三日夜②，愈与吴郡张籍阅家中旧书③，得李翰所为《张巡传》④。翰以文章自名，为此传颇详密，然尚恨有阙者：不为许远立传⑤，又不载雷万春事首尾⑥。

远虽材若不及巡者，开门纳巡，位本在巡上⑦，授之柄而处其下⑧，无所疑忌，竟与巡俱守死、成功名⑨；城陷而虏，与巡死先后异耳⑩。两家子弟材智下，不能通知二父志，以为巡死而远就虏，疑畏死而辞服于贼⑪。远诚畏死⑫，何苦守尺寸之地，食其所爱之肉⑬，以与贼抗而不降乎？当其围守时，外无蚍蜉蚁子之援⑭，所欲忠者，国与主耳；而贼语以国亡主灭⑮，远见救援不至，而贼来益众，必以其言为信。外无待而犹死守，人相食且尽，虽愚人亦能数日而知死处矣⑯，远之不畏死亦明矣！乌有城坏其徒俱死⑰，独蒙愧耻求活，虽至愚者不忍为；呜呼！而谓远之贤而为之邪⑱？

说者又谓远与巡分城而守，城之陷，自远所分始，以此诟远⑲。此又与儿童之见无异。人之将死，其藏腑必有先受其病者；引绳而绝之，其绝必有处[20]:观者见其然,从而尤之[21],其亦不达于理矣。小人之好议论,不乐成人之美[22],如是哉!如巡远之所成就,如此卓卓[23],犹不得免,其他则又何说!当二公之初守也,宁能知人之卒不救,弃城而逆遁[24]?苟此不能守,虽避之他处何益;及其无救而且穷也,将其创残饿羸之余[25],虽欲去必不达。二公之贤,其讲之精矣[26]。守一城捍天下,以千百就尽之卒[27],战百万日滋之师,蔽遮江淮,沮遏其势[28],天下之不亡,其谁之功也!当是时,弃城而图存者,不可一二数[29];擅强兵坐而观者,相环也[30]:不追议此,而责二公以死守,亦见其自比于逆乱,设淫辞而助之攻也[31]!

愈尝从事于汴、徐二府[32],屡道于两府间[33],亲祭于其所谓双庙者[34];其老人往往说巡远时事,云:南霁云之乞救于贺兰也[35],贺兰嫉巡、远之声威功绩出己上,不肯出师救。爱霁云之勇且壮,不听其语,强留之,具食与乐[36],延霁云坐。霁云慷慨语曰:"云来时,睢阳之人不食月余日矣[37]!云虽欲独食,义不忍;虽食,且不下咽。"因拔所佩刀,断一指,血淋漓,以示贺兰。一座大惊,皆感激为云泣下。云知贺兰终无为云出师意,即驰去,将出城,抽矢射佛寺浮图[38],矢著其上砖半箭[39],曰:"吾归破贼,必灭贺兰,此矢所以志也[40]!"愈贞元中过泗州[41],船上人犹指以相语。城陷,贼以刃胁降巡,巡不屈,即牵去,将斩之;又降霁云,云未应,巡呼云曰:"南八[42],男儿死耳,不可为不义屈!"云笑曰:"欲将以有为也[43]。公有言,云敢不死。"即不屈。

张籍曰:有于嵩者,少依于巡。及巡起事,嵩常在围中[44]。籍大历中于和州乌江县见嵩[45],嵩时年六十余矣。以巡初尝得临涣县尉[46],好学无所不读。籍时尚小,粗问巡远事,不能细也。云:巡长七尺余,须髯若神。尝见嵩读《汉书》,谓嵩曰:"何为久读此?"嵩曰:"未熟也。"巡曰:"吾于书读不过三遍,终身不忘也。"因诵嵩所读书[47],尽卷不错一字。嵩惊,以为巡偶熟此卷,因乱抽他帙以试[48],无不尽然。嵩又取架上诸书试以问巡,巡应口诵无疑[49]。嵩从巡久,亦不见巡常读书也。为文章,操纸笔立书,未尝起草。初守睢阳时,士卒仅万人[50],城中居人户亦且数万,巡因一见问姓名,其后无不识者。巡怒,须髯辄张。及城陷,贼缚巡等数十人坐,且将戮,巡起旋[51],其众见巡起,或起或泣,巡曰:"汝勿怖!死,命也。"众泣不能仰视。巡就戮时,颜色不乱,阳阳如平常[52]。远宽厚长者,貌如其心,与巡同年生,月日后于巡,呼巡为兄,死时年四十九。嵩贞元初死于亳、宋间[53]。或传嵩有田在亳、宋间，武人夺而有之[54]，嵩将诣州讼理[55]，为所杀。嵩无子。张籍云。

注释

① 后叙：也可写作“后序”，是著作、诗文或图册的后记，用以对正文进行说明、考订、补充或议论，又称“跋”、“题后”等。张中丞：张巡，邓州南阳(今河南邓县)人。唐玄宗开元时进士。安史之乱时，他起兵抗击，后与许远坚守睢阳城(今河南商丘南)。因兵尽粮绝，援兵不至，睢阳失陷，他英勇殉难。曾被加御史中丞官衔，故称“张中丞”。 ② 元和二年：公元807年。元和，唐宪宗李纯的年号。③ 吴郡：治所在今江苏苏州。张籍：字文昌，和州乌江(今安徽和县)人，吴郡为其郡望。唐代诗人。 ④ 李翰：字子羽，赵州赞皇(今河北元氏县)人，张巡之友。曾写《张巡传》上呈唐肃宗，为张巡辩诬。 ⑤ 许远：字令威，杭州盐官(今浙江海宁)人。安史之乱时任睢阳刺史，与张巡共同守城。城破被俘，押往洛阳囚禁，后被杀。 ⑥ 雷万春：张巡部将，与张巡同时被害。首尾：指事情的本末。⑦“远虽材”三句：张巡初入睢阳城时，仅为县令，而许远是一州之长的刺史。⑧“授之柄”句：谓许远把兵权交给张巡，甘居其下。 ⑨ 竟：终于。成功名：成就功业名节。 ⑩“与巡”句：谓与张巡比，只是死的时间有先后之异罢了。⑪“两家”四句：唐代宗时，张巡之子张去疾听信谣言，怀疑许远被俘后投降，上书要求追夺许远官爵。诏令张去疾与许远之子许岘及百官等议此事。通知：了解。辞服：请降。 ⑫ 诚：果真。 ⑬“何苦”二句：睢阳久困粮尽，以雀鼠为食，又尽，张巡杀妾，许远杀奴仆以充军粮。 ⑭“外无”句：谓外面连蚍蜉蚁子那么微弱的援兵也没有。蚍蜉(pí fú)：大蚂蚁。蚁子：幼蚁。 ⑮ 语：告诉。 ⑯ 数(shǔ)日：计算日子。 ⑰ 乌有：哪里有。其徒：他的部下。 ⑱“而谓”句：谓难道说像许远如此贤明而会这样做吗？ ⑲“说者”四句：当时许远守城西南，张巡守城东北。城陷时，敌军先从许远所守的地段攻入，有人因此诬蔑许远。⑳ 引：拉。绝：断。有处：一定的地方。 ㉑ 其然：指上述两种现象。尤之：指归罪先受侵害的内脏和绳子先裂断的地方。 ㉒ 成人之美：赞助、成全别人的好事。 ㉓ 卓卓：高超卓越。 ㉔ 宁：岂、哪里。卒：终于。逆遁：预先撤退。㉕ 将：率领。创：受伤。羸(léi)：瘦弱。 ㉖ 讲：谋议。精：精密。 ㉗ 就尽：将尽。 ㉘“蔽遮”二句：谓屏障江淮地区，挡住叛军攻势。 ㉙ 不可一二数：谓数

起来不止一、二个。 ㉚“擅强兵”二句：当时谯郡、彭城、临淮等地守将均按兵不救。擅：拥有。 ㉛自比：自同、自附。设淫辞：编造谬论。 ㉜“愈尝”句：韩愈曾先后任宣武军节度使董晋的观察判官，在汴州，徐泗濠节度使张建封的节度推官，在徐州。从事：供职。 ㉝道：往来。 ㉞双庙：合祀张、许二人的庙宇。㉟南霁云：张巡部将。贺兰：贺兰进明，当时任河南节度使，驻军临淮（今安徽凤阳）一带。 ㊱具食：准备好酒食。 ㊲月余日：一个多月。 ㊳浮图：这里指佛塔。 ㊴砖半箭：指箭的半截没入砖中。 ㊵志：记。 ㊶贞元：唐德宗年号。泗州：唐时州治即在临淮。 ㊷南八：南霁云排行第八，故称。 ㊸有为：有所作为。 ㊹嵩常在围中：谓于嵩常在围城之中。 ㊺大历：唐代宗年号。㊻“以巡”句：谓于嵩因追随张巡之故，先前曾被加恩授予临涣（今安徽宿州）县尉。 ㊼诵：背诵。 ㊽帙（zhì）：唐时书籍是卷子的形式，把几个卷子包在一起的书套叫帙。 ㊾应口：随口回应。 ㊿仅：几乎有、多至。 51旋：小便。一说环行。 52不乱：不变。阳阳：镇定自若的样子。 53亳（bó）：亳州，今属安徽。宋：宋州，今河南商丘。 54有：占有。 55诣（yì）：到、往。讼理：诉讼。

品评

这篇后叙是对李翰《张巡传》的补记，而不是为专人立传。从所记人物而言，有张巡、许远、南霁云乃至于嵩等人；从事迹而言，并不全是传主的生平大节，多由琐屑细事组成；从取材性质和来源而言，既有对事理的推断，又有事实的例证，既有采自“老人”、于嵩、张籍等传说，又有作者的亲身见闻。这些纷繁、琐细、庞杂的特点，没有使文章散漫无绪，反而发挥作者驾驭自如、随笔挥洒的才能，达到形散神不散的境界。方苞说：“截然五段，不用钩连，而神气流注，章法浑成。”这“神气”和“章法”，主要表现在全文紧紧围绕着睢阳保卫战这一中心事件，又为作者对殉难者的敬仰之情所统摄，因而首尾连贯，机理一片。

前半部分以议论为主，为张巡、许远辩诬。作者依据当时事件的发展情况与张、许的所作所为，力破许远畏死说和张、许不应死守说，宣扬了张、许二人的功绩，树立起忠勇双全的英雄形象。在议论中，作者投入了很强的感情色彩。对朝廷小人造谣中伤的驳斥，步步紧逼，气势凌厉，而反诘句、设问句的巧妙运用，加强了论辩力量，更使论敌不容置喙。

后半部分以叙事为主。尤其善于选择典型细节以突出人物的性格特征。如南霁云的断指拒食、抽矢射塔，张巡的背诵《汉书》、广识军民、临刑不乱，均能传神写照，神采飞扬，而又笔带感情，摇曳多姿，颇得《史记》神韵。

前人于此文表彰甚多，如宋人黄震云："补记载之遗落，暴赤心之英烈。千载之下，凛凛生气。"清人汪份云："笔力如蛟龙之翔，如虎凤之跃，此正昌黎本色。"沈德潜云："争光日月，气薄云霄，文至此可云不朽。"皆非过誉之辞。

送孟东野序[①]

大凡物不得其平则鸣：草木之无声，风挠之鸣[②]；水之无声，风荡之鸣，其跃也或激之[③]，其趋也或梗之[④]，其沸也或炙之[⑤]；金石之无声[⑥]，或击之鸣。人之于言也亦然[⑦]：有不得已者而后言，其歌也有思，其哭也有怀，凡出乎口而为声者，其皆有弗平者乎！

乐也者，郁于中而泄于外者也[⑧]；择其善鸣者而假之鸣[⑨]：金石丝竹匏土革木八者[⑩]，物之善鸣者也。维天之于时也亦然，择其善鸣者而假之鸣；是故以鸟鸣春，以雷鸣夏，以虫鸣秋，以风鸣冬，四时之相推敓[⑪]，其必有不得其平者乎！

其于人也亦然：人声之精者为言，文辞之于言，又其精也，尤择其善鸣者而假之鸣[⑫]。其在唐虞，咎陶、禹其善鸣者也，而假以鸣[⑬]；夔弗能以文辞鸣，又自假于《韶》以鸣[⑭]；夏之时，五子以其歌鸣[⑮]；伊尹鸣殷[⑯]；周公鸣周[⑰]：凡载于《诗》、《书》六艺[⑱]，皆鸣之善者也。周之衰，孔子之徒鸣之，其声大而远。传曰："天将以夫子为木铎[⑲]。"其弗信矣乎！其末也，庄周以其荒唐之辞鸣[⑳]。楚大国也，其亡也，以屈原鸣[㉑]。臧孙辰、孟轲、荀卿以道鸣者也[㉒]，杨朱、墨翟、管夷吾、晏婴、老聃、申不害、韩非、慎到、田骈、邹衍、尸佼、孙武、张仪、苏秦之属，皆以其术鸣[㉓]。秦之兴，李斯鸣之[㉔]。汉之时，司马迁、相如、扬雄最其善鸣者也[㉕]。其下魏晋氏，鸣者不及于古，然亦未尝绝也；就其善者，其声清以浮，其节数以急，其辞淫以哀，其志弛以肆[㉖]，其为言也，乱杂而无章。将天丑其德莫之顾邪？何为乎不鸣其善鸣者也[㉗]？

唐之有天下，陈子昂、苏源明、元结、李白、杜甫、李观皆以其所能鸣[㉘]。其存而在下者[㉙]，孟郊东野始以其诗鸣；其高出魏、晋，不懈而及于古，其他浸淫乎汉氏矣[㉚]。从吾游者，李翱、张籍其尤也，三子者之鸣信善矣[㉛]，抑不知天将和其声[32],而使鸣国家之盛邪?抑将穷饿其身,思愁其心肠,而使自鸣其不幸邪?三子者之命,则悬乎天矣[33]。其在上也奚以喜,其在下也奚以悲[34]!

东野之役于江南也[35],有若不释然者,故吾道其命于天者以解之[36]。

注释

① 送序:古时饯别,赠言相送,就是"送序",又名"赠序"。孟东野:孟郊,字东野,中唐诗人。其诗意境寒苦,有《孟东野诗集》。与韩愈交谊甚厚。 ② 挠:扰动。 ③"其跃也"句:谓水波翻涌而发声,是因为受到外物的阻遏。以下几句句式相同。激:水势受阻遏而飞溅。 ④ 趋:水流迅急声。梗:阻塞。⑤ 沸:水沸腾声。炙:烤。 ⑥ 金石:指用金属或石制成的乐器,如钟(金属)、磬(石)。 ⑦ 人之于言也亦然:谓人对于言论也是如此的。 ⑧ 郁:沉积聚结。中:内心。 ⑨ 善鸣者:这里指善于发出声音的器物。 ⑩"金石"句:古时主要用这八类材料制成各种乐器,总称"八音"。丝:指琴瑟等有丝弦的乐器。竹:指箫、管等用竹制成的乐器。匏(páo):指笙、竽等用葫芦制成的管簧乐器。土:指埙(xūn)等用陶土制成的乐器。革:指鼓等用皮革制成的乐器。木:指柷(zhù)、敔(yǔ)等用木制成的乐器。 ⑪ 推敚(duó):推移。 ⑫ 善鸣者:这里指善于表达的人。 ⑬ 唐虞:即唐尧、虞舜。咎陶(gāo yáo):又作"皋陶",传说中尧舜时的法官,《尚书·皋陶谟》中记载他的言论。禹:传说中夏代的第一位帝王,治水有功。《尚书》有《禹贡》、《大禹谟》记载其事迹和言论。 ⑭ 夔(kuí):传说中尧舜时的乐官。《韶》:传说中舜时的乐曲名,为夔所作。 ⑮ 五子:传说夏王太康因荒淫失国,他的五个弟弟作《五子之歌》告诫太康。 ⑯ 伊尹:名挚,商汤的贤相,《尚书》中《伊训》、《太甲》、《咸有一德》等文,传为他所作。 ⑰ 周公:姬旦,周文王之子,为周初政治家,制定一整套礼乐典章制度。《尚书》中《大诰》、《康诰》等文,传为他所作。 ⑱ 六艺:即六经。 ⑲ 天将以夫子为木铎(duó):此语出自《论语·八佾》,意谓上天让孔子成为宣扬教化的人。木铎,用金属制成的铃,中有木舌,摇之发声,古代颁布政令时,摇木铎来引起百姓注意。 ⑳ 庄周:即庄子,战国时宋国人,道家的代表人物,著有《庄子》。荒唐之辞:指《庄子》文辞夸张,想象力丰富。 ㉑ 屈原:名平,战国时楚国大夫,诗人,著有《离骚》、《天问》、《九章》、《九歌》等。 ㉒ 臧孙辰:即臧文仲,春秋时鲁国大夫,《国语》、《左传》等记载其言论。孟轲:即孟子,战国时邹人,儒学家,著有《孟子》。荀卿:

即荀况，战国时赵国人，儒学家，著有《荀子》道：指儒家之道。 ㉓ 杨朱：战国时魏国人，创立杨朱学派，其言论散见《孟子》、《庄子》、《韩非子》等书。墨翟（dí）：战国时宋国人，创立墨家学派，著有《墨子》。管夷吾：即管仲，春秋时齐国贤相，后人辑有《管子》。晏婴：春秋时齐国贤相，有《晏子春秋》。老聃（dān）：即老子，春秋时楚国人，创立道家学派，有《道德经》。申不害：战国时郑国人，法家的代表人物，著有《申子》，已失传。韩非：战国时韩国人，法家的代表人物，有《韩非子》。慎到：战国时赵国人，法家，著有《慎子》，已失传。田骈：战国时齐国人，著有《田子》，已失传。邹衍：战国时齐国人，阴阳家代表人物，著有《邹子》，已失传。尸佼（jiǎo）：战国时鲁国人，法家，著有《尸佼子》，已失传。孙武：即孙子，字长卿，春秋时齐国人，著名军事学家，有《孙子兵法》。张仪：战国时魏国人，纵横家代表人物，主连横说，游说六国与秦结盟。苏秦：战国时东周洛阳人，纵横家代表人物，主合纵说，游说六国合纵抗秦。 ㉔ 李斯：上蔡（今属河南）人，秦始皇、二世的宰相，有《谏逐客书》等文。 ㉕ 司马迁：字子长，夏阳（今陕西韩城）人，西汉著名史学家，著有《史记》。相如：司马相如，字长卿，西汉辞赋家。扬雄：字子云，西汉辞赋家。 ㉖ 数（shuò）：频繁。急：急促。淫：淫靡。志：指文章的内容意趣。弛：松懈。肆：放纵。 ㉗ "将天丑"二句：谓难道是上天厌恶德行而不加顾惜呢？为什么不让善于表达的人来表达呢？ ㉘ 陈子昂：字伯玉，梓州射洪（今属四川）人。著名诗人，标举汉魏风骨，反对六朝淫靡文风。有《陈伯玉集》。苏源明：字弱夫，武功（今属陕西）人，诗人。李观：字元宾，擅长古文，有《李元宾集》。㉙ 存：健在。 ㉚ 古：指上古。浸淫：逐渐接近。汉氏：汉代。 ㉛ 李翱：字习之，从韩愈学古文，有《李文公集》。张籍：字文昌，善诗，有《张司业集》。尤：突出。信：确实。 ㉜ 和：应和。 ㉝ 悬乎天：由天意决定。 ㉞ 在上：身居高位。奚：何。在下：身居低位。 ㉟ 役：服役，指任职。江南：时孟郊赴任溧阳县尉一职。溧阳在唐时属江南东道。 ㊱ 不释然：指心情不愉快。解：解慰。

品评

韩愈在本篇中提出了著名的"不平则鸣"说，实与司马迁的"发愤著书"说并不完全相同。司马迁的"愤"，单指愤郁；而韩愈的"不平"，包括"鸣国家之盛"和"自鸣其不幸"两者，即兼指愤郁和欢乐。这在我国文学思想史上有理论意义。但本篇的着重点仍在"不幸"、愤郁方面。孟郊一生仕途蹭蹬，直到五十岁时才获得溧阳县尉这一低微官职，心绪不快，"若有不释然者"，韩愈在文中深表同情，并借以谴责压抑人才的世道，寄寓自己的失意之感。

本篇还提出天地万物和人类都是“择其善鸣者而假之鸣”的论点。这里的“善鸣者”有两层含义。就时代而言，善鸣者指某个人，每个时代都会推出一位或数位善鸣者来表达时代之声，如伊尹鸣殷，周公鸣周；就个人而言，善鸣者指艺术文化的各个领域，如有以文鸣、以乐鸣、以歌鸣、以道鸣、以术鸣等等。这在作家与时代、作家个性与艺术样式的关系上，提出了有价值的命题。

全文以气势雄迈取胜。开篇一句“大凡物不得其平则鸣”似冲口而出，犹如一道闸门被打开，此后水流便源源不断地倾泻而下，由草木万物、天地四时而写及人，由历代而写及当代，最后归结到孟郊。一路旁比博喻，反复论证，连下三十八个“鸣”字，而“句法变化，凡二十九样，有顿挫，有升降，有起伏，有抑扬”（谢枋得语），所以读之不觉其繁冗，却能领略到韩文“长江大注，千里一道”（皇甫湜语）的特点。

送李愿归盘谷序①

太行之阳有盘谷②，盘谷之间，泉甘而土肥，草木藂茂③，居民鲜少。或曰：“谓其环两山之间，故曰‘盘’。”或曰：“是谷也，宅幽而势阻④，隐者之所盘旋⑤。”友人李愿居之。

愿之言曰：“人之称大丈夫者，我知之矣：利泽施于人，名声昭于时⑥，坐于庙朝⑦，进退百官而佐天子出令⑧。其在外，则树旗旄⑨，罗弓矢，武夫前呵⑩，从者塞途，供给之人，各执其物，夹道而疾驰。喜有赏，怒有刑，才畯满前⑪，道古今而誉盛德，入耳而不烦。曲眉丰颊⑫，清声而便体⑬，秀外而惠中⑭，飘轻裾⑮，翳长袖⑯，粉白黛绿者⑰，列屋而闲居⑱，妒宠而负恃⑲，争妍而取怜。大丈夫之遇知于天子，用力于当世者之所为也⑳。吾非恶此而逃之㉑，是有命焉，不可幸而致也㉒。穷居而野处㉓，升高而望远，坐茂树以终日，濯清泉以自洁。采于山，美可茹㉔；钓于水，鲜可食；起居无时，惟适之安㉕。与其有誉于前，孰若无毁于其后；与其有乐于身，孰若无忧于其心。车服不维㉖，刀锯不加㉗，理乱不知㉘，黜陟不闻㉙，大丈夫不遇于时者之所为也，我则行之。伺候于公卿之门，奔走于形势之途㉚，足将进而趑趄㉛，口将言而嗫嚅㉜，处秽污而不羞，触刑辟而诛戮㉝，徼幸于万一，老死而后止者，其于为人贤不肖何如也[34]？”

昌黎韩愈闻其言而壮之[35]，与之酒而为之歌曰：“盘之中，维子之宫[36]。盘之土，可以稼。盘之泉，可濯可沿[37]。盘之阻，谁争子所[38]？窈而深，廓其有容[39]。缭而曲[40]，如往而复。嗟盘之乐兮，乐且无殃[41]；虎豹远迹兮，蛟龙遁藏；鬼神守护兮，呵禁不祥[42]。饮则食兮寿而康，无不足兮奚所望[43]！膏吾车兮秣吾马[44]，从子于盘兮，终吾生以徜徉[45]。”

注释

① 本篇亦属赠序文，与前《送孟东野序》相同；但文后有诗歌，是宴集诗序到赠序的过渡形态。李愿：陇西人，韩愈之友，生平不详。与西平王李晟之子叫李愿的并非一人。盘谷：在今河南济源。 ② 太行：太行山。阳：山的南面。 ③ 藂：同“丛”，丛生。 ④“宅幽”句：谓位置幽静，地势险要。 ⑤ 盘旋：留连，盘桓。 ⑥ 昭于时：显扬一时。 ⑦ 庙朝：宗庙朝廷。 ⑧ 进退：升降、任免。 ⑨ 旄(máo)：古时用牦牛尾作装饰的旗帜。 ⑩ 前呵：在队列前喝道，令行人闪开。 ⑪ 才畯：有才能的人，这里指门客、幕僚。畯，通“俊”。 ⑫ 丰颊：丰满的脸颊。 ⑬ 便体：轻盈的体态。 ⑭ 惠：同“慧”。 ⑮ 裾：衣襟。 ⑯ 翳(yì)：遮蔽。 ⑰ 黛绿：描眉用的青黑色颜料。 ⑱ 列屋：排列着众多房屋。 ⑲ 负恃：指自负美貌。 ⑳“大丈夫”二句：谓这些都是得到皇帝信任、在当世掌权施力的大丈夫的所作所为啊。用力：施用权力。 ㉑ 逃之：逃避这些。 ㉒ 不可幸而致：谓不能侥幸而可获得的。 ㉓ 野处：指隐居。 ㉔ 茹：吃。 ㉕“起居”二句：谓作息时间不固定，只求舒适。 ㉖ 车服：官员所用的车子和服饰，代指官职。维：束缚。 ㉗ 刀锯：代指刑罚。 ㉘ 理乱：治乱。 ㉙ 黜陟(chù zhì)：指官职的升降。 ㉚ 形势：指地位权势。 ㉛ 趑趄(zī jū)：行走困难的样子。 ㉜ 嗫嚅(niè rú)：吞吞吐吐。 ㉝ 刑辟：指刑法。 ㉞ 贤：品行好。不肖：品行不好。 ㉟ 壮之：认为李愿的话豪壮有气魄。 ㊱ 子：你，古时对男子的美称。宫：房舍。 ㊲ 沿：指沿着水边散步。 ㊳“盘之阻”二句：谓盘谷地势险阻，有谁来争你的住处呢？ ㊴“窈而深”二句：谓既幽且深，开阔而足以容身。 ㊵ 缭：弯曲。 ㊶ 无殃：没有灾殃。 ㊷ 呵禁：呵止严禁。不祥：不吉利之物。 ㊸ 奚所望：还有什么冀望！ ㊹ 膏(gào)吾车：在我的车轴上涂油，使之润滑易行。秣(mò)：喂牲口。 ㊺ 徜徉：自由自在地来回走。

品评

此序有两大特点：一是善于创格，二是长于造语形容。

韩愈是写赠序文的名手，不肯自相剿袭故套，几乎篇篇各有面目。本文假托李愿之口出之，作者自己所言寥寥无几，在赠序文中别具一格。李愿是归隐盘谷的，送序的主旨自然落在“归隐”上，而作者行文却避实就虚，以虚写实。首尾两段分别用文与歌的形式，称赞盘谷环境的幽美，暗示此乃隐居的理想场所。中间一大段从人与权势关系上，描写了三种类型：得意于时的权势者，乖时失意的隐居者和趋炎附势者。虽不下断语，而两宾形一主，其品行高下自判，并触及李愿隐居的原因。在这段描写中，实寓作者对官场污浊、世道险恶、人心卑劣的揭露，对失意无为、志高行洁之士的惋惜和对他们节操自守的推崇。借助描写来抒怀、来点题，是本文独特的写法。

中间大段的描写，滔滔汩汩，或骈或散，正语反讽，而文气连贯流走，语言生动形象，精练警策，表现了韩愈驾驭语言的杰出才能。作者又善于抓住人物特征，浓墨淡彩，详简得当，活画出高官厚禄者的淫威和摇尾乞怜者的鄙态，具有很高的艺术概括力。苏轼《跋退之送李愿序》说：“唐无文章，唯韩退之《送李愿盘谷》一篇而已。”倾倒之情，溢于言表。

祭十二郎文[①]

年月日[②]，季父愈闻汝丧之七日[③]，乃能衔哀致诚[④]，使建中远具时羞之奠[⑤]，告汝十二郎之灵：

呜呼！吾少孤[⑥]，及长不省所怙[⑦]，惟兄嫂是依。中年兄殁南方[⑧]，吾与汝俱幼，从嫂归葬河阳[⑨]，既又与汝就食江南[⑩]，零丁孤苦，未尝一日相离也。吾上有三兄，皆不幸早世[⑪]，承先人后者[⑫]，在孙惟汝，在子惟吾；两世一身[⑬]，形单影只。嫂常抚汝指吾而言曰：“韩氏两世，惟此而已！”汝时尤小，当不复记忆；吾时虽能记忆，亦未知其言之悲也！

吾年十九，始来京城；其后四年，而归视汝。又四年，吾往河阳省坟墓[⑭]，遇汝从嫂丧来葬。又二年，吾佐董丞相于汴州[⑮]，汝来省吾，止一岁，请归取其孥[⑯]；明年丞相薨，吾去汴州[⑰]，汝不果来。是年，吾佐戎徐州[⑱]，使取汝者始行，吾又罢去[19]，汝又不果来。吾念汝从于东[20]，东亦客也，不可以久；图久远者，莫如西归，将成家而致汝[21]。呜呼，孰谓汝遽去吾而殁乎！吾与汝俱少年，以为虽暂相别，终当久相与处；故舍汝而旅食京师，以求斗斛之禄[22]；诚知其如此，虽万乘之公相[23]，吾不以一日辍汝而就也[24]！

去年孟东野往，吾书与汝曰[25]："吾年未四十，而视茫茫，而发苍苍[26]，而齿牙动摇。念诸父与诸兄[27]，皆康强而早世，如吾之衰者，其能久存乎！吾不可去，汝不肯来，恐旦暮死[28]，而汝抱无涯之戚也！"孰谓少者殁而长者存，强者夭而病者全乎[29]！呜呼，其信然邪？其梦邪？其传之非其真邪？信也，吾兄之盛德而夭其嗣乎？汝之纯明而不克蒙其泽乎[30]？少者强者而夭殁，长者衰者而存全乎？未可以为信也，梦也，传之非其真也，东野之书，耿兰之报[31]，何为而在吾侧也？呜呼！其信然矣，吾兄之盛德而夭其嗣矣！汝之纯明宜业其家者不克蒙其泽矣[32]！所谓天者诚难测，而神者诚难明矣！所谓理者不可推，而寿者不可知矣！虽然，吾自今年来，苍苍者或化而为白矣，动摇者或脱而落矣，毛血日益衰，志气日益微，几何不从汝而死也[33]！死而有知，其几何离[34]；其无知，悲不几时，而不悲者无穷期矣[35]！汝之子始十岁，吾之子始五岁[36]，少而强者不可保，如此孩提者又可冀其成立邪[37]？呜呼哀哉，呜呼哀哉！

汝去年书云：比得软脚病[38]，往往而剧。吾曰：是疾也，江南之人常常有之。未始以为忧也。呜呼！其竟以此而殒其生乎？抑别有疾而至斯乎[39]？汝之书六月十七日也；东野云：汝殁以六月二日，耿兰之报无月日：盖东野之使者不知问家人以月日，如耿兰之报不知当言月日[40]，东野与吾书乃问使者，使者妄称以应之耳[41]。其然乎？其不然乎？

今吾使建中祭汝，吊汝之孤与汝之乳母[42]。彼有食可守以待终丧，则待终丧而取以来[43]；如不能守以终丧，则遂取以来[44]。其余奴婢，并令守汝丧。吾力能改葬，终葬汝于先人之兆[45]，然后惟其所愿[46]。

呜呼！汝病吾不知时，汝殁吾不知日；生不能相养以共居，殁不得抚汝以尽哀[47]，敛不凭其棺[48]，窆不临其穴[49]；吾行负神明而使汝夭，不孝不慈，而不得与汝相养以生，相守以死；一在天之涯，一在地之角，生而影不与吾形相依，死而魂不与吾梦相接：吾实为之，其又何尤[50]？彼苍者天，曷其有极[51]！

自今已往，吾其无意于人世矣。当求数顷之田于伊、颍之上[52]，以待余年，教吾子与汝子幸其成[53]，长吾女与汝女待其嫁[54]：如此而已。

呜呼！言有穷而情不可终，汝其知也邪？其不知也邪？呜呼哀哉，尚飨[55]！

注释

① 祭文：祭悼死者的一种文体。十二郎：韩愈之侄，名老成。原为韩愈次兄韩介之子，出嗣给长兄韩会为子。他在族中排行第十二。 ② 年月日：应为"某年某月某日"，这里是原稿省写具体时间。 ③ 季父：叔父。 ④ 衔哀致诚：含着悲哀向死者表达诚意。 ⑤ 建中：人名，或是韩愈仆人。具：准备。时羞：即"时馐"，应时新鲜的菜肴。奠：祭品。 ⑥ 吾少孤：韩愈三岁丧父，即由长兄韩会、嫂子郑夫人抚养成人。 ⑦ 不省(xǐng)所怙(hù)：不知父亲的模样。所怙，指所依靠的父亲(实亦包括母亲)，古时丧父曰失怙。 ⑧ 中年兄殁南方：韩会死于韶州(今广东韶关)刺史任上，时年四十一，正当"中年"。 ⑨ 河阳：在今河南孟州市。 ⑩ 就食：谋生。江南：韩家有田宅在宣州（今安徽宣城)，唐时属江南西道。 ⑪ 早世：早死。 ⑫ 先人：指已死的父亲韩仲卿。 ⑬ 两世一身：子辈和孙辈这两代都只各剩一个男丁。 ⑭ 省：探望。 ⑮"吾佐"句：当时董晋以检校尚书左仆射、同中书门下平章事出任宣武军节度使，韩愈在其幕中任观察推官。汴州：今河南开封。 ⑯ 止一岁：住了一年。孥：儿女；也可作为妻子和儿女的统称。 ⑰ 薨(hōng)：古时称诸侯及大官之死。去：离开。 ⑱"吾佐戎"句：贞元十五年(799)秋，韩愈任徐泗濠节度使张建封的节度推官。佐戎：助理军务。徐州，今属江苏。 ⑲ 吾又罢去：贞元十六年五月，韩愈罢职离开徐州，赴洛阳。 ⑳"吾念"句：谓我想要你跟随我在东边。东，指汴州、徐州，均在家乡河阳之东。 ㉑ 西归：指返回河阳。致汝：接你来。 ㉒ 旅食：到外地谋生。斗斛(hú)之禄：喻指微薄的薪俸。斛，古代量器。 ㉓ 万乘(shèng)：车马很多，形容官高禄厚。乘，古代四匹马拉一兵车叫"乘"。 ㉔ 辍汝：离开你。就：指赴职上任。 ㉕ 孟东野：即孟郊，参见《送孟东野序》注①。贞元十八年，孟郊由长安赴任溧阳尉，溧阳离宣州不远，故韩愈托他捎信给老成。 ㉖ 茫茫：形容视力模糊不清。苍苍：形容头发灰白色。 ㉗ 诸父：指伯父叔父辈。 ㉘ 旦暮：早晚。 ㉙ 全：保全。 ㉚ 纯明：纯正明智。不克：不能。蒙其泽：受到先人的恩泽。 ㉛ 耿兰：不详，或是老成身边管家一类人。报：指丧报。

㉜ 宜业其家：应该继承先人的家业。 ㉝ 几何：过不了多久。 ㉞ 其几何离：没有几天的分离。意谓不久死后即可相会。 ㉟“其无知”三句：意谓若死而无知，则悲你已无多时，我死后的无穷之日，连悲你也不可能了。 ㊱“汝之子”二句：指韩老成的长子韩湘年十岁，韩愈之子韩昶年五岁。 ㊲ 冀其成立：希望他们成长立业。 ㊳ 比：近来。软脚病：脚气病。 ㊴ 斯：指死亡。 ㊵ 如：而。 ㊶ 妄称以应之：信口胡诌来应付他。 ㊷ 吊：抚慰。 ㊸ 终丧：守完三年丧期。取以来：指接孤儿和乳母来。 ㊹ 遂：立即。 ㊺ 先人之兆：指祖坟、家族墓地。 ㊻“然后”句：谓这样之后让奴婢们按其意愿，或去或留。 ㊼ 抚汝以尽哀：指抚尸痛哭。 ㊽ 敛：同“殓”，给死者穿衣入棺。凭：临。 ㊾ 窆(biǎn)：下棺入葬。 ㊿ 尤：怨恨。 (51) 曷其有极：谓我的悲痛哪有穷尽！ (52) 顷：田一百亩为顷。伊、颍：伊水、颍水，皆在河南境内，代指韩愈家乡。 (53) 幸：希望。 (54) 长：养育。 (55) 尚飨：希望死者魂灵来享受祭品。祭文结尾常用语。

品评

沈德潜评本篇“是祭文变体，亦是祭文绝调”，颇有见地；或许可以补充说，之所以成为“绝调”，乃是由于“变体”。

祭文偏重于抒发对死者的悼念哀痛之情，但一般是结合对死者功业德行的颂扬而展开的。韩愈此文却首先在内容上突破这一固定格局，而是以家常琐事为主要内容，表达刻骨铭心的一片骨肉至情。这为后世欧阳修《泷岗阡表》、归有光《项脊轩志》、袁枚《祭妹文》等开辟新径。本文的最突出之处是抒情的真和深。在情的内涵上主要从以下三点切入：一是强调家族亲情关系。作者和老成，名为叔侄，情同兄弟。两世一身，已见韩门孤弱；今老成先逝，子女幼小，更显得家族的凋零，振兴的无望。这在注重门庭家道的古代，引起韩愈的切肤之痛是理所当然的。二是突出老成之死的出乎意外。老成比作者年少而体强，早逝者原应是自己，但现实却是“强者夭而病者全”；老成得常见的软脚病，作者不以为意，毫无精神准备。因而对老成的遽死追悔莫及，意外的打击正使骨肉悲痛达于极点。三是融注宦海浮沉之苦和人生无常之感，并以此深化亲情。作者以为二人均尚年轻，便不以暂别为重，求食求禄，奔走仕途，因而别多聚少，而今铸成终身遗憾；作者求索老成的死因和死期，却坠入乍信乍疑，如梦如幻的迷境，深觉生命飘忽，倍增哀感的痛切。

祭文多用四言韵语，或用骚体、骈文，以便于吟诵。本篇却纯用散体，全不押韵，而且采取与死者对话方式，边诉边泣，吞吐呜咽，交织着悔恨、悲痛、自责等种种感情，似在生者和死者之间作无穷无尽的长谈。如写闻讣情景，从“其信然邪”到“未可以为信也”到“其信然矣”，语句重叠絮叨，适足表现其惊疑无定的心理状态。末尾“汝病吾不知时，汝殁吾不知日”一大段，多用排句，情绪激宕，一气呵成。这一切又都从肺腑中自然流出，正如明人郭正诚所言，“满眼涕洟，无限伤神，情真语真”，因而具有震撼人心的力量。

毛颖传[①]

毛颖者，中山人也[②]。其先明视[③]，佐禹治东方土，养万物有功，因封于卯地[④]，死为十二神[⑤]。尝曰：“吾子孙神明之后，不可与物同，当吐而生[⑥]。”已而果然。明视八世孙䨲[⑦]，世传当殷时居中山，得神仙之术，能匿光使物[⑧]，窃姮娥，骑蟾蜍入月[⑨]，其后代遂隐不仕云。居东郭者曰㕙[⑩]，狡而善走，与韩卢争能，卢不及，卢怒，与宋鹊谋而杀之，醢其家[⑪]。

秦始皇时，蒙将军恬南伐楚，次中山[⑫]，将大猎以惧楚，召左、右庶长与军尉[⑬]，以《连山》筮之[⑭]，得天与人文之兆。筮者贺曰：“今日之获，不角不牙[⑮]，衣褐之徒[⑯]，缺口而长须[⑰]，八窍而趺居[⑱]，独取其髦[⑲]，简牍是资[⑳]。天下其同书[㉑]，秦其遂兼诸侯乎！”遂猎，围毛氏之族，拔其豪[㉒]，载颖而归，献俘于章台宫[㉓]，聚其族而加束缚焉[㉔]。秦皇帝使恬赐之汤沐[㉕]，而封诸管城[㉖]，号曰管城子，日见亲宠任事。

颖为人强记而便敏[㉗]，自结绳之代以及秦事[㉘]，无不纂录。阴阳、卜筮、占相、医方、族氏、山经、地志、字书、图画、九流、百家、天人之书，及至浮图、老子、外国之说，皆所详悉[㉙]。又通于当代之务，官府簿书、市井货钱注记，惟上所使[㉚]。自秦皇帝及太子扶苏、胡亥、丞相斯、中车府令高[㉛]，下及国人，无不爱重。又善随人意，正直、邪曲、巧拙，一随其人；虽见废弃，终默不泄。惟不喜武士，然见请亦时往。累拜中书令，与上益狎[㉜]，上尝呼为“中书君”。上亲决事，以衡石自程[㉝]，虽宫人不得立左右，独颖与执烛者常侍。上休方罢，颖与绛人陈玄、弘农陶泓及会稽褚先生友善[㉞]，相推致[㉟]，其出处必偕。上召颖，三人者，不待诏辄俱往，上未尝怪焉。

后因进见，上将有任使，拂拭之，因免冠谢[㊱]。上见其发秃，又所摹画不能称上意，上嘻笑曰：“中书君，老而秃，不任吾用[㊲]。吾尝谓君中书，君今不中书邪?”对曰:“臣所谓尽心者[38]。”因不复召,归封邑,终于管城。其子孙甚多,散处中国夷狄,皆冒管城;惟居中山者,能继父祖业。

太史公曰[39]:毛氏有两族:其一姬姓,文王之子,封于毛,所谓鲁卫毛聃者也[40],战国时有毛公、毛遂[41];独中山之族不知其本所出,子孙最为蕃昌[42]。《春秋》之成,见绝于孔子,而非其罪[43]。及蒙将军拔中山之豪,始皇封诸管城,世遂有名,而姬姓之毛无闻。颖始以俘见,卒见任使,秦之灭诸侯,颖与有功[44],赏不酬劳,以老见疏,秦真少恩哉!

注释

① 传:传记体,用以记叙人物,有史传、家传、杂传、自传等类。本篇是摹仿史书列传体裁写成的寓言性小说。毛颖:指毛笔,这里作人名用。颖,笔尖。② 中山:战国时有中山国,后为赵国所并吞。东汉时诸郡献兔毫,以赵地所产最为适用。一说中山为山名,在今江苏溧水境内,特产兔毫笔。 ③ 明视:兔的别名。 ④“佐禹”三句:十二地支与十二种动物相配,兔为卯。卯的方位在东方,四时中春的位置也在东方。 ⑤ 死为十二神:谓死后成为十二神之一(即十二生肖之神,人身兽头)。 ⑥ 当吐而生:古时传说,母兔产子是从口中而出的。⑦ 䨲(rū):小兔子。 ⑧ 匿光使物:指隐身、驱使鬼物等法术。 ⑨“窃姮娥”二句:传说月中有嫦娥、玉兔、蟾蜍。姮(héng)娥:嫦娥。蟾蜍(chán chú):蛤蟆。⑩ 郭:城廓。㕙(jùn):狡兔名。 ⑪“狡而善走”六句:《战国策·齐策》中有狡兔和韩卢(韩国良犬名)相争的故事。宋鹊:宋国良犬名。醢(hǎi):肉酱,这里作动词用。此二狗谋吃兔群的情节乃韩愈所编造。 ⑫ 蒙恬:秦大将,旧传毛笔系他所发明。次:驻扎。 ⑬ 左、右庶长:秦时爵位。 ⑭《连山》:上古时的占卦书。筮(shì):用蓍草占卜。 ⑮ 不角不牙:指兔无角无犬牙。 ⑯ 褐:粗麻织成的黑黄色短衣,这里比拟兔毛颜色。 ⑰“缺口”句:兔子上唇豁裂,有胡须。 ⑱ 八窍:传说兔有八窍。趺(fū)居:盘足而蹲。居,通“踞”。 ⑲ 髦(máo):毛中长毫,比喻俊杰的人。 ⑳ 简牍:古时书写用的竹简、木片。资:凭借。 ㉑ 同书:指秦始皇时统一全国文字,即“书同文”。亦指同用毛笔书写。㉒ 豪:通“毫”。这里亦双关,既指豪杰,又指毫毛。 ㉓ 章台宫:秦宫殿名。㉔“聚其族”句:指制作笔头要用许多毛捆扎而成。 ㉕ 汤沐:古时封邑称为“汤沐邑”。亦指制笔时兔毛要用热水洗净。 ㉖ 管城:古地名,周初管叔(文王

之子)封地。亦指笔头要插进笔管。 ㉗ 强记:记忆力强。便敏:机灵敏捷。㉘ 结绳之代:结绳记事的远古时代。 ㉙ 字书:识字用的书。九流:指儒、道、阴阳、法、名、墨、纵横、杂、农等九家学说。百家:即诸子百家。天人:天象和人事。浮图:佛。 ㉚ 簿书:簿册文书。注记:记载。 ㉛ 胡亥:即秦二世。丞相斯:即李斯。中车府令高:即宦官赵高,曾任中车府令,掌管皇帝乘车等事务。㉜ 中书令:官名,西汉初设,掌管传宣诏命。秦时尚无此官,"中书"二字亦指毛笔适宜书写。狎(xiá):亲昵。 ㉝ 以衡石自程:谓自己规定看完一百二十斤简牍为指标。衡,称量。石,相当于一百二十斤。程,限度。 ㉞ 绛人陈玄:指墨。唐代绛州(今山西绛县)产名墨。墨色玄黑,以陈墨为佳,故名陈玄。弘农陶泓:指砚。唐代虢州(即汉弘农郡,今河南灵宝)产名砚。砚为陶制,似池,故名陶泓。会稽褚先生:指纸。唐代越州(即汉会稽郡,今浙江绍兴)产名纸。楮为纸的原料,"楮"、"褚"音同形近,故称。 ㉟ 相推致:互相推许。 ㊱ 免冠谢:脱帽行礼。亦指用笔时要去掉笔帽。 ㊲ 不任:不能胜任。 ㊳ 尽心:亦指笔心毫毛磨尽。 ㊴ 太史公曰:《史记》体例,篇末均有论赞,以"太史公"领起。这里即模仿此例。 ㊵ "毛氏"五句:周文王四个儿子,周公旦封鲁,康叔封卫,毛伯郑封毛,聃季载封聃。周,姬姓。 ㊶ 毛公:战国时信陵君门客。毛遂:战国时平原君门客,曾自我推荐。 ㊷ 蕃(fán):同"繁"。 ㊸ 而非其罪:孔子作《春秋》,因见瑞兽麟被捕获,认为"吾道穷矣",便绝笔不作。这不能怪罪于笔。 ㊹ 与:参与。

品评

苏轼《顷年杨康功使高丽还……》诗云:"退之仙人也,游戏于斯文。"韩愈除了写作严肃性的高文宏篇外,也擅长幽默性的俳谐游戏之文。这种"以文为戏",充分表现出他的个性魅力,反映出自我平衡、自我放松的心理要求,洋溢着别样的美学趣味,增强了散文的文学性;同时,在戏谑中也往往融入某种社会内容,体现出"含着眼泪的微笑"的特点,"不得仅目为游戏文字"(黄仁黼语)。本文即是满纸诙谐而寄托深微的名篇。

通篇为毛笔立传,把毛笔拟人化:亦人亦笔,一笔两写,巧借双关。作者以正史列传的形式,串联了许多与毛笔有关的内容,如笔的传说、典故以及原料、产地、特点、形状、功能、制笔工序等等,饶有风趣地摹写了笔的形象,极为工巧贴切。作者又以笔的遭遇来折射世态人情。毛笔一生尽心尽力,而终以老残见疏,正是人世间士人命运的写照。结尾一句“秦真少恩哉”，愤激尖锐，概括出专制当权者刻薄寡恩、冷酷无情的本性，是全文的点睛之笔。

本文具有长于虚构、故事性强的小说色彩，但与当时流行的“传奇”在艺术风格上仍有区别。唐传奇“源盖出于志怪”（鲁迅语），以辞采华美、刻画细腻、情节曲折好奇为其特征；韩愈本篇却受《史记》等影响，妙词隽语随笔涌出，但雅洁凝重，琢炼生动；柳宗元读此文后曾赞云：“若捕龙蛇、捕虎豹，急与之角而力不敢暇。”亦见其文气的充沛激宕，结构的变幻莫测，因而在性质上仍属于当时所谓的“古文”。注意其与“传奇”小说的风格差别，我们的鉴赏领悟似能更加深入。

白居易

白居易(772—846),字乐天,号香山居士,河南新郑(今郑州新郑)人,祖籍山西太原。晚年官至太子少傅,谥号文,世称白傅、白文公。在文学上积极倡导新乐府运动,主张“文章合为时而著,歌诗合为事而作”,写下了不少感叹时世、反映民瘼的诗篇。他的诗文流传极为广泛,不仅在中国文学史上占有重要地位,对日、韩等国家的文化也都产生了深远影响。白居易和元稹并称“元白”,和刘禹锡并称“刘白”,与李白、杜甫一道为后人尊为唐代“三大诗人”。存诗二千八百多首,居唐代诗人之首。有《白氏长庆集》传世。《旧唐书》卷一六六、《新唐书》卷一一九有传。

庐山草堂记

匡庐奇秀[1],甲天下山。山北峰曰香炉峰,北寺曰遗爱寺。介峰寺间[2],其境胜绝[3],又甲庐山。

元和十一年秋,太原人白乐天见而爱之,若远行客过故乡,恋恋不能去[4]。因面峰腋寺[5],作为草堂。明年春,草堂成。三间两柱,二室四牖[6],广袤丰杀[7],一称心力[8]。洞北户,来阴风,防徂暑也[9];敞南甍,纳阳日,虞祁寒也[10]。木斫而已[11],不加丹[12];墙圬而已[13],不加白。碱阶用石[14],幂窗用纸[15],竹帘纻帏[16],率称是焉[17]。堂中设木榻四,素屏二,漆琴一张,儒、道、佛书各三两卷。

乐天既来为主[18],仰观山,俯听泉,旁睨竹树云石,自辰及酉[19],应接不暇。俄而物诱气随[20],外适内和[21]。一宿体宁,再宿心恬,三宿后颓然嗒然[22],不知其然而然[23]。

自问其故,答曰:是居也[24],前有平地,轮广十丈[25];中有平台,半平地;台南有方池,倍平台。环池多山竹野卉,池中生莲白鱼。又南抵石涧,夹涧有古松老杉,大仅十人围[26],高不知几百尺。修柯戛云[27],低枝拂潭,如幢竖[28],如盖张[29],如龙蛇走。松下多灌丛,萝茑叶蔓,骈织承翳[30],日月光不到地,盛夏风气如八九月时[31]。下铺白石,为出入道。堂北五步,据层崖积石[32],嵌空垤块[33],杂木异草,盖覆其上。绿阴蒙蒙[34],朱实离离[35],不识其名,四时一色。又有飞泉植茗[36],就以烹燀[37],好事者见[38],可以销永日[39]。堂东有瀑布,水悬三尺,泻阶隅,落石渠,昏晓如练色[40],夜中如环佩琴筑声[41]。堂西倚北崖右趾[42],以剖竹架空[43],引崖上泉,脉分线悬[44],自檐注砌[45],累累如贯珠,霏微如雨露[46],滴沥飘洒,随风远去。其四旁耳目、杖屦可及者[47],春有锦绣谷花,夏有石门涧云,秋有虎溪月,冬有炉峰雪。阴晴显晦[48],昏旦含吐[49],千变万状,不可殚纪[50]、䚕缕而言[51],故云甲庐山者。

噫!凡人丰一屋[52],华一箦[53],而起居其间,尚不免有骄稳之态[54];今我为是物主[55],物至致知[56],各以类至,又安得不外适内和,体宁心恬哉!昔永、远、宗、雷辈十八人同入此山[57],老死不返,去我千载[58],我知其心以是哉[59]!

矧予自思[60]:从幼迨老[61],若白屋[62],若朱门,凡所止[63],虽一日二日,辄覆篑土为台,聚拳石为山,环斗水为池,其喜山水病癖如此。一旦蹇剥[64],来佐江郡[65]。郡守以优容而抚我[66],庐山以灵胜待我,是天与我时,地与我所,卒获所好[67],又何求焉!尚以冗员所羁[68],余累未尽,或往或来,未遑宁处[69]。待予异时[70],弟妹婚嫁毕,司马岁秩满[71],出处行止[72],得以自遂[73],则必左手引妻子,右手抱琴书,终老于斯,以成就我平生之志。清泉白石,实闻此言[74]!

时三月二十七日,始居新堂。四月九日,与河南元集虚、范阳张允中、南阳张深之、东西二林长老凑[75]、朗、满、晦、坚等凡二十有二人,具斋施茶果以落之[76]。因为《草堂记》。

注释

① 匡庐:指江西庐山。相传殷周之际有匡俗兄弟七人结庐于此,故称。② 介:处于。 ③ 胜绝:好到极致。 ④ 不能去:舍不得离开。 ⑤ 因面峰腋

寺：于是在面对香炉峰、紧挨遗爱寺的地方。因，于是。腋，紧挨。 ⑥ 牖(yǒu)：窗户。 ⑦ 广袤(mào)：土地的长和宽。我国古代以东西的长度为广，南北的宽度为袤。丰杀(shài)：或宽大或窄小。 ⑧ 一称(chèn)心力：都与自己的心愿、财力相称。 ⑨"洞北户"三句：意思是在北面开了个窗户，让凉风能够吹进来，以防暑日炎热。 ⑩"敞南甍"三句：意谓把南向的屋脊造得很高敞，让太阳光照射进来，以防冬日严寒。甍(méng)：屋脊。虞：防范。祁寒：大寒，严寒。 ⑪ 斫：砍削。 ⑫ 加丹：涂上朱色的油漆。 ⑬ 圬(wū)：涂抹泥巴。 ⑭ 碱(qì)：同"砌"。 ⑮ 幂(mì)窗：即糊窗。幂，覆盖、遮盖。 ⑯ 纻(zhù)：粗麻布。 ⑰ 率：大致。称(chèn)是：与这些东西相称。 ⑱ 既来为主：既然来做了庐山草堂的主人。 ⑲ 自辰及酉：从早晨到黄昏。上午七点至九点为辰时，下午五点到七点为酉时。 ⑳ 俄而：一会儿。物诱气随：外界景物招引人，人也觉得身心与自然融洽相处。 ㉑ 外适内和：身体舒适，内心平和。 ㉒ 颓然嗒(tà)然：形容身心俱遣、物我两忘的神态。 ㉓"不知"句：不明白为什么如此而竟然如此。 ㉔ 是：这。 ㉕ 轮广：意同广袤。南北为"轮"，东西为"广"。 ㉖ 十人围：十个人围抱，形容树干粗大。 ㉗ 戛(jiá)：敲打，此处指高的树枝触碰着云朵。 ㉘ 幢(chuáng)：古代原指支撑帐幕、伞盖、旌旗的木竿，后借指帐幕、伞盖、旌旗。 ㉙ 盖：伞。 ㉚ 骈(pián)：并列。织：交织。承：托。翳(yì)：覆盖。 ㉛ 风气：天气，气候。 ㉜ 据层崖积石：依靠着高崖，堆积假山。 ㉝ 嵌空：玲珑剔透的样子。垤(dié)块：小山丘。 ㉞ 蒙蒙：形容树荫浓密。 ㉟ 离离：形容果实累累。 ㊱ 飞泉：飞动的泉水，一般指瀑布。植茗：挺直的茶树。因茶树有乔木类与灌木类，此指乔木类茶树。 ㊲ 燀(chǎn)：煮。 ㊳ 好事者见：有好事的客人来访。 ㊴ 可以销永日：可以借此消磨终日。 ㊵ 练：白绸。 ㊶ 环佩：古人衣带上系挂的玉环和玉佩(走路时相互撞击，发出悦耳的声音)。筑：一种古代的打击乐器。 ㊷ 趾：指山脚下。 ㊸ 剖竹架空：把竹子剖开架起来，作引水的器具。 ㊹ 脉分线悬：(剖竹)像血脉分布，(接引的泉水)像线悬挂空中。 ㊺ 砌：台阶。 ㊻ 霏微：细雨飘洒的样子。 ㊼ 杖屦(jù)：拐杖和鞋子。意指徒步。 ㊽ 显晦：明亮和昏暗。 ㊾ 含吐：隐没和出现。 ㊿ 殚(dān)：尽。 51 觇(luó)缕：委曲详尽。 52 丰一屋：造了一间宽敞的屋子。 53 华一箦(zé)：拥有一张华丽的竹席。 54 骄稳：指志得意满。 55 是物：指草堂及其周围的景物。 56 物至致知：各种景物来到眼前，使人增长知识。语出《大学》:“致知在格物。” ⑰ 永:慧永,东晋高僧,在庐山建西林寺。远:慧远,慧永的兄弟,在山中建东林寺。据载慧远等十八人在东林寺结为白莲社,其中十人为僧人,八人为居士。宗炳、雷次宗是当时有名的隐士,参与白莲结社。 ⑱ 千载:时间久远的夸张说法。 ⑲ 以是:由于这个缘故(指前文所说“今我为是物主,物至致知,各以类至,又安得不外适内和,体宁心恬哉”)。⑳ 矧(shěn):况且。 ㉑ 迨(dài):及、到。 ㉒ 白屋:茅屋,指贫寒人家。朱门:红漆大门,指富贵人家。 ㉓ 止:住。 ㉔ 蹇(jiǎn)剥:困顿,命运不济。㉕ 佐江郡:任江州司马之职。司马是辅佐刺史的官,故称。 ㉖ 郡守:指江州刺史。 ㉗ 卒:最终,毕竟。 ㉘ 冗(rǒng)员:可有可无的闲散官员。因司马之职事务不多,故称。 ㉙ 未遑(huáng)宁处:没有闲暇安稳地居住。 ㉚ 异时:他日,将来。 ㉛ 岁秩:任期。 ㉜ 出处行止:指出去做官或不出去做官。㉝ 自遂:顺从自己的意愿。 ㉞ “清泉”二句:这是发誓的话,意谓清泉白石可以作证。 ㉟ 东西二林:东林寺与西林寺。 ㊱ 具斋:备下斋饭。落之:指庆贺庐山草堂的落成。

品评

中唐以来,藩镇割据与宦官用权成为帝国最棘手的问题。唐宪宗元和十年(815),淄青平卢节度使李师道勾结朝中太监,派刺客刺死主张用兵削藩的宰相武元衡,刺伤御史中丞裴度,一时朝野震动。白居易时任左赞善大夫,不顾个人安危,“越职奏事”,请求捕凶,以雪国耻。不料却遭权贵诬陷,贬为江州司马。元和十一年,他在庐山营建草堂,次年落成。这篇《庐山草堂记》即作于此时。

白居易以诗名世,其实,他在散文创作上同样可称行家里手。本文以精悍醒豁之语开篇,赞叹庐山之“奇秀”与草堂所在地之“胜绝”,先声夺人,既总起全文,又引起阅读兴趣。随后接以要言不烦的经济笔法,描写草堂的建筑特点与堂中陈设,寥寥数笔,草堂情状跃然纸上。行文至此,方进入文章主体部分,作者用极为精致生动的语言,落笔悠悠,详细描摹草堂四周景物与四时风光,将草堂纳于庐山美好的山水之中,以周遭风景突显草堂的主体地位,既切题,又能宕开笔触,不至过于粘题。最后转入议论,点出“外适内和、体宁心恬”的心灵体验,并表达了“终老于斯,以成就我平生之志”的誓愿。

全文语言清丽,平易浅近,和缓安雅,很好地体现了白氏的文学特色;亦骈亦散、骈散相间的文体风格,亦使文章活泼灵动,朗朗上口,富于节奏感与韵律感。

需要指出的是，本文是作者贬居江州时所作，故而细心体察，不难发现平淡闲雅的语言背后隐隐透出一股抑塞不平之气，流露人生无常、余累未尽的身世沧桑之慨。知人论世地看，这无疑是本文值得涵咏玩味的一个重要因素。而作者对庐山草堂建筑及其环境的写实描摹，也使本文成为后人研究我国古代园林艺术及其思想的重要史料。

柳宗元

柳宗元(773—819),字子厚,河东(今山西永济)人。唐德宗贞元时进士。曾任集贤殿正字、监察御史里行等职。他参与王叔文集团的政治革新活动,任礼部员外郎。不久,革新失败,被贬为永州(今属湖南)司马。十年后改任柳州(今属广西)刺史,卒于任所。他是著名散文家、诗人,与韩愈一起推行古文运动,并称"韩柳"。其散文以清峻著称,发展和完善了寓言、山水游记等文体,达到很高成就。有《柳河东集》。《旧唐书》卷一六〇、《新唐书》卷二一四有传。

捕蛇者说

永州之野产异蛇,黑质而白章①;触草木,尽死;以啮人,无御之者②。然得而腊之以为饵③,可以已大风、挛踠、瘘疠④,去死肌,杀三虫⑤。其始,太医以王命聚之,岁赋其二⑥。募有能捕之者,当其租入⑦。永之人争奔走焉⑧。

有蒋氏者,专其利三世矣⑨。问之,则曰:"吾祖死于是,吾父死于是,今吾嗣为之十二年⑩,几死者数矣⑪。"言之,貌若甚戚者。余悲之,且曰:"若毒之乎⑫?余将告于莅事者⑬,更若役,复若赋⑭,则何如?"蒋氏大戚,汪然出涕,曰:"君将哀而生之乎⑮?则吾斯役之不幸,未若复吾赋不幸之甚也⑯。向吾不为斯役⑰,则久已病矣⑱。自吾氏三世居是乡,积于今六十岁矣,而乡邻之生日蹙⑲。殚其地之出,竭其庐之入⑳,号呼而转徙㉑,饥渴而顿踣㉒,触风雨,犯寒暑,呼嘘毒疠㉓,往往而死者相藉也㉔。曩与吾祖居者㉕,今其室十无一焉;与吾父居者,今其室十无二三焉;与吾居十二年者,今其室十无四五焉。非死而徙尔[26]！而吾以捕蛇独存。悍吏之来吾乡，叫嚣乎东西[27]，隳突乎南北[28]，哗然而骇者，虽鸡狗不得宁焉。吾恂恂而起[29]，视其缶[30]，而吾蛇尚存，则弛然而卧[31]。谨食之[32]，时而献焉[33]。退而甘食其土之有[34]，以尽吾齿[35]。盖一岁之犯死者二焉，其余则熙熙而乐[36]。岂若吾乡邻之旦旦有是哉[37]！今虽死乎此，比吾乡邻之死则已后矣。又安敢毒耶？"

余闻而愈悲。孔子曰："苛政猛于虎也[38]。"吾尝疑乎是。今以蒋氏观之，犹信。呜呼！孰知赋敛之毒，有甚是蛇者乎！故为之说，以俟夫观人风者得焉[39]。

注释

① 质：质地，指蛇体。章：花纹。 ② 啮(niè)：咬。御：抵挡，这里指救治。 ③ 腊(xī)：把肉晾干。饵：药饵、药物。 ④ 已：治愈。大风：麻风病。挛踠(luán wǎn)：手足蜷曲不能伸展的病。瘘(lòu)：脖子肿烂。疠(lì)：毒疮。 ⑤ 死肌：丧失机能的肌肉。三虫：即"三尸虫"，道家认为人体内有此虫即能致病。这里泛指人体内的寄生虫。 ⑥ 聚之：征集此蛇。岁赋其二：每年征缴两次。 ⑦ 当：抵充。 ⑧"永之人"句：谓永州的人争着去捕蛇了。 ⑨ 专其利：独享以蛇抵税的好处。 ⑩ 嗣：继承。 ⑪ 几：几乎。数(shuò)：多次。 ⑫ 若毒之乎：谓你痛恨捕蛇这差事吗？若，你。 ⑬ 莅(lì)事者：指管事的官员。 ⑭"更若役"二句：谓更换你的差事，恢复你的赋税。 ⑮"君将"句：谓您是怜悯我，让我活下去吗？ ⑯ 未若：比不上。 ⑰ 向：假如。 ⑱ 病：指生活困苦。 ⑲ 生：生计。日蹙(cù)：一天比一天窘迫。 ⑳"殚其地"二句：谓缴光田地上的出产，用尽全家的收入。 ㉑ 转徙：辗转迁徙。 ㉒ 顿：劳累。踣(bó)：跌倒。 ㉓ 呼嘘毒疠：谓呼吸毒气。 ㉔ 相藉：互相叠压。 ㉕ 曩(nǎng)：从前。 ㉖ 非死而徙：谓不是已死亡就是迁移了。 ㉗ 乎：同"于"。 ㉘ 隳(huī)突：喧闹冲撞。 ㉙ 恂(xún)恂：小心的样子。 ㉚ 缶(fǒu)：瓦罐。 ㉛ 弛然：放心的样子。 ㉜ 食：通"饲"，喂养。 ㉝ 时而献焉：谓按规定之时去献蛇。 ㉞ 土之有：指田里出产的东西。 ㉟ 以尽吾齿：谓过完我的一生。齿，年岁。 ㊱ 熙熙：快乐的样子。 ㊲ 旦旦有是：每天都有死亡的威胁。 ㊳"苛政"句：孔子此语见《礼记·檀弓》。 ㊴ 俟(sì)：等待。人风：民风。唐人为避太宗李世民的名讳，以"人"代"民"。

品评

“说”本属议论类的文体，而此文却寓政见于叙事之中。以对话的形式，反映了捕蛇者蒋氏的遭遇，向读者展示出唐中叶以后广大农村在沉重赋敛压榨下民不聊生、荒芜凋敝的惨状。作者寄予了莫大的同情和忧虑，也对统治者发出了严正的警诫。这在文体上是一种创变。

形容苛政的为祸剧烈，孔子早已用猛虎来比拟，提出了著名的“苛政猛于虎”的观点。柳宗元用毒蛇来喻说，其看法和思路与孔子一脉相承。但柳文的描写更为生动形象，而且他抓住“猛于”二字，突出蛇毒和赋敛之毒两者的对比。文章先强调捕蛇的危险，蒋氏三世，“吾祖死”、“吾父死”、吾“几死者数”，三个“死”字可谓惊心动魄，为下文反衬赋敛之毒作了有力的铺垫。在比较两者时，作者借蒋氏之口，说明乡邻因赋税而生计日蹙，非死即迁，蒋氏以捕蛇独存；乡邻受悍吏之扰，鸡犬不宁，而蒋氏以蛇却能弛然而卧，甘食而尽天年；蒋氏一年之中仅两次冒死捕蛇，而乡邻却天天存在死亡的威胁。在这层层对比中，逐渐推进主题，得出了不容置辩的结论：“赋敛之毒有甚是蛇。”这种写法，其说服力和感染力并不逊于雄辩滔滔的议论。

前人评论此文，“此小文耳，却有许大议论”（吴楚材语），“立言之巧，亦即结构之精”（余诚语），洵为的评。

此文和下面的《种树郭橐驼传》一样，借人物故事来指斥时弊，都是现实性、政治性很强的散文。

种树郭橐驼传[①]

郭橐驼，不知始何名[②]。病瘘[③]，隆然伏行[④]，有类橐驼者，故乡人号之“驼”。驼闻之曰：“甚善，名我固当[⑤]。”因舍其名，亦自谓“橐驼”云。其乡曰丰乐乡，在长安西。驼业种树[⑥]，凡长安豪富人为观游及卖果者[⑦]，皆争迎取养。视驼所种树，或移徙[⑧]，无不活，且硕茂、蚤实以蕃。他植者虽窥伺效慕，莫能如也。

有问之，对曰：“橐驼非能使木寿且孳也[⑨]，能顺木之天以致其性焉尔[⑩]。凡植木之性：其本欲舒[⑪]，其培欲平[⑫]，其土欲故[⑬]，其筑欲密[⑭]。既然已[⑮]，勿动勿虑，去不复顾。其莳也若子[⑯]，其置也若弃[⑰]，则其天者全而其性得矣。

故吾不害其长而已[18]，非有能硕茂之也；不抑耗其实而已[19]，非有能蚤而蕃之也。他植者则不然。根拳而土易[20]，其培之也，若不过焉则不及[21]。苟有能反是者[22]，则又爱之太恩[23]，忧之太勤，旦视而暮抚，已去而复顾。甚者爪其肤以验其生枯[24]，摇其本以观其疏密，而木之性日以离矣[25]。虽曰爱之，其实害之；虽曰忧之，其实雠之：故不我若也[26]。吾又何能为哉！”

问者曰：“以子之道，移之官理[27]，可乎？”驼曰：“我知种树而已，理，非吾业也。然吾居乡，见长人者好烦其令[28]，若甚怜焉，而卒以祸[29]。旦暮吏来而呼曰：‘官命促尔耕，勖尔植[30]，督尔获；蚤缫而绪[31]，蚤织而缕；字而幼孩[32]，遂而鸡豚[33]。’鸣鼓而聚之，击木而召之[34]。吾小人辍飧饔以劳吏者[35]，且不得暇，又何以蕃吾生而安吾性耶[36]？故病且怠。若是，则与吾业者，其亦有类乎？”

问者嘻曰：“不亦善夫！吾问养树，得养人术。”传其事以为官戒。

注释

①橐(tuó)驼：骆驼。 ②始：原先。 ③瘘(lòu)：痀偻，驼背病。 ④隆然：高耸的样子。伏行：俯着身体走路。 ⑤名我固当：用这个名字来叫我确实很恰当。名，作动词用。 ⑥业种树：以种树为业。 ⑦为观游：指建造观赏游玩的园林。 ⑧移徙：指树的移植。 ⑨寿：活得长久。孳(zī)：繁殖。 ⑩天：自然的生长规律。致其性：尽其本性的发展。 ⑪本：树根。舒：伸展。 ⑫培：培土。平：平坦均匀。 ⑬故：指旧土、原有的土。 ⑭筑：捣土。密：密实。 ⑮既然已：这样做完后。 ⑯莳(shì)：移植、栽种。若子：指像照顾子女一样小心周到。 ⑰置：搁置。 ⑱不害其长：不妨害它的生长。 ⑲抑耗：抑制损耗。 ⑳拳：屈曲。易：更换。 ㉑“其培之”二句：谓培土时，不是过分就是不足。 ㉒苟：如果。反是：与此相反。 ㉓太恩：指对树爱护得太深厚。 ㉔爪其肤：用手指刮破树皮。 ㉕日以离：渐渐丧失。 ㉖不我若：即“不若我”，不如我。 ㉗官理：指官府治民。唐人为避高宗李治的名讳，以“理”代“治”。 ㉘长(zhǎng)人者：指官员。烦其令：把政令搞得繁琐。 ㉙卒以祸：结果给人造成灾祸。 ㉚勖(xù)：勉励。 ㉛缫(sāo)：煮茧抽丝。而：同“尔”，你。绪：丝头，这里即指丝。 ㉜字：养育。 ㉝遂：成功，这里指喂大。 ㉞击木：敲木梆。 ㉟“吾小人”句：谓我们小百姓顾不上吃饭来接待差吏。

辍：停止。飧（sūn）：晚饭。饔（yōng）：早饭。劳：慰劳、接待。㊱蕃吾生：繁育我们的后代。安吾性：指安定我们的生活。性，这里指人的生活本能。

品评

这是一篇以人物传记体裁写成的寓言杂文，郭橐驼者，不一定实有其人。文章借郭橐驼的植树之道阐明为官的养民之理，可作“官箴”看。

作者认为治民应“顺天致性”，尊重民意，顺应民情，不要过多地干涉，不要人为地生事。这一思想最早见于老子的表述：“治大国若烹小鲜。”但老子的立足点是无为而治，柳宗元的政治思想却要积极得多。他的“顺天致性”，并不是取消一切人为的努力，而是要求适度。这从文中对“过”和“不及”两方面的批评中也可以看出。同时，这一思想又具有明确的现实针对性，即寓有对当时弊政的纠补之意。他不满于频繁无度的政令对百姓的骚扰，希望停止那种“若怜卒祸”的害民行为，给他们去烦“松绑”。本文从植树说到治民，实又超出两者而具有更普遍的意义：一切事物要求得发展，必须顺应其本身的自然规律。寓言作品往往会有这种从个别到一般的启示作用。

作者对不懂植树之道的“他植者”和“好烦其令”的官吏的描写颇为传神，两两对读，尤相映成趣。比如他植者“旦视暮抚，已去复顾”，官吏亦“旦暮来而呼”；他植者掐树以验生枯，摇树以观疏密，官吏则鸣鼓击木，召聚百姓，无休止地发号施令。而排比句的运用，显示出这两类人的不明事理、繁琐多事之状。

金圣叹评曰：“纯是上圣至理，而以寓言出之，颇疑昌黎未必有此。”欲轩轾韩、柳，虽不一定见得合理，但足以说明柳宗元此文的境界。

三戒[①]并序

吾恒恶世之人，不知推己之本[②]，而乘物以逞[③]，或依势以干非其类[④]，出技以怒强[⑤]，窃时以肆暴[⑥]，然卒迨于祸[⑦]。有客谈麋、驴、鼠三物[⑧]，似其事，作《三戒》。

临江之麋

临江之人畋得麋麑[⑨]，畜之。入门，群犬垂涎，扬尾皆来。其人怒，怛之[10]。自是日抱就犬[11]，习示之，使勿动[12]，稍使与之戏。积久，犬皆如人意。麋麑稍大，忘己之麋也，以为犬良我友[13]，抵触偃仆[14]，益狎[15]。犬畏主人，与之俯仰甚善，然时啖其舌[16]。

三年，麋出门，见外犬在道甚众，走欲与为戏。外犬见而喜且怒，共杀食之，狼藉道上[17]。麋至死不悟。

黔之驴[18]

黔无驴，有好事者船载以入[19]。至则无可用，放之山下。虎见之，庞然大物也，以为神。蔽林间窥之，稍出近之，慭慭然莫相知[20]。

他日，驴一鸣，虎大骇远遁，以为且噬己也[21]，甚恐。然往来视之，觉无异能者[22]。益习其声[23]，又近出前后，终不敢搏。稍近益狎，荡倚冲冒[24]，驴不胜怒，蹄之。虎因喜，计之曰："技止此耳！"因跳踉大㘚[25]，断其喉，尽其肉，乃去。

噫！形之庞也类有德[26]，声之宏也类有能，向不出其技[27]，虎虽猛，疑畏，卒不敢取；今若是焉，悲夫！

永某氏之鼠[28]

永有某氏者，畏日，拘忌异甚[29]。以为己生岁直子，鼠，子神也[30]，因爱鼠，不畜猫犬，禁僮勿击鼠。仓廪庖厨，悉以恣鼠不问[31]。由是鼠相告，皆来某氏，饱食而无祸。某氏室无完器，椸无完衣[32]，饮食大率鼠之余也。昼累累与人兼行[33]，夜则窃啮斗暴，其声万状，不可以寝，终不厌。

数岁，某氏徙居他州。后人来居，鼠为态如故。其人曰："是阴类恶物也[34]，盗暴尤甚，且何以至是乎哉！"假五六猫，阖门[35]，撤瓦灌穴[36]，购僮罗捕之[37]。杀鼠如丘，弃之隐处，臭数月乃已。

呜呼！彼以其饱食无祸为可恒也哉！

注释

① 戒：一种含有劝箴、警诫内容的文体。 ② 推：推究。己之本：自身的本

来面目或实际能力。 ③ 乘物以逞:凭借外物来逞强。 ④“或依势”句:谓有的依仗势力去冒犯和自己不同类的人。暗指下文的麋。 ⑤“出技”句:谓有的使出本领激怒强大的对手。暗指驴。 ⑥“窃时”句:谓有的利用时机肆意行暴。暗指鼠。 ⑦ 迨:同“逮”,及、至。 ⑧ 麋:鹿的一种。 ⑨ 临江:今江西清江。畋:打猎。麑(ní):小鹿。 ⑩ 怛(dá)之:恐吓群狗。 ⑪ 就犬:接近狗。⑫“习示之”二句:谓经常让狗看,命令狗不许伤害麋。 ⑬ 良:真的是。⑭ 抵触偃仆:谓碰撞翻滚。偃,卧倒。仆,跌倒。 ⑮ 狎:亲昵。 ⑯ 啖:吃,这里作“舔”讲,表示馋态。 ⑰ 狼藉:指皮骨散乱的样子。 ⑱ 黔(qián):唐时黔中道,辖区包括今湘西、川东南、鄂西南及黔北等地。今贵州省简称黔。 ⑲ 好(hào)事者:喜欢多事的人。 ⑳ 慭(yìn)慭然:小心谨慎的样子。 ㉑ 噬:咬。㉒ 异能:特殊的本领。 ㉓ 习:习惯。 ㉔ 荡倚冲冒:碰撞挤靠、冲击触犯。㉕ 跳踉:腾跃跳动。大㘎(hǎn):虎大声怒吼。 ㉖ 类有德:好像有德行。㉗ 向:过去,往昔。 ㉘ 永:永州(今属湖南)。 ㉙ 畏日:怕犯日忌。日,忌日,不吉之日。拘忌:忌讳。异甚:特别厉害。 ㉚ 生岁直子:出生年份为子年。古代以十二地支(子、丑、寅、卯、辰、巳、午、未、申、酉、戌、亥)配十二属相(鼠、牛、虎、兔、龙、蛇、马、羊、猴、鸡、狗、猪)。子属鼠,鼠是子年之神。 ㉛ 恣:放纵。㉜ 椸(yí):衣架。 ㉝ 累累:一只连着一只。兼行:并行。 ㉞ 阴类:指穴居的动物。 ㉟ 阖(hé):关。 ㊱ 撤瓦:搬开瓦盆瓦罐。一说揭去屋瓦。 ㊲ 购:悬赏、奖励。罗捕:围捉。

品评

寓言在先秦诸子散文中已相当丰富成熟,但只是作为一种辅助性的修辞手段,服务于加强全文的论证。经过柳宗元的创作实践,才真正具有了独立的文体体格,一般由题目、喻体、喻意三部分组成。《三戒》是其众多寓言作品中最负盛名的篇章,对后世亦产生了巨大影响。苏轼说:“予读柳子厚《三戒》而爱之,乃拟作《河豚鱼》、《乌贼鱼》二说,并序以自警。”便是著例。

在《三戒》的总题下,包括三篇寓言。正文前的小序表明了作者的写作意图。他憎恶那种忘乎自身本相、倚势逞强的行径,通过麋、驴、鼠的故事予以讽刺,并以其最终取祸灭亡的结局垂诫世人。文中的麋、驴、鼠虽然有弱者、外强中干者、为非作歹者之别,但愚蠢是它们的共同点。它们把暂时的凭借当作永久的保障,于是认不清自己、认不清对手、认不清形势,终不免一死。作者以敏锐的洞察力,抉发出社会生活中普遍存在的现象，因而获得广泛的讽世意义。

作为具有高度艺术概括力的寓言精品，除了上述由主要形象所体现的主要意义以外，还可从其他形象中得到多方面的启示。麋主人的溺爱和永某氏的纵恶，在这两位庇护者身上，不是多少体现了封建权势者们的昏聩无知和为所欲为吗？老虎当然也体现了社会邪恶势力，但从其原先的疑惧一面来看，也可吸取有益的教训，即不为貌似强大的庞然之物所迷惑和震慑，而要努力认清其实质，树立起战而胜之的信心和勇气。

作品侧重于描写，语言简洁，刻画细腻，情节生动有趣，引人入胜。尤其对于麋、驴、鼠以及犬、虎等动物的神态行为、心理变化，更是体会真切入微，摹写栩栩如生。篇末的议论，着墨不多，而寓意豁然，起到了言简意赅、余味无穷的效果。浦起龙以"节促而宕，意危而冷，猥而深，琐而雅，恒而警"评之，可谓精当。

始得西山宴游记①

自余为僇人②，居是州③，恒惴栗④。其隟也⑤，则施施而行⑥，漫漫而游。日与其徒上高山，入深林，穷回溪⑦，幽泉怪石，无远不到。到则披草而坐，倾壶而醉。醉则更相枕以卧，卧而梦。意有所极⑧，梦亦同趣⑨。觉而起，起而归。以为凡是州之山水有异态者，皆我有也，而未始知西山之怪特。

今年九月二十八日，因坐法华西亭⑩，望西山，始指异之⑪。遂命仆人过湘江，缘染溪⑫，斫榛莽⑬，焚茅茷⑭，穷山之高而上。攀援而登，箕踞而遨⑮，则凡数州之土壤，皆在衽席之下⑯。其高下之势，岈然洼然⑰，若垤若穴⑱，尺寸千里⑲，攒蹙累积⑳，莫得遁隐。萦青缭白，外与天际㉑，四望如一。然后知是山之特立，不与培塿为类㉒，悠悠乎与颢气俱㉓，而莫得其涯；洋洋乎与造物者游㉔，而不知其所穷。引觞满酌㉕，颓然就醉，不知日之入㉖。苍然暮色，自远而至，至无所见，而犹不欲归。心凝形释㉗，与万化冥合㉘。然后知吾向之未始游，游于是乎始，故为之文以志。是岁，元和四年也㉙。

注释

① 西山：在今湖南零陵西。 ② 僇(lù)人：受罚的罪人。僇，通"戮"。

③ 是州：指永州。 ④ 惴(zhuì)栗：忧惧不安。 ⑤ 隟：同“隙”，闲暇。 ⑥ 施(yí)施：缓行的样子。 ⑦ 回溪：曲折回环的溪流。 ⑧ 极：到。 ⑨ 趣：同“趋”。 ⑩ 法华：寺名，在零陵东山。西亭：此亭为柳宗元所建。 ⑪ 指异：指点称奇。 ⑫ 染溪：一名冉溪，潇水的支流。 ⑬ 榛莽：丛生的草木。 ⑭ 茷(fá)：草叶茂盛。 ⑮ 箕踞：两腿叉开伸直而坐，形同簸箕。这是一种随意不拘礼法的坐姿。 ⑯ 衽席：卧席。这里指坐席。 ⑰ 岈(xiā)然：山谷空阔深远的样子。洼然：低洼凹陷的样子。 ⑱ 垤(dié)：蚂蚁做窝时堆在洞口的小土堆，也叫蚁封。 ⑲ 尺寸千里：谓相距尺寸的眼前景物，实则有千里之遥。 ⑳ 攒(cuán)蹙：聚集收拢。 ㉑“萦青”二句：谓青山白水萦回缭绕，山水延伸与天边相接。 ㉒ 培塿(lǒu)：小土丘。为类：同类。 ㉓ 颢(hào)气：天地间正大之气。 ㉔ 洋洋：广大的样子。 ㉕ 引觞：手持酒杯。 ㉖ 日之入：指日落。 ㉗ 心凝形释：谓精神专一，忘掉自身存在。 ㉘ 万化：天地万物。冥合：暗合，不知不觉融为一体。 ㉙ 元和四年：公元 809 年。元和，唐宪宗李纯的年号(806—820)。

品评

本文为著名的“永州八记”首篇。柳宗元谪居永州期间，心情郁闷，常常徜徉山水间，寄情遣怀，写下游记八篇，被称为“永州八记”。这组游记各自成篇而又前后连贯，既描绘了幽邃秀美的永州山水，也或隐或现反映了他当时复杂的心态。

此文记述了发现西山的过程，着眼于“始得”两字。因为西山的发现，首先改变了作者对永州山水的评价。作者最初认为“凡是州之山水有异态者，皆我有也”；及至发现西山，才觉悟到“游于是乎始”，以前的游历均不足道。其次也多少改变了他的心情。以前是“恒惴栗”，其醉酒卧梦，无非是借以忘忧消愁；而在西山登高远眺，群山万物，奔赴眼底，顿觉一洗胸中尘埃的快感，此时引觞就醉，油然而生一种精神解脱的畅意，从而达到与自然万物融合为一的忘我境界。从景、情两方面来说，西山的发现都是一个转机。

与此相联系，全文结构即以发现西山前后为两大段，彼此呼应，章法井然。清人孙琮曾评析此前后段关系说：“篇中欲写今日始见西山，先写昔日未见西山；欲写昔日未见西山，先写昔日得见诸山。盖昔日未见西山，而今日始见，则固大快也；昔日见尽诸山，独不见西山，则今日得见，更为大快也。”(《山晓阁选唐大家柳柳州全集》评语)指出其间的对比映衬关系,是颇有眼光的。

作者于西山本身着墨不多,仅对其总体特征,概括为“怪特”二字而已。但他巧妙地运用了反观之法。作者登上西山,只见数州疆域尽在自己的坐席之下,山谷似蚁封小洞,千里近在咫尺之间,山水延伸到无尽的天边,才知“是山之特立”。以俯观之物反衬身处之地的高峻,这种不写之写有时胜于正面实写。

钴鉧潭西小丘记[①]

得西山后八日,寻山口西北道二百步,又得钴鉧潭。潭西二十五步,当湍而浚者为鱼梁[②]。梁之上有丘焉,生竹树。其石之突怒偃蹇[③],负土而出,争为奇状者,殆不由可数。其嵚然相累而下者[④],若牛马之饮于溪;其冲然角列而上者[⑤],若熊罴之登于山[⑥]。丘之小不能一亩,可以笼而有之[⑦]。问其主,曰:“唐氏之弃地,货而不售[⑧]。”问其价,曰:“止四百。”余怜而售之。李深源、元克己时同游[⑨],皆大喜,出自意外。即更取器用,铲刈秽草[⑩],伐去恶木,烈火而焚之。嘉木立,美竹露,奇石显。其中以望,则山之高,云之浮,溪之流,鸟兽之遨游,举熙熙然回巧献技[⑪],以效兹丘之下。枕席而卧,则清泠之状与目谋[⑫],潆潆之声与耳谋[⑬],悠然而虚者与神谋,渊然而静者与心谋[⑭]。不匝旬而得异地者二[⑮],虽古好事之士,或未能至焉。

噫!以兹丘之胜,致之沣、镐、鄠、杜[⑯],则贵游之士争买者,日增千金而愈不可得。今弃是州也,农夫渔父过而陋之,贾四百[⑰],连岁不能售。而我与深源、克己独喜得之,是其果有遭乎[⑱]!书于石,所以贺兹丘之遭也。

注释

① 钴鉧(gǔ mǔ)潭:在永州西山西麓,形似熨斗,故名。 ② 湍:水流急。浚:水深。鱼梁:拦水堰,中有缺口,放置捕鱼器具。 ③ 突怒:突起挺立的样子。偃蹇(jiǎn):傲然耸立的样子。 ④ 嵚(qīn)然:高耸的样子。相累而下:重叠连缀垂下。 ⑤ 冲然:向上突出的样子。角列:像兽角般排列着。 ⑥ 罴(pí):熊的一种。 ⑦ 笼:装在笼子里,极喻其小。 ⑧ 货:出卖。不售:卖不出去。 ⑨ 李深源、元克己:作者之友,时亦贬居永州。 ⑩ 刈(yì):割。

⑪ 举：都。熙熙然：和乐的样子。回巧献技：呈献种种巧技。回，运转，这里是展演的意思。 ⑫ 清泠（líng）：水色清澈明净。谋：相互商量，这里指与感官接触而相和谐。 ⑬ 潆（yíng）潆：水流声。 ⑭ 渊然：静默的样子。 ⑮ 不匝旬：不满十天。异地者二：指西山、钴鉧潭及小丘。 ⑯ 沣（fēng）：沣水，亦作丰水、酆水，源出秦岭，流入渭水。周文王在此水西岸建都丰京，在今陕西户县东。镐（hào）：镐京，为周武王建都处，与丰京隔沣水为界，在今西安西南。这里的"沣、镐"当即丰、镐二周邑。鄠（hú）：今陕西户县。杜：杜陵，在今西安东南。以上四地都在唐朝首都长安附近，为豪门贵族居住之处。 ⑰ 贾（jià）：通"价"。⑱ 遭：遭际、运气。

品评

本文为"永州八记"第三篇。清人林云铭称"子厚游记，篇篇入妙"。本文妙在把色色景物写得鲜灵生动。小丘之石，"突怒偃蹇，负土而出"，若牛马饮溪，若熊罴登山，奇形百端，使静物动态化，又富立体感。在小丘上放眼赏玩，浮云、溪流、飞禽、走兽，似乎都在怡然自得地"回巧献技"，极富诗情画意，作者耳目心神都与一景一物契合无间，从主客的高度交融中获得最大的审美愉悦。柳宗元的山水小品几乎每篇都是一个独立的美的境界。

本文的感慨寄意，较前后诸篇显豁。如此美妙的胜景，只因地处偏僻，连贱价都无人问津。作者的惋惜，实有自况之意，小丘的明珠暗投，不为人知，正如自身的贬居蛮荒，怀才不遇。贺小丘的最终得赏，既隐寓自己对起复的希望，也曲折地表达了久谪困顿的失望。

小石潭记[①]

从小丘西行百二十步，隔篁竹[②]，闻水声，如鸣珮环[③]，心乐之。伐竹取道，下见小潭，水尤清冽[④]。全石以为底[⑤]，近岸卷石底由以出[⑥]，为坻为屿，为嵁为岩[⑦]。青树翠蔓，蒙络摇缀[⑧]，参差披拂。潭中鱼可百许头，皆若空游无所依。日光下澈，影布石上，佁然不动[⑨]；俶尔远逝[⑩]，往来翕忽[⑪]，似与游者相乐。

潭西南而望，斗折蛇行[⑫]，明灭可见[⑬]。其岸势犬牙差互，不可知其源。坐潭上，四面竹树环合，寂寥无人，凄神寒骨，悄怆幽邃[⑭]。以其境过清，不可久居，乃记之而去。

同游者吴武陵、龚古，余弟宗玄[15]；隶而从者，崔氏二小生[16]：曰恕己，曰奉壹。

注释

①题名一作《至小丘西小石潭记》。②篁竹：竹林。③珮环：身上佩带的玉环。④洌：寒冷。⑤全石以为底：以整块石为潭底。⑥“近岸”句：谓靠近岸边，石底翻卷露出水面。⑦坻(chí)：水中高地。嵁(kān)：不平的岩石。⑧蒙络：草木覆盖缠绕。摇缀：茎蔓摇动下垂。⑨佁(yǐ)然：静止状。一作“怡然”。⑩俶(chù)尔：忽然。⑪翕(xì)忽：迅疾的样子。⑫斗折蛇行：形容水流的曲折。斗：北斗星座。⑬明灭：忽隐忽显，忽明忽暗。⑭悄怆(qiǎo chuàng)：忧愁悲伤。邃：深。⑮吴武陵：信州(今江西上饶)人，元和初进士，时亦贬谪永州，柳宗元之友。龚古：一作龚右，生平不详。宗玄：柳宗元堂弟。⑯隶：指随从。崔氏二小生：柳宗元姐夫崔简的两个未成年的儿子。

品评

本文为“永州八记”第四篇。其体物之微、刻画之工、神韵独造，犹如一幅绝妙的山水画页，为“永州八记”中的极品。

清人浦起龙称：“白石潭底，正宜品以清字。”全篇以“清”为文眼，突出潭清、境清，并映照出作者由“清”到“过清”的心理感受。潭水的至清至净，是通过鱼的动静交衬而表现的。鱼游动时，若空无所依；静时鱼影布石，历历可见。此时，作者的心情是欢快的，并化用庄子濠上之游的典故，表达人鱼同乐之趣。接写四周之境，竹树环合，寂寥“过清”，虽其“清”依旧，但一个“过”字，点出作者感受的暗换：景色由清丽转为清寂，心境也随之由“乐之”、“相乐”而生悲慨，衔接巧妙自然。兴尽悲来，实是作者难以摆脱贬谪阴影的写照。景与情，物与人，浑然一体，烘托出一个幽深空灵的境界。

林纾《韩柳文研究法》说，柳宗元“集中诸文皆佳，而山水之记尤为精绝”。“永州八记”即是我国山水游记文学中的典范性作品。

李商隐

李商隐(约813—约858),字义山,号玉溪生,怀州河内(今河南沁阳)人。唐文宗开成时进士。曾任秘书省校书郎、弘农县尉等小官。当时牛李党争十分激烈,他受到牵连,并遭两方排挤,一生坎坷,长期沉沦下僚,郁郁不得志。其诗情挚意婉,包蕴深密而富于暗示性,在晚唐诗坛上风标独秀,自成一格。其文有"瑰迈奇古"之誉。有《李义山诗集》、《樊南文集》。《旧唐书》卷一九〇、《新唐书》卷二〇三有传。

李贺小传[①]

京兆杜牧为李长吉集序,状长吉之奇甚尽[②],世传之。长吉姊嫁王氏者,语长吉之事尤备。

长吉细瘦,通眉[③],长指爪。能苦吟疾书[④],最先为昌黎韩愈所知[⑤]。所与游者,王参元、杨敬之、权璩、崔植辈为密[⑥]。每旦日出与诸公游,未尝得题然后为诗,如他人思量牵合以及程限为意[⑦]。恒从小奚奴,骑距驉[⑧],背一古破锦囊,遇有所得,即书投囊中。及暮归,太夫人使婢受囊出之,见所书多,辄曰:"是儿要当呕出心始已耳[⑨]!"上灯,与食,长吉从婢取书,研墨叠纸足成之[⑩],投他囊中。非大醉及吊丧日率如此[⑪],过亦不复省[⑫]。王、杨辈时复来探取写去。长吉往往独骑,往还京洛,所至或时有著[⑬],随弃之。故沈子明家所余四卷而已[⑭]。

长吉将死时,忽昼见一绯衣人,驾赤虬[⑮],持一版,书若太古篆或霹雳石文者[⑯],云:"当召长吉。"长吉了不能读[⑰],欻下榻叩头言[⑱]:"阿㜷老且病[⑲],贺不愿去。”绯衣人笑曰：“帝成白玉楼，立召君为记[20]。天上差乐[21]，不苦也。”长吉独泣，边人尽见之[22]。少之，长吉气绝。常所居窗中，勃勃有烟气[23]，闻行车嘒管之声[24]。太夫人急止人哭，待之如炊五斗黍许时，长吉竟死。王氏姊非能造作谓长吉者，实所见如此。

鸣呼！天苍苍而高也，上果有帝耶？帝果有苑囿、宫室、观阁之玩耶[25]？苟信然，则天之高邈，帝之尊严，亦宜有人物文彩愈此世者[26]，何独眷眷于长吉而使其不寿耶[27]？噫！又岂世所谓才而奇者不独地上少，即天上亦不多耶？长吉生二十七年[28]，位不过奉礼太常[29]，当时人亦多排摈毁斥之。又岂才而奇者，帝独重之，而人反不重耶？又岂人见会胜帝耶[30]？

注释

① 李贺：字长吉，河南福昌（今宜阳）人。唐代著名诗人，诗境瑰丽奇特，想象丰富，死时年仅二十七。 ②“京兆杜牧”二句：杜牧曾撰《李长吉歌诗叙》，评述李贺诗的“奇”，有“鲸吸鳌掷，牛鬼蛇神，不足为其虚荒诞幻也”等语。 ③ 通眉：两眉相距很近，几乎相连。 ④ 苦吟：指反复推敲诗作。疾书：飞快书写。 ⑤“最先”句：韩愈曾作《讳辨》一文，为李贺因避父讳（父名晋肃，“晋”、“进”同音）不能考进士而鸣不平。昌黎为韩氏郡望，韩愈实是河阳（今河南孟州市）人。 ⑥ 游：交游。王参元：濮阳（今属河南）人，唐宪宗元和时进士。杨敬之：字茂孝，韩愈曾称赞其文。权璩（qú）：字大圭，曾任中书舍人等职。崔植：字公修，曾任宰相。 ⑦“未尝”二句：谓李贺从不按题作诗，也不像其他人那样想方设法去牵就凑合题意以及把程式、限韵之类放在心上。 ⑧ 恒：常常。小奚奴：小书僮。距驉（xū）：即駏驉，驴骡之属。这里即指驴。 ⑨ 已：停止。 ⑩ 足成之：补缀成篇。 ⑪ 率：大都。 ⑫ 省：省察。 ⑬ 有著：指写诗。 ⑭ 沈子明：李贺好友，曾任集贤院学士。李贺死后，受嘱整理其遗稿，编为《李长吉歌诗》四卷，即现存本。 ⑮ 绯（fēi）：红色。虬（qiú）：虬龙。 ⑯ 霹雳石文：雷击后石上留下的字迹。 ⑰ 了：完全。 ⑱ 欻（xū）：迅速。 ⑲ 阿㜷（mí）：母亲。 ⑳ 为记：写篇记文。 ㉑ 差乐：还算快乐。 ㉒ 边人：在旁边的人。 ㉓ 勃勃：旺盛的样子。 ㉔ 嘒（huì）管：管乐器。嘒，象声词。 ㉕ 囿（yòu）：蓄养动物的园子。 ㉖ 愈：胜过。 ㉗ 眷眷：顾念。 ㉘ 二十七年：一本作二十四年。 ㉙ 奉礼太常：奉礼郎属于太常寺，从九品。 ㉚“又岂”句：谓又难道世人之见恰恰胜过天帝吗？

品评

李贺在中国诗坛上有“鬼才”之誉，其诗奇谲、怪幻、瑰丽，独具魅力，却又体弱多病，不幸早夭。人奇诗奇，所以杜牧的《李长吉歌诗叙》和此篇《李贺小传》都抓住“奇”字，或评价其诗歌风格，或略述其生平事迹。作为“小传”，本文篇幅不长，却颇能见出传主风采。作者即以“奇”为线索，择取串连了三两件轶闻逸事。先写李贺相貌之奇：“细瘦，通眉，长指爪。”从而奠定李贺形象的特征。接写其吟诗之奇：骑驴独思，得句投囊。他呕心苦吟，从不为题造文，务吐胸臆为快，以诗歌为生命；但又随作随弃，其奇又深入一层。最后写临死时的奇事：天帝召其为白玉楼作记文。此事自不足信，因此今人有斥之为“荒唐”者。其实，这段描写乃全文重心，不但引发了后文的感慨，作者由此连发数句反问句，流露出对李贺早夭的惋惜，对他遭际困顿的不平，对他才华卓异的称赞等种种情怀；而且传闻的真真幻幻、虚虚实实，敷设出一个浪漫氛围，与李贺其人其诗的风格和谐一致。换言之，此传闻产生在李贺身上并不是偶然的。所以作者以传信的态度记载此事，后代又作为动人的故事广为流传，我们也就大可不必究其真假了。

作者李商隐的文章，以骈文最出色，撰有《樊南四六》一集，被誉为“其色切无一字之聱屈，其抽对无一语之偏枯”（孙梅《四六丛话》）。而李商隐自己最早用心的却是古文，他在《樊南甲集序》中说自己“十六能著《才论》、《圣论》，以古文书诸公间”，这篇小传也确实表现出李商隐古文写作功夫的不凡。

孙　樵

孙樵(约825—约885),字可之,又字隐之,关东(函谷关以东)人。唐宣宗大中时进士。官中书舍人,后迁职方郎中、上柱国。他幼而工文,是唐末古文运动的代表作家,自称为韩愈的三传弟子。其文以奇崛见称,清人曾把他列入唐宋十大家之列。有《孙可之集》。

书褒城驿壁[1]

褒城驿号天下第一。及得寓目[2],视其沼则浅混而茅[3],视其舟则离败而胶[4],庭除甚芜[5],堂庑甚残[6],乌睹其所谓宏丽者?讯于驿吏,则曰:"忠穆公尝牧梁州[7],以褒城控二节度治所[8],龙节虎旗[9],驰驿奔轺[10],以去以来[11],毂交蹄劘[12],由是崇侈其驿[13],以示雄大。盖当时视他驿为壮。且一岁宾至者,不下数百辈,苟夕得其庇[14],饥得其饱,皆暮至朝去,宁有顾惜心邪?至如棹舟[15],则必折篙破舷碎鹢而后止[16];渔钓,则必枯泉汩泥尽鱼而后止[17]。至有饲马于轩,宿隼于堂[18],凡所以污败室庐,糜毁器用[19]。官小者,其下虽气猛可制[20];官大者,其下益暴横难禁。由是日益破碎,不与曩类[21]。某曹八九辈[22],虽以供馈之隙[23],一二力治之[24],其能补数十百人残暴乎?"

语未既[25],有老氓笑于旁[26],且曰:"举今州县,皆驿也。吾闻开元中[27],天下富蓄[28],号为理平[29],踵千里者不裹粮[30],长子孙者不知兵[31]。今者天下无金革之声[32],而户口日益破[33],疆埸无侵削之虞[34],而垦田日益寡,生民日益困,财力日益竭,其故何哉?凡与天子共治天下者,刺史县令而已,以其耳目接于民,而政令速于行也[35]。今朝廷命官[36],既已轻任刺史县令[37],而又促数于更易[38]，且刺史县令，远者三岁一更，近者一二岁再更[39]，故州县之政，苟有不利于民，可以出意革去其甚者[40]，在刺史则曰：'明日我即去，何用如此？'在县令亦曰：'明日我即去，何用如此？'当愁醉醺[41]，当饥饱鲜[42]，囊帛椟金[43]，笑与秩终[44]。"

呜呼！州县者，真驿邪！矧更代之隙[45]，黠吏因缘[46]，恣为奸欺[47]，以卖州县者乎[48]？如此而欲望生民不困，财力不竭，户口不破，垦田不寡，难哉！予既揖退老氓[49]，条其言[50]，书于褒城驿屋壁。

注释

① 褒城：唐时属山南西道兴元府，在今陕西褒城东南。驿：驿站，古时官吏、信使在旅途中换马、歇息的场所。 ② 寓目：亲眼看到。 ③ 混：浑浊。茅：长着茅草。 ④ 离败：船板破裂。胶：指水涸而船在泥中搁浅不动。 ⑤ 庭除：庭院。除：阶沿。 ⑥ 庑(wǔ)：廊房。 ⑦ 忠穆公：指梁州刺史兼山南西道节度使严震，死后谥忠穆。牧梁州：任梁州(治所在今陕西汉中)刺史。 ⑧ 二节度治所：指山南西道节度使治所兴元府(今陕西南郑)、凤翔节度使治所凤翔府(今陕西凤翔)。 ⑨ 龙节虎旗：指绘有龙、虎图案的符节、旌旗。 ⑩ 驿：驿马。轺(yáo)：使者乘坐的轻便马车。 ⑪ 以去以来：从这里去、到这里来。 ⑫ 毂(gǔ)交蹄劘(mó)：车辆交驰，马蹄磨损。形容车马往来不绝。毂，车轮中心的圆木，代指车。劘，摩擦。 ⑬ 崇侈：指扩建。 ⑭ 庇：遮蔽，这里指住宿。 ⑮ 棹(zhào)舟：划船。 ⑯ 鹢(yì)：一种善飞不畏风的水鸟，这里指饰有鹢形的船头。⑰ 枯泉汩(gǔ)泥尽鱼：把泉水弄干，把池泥搅浑浊，把鱼捉尽。 ⑱ 隼(sǔn)：一种凶猛的禽鸟。 ⑲ 糜(mí)：烂。器用：器物。 ⑳ "官小者"二句：谓职位低的官员，其随从虽气性猛烈，还可以管束住。 ㉑ 不与曩类：不与往昔相同。㉒ 某曹：我辈。 ㉓ 供馈(kuì)：供给膳食。 ㉔ "一二"句：谓以极少时间来尽力修治它。 ㉕ 既：完毕。 ㉖ 老氓(méng)：老农。 ㉗ 开元：唐玄宗李隆基的年号(713—741)。 ㉘ 蕃：指繁荣。 ㉙ 理平：治平，太平治世。 ㉚ 踵(zhǒng)：行走。裹粮：携带粮食。 ㉛ 长子孙者：养子育孙的人，指长者。兵：兵器。 ㉜ 金革之声：锣钲和战鼓的声音，借指战争。 ㉝ 破：减少。 ㉞ 疆埸(yì)：边境。虞：忧虑。 ㉟ 速于行：迅速推行。 ㊱ 命官：任命官员。㊲ 轻：随便、轻率。 ㊳ 促数(shù)：短促频繁。更易：调动。 ㊴ 再更：更换两

次。 ㊵“可以”句：谓原可以出主意革除其中问题严重者。 ㊶醉酞(nóng)：痛饮醇酒。 ㊷饱鲜：饱食鲜美的鱼肉。 ㊸囊帛椟金：袋里装满丝帛，柜里装满黄金。椟(dú)：柜子。 ㊹笑与秩终：欢欢喜喜直到任期终了。 ㊺矧(shěn)：况且。 ㊻黠(xiá)吏：狡猾的僚吏。因缘：乘机。 ㊼恣：肆意。奸欺：奸恶欺诈。 ㊽卖：损害。 ㊾揖退：作揖送走。 ㊿条：整理、依次叙述。

品评

本篇从褒城驿的由壮丽而残破，推及封建时代地方吏治败坏的一种原因：官吏调动频繁，只顾肆意搜刮，无心改革弊政。

这类题壁记一般都要写建筑物本身的情形，因而叙述驿站残破及其原因的前半篇，对于题目来说，好像是主要内容，但实际上只是引起后半篇议论的一种陪衬；后半篇似乎离题，却是本文主旨所在。前后两段紧密呼应：前段借驿吏之口，后段用老农之言；前写客人的暮至朝去，对驿站毫无顾惜，正与后写地方官的频繁调动，对地方无所顾惜，不思改革弊政相应；前写客人任意破坏驿站，正与后写地方官的囊帛椟金和黠吏的恣为奸欺相应；前写驿站由原来的雄伟转为现在的舟败、庭芜、堂残，与后写开元时的富蓄转为当今的户口破、垦田寡、生民困、财力竭相应。这种由小及大、借题发挥的写法，有助于说理的具体生动，亲切易懂。

本文结构的整饬，还体现在前后两段中自身的前后呼应。就前段说，先写驿站的残破，举出池塘荒芜、船只破碎和房屋毁污等三方面，后即用“渔钓，则必枯泉汩泥尽鱼而后止”来呼应池塘；用“棹舟，则必折篙舷碎鹢而后止”来呼应船；用“饲马于轩，宿隼于堂”来呼应房屋，逐一暗中说明，文章的组织周密细致。就后段说，先将户口、垦田、生民、财力四大弊端作为“问题”提出于前，又以重复“问题”的方式作结论于后，也是一种呼应，用以加深读者的印象。

罗　隐

罗隐(833—909),原名横,字昭谏,新城(今浙江富阳)人。少负时名,好讥讽,因此触犯时忌,十应进士举而不第,于是改名为隐。后避乱归乡,唐亡,依吴越王钱镠,官至谏议大夫。他的诗歌和小品文多愤世嫉俗之词,在晚唐文坛独树一帜。有《罗昭谏集》、《谗书》。《旧五代史》卷二四有传。

英雄之言

物之所以有韬晦者,防乎盗也①。故人亦然。

夫盗亦人也,冠履焉②,衣服焉;其所以异者,退逊之心③,正廉之节④,不常其性耳⑤。

视玉帛而取之者,则曰牵于寒饿⑥;视家国而取之者,则曰救彼涂炭⑦。牵于寒饿者,无得而言矣;救彼涂炭者,则宜以百姓心为心。而西刘则曰:"居宜如是⑧!"楚籍则曰:"可取而代⑨!"意彼未必无退逊之心,正廉之节,盖以视其靡曼骄崇⑩,然后生其谋耳。

为英雄者犹若是,况常人乎?是以峻宇逸游⑪,不为人所窥者⑫,鲜也⑬。

注释

①"物之所以"二句:谓动物在生理上之所以有隐蔽自己的特点,是为了防御敌人。韬晦(tāo huì):隐匿行迹,不事炫耀。盗:此处指敌人,下文指盗匪。②冠履:戴帽穿鞋。这里名词作动词。后面的"衣服"也是如此。③退逊:退让、谦逊。④正廉:正直、廉洁。⑤不常其性:不能始终保持这种品性。常

性,指上文的"退逊之心,正廉之节"。 ⑥ 牵于:受制于。 ⑦ 涂炭:污泥和墨炭,比喻困苦的境地。 ⑧ 西刘:指刘邦,秦末项羽和刘邦约定以鸿沟为界,中分天下,西面属刘邦,故称"西刘"。居宜如是:生活在世上应当这样。《史记·高祖本纪》载,刘邦游观秦都咸阳,望见始皇仪仗,叹息曰:"大丈夫当如此也。" ⑨ 楚籍:项羽,名籍,称西楚霸王,故称"楚籍"。《史记·项羽本纪》载,秦始皇巡游浙江,项羽见后说:"彼可取而代也!" ⑩ 靡曼:奢侈华丽。骄崇:傲慢自大。⑪ 峻宇:崇丽的屋宇。逸游:放纵游乐。 ⑫ 窥:伺机图谋。 ⑬ 鲜(xiǎn):少,不多。

品评

本篇选自罗隐的讽刺小品集《谗书》。该书编成于唐懿宗咸通八年(867)。《庄子·渔父》有"好言人之恶,谓之谗"之句,作者以此为书名,已明确表示出该书的批判态度。鲁迅先生在《南腔北调集·小品文的危机》中说:"罗隐的《谗书》,几乎全部是抗争和激愤之谈。"这篇《英雄之言》其精神实质乃从《庄子·胠箧》"窃钩者诛,窃国者为诸侯"推衍而来,通过对刘邦、项羽"英雄之言"的分析,借题发挥,指出那些以救国救民为号召的英雄们,不过只是为了满足自我私欲而已的盗贼。罗隐在文章中把"英雄即盗"这一命题隐含在论述过程之中,通过旁敲侧击的艺术手法,以曲折而轻灵的笔触,表达出严肃而深刻的批判,讽刺效果十分明显。

越妇言

买臣之贵也①,不忍其去妻②,筑室以居之,分衣食以活之,亦仁者之用心也。

一旦,去妻言于买臣之近侍曰:"吾秉箕帚于翁子左右者③,有年矣。每年饥寒勤苦时节,见翁子之志,何尝不言通达后以匡国致君为己任④,以安民济物为心期⑤。而吾不幸离翁子左右者,亦有年矣,翁子果通达矣。天子疏爵以命之⑥,衣锦以昼之⑦,斯亦极矣。而向所言者,蔑然无闻⑧。岂四方无事,使之然耶?岂急于富贵,未假度者邪⑨?以吾观之,矜于一妇人,则可矣,其他未之见也⑩。又安可食其食!"

乃闭气而死⑪。

注释

① 买臣：指朱买臣，字子翁，西汉人。据《汉书·朱买臣传》记载，他年轻时家贫好读书，不治产业，其妻求去，买臣笑道："我年五十当贵，今已四十余矣，汝苦日久，待我富贵，报汝功。"妻不信，离他而去。后买臣为会(kuài)稽太守，得知前妻已嫁，便命人带回官舍，置园中，给食之。妻羞惭，自缢而死。 ② 不忍：怜悯、舍不得。去妻：已离婚的妻子，即前妻。 ③"秉箕帚"句：意即为朱买臣之妻。秉箕帚，拿着清洁工具。 ④ 匡国致君：治理国家，辅助君王。 ⑤ 心期：内心向往的事。 ⑥ 疏爵：分封爵位。 ⑦ 衣锦以昼之：犹言衣锦还乡。朱买臣为吴人，上任地会稽即在吴地，所以说衣锦还乡。 ⑧ 蔑(miè)然：一无所有貌。 ⑨ 未假度(duó)：没有想到。假，通"暇"。度，思考。 ⑩"矜于"三句：意谓只能矜夸于一妇人而已，没有其他值得称道的地方。 ⑪ 闭气：窒(zhì)息。

品评

这篇文章也出自《谗书》。在班固《汉书》中，朱买臣的妻子是被批判的对象，认为她不能与丈夫同甘共苦，最后只能落得羞愧而死的下场。但在罗隐笔下，朱买臣却成了讽刺的对象，文章以朱买臣前妻的口吻，讽刺他一旦得到富贵就只贪图享受，不思匡国安民。这是一篇别出心裁的翻案文章，但褒贬历史人物只是表象，罗隐真正的目的乃是借历史以讽喻现实。

文章开始欲抑先扬，认为朱买臣的作为是"仁者之用心"，似乎说得十分公正。但在下文，作者却借越妇(前妻)之口，深刻揭露这种存有所谓"仁心"的统治阶层虚伪的一面，所谓"匡国致君"、"安民济物"，都是朱买臣之流为了追逐利禄的幌子而已。一个卑鄙的小人、一个汲汲于搜刮民脂民膏的贪官，在越妇的述说中凸显出来，从而完全颠覆了前面的"仁者"形象，暴露出伪君子的本来面目。文章首段以貌似客观公正的立场来述说，而主干部分则用前妻的口吻娓娓道来，在结构上新颖别致，而且以第一人称叙述，取得了更为生动、可信的效果，增强了全文的说服力。

皮日休

皮日休(约834—约883),字逸少,后改袭美,自号鹿门子、醉吟先生,襄阳(今属湖北)人。唐懿宗时进士。为著作郎、太常博士、毗陵副使等。黄巢起义军进长安,署为翰林学士。诗学白居易,文宗韩愈,所作小品文讥切时政、文笔犀利。有《皮子文薮》等。

读司马法[①]

古之取天下也以民心,今之取天下也以民命。

唐、虞尚仁,天下之民,从而帝之[②]。不曰取天下以民心者乎?汉、魏尚权[③],驱赤子于利刃之下[④],争寸土于百战之内。由士为诸侯,由诸侯为天子,非兵不能威,非战不能服。不曰取天下以民命者乎?

由是编之为术[⑤]。术愈精而杀人愈多,法益切而害物益甚。呜呼!其亦不仁矣!

蚩蚩之类,不敢惜死者,上惧乎刑,次贪乎赏[⑥]。民之于君,由子也[⑦]。何异乎父欲杀其子,先给以威[⑧],后啗以利哉[⑨]?

孟子曰:"'我善为陈,我善为战',大罪也[⑩]!"使后之士于民有是者,虽不得土,吾以为犹土焉[⑪]。

注释

① 司马法:即《司马穰苴兵法》,我国古兵书名。司马穰苴是春秋齐国大将,本姓田,因担任大司马的职务,故被称为司马穰苴。齐威王时,使大夫追论其用兵之术,成《司马穰苴兵法》,后世简称《司马法》。 ② 帝之:奉之为帝。

③ 权：权力。 ④ 赤子：婴儿，这里比喻平民。 ⑤ 由是编之为术：用兵和作战有了经验，就把它编成兵法。《司马法》是先秦古籍，与汉、魏以后无关，这里是泛指兵法一类的书。 ⑥“蚩蚩之类”四句：谓士兵们之所以拼命作战，首先是畏刑，其次是贪赏。蚩(chī)蚩：忠实的样子。 ⑦ 由：通“犹”，好像。一本作“犹”。⑧ 绐(dài)：欺骗。 ⑨ 啗(dàn)：利诱。 ⑩“我善为陈”三句：出自《孟子·尽心下》，意指战争是一种罪恶。 ⑪“使后之士”三句：意谓假如后来的官吏对待老百姓能够有孟子这样的厌战思想，即使他没有获得土地，我认为也和获得土地一样。

品评

这是一篇对古代兵书《司马法》的读后感。晚唐时期，政治窳败，藩镇割据，战祸不休，造成路有白骨、民不聊生的局面。皮日休读兵书而感时事，故作此文。作者以儒家的民本思想立意，以古喻今，借古讽今，明确申述了古今得民心者得天下的道理，猛烈抨击了以诡谲权术争权夺利的统治者。他认为那些挑起战争的人，都是以百姓之命而获取利益。编纂兵法帮助统治者杀戮人们的司马穰苴之类的人，就是助纣为虐的行为，“其亦不仁”。作者在文章最后又引用《孟子》的话，强调若有爱民之心，即使未得土地，也是值得肯定的。全文夹叙夹议，文气浩然，言辞精切，笔锋犀利，又善于引证古事古言，论证有力，是一篇短小精悍的小品文。

陆龟蒙

陆龟蒙(?—约881),字鲁望,吴郡(今江苏苏州)人。举进士,不第。曾任苏州、湖州的从事。后隐居松江甫里(今江苏苏州角直),不再出仕,自号江湖散人、天随子、甫里先生。他与皮日休友善,世称“皮陆”。诗文多抨击时弊之作,其中以小品文的成就为高,讽刺辛辣,寓意深刻,具有现实批判的意义。有《笠泽丛书》、《甫里集》。《新唐书》卷一九六有传。

野庙碑

碑者,悲也。古者悬而窆,用木①。后人书之以表其功德②,因留之不忍去,碑之名由是而得。自秦汉以降③,生而有功德政事者,亦碑之④,而又易之以石,失其称矣⑤。余之碑野庙也,非有功德政事可纪,直悲夫氓竭其力⑥,以奉无名之土木而已矣⑦。

瓯越间好事鬼⑧,山椒水滨多淫祀⑨。其庙貌有雄而毅、黝而硕者⑩,则曰将军;有温而愿、皙而少者⑪,则曰某郎;有媪而尊严者,则曰姥⑫;有妇而容艳者,则曰姑。其居处,则敞之以庭堂⑬,峻之以陛级⑭。左右老木,攒植森拱⑮,萝茑翳于上⑯,鸱鸮室其间⑰。车马徒隶⑱,丛杂怪状。氓作之,氓怖之,走畏恐后,大者椎牛⑲,次者击豕⑳,小不下犬鸡。鱼菽之荐㉑,牲酒之奠㉒,缺于家可也,缺于神不可也。一日懈怠,祸亦随作。耋孺畜牧栗栗然㉓。疾病死丧,氓不曰适丁其时耶㉔,而自惑其生,悉归之于神㉕。

虽然,若以古言之,则戾㉖,以今言之,则庶乎神之不足过也㉗。何者?岂不以生能御大灾、捍大患,其死也则血食于生人㉘。无名之土木,不当与御灾捍患者为比，是戾于古也明矣！今之雄毅而硕者有之，温愿而少者有之，升阶级㉙、坐堂筵、耳弦匏、口粱肉、载车马㉚、拥徒隶者，皆是也。解民之悬，清民之暍㉛，未尝贮于胸中。民之当奉者，一日懈怠㉜，则发悍吏，肆淫刑，驱之以就事。较神之祸福，孰为轻重哉㉝？平居无事，指为贤良㉞；一旦有天下之忧，当报国之日，则恇挠脆怯㉟，颠踬窜踣㊱，乞为囚虏之不暇。此乃缨弁言语之土木耳㊲，又何责其真土木耶？故曰：以今言之，则庶乎神之不足过也。既而为诗，以乱其末㊳：土木其形，窃吾民之酒牲，固无以名㊴；土木其智㊵，窃吾君之禄位，如何可仪㊶！禄位颀颀㊷，酒牲甚微，神之飨也㊸，孰云其非？视吾之碑，知斯文之孔悲㊹！

注释

①“碑者”四句：谓古时把棺材吊放进墓穴安葬时，需用木板先垫在棺底，系上绳子，才可吊葬。窆(biǎn)：入葬。 ② 书之：在木板上写上文字。 ③ 以降：以下、以后。 ④ 碑之：为他立碑。 ⑤ 失其称：失去它名称(碑)的原来含义(悲)了。 ⑥ 直：只是。氓(méng)：农民。 ⑦ 无名之土木：指神像。⑧ 瓯(ōu)越：古地区名，指今浙江温州等浙东南一带。事鬼：供奉鬼神。⑨ 山椒：山顶。淫祀：滥祀，不合礼制的祭祀。 ⑩ 庙貌：庙中神像。黝(yǒu)：黑色。 ⑪ 愿：老实。皙(xī)：色白。一作“哲”，聪明。 ⑫ 姥(mǔ)：老妇人。⑬ 敞之以庭堂：把厅堂造得很宽敞。 ⑭“峻之”句：谓把台阶砌得很高。⑮ 攒植森拱：树木茂密高耸。 ⑯ 萝茑(niǎo)：女萝和茑萝，两种蔓生植物。翳(yì)：遮蔽。 ⑰ 鸱鸮(chī xiāo)：猫头鹰的一种。室其间：在树上营巢。⑱ 车马徒隶：均指木偶造型。徒隶，随从的差役。 ⑲ 椎(zhuī)牛：杀牛。⑳ 击豕(shǐ)：宰猪。 ㉑ 菽(shū)：豆的总称。荐：进献。 ㉒ 奠：祭供。㉓ 耋(dié)：七八十岁的老人。孺：小孩。栗栗然：害怕而发抖的样子。 ㉔ 适丁：正当。丁，当、遭逢。 ㉕“而自惑”二句：谓对自己的生存迷惑不解，完全归之于神的意志。 ㉖ 戾(lì)：乖张。 ㉗ 庶乎：大概、也许。过：责怪。 ㉘“岂不以”二句：谓难道不是因为生时能抵御大灾大难，所以才会在死后得到人们的祭供吗？血食：杀牲口来祭祀。 ㉙ 阶级：台阶。 ㉚“耳弦匏”三句：谓听音乐，吃美食，乘车骑马。匏(páo)：指笙、竽等用葫芦制成的管簧乐器。 ㉛“解民”二句：谓解除百姓倒悬的痛苦，清除百姓的病患。暍(yē)：中暑、伤于暴热。

㉜ 一日懈怠：倘有一天的疏忽马虎。与上文"一日懈怠"于供祭相呼应。㉝"较神之"二句：谓官与神相比，造成的祸害，谁轻谁重？ ㉞ 指：被指称。㉟ 恇(kuāng)挠脆怯：昏乱害怕。 ㊱ 颠踬窜踣(bó)：跌倒逃窜。 ㊲"此乃"句：谓这是戴官帽会说话的泥像木偶罢了。缨弁：礼帽、官帽。 ㊳ 乱：古代乐曲的最后一章称"乱"。这里指碑文最后的"铭"。 ㊴ 固无以名：本来就没有可称说的。 ㊵ 土木其智：指官吏，谓其才智与泥像木偶相同。与上面"土木其形"(指神像)对举。 ㊶ 可仪：可以效法。 ㊷ 颀颀：指禄厚位高。 ㊸ 飨：享用祭品。 ㊹ 孔：很、甚。

品评

碑文的内容通常以铭记功德为主，但这篇《野庙碑》并没有替庙主歌功颂德，而是批判淫祀迷信的陋习，并借题发挥，讥讽封建官吏凶残贪婪、胆小猥琐的卑劣本性。就体裁而言，是一种别开生面的写法。

作者糅合了直陈胸臆和以客映主两种笔法，灵活多变，颇具特色。文章第一部分直截了当地表明自己对野庙及其所反映的淫祀之风的批判态度，悲叹世人为供奉神像而竭尽财力的愚昧行为，指出其可笑可悲之处正在于世人对土木偶像的自作自怖、甘心自愚上。接着宕开一笔，又认为这种不合古法的神像崇拜在当前不值得过分苛责，文势转回，语气趋缓，实则以退为进，引出后文，第一部分成为铺垫性的陪衬之笔。作者在第二部分中处处把贪官污吏比作土木神像，挖苦两者同是尸位素餐、徒有其表，而且着重指出前者为害远甚于神像，其品格志节更为低下。神像为客，官吏为主，映照衬托，类比见义。

此文的讽刺风格是显而易见的。作者用辛辣的笔触揭穿了堂皇冠冕下恶吏庸官的嘴脸，出语尖刻，痛快淋漓，是一篇颇具锋芒的小品文。与此同时，作者还隐藏着强烈的悲哀之感。世人供奉神像而不自悟，是可悲的；供奉官吏而受其淫刑驱使，更是可悲。所以作者以"悲"发端，以又"悲"作结，沉痛愤懑，表现了他对民瘼世弊的深切关心。在晚唐文坛，浮靡文风再次盛行，内容多空洞无物，陆龟蒙的小品文却高标拔俗，运笔犀利，因而鲁迅先生在《南腔北调集·小品文的危机》里说他和皮日休的小品文"并没有忘记天下，正是一榻胡涂的泥塘里的光彩和锋芒"。

王禹偁

王禹偁(954—1001),字元之,济州巨野(今属山东)人。宋太宗太平兴国时进士。曾任翰林学士、知制诰等官。晚年贬为黄州(治所在今湖北黄冈)知州,故称"王黄州"。其诗文朴素自然,清新流畅,为北宋初年率先反对绮靡文风的著名作家之一。有《小畜集》、《小畜外集》。《宋史》卷二九三有传。

待漏院记[1]

天道不言[2],而品物亨、岁功成者[3],何谓也?四时之吏[4],五行之佐[5],宣其气矣[6]。圣人不言[7],而百姓亲、万邦宁者,何谓也?三公论道[8],六卿分职[9],张其教矣[10]。是知君逸于上,臣劳于下,法乎天也[11]。古之善相天下者[12],自皋、夔至房、魏[13],可数也。是不独有其德,亦皆务于勤耳[14]。况夙兴夜寐[15],以事一人[16],卿大夫犹然,况宰相乎[17]!

朝廷自国初,因旧制[18],设宰臣待漏院于丹凤门之右[19],示勤政也。至若北阙向曙[20],东方未明,相君启行[21],煌煌火城[22]。相君至止,哕哕鸾声[23]。金门未辟[24],玉漏犹滴[25]。撤盖下车[26],于焉以息[27]。

待漏之际,相君其有思乎[28]:其或兆民未安[29],思所泰之[30];四夷未附[31],思所来之[32];兵革未息[33],何以弭之[34];田畴多芜[35],何以辟之[36];贤人在野,我将进之;佞人立朝[37],我将斥之;六气不和[38],灾眚荐至[39],愿避位以禳之[40];五刑未措[41],欺诈日生,请修德以厘之[42]。忧心忡忡[43],待旦而入。九门既启[44],四聪甚迩[45]。相君言焉,时君纳焉[46]。皇风于是乎清夷[47],苍生以之而富庶。若然,则总百官[48],食万钱,非幸也,宜也[49]。

其或私仇未复，思所逐之；旧恩未报，思所荣之；子女玉帛，何以致之[50]；车马器玩，何以取之；奸人附势，我将陟之[51]；直士抗言[52]，我将黜之[53]；三时告灾[54]，上有忧色，构巧词以悦之；群吏弄法，君闻怨言，进谄容以媚之。私心慆慆[55]，假寐而坐[56]。九门既开，重瞳屡回[57]。相君言焉，时君惑焉[58]。政柄于是乎隳哉[59]，帝位以之而危矣。若然，则死下狱，投远方，非不幸也，亦宜也。

是知一国之政，万人之命，悬于宰相，可不慎欤！复有无毁无誉，旅进旅退[60]，窃位而苟禄[61]，备员而全身者[62]，亦无所取焉。棘寺小吏王禹偁为文[63]，请志院壁，用规于执政者[64]。

注释

① 待漏院：古代百官早晨到了皇宫后等候上朝时休息的地方。漏，漏壶，古代计时的工具，这里用作时间的代称。 ② 天道：指大自然。 ③ 品物：万物。亨：通达，这里指万物的顺利成长。岁功：一年中的农业收获。 ④ 四时之吏：掌管四季的天神。上古设官，以四时为名，有春官、夏官、秋官、冬官，分掌教育、军事、司法、财政等工作，这是后文说的“法乎天”的结果。 ⑤ 五行之佐：掌管五行（金、木、水、火、土）的天神。佐，辅助。古代阴阳家认为四时的变化是由于五行“相生”的结果。 ⑥ 宣其气：古人认为万物的成长、四时的运转都由于一种内在的“气”的促动。这里是说，使万物、四时顺乎自然的规律成长和运转。宣，疏导。 ⑦ 圣人：指皇帝。 ⑧ 三公：泛指中央政府的最高长官。论道：讨论治国的大道。 ⑨ 六卿：中央各部的长官。 ⑩ 张其教：发扬教化。 ⑪ 法乎天：取法于天道。 ⑫ 相（xiàng）天下：辅助（国君）治理天下。 ⑬ 皋（gāo）、夔（kuí）：皋陶（yáo）和后夔，舜时贤臣。房、魏：房玄龄和魏徵，唐朝的名相。他们都是旧时奉为典范的杰出政治家。 ⑭ 务于勤：勤于职守。 ⑮ 夙（sù）兴夜寐：早起晚睡。 ⑯ 一人：指皇帝。 ⑰“卿大夫”二句：意思是说，连卿大夫们都应该起早落夜地协助国君，何况职位更高、责任更重的宰相呢。 ⑱ 因旧制：沿袭唐朝的旧制（待漏院是从唐朝开始设置的）。 ⑲ 丹凤门：宋朝皇城的正南门。 ⑳ 北阙：指皇帝接见群臣议政的宫殿。阙，宫门前的望楼。向曙：天快亮了。 ㉑ 相君：宰相。 ㉒ 煌煌：光亮的样子。火城：旧时代每次朝会，百官先集，宰相后到，列烛达数百柱，叫做火城。 ㉓ 哕（huì）哕：形容铃声。鸾声：铃声。 ㉔ 金门：宫门。未辟：还没有开。 ㉕ 玉漏犹滴：夜还没有过去。漏壶中

蓄水，从漏孔滴去，以计时刻。 ㉖ 盖：车篷。 ㉗ 于焉：在此。 ㉘ 其：大概。 ㉙ 兆民：百姓。 ㉚ 泰之：使（百姓）安泰。 ㉛ 四夷：四方的少数民族。 ㉜ 来：招徕、安抚。 ㉝ 兵革：指战争。兵，兵器；革，盔甲。 ㉞ 弭（mǐ）：平息。 ㉟ 田畴（chóu）：田地。 ㊱ 辟：开辟垦殖。 ㊲ 佞（nìng）人：奸邪小人。 ㊳ 六气：阴、阳（晴）、风、雨、晦（昏暗）、明六种自然现象。 ㊴ 灾眚（shěng）：灾祸。荐至：一次又一次地发生。 ㊵ 愿避位以禳（ráng）之：愿意解去官职来祈求上天消除灾殃。 ㊶ 五刑：轻重不等的五种刑法。措：废止。 ㊷ 厘：整理，矫正。 ㊸ 忡（chōng）忡：忧虑不安的样子。 ㊹ 九门：泛指宫门。 ㊺ 四聪：指能听到四面八方反映的人（这里是指国君）。迩：近。 ㊻ 纳：接受。 ㊼ 皇风：国家的政治风气。清夷：清明平静。 ㊽ 总：统辖。 ㊾ “非幸也”二句：不是侥幸得来的，而是理应如此的。 ㊿ 致之：取得这些东西（美女、宝玉、丝绸）。 51 陟（zhì）之：使（奸人）能爬到高位。陟，提升。 52 直士抗言：正直的人直言指摘。 53 黜（chù）：贬抑。 54 三时：指春、夏、秋三个农忙季节。 55 私心慆（tāo）慆：个人的打算没有个完。慆慆，放纵无度。 56 假寐：打盹儿。 57 重瞳（tóng）：相传舜的眼睛有两个瞳子，这里泛指皇帝的眼睛。屡回：屡屡顾视。 58 惑：被（宰相之言）迷惑。 59 “政柄”句：国家的政权由此毁坏了。 60 旅进旅退：随众人进退。 61 窃位而苟禄：窃取高位，苟求厚禄。 62 备员而全身：虚充职位，保全身家。 63 棘寺：大理寺（管理司法的中央机关）的别称。小吏：谦词，当时王禹偁是大理寺的官员。 64 用：以。规：劝诫。

品评

《待漏院记》是王禹偁广为传诵的政论性篇章之一。前人曾以“垂世立教之文”誉之，可见其地位。

从题目类型看，本篇属于“厅壁记”，但王禹偁一改寻常记文的写法，通篇以议论为主，可称一篇别致的充满政论色彩的“宰相论”：首论天道运行规律、圣王政治模式，以见宰相勤于政务的重要性与必要性，从而自然转到具有“示勤政”之意的待漏院。随后插入一小段文字，描写宰臣上朝、待漏斯院的庄严场面，巧妙逗出“待漏之际，相君其有思乎”的设问。此下即围绕待漏时宰相们的所思所虑，将之分为贤相、奸相、庸相三种类型，在议论中寄托鲜明的褒贬之意。该文在写作手法上处处可见匠心，以三类宰相面目的描写来看，并非均衡着墨，而是详论贤、奸二类，盖因这两类影响“一国之政，万人之命”最巨，而仅以数言带过虽一无可取却也无巨害的庸相。详略之间，可见文章笔法。

王禹偁是宋初倡导诗文革新的先行者，他主张行文须明白晓畅，自然平易。《待漏院记》虽未尽洗晚唐五代以来文章面目（浦起龙云"文格犹沿五代"），但已颇能体现晓畅自然的特点。全篇以四言为基本句式，语势庄重而明快，琅琅上口，富于节奏美、韵律美。而在整齐匀称的句式中，又以古文笔法介入，增添了纡徐错落之致。这些都使该文在"垂世立教"的道德意义之外，更添文学审美的价值。

黄冈竹楼记①

黄冈之地多竹，大者如椽②。竹工破之，刳去其节③，用代陶瓦，比屋皆然④，以其价廉而工省也。

子城西北隅⑤，雉堞圮毁⑥，蓁莽荒秽⑦，因作小楼二间，与月波楼通⑧。远吞山光⑨，平挹江濑⑩，幽阒辽敻⑪，不可具状。夏宜急雨，有瀑布声；冬宜密雪，有碎玉声。宜鼓琴，琴调虚畅；宜咏诗，诗韵清绝；宜围棋，子声丁丁然⑫；宜投壶⑬，矢声铮铮然⑭；皆竹楼之所助也。

公退之暇⑮，披鹤氅⑯，戴华阳巾⑰，手执《周易》一卷，焚香默坐，消遣世虑⑱。江山之外，第见风帆沙鸟⑲、烟云竹树而已。待其酒力醒，茶烟歇，送夕阳，迎素月，亦谪居之胜概也⑳。

彼齐云落星㉑，高则高矣，井幹丽谯㉒，华则华矣，止于贮妓女，藏歌舞㉓，非骚人之事㉔，吾所不取。

吾闻竹工云："竹之为瓦，仅十稔㉕；若重覆之，得二十稔。"噫，吾以至道乙未岁自翰林出滁上㉖，丙申移广陵㉗，丁酉又入西掖㉘，戊戌岁除日有齐安之命㉙，己亥闰三月到郡㉚。四年之间，奔走不暇，未知明年又在何处，岂惧竹楼之易朽乎？幸后之人与我同志㉛，嗣而葺之㉜，庶斯楼之不朽也。

咸平二年八月十五日记。

注释

① 黄冈：今属湖北。题一作《黄州新建小竹楼记》。 ② 椽：放在梁上架屋

顶用的木条。 ③ 刳(kū):挖去。 ④ 比屋:家家户户。比,挨着。 ⑤ 子城:指附属于大城的小城,如内城及城门外的套城。 ⑥ 雉堞(dié):城上如齿状的矮墙。圮(pǐ):倒塌。 ⑦ 蓁(zhēn)莽:丛生的树木和草。荒秽(huì):荒凉肮脏。 ⑧ 月波楼:黄冈的一座城楼。也是王禹偁修筑的。 ⑨ 吞:这里指望见。⑩ 挹:汲取。这里指望见。濑(lài):沙上的流水。 ⑪ 阒(qù):形容寂静。敻(xiòng):远,辽阔。 ⑫ 子:指棋子。丁(zhēng)丁:象声词。 ⑬ 投壶:古代一种游戏,把箭状的筹棒向长颈壶里投,以投中多少决胜负。 ⑭ 矢:箭。⑮ 公退:办完公事回来。 ⑯ 鹤氅(chǎng):用羽毛织成的大衣。 ⑰ 华阳巾:道士所戴的一种头巾。 ⑱ 世虑:世俗的念头。 ⑲ 第:但,只。 ⑳ 胜概:佳境,乐事。 ㉑ 齐云:齐云楼,一名月华楼,唐曹恭王所建,原址在今江苏苏州。落星:落星楼,三国时吴国孙权所建,原址在今江苏南京东北。 ㉒ 井幹(hán):井幹楼,汉武帝刘彻所建,原址在今陕西西安。丽谯(qiáo):丽谯楼,魏武帝曹操所建。 ㉓ 歌舞:指能歌善舞者。 ㉔ 骚人:诗人。 ㉕ 十稔(rěn):十年。㉖ 至道乙未:公元 995 年。是年,王禹偁贬为滁州(治所在今安徽滁州)知州。至道,宋太宗的年号。出:贬往。 ㉗ 丙申:公元 996 年。是年王禹偁调任扬州(今属江苏)知州。广陵:古郡名,治所在今江苏扬州。 ㉘ 丁酉:公元 997 年。是年王禹偁在中书省任知制诰。西掖:中央最高行政机关中书省的别称。㉙ 戊戌:公元 998 年。岁除日:除夕。齐安:古郡名,即指黄州。是年,王禹偁因编写《太祖实录》,直书史事,为宰相所不满,被贬为黄州知州。 ㉚ 己亥:即咸平二年,公元 999 年。咸平,宋真宗的年号。 ㉛ 同志:志同道合的人。 ㉜ 嗣(sì):继续。葺(qì):修理。

品评

本文先通过状写竹楼上的景致与活动,来表达作者贬谪后随缘自适、游于物外的思想。与这样的主题相呼应,作者笔致轻灵萧疏,以竹楼所闻的声响为线索,串联了夏雨、冬雪等自然现象和鼓琴、咏诗、围棋、投壶等人事活动,层层排比,着力渲染,写出了一个幽邃清隽的境界。接着,道士装束的主人公飘然出现,焚香默坐,与天地风月为友,一派仙风道骨。人与景翕然相契,达到物我两忘的境地。

但事实上,作者并没有忘怀“世虑”,在表面的平静中,读者仍能隐隐感觉到他的激愤和不平。文章最后一段,不惮辞繁地追叙四年中数次迁降的经历,旨在比较竹楼易坏而其任期更短。一句“未知明年又在何处”,感叹仕途的险恶莫测,既回结到竹楼,又抒发了自己政治上的失意感。全文明写谪居之乐,暗吐不平之气,由喜转悲,妙在含而不露。

此文得到历来选文者的青睐。在《古文观止》中,吴楚材评曰:“冷淡萧疏,无意于安排措置,而自得之于景象之外,可以上追柳州得意诸记。起结摇曳生情,更觉蕴藉。”此评是近于事实的。

范仲淹

范仲淹(989—1052),字希文,苏州吴县(今江苏苏州)人。幼年刻苦好学。宋真宗大中祥符时进士。历任右司谏、吏部员外郎、枢密副使、参知政事等职。他是北宋著名政治家,力主改革弊政、加强战备,坚决抵御外族的侵扰,是"庆历新政"的代表人物之一。能词,善写塞上风光。有《范文正公集》。《宋史》卷三一四有传。

岳阳楼记①

庆历四年春②,滕子京谪守巴陵郡③。越明年④,政通人和⑤,百废具兴⑥,乃重修岳阳楼,增其旧制⑦,刻唐贤今人诗赋于其上,属余作文以记之⑧。

余观夫巴陵胜状⑨,在洞庭一湖,衔远山,吞长江,浩浩汤汤⑩,横无际涯,朝晖夕阴⑪,气象万千,此则岳阳楼之大观也。前人之述备矣⑫。然则北通巫峡⑬,南极潇湘⑭,迁客骚人⑮,多会于此,览物之情,得无异乎!

若夫霪雨霏霏⑯,连月不开⑰,阴风怒号,浊浪排空,日星隐耀⑱,山岳潜形⑲,商旅不行,樯倾楫摧⑳,薄暮冥冥,虎啸猿啼。登斯楼也,则有去国怀乡㉑,忧谗畏讥㉒,满目萧然㉓,感极而悲者矣。

至若春和景明㉔,波澜不惊㉕,上下天光,一碧万顷㉖,沙鸥翔集㉗,锦鳞游泳㉘,岸芷汀兰㉙,郁郁青青㉚。而或长烟一空,皓月千里,浮光跃金㉛,静影沉璧㉜,渔歌互答,此乐何极?登斯楼也,则有心旷神怡,宠辱皆忘,把酒临风,其喜洋洋者矣。

嗟夫！予尝求古仁人之心[33]，或异二者之为[34]，何哉？不以物喜，不以己悲。居庙堂之高[35]，则忧其民；处江湖之远，则忧其君。是进亦忧，退亦忧。然则何时而乐耶？其必曰：先天下之忧而忧，后天下之乐而乐乎！噫，微斯人[36]，吾谁与归！

时六年九月十五日[37]。

注释

① 岳阳楼：在今湖南岳阳市西，面临洞庭湖。 ② 庆历四年：公元1044年。庆历，宋仁宗的年号（1023—1063）。 ③ 滕子京：名宗谅，河南（今河南洛阳）人。与范仲淹同年举进士。此次因受人诬告遭贬。守：任州郡的长官。巴陵郡：古郡名，治所在今湖南岳阳。 ④ 越明年：到第二年。 ⑤ 政通人和：政令通行，百姓和乐。 ⑥ 百废具兴：一切废弛之事都兴办起来。 ⑦ 增：扩建。旧制：原来的规模。 ⑧ 属：同“嘱”。 ⑨ 胜状：美景。 ⑩ 浩浩汤（shāng）汤：形容水势盛大。 ⑪ 朝晖夕阴：早晨的阳光和傍晚的昏暗，泛指一天中天气的变化。 ⑫ 备：详尽。 ⑬ 巫峡：长江三峡之一，在今湖北巴东西。 ⑭ 极：远通。潇湘：潇水、湘水，潇水流入湘水后，又北入洞庭湖。 ⑮ 迁客：贬职外调的官吏。骚人：诗人。 ⑯ 霪（yín）雨：连绵不断的雨。霏霏：雨雪很盛的样子。 ⑰ 不开：不放晴。 ⑱ 隐耀：隐没了光辉。 ⑲ 潜形：掩藏起形象。 ⑳ 樯：船桅。楫（jí）：船桨。摧：断。 ㉑ 去国：离开京城。 ㉒ 忧谗畏讥：担心害怕受到诽谤讥笑。 ㉓ 萧然：萧条凄凉的样子。 ㉔ 春和景明：春天和暖，阳光明媚。 ㉕ 不惊：平静。 ㉖ 万顷：形容水面宽阔。顷，面积单位，一百亩为一顷。 ㉗ 翔集：有时飞翔，有时停下聚集。 ㉘ 锦鳞：鱼的代称。 ㉙ 芷：一种香草。汀：小洲或岸边平地。 ㉚ 郁郁：形容香气很浓。 ㉛ 浮光跃金：浮动着的波光，像金子那样耀眼。 ㉜ 静影沉璧：静静的月影映在水中，犹如白玉沉在水底。 ㉝ 求：探求。仁人：泛指德行高尚的人。 ㉞“或异”句：谓也许不同于上述两种心情。 ㉟ 庙堂：代指朝廷。 ㊱ 微：若不是。斯：这种。 ㊲ 六年：庆历六年，公元1046年。

品评

本文是作者应友人滕子京之请而作。滕时贬知岳州，而作者亦谪居邓州，均属"迁客"。清人余诚云，此篇"通体俱在谪守上着笔"，提出了从"贬谪"来解读本文的视角。贬谪文学所表现的心态往往是复杂矛盾的，作者们常在愤懑之余，徘徊于超世和用世之间，重新思考自己的人生观、价值观。有的油然流露对退守独善、洒然尘外生活的向往；而范氏此篇则属贬谪文学中的另一类。文章既有忧谗畏讥的痛苦郁愤，也抒发了忘怀人事的出世之想，但占主导的是一种强烈的责任心和自觉的使命感，作者的忧国忧民之心仍一如既往。

贬谪文学在文体上有一特点，即往往与山水亭阁记相结合，寓情于景，通过细腻独到的写景，来一吐心中之块垒。文中的两段写景，虽是拟想之辞，但用语凝练，形象鲜明，如在眼前；又兼属对精工，音节铿锵，琅琅上口，历来为人所乐诵，艺术上达到了很高的水平。同时，这两段描写围绕着对"悲喜—忧乐"的认识，与全文的主题有机地联系起来了。景物的一阴一晴，逗引出心情的一悲一喜，这时的悲喜是局限于一己一身的。而作者却扬弃了这种悲喜观，提出"不以物喜，不以己悲"的一种超越个人利害的悲喜观，并进一步伸发为"先天下之忧而忧，后天下之乐而乐"的忧乐观，展示了这位古代正直政治家坚定不移的信念和宏大的胸襟。写景抒怀两相得宜。

此文在写作技巧与道德境界上皆达到他人难以企及的高度。历代论者，对此纷纷给予充分肯定，楼昉说："乃知此老胸襟度量，直与岳阳洞庭同其广。"金圣叹说："一肚皮圣贤心地、圣贤学问，发而为才子文章。"浦起龙说："缘情设景，借题引合，想见万物一体胸襟。"皆提示我们，一个人的襟怀抱负与道德境界对其文学创作的影响是何等深巨。

欧阳修

欧阳修(1007—1072),字永叔,号醉翁、六一居士,吉州永丰(今属江西)人。宋仁宗天圣时进士。庆历五年(1045),因支持"庆历新政",被贬为滁州知州。后起复,任翰林学士、史馆修撰,官至枢密副使、参知政事。晚年退隐颍州(治所在今安徽阜阳)。他在散文、诗、词各方面均卓有成就,倡导了北宋诗文革新运动,是当时公认的文坛领袖。其文晓畅自然而又摇曳生姿,特饶情致,形成独有的"六一风神"。有《欧阳文忠公集》。《宋史》卷三一九有传。

朋党论[①]

臣闻朋党之说,自古有之,惟幸人君辨其君子小人而已[②]。大凡君子与君子,以同道为朋[③];小人与小人,以同利为朋;此自然之理也。

然臣谓小人无朋,惟君子则有之。其故何哉?小人所好者禄利也[④],所贪者财货也,当其同利之时,暂相党引以为朋者[⑤],伪也;及其见利而争先,或利尽而交疏,则反相贼害[⑥];虽其兄弟亲戚,不能相保;故臣谓小人无朋,其暂为朋者伪也。君子则不然:所守者道义[⑦],所行者忠信,所惜者名节[⑧],以之修身,则同道而相益;以之事国,则同心而共济[⑨];终始如一,此君子之朋也。

故为人君者,但当退小人之伪朋[⑩],用君子之真朋,则天下治矣[⑪]。

尧之时[⑫],小人共工、驩兜等四人为一朋[⑬],君子八元、八恺十六人为一朋[⑭]。舜佐尧[⑮],退四凶小人之朋,而进元、恺君子之朋,尧之天下大治。及舜自为天子[⑯],而皋、夔、稷、契等二十二人[⑰],并列于朝,更相称美,更相推让,凡二十二人为一朋,而舜皆用之,天下亦大治。

《书》曰[18]："纣有臣亿万[19]，惟亿万心；周有臣三千，惟一心。"纣之时，亿万人各异心，可谓不为朋矣；然纣以亡国。周武王之臣三千人为一大朋，而周用以兴[20]。

后汉献帝时，尽取天下名士囚禁之，目为党人[21]。及黄巾贼起[22]，汉室大乱，后方悔悟，尽解党人而释之，然已无救矣。

唐之晚年，渐起朋党之论[23]。及昭宗时[24]，尽杀朝之名士，咸投之黄河，曰："此辈清流，可投浊流[25]。"而唐遂亡矣。

夫前世之主，能使人人异心不为朋，莫如纣；能禁绝善人为朋，莫如汉献帝；能诛戮清流之朋，莫如唐昭宗之世；然皆乱亡其国。更相称美推让而不自疑，莫如舜之二十二臣；舜亦不疑而皆用之，然而后世不诮舜为二十二人朋党所欺[26]，而称舜为聪明之圣者[27]，以能辨君子与小人也。周武之世，举其国之臣三千人共为一朋，自古为朋之多且大，莫如周；然周用此以兴者，善人虽多而不厌也[28]。

夫兴亡治乱之迹，为人君者，可以鉴矣！

注释

① 朋党：人们因某种相同的目的而聚合在一起。 ② 幸：希望。 ③ 同道为朋：在道义一致的基础上结合成朋党。 ④ 好(hào)：喜爱。 ⑤ 党引：勾结。 ⑥ 贼害：伤害。 ⑦ 守：信奉、坚持。 ⑧ 名节：名誉气节。 ⑨ 济：成事。 ⑩ 退：废斥不用。 ⑪ 治：指社会安定兴旺。 ⑫ 尧：和下文中的舜、周武王都是儒家推崇的古代贤君。 ⑬ 共工、驩兜(huān dōu)：尧时被称为"四凶"中的两个。 ⑭ 八元：指的是上古高辛氏的八个儿子。八恺：指的是上古高阳氏的八个儿子。元、恺，都是善良的意思。 ⑮ 佐：辅助。 ⑯ 及：等到。 ⑰ 皋(gāo)、夔(kuí)、稷(jì)、契(xiè)：都是舜时贤臣，分别被舜委任为管理刑法、音乐、农事和教育的长官。 ⑱《书》：《尚书》，收录上古时代的政府文告。下面引的四句话见于《周书·泰誓篇》，这是周武王伐纣，会师于孟津(在今河南省孟州市南)时发表的誓师词。 ⑲ 纣：商朝亡国之君帝辛。亿万：指人数众多。 ⑳ 用：因此。 ㉑"后汉"三句：献帝即刘协，汉朝的亡国之君(公元 189—220 年在位)。汉桓帝(公元 147—167 年在位)时，宦官专权，一些名士如李膺、杜密、陈

寔、范滂等都被诬为营私结党，逮捕入狱，后赦免，但终身不许做官。到了灵帝（公元168—189年在位）时，宦官曹节等，杀死窦武、陈蕃和李膺等一百多人。文中说是献帝时的事，当系作者误记。 ㉒ 黄巾：东汉末年的一支伟大的农民起义军，用黄巾为标志。贼：对农民起义军污蔑性说法。 ㉓“唐之晚年”二句：唐穆宗长庆初年（821），以牛僧孺、李宗闵为首和以李德裕为首的官僚集团，各树朋党，展开斗争。这次党争一直延续到文宗（公元827—840年在位）、武宗（公元841—846年在位）、宣宗（公元847—859年在位）时代，历时近四十年。历史上称“牛李党争”。 ㉔ 昭宗：李晔（yè），唐朝的亡国之君（公元889—904年在位）。 ㉕“此辈清流”二句：昭宣帝天祐二年（905），李振唆使权臣朱全忠诱杀当时士大夫裴枢等三十余人时说：“此辈常自谓清流，宜投入黄河，使为浊流！”朱全忠竟然这样干了。文中说是昭宗时的事，也系作者误记。 ㉖ 诮（qiào）：责备。 ㉗ 聪明：听得明白，看得清楚。 ㉘ 虽多而不厌：多多益善。

品评

宋仁宗庆历三年（1043），在欧阳修等人连章弹劾下，夏竦、吕夷简等守旧人物被罢免，主张革新的范仲淹、韩琦等人上台执政，提出诸多改革措施，是为“庆历新政”。但是，这批暂时被斥退的保守人物不甘失败，他们大肆制造舆论，攻击范仲淹等新政人物援用朋党。

欧阳修的这篇文章正是在这样的历史时刻写出的。文章尖锐有力地驳斥了对手的恶意污蔑。他首先巧妙地接过论敌的指责，不仅不否认横加自己头上的“朋党”罪名，反而理直气壮地指出，人君需要划清的是“君子之朋”与“小人之朋”的界限，而非盲目排斥朋党。接着又进一层剖析“小人无朋”和“惟君子有朋”的道理，最后引证大量历史事实，证明国家兴亡治乱和朋党的真实关系，深化了治理国家必须“退小人之伪朋，用君子之真朋”这一论点。虽然《朋党论》并未能唤醒皇帝正确思考朋党之义，庆历新政最后也以失败告终，但本文激起的历史反响无疑是极为巨大的。后来秦观作《朋党论》上下篇，对欧阳修观点表示赞同，苏轼作《续欧阳子朋党论》持论与欧阳修不同。直至清代，雍正帝亦曾亲作《朋党论》，反对欧阳修观点，并指出：“设修在今日而为此论，朕必饬之以正其惑。”姑不论这些回应孰是孰非，欧公《朋党论》的影响可见一斑。

至于本文在艺术手法上所具的特色，金圣叹的评语可谓体察入微，颇有见地：“最明畅之文，却甚幽细；最条直之文，却甚郁勃；最平夷之文，却甚跳跃鼓舞。”此评精准地勾勒出了欧阳修文章的风格面貌。

五代史伶官传序[1]

呜呼,盛衰之理,虽曰天命,岂非人事哉!原庄宗之所以得天下[2],与其所以失之者,可以知之矣。

世言晋王之将终也[3],以三矢赐庄宗而告之曰[4]:“梁,吾仇也[5];燕王吾所立[6],契丹与吾约为兄弟[7],而皆背晋以归梁。此三者,吾遗恨也。与尔三矢,尔其无忘乃父之志[8]!”庄宗受而藏之于庙。其后用兵,则遣从事以一少牢告庙[9],请其矢,盛以锦囊,负而前驱,及凯旋而纳之[10]。

方其系燕父子以组[11],函梁君臣之首[12],入于太庙,还矢先王而告以成功,其意气之盛,可谓壮哉!及仇雠已灭[13],天下已定,一夫夜呼,乱者四应,苍皇东出,未及见贼而士卒离散,君臣相顾,不知所归,至于誓天断发,泣下沾襟,何其衰也[14]!岂得之难而失之易欤?抑本其成败之迹而皆自于人欤[15]?

《书》曰:“满招损,谦得益[16]。”忧劳可以兴国,逸豫可以亡身[17],自然之理也。故方其盛也,举天下之豪杰莫能与之争;及其衰也,数十伶人困之,而身死国灭,为天下笑[18]。夫祸患常积于忽微[19],而智勇多困于所溺[20],岂独伶人也哉!作《伶官传》。

注释

① 五代史:指欧阳修等编撰的《新五代史》,区别于薛居正等编撰的《旧五代史》。伶官:宫廷中的乐官。传序:史传之前评述其所记人物、事件的议论文字。 ② 原:推究。庄宗:后唐庄宗李存勖(xù),西突厥沙陀族人。原姓朱邪,其祖父归唐后,赐姓李。 ③ 晋王:指李存勖之父李克用,曾被李唐王朝封为晋王。 ④ 矢:箭。 ⑤ 梁:指后梁太祖朱温。唐末,朱温乘乱自立,建立后梁。他曾企图谋害李克用,因而结下私仇。 ⑥ 燕王:指燕刘守光之父刘仁恭。刘仁恭曾借助李克用之力,得以任卢龙节度使,但后来拒绝李克用的征兵要求,发生武装冲突。他战胜李克用后,依附于后梁。 ⑦“契丹”句:公元907年,李克用曾与契丹首领耶律阿保机拜为兄弟,结成军事同盟,约定联合攻梁。后阿保机背约投

向后梁。 ⑧ 乃父：你的父亲。 ⑨ 从事：官名，这里泛指一般的幕僚随从。少牢：古代祭祀时，牛、羊、豕（猪）三样祭品皆备，称“太牢”；只有羊、豕，称“少牢”。告：祷告。 ⑩ 纳：收放好。 ⑪“方其”句：公元913年，李存勖部将打败刘守光，活捉刘仁恭、刘守光父子，押送回太原。系，捆绑。组，丝带丝绳，这里泛指绳索。 ⑫“函梁”句：公元923年，李存勖领兵攻梁，梁末帝为免死于仇人之手，令部将皇甫麟杀死自己。皇甫麟随后自刎。函，用木匣子装。 ⑬ 仇雠（chóu）：仇敌。 ⑭“天下已定”十句：公元926年，邺都（今河北临漳）发生兵变，邢州（治所在今河北邢台）、沧州（治所在今河北沧州）驻军相继作乱。李存勖派李嗣源前往镇压，不料李嗣源反被其部下推为皇帝，联合邺都乱兵向京城洛阳进军。李存勖仓皇进兵汴京，又被迫折回。归途中士兵叛逃近半，随从的百余位部将断发向天立誓，表示忠于后唐，君臣相对大哭。 ⑮ 抑：或。本：考察原因。自：由于。 ⑯“满招损”二句：语出《尚书·大禹谟》，文字稍异。 ⑰ 逸豫：安乐。 ⑱“及其衰也”四句：李存勖灭梁后纵情声色，宠信乐工宦官。李嗣源兵反，乐官郭从谦作乱，李存勖中流矢而死。 ⑲ 忽微：指细小的事情。 ⑳ 所溺：所溺爱的人或事物。

品评

作为正史传序，本文目的是推究史实，得出带有普遍意义的历史教训。作者开宗明义，指出朝代盛衰主要由人事所决定。文章不从伶官误国作论，而是从后唐庄宗溺于所爱导致亡国入手，通过庄宗的兴亡过程，揭示出“忧劳可以兴国，逸豫可以亡身”的道理。文短而有力，语少而富有感情，即使在议论文中，也保持着作者特有的风格。一是平易近人，不作空论。在展开议论前，先有一大段详略有致的叙事，用繁笔强调庄宗兴起时的兢兢业业，又用简笔突出了他衰亡的迅忽，在得难失易的强烈对比中，顺势引发议论。而在议论中，或引用书证，或再次结合史实，立论扎实稳健，异乎那种雄辩滔滔、凌厉逼人的作派。二是富有情韵，讲究一唱三叹的艺术风味。全文穿插地运用反问句、感叹句，加强抒情性；同时极写盛时的英豪和乱时的衰颓，反复对勘，忽昂忽低，波澜起伏。因此在尺幅短章中，“有萦回无尽之意”（李扶九语）。

沈德潜给予此文极高评价，认为“得《史记》神髓”，是“《五代史》中第一篇文字”，堪称定评。

秋声赋

欧阳子方夜读书[1]，闻有声自西南来者，悚然而听之[2]，曰：异哉！初淅沥以萧飒[3]，忽奔腾而砰湃[4]，如波涛夜惊，风雨骤至。其触于物也，𬓛𬓛铮铮[5]，金铁皆鸣。又如赴敌之兵，衔枚疾走[6]，不闻号令，但闻人马之行声。余谓童子："此何声也？汝出视之。"童子曰："星月皎洁，明河在天[7]，四无人声，声在树间。"

余曰："噫嘻，悲哉！此秋声也！胡为而来哉？"盖夫秋之为状也，其色惨淡，烟霏云敛[8]；其容清明，天高日晶[9]；其气栗冽[10]，砭人肌骨[11]；其意萧条，山川寂寥。故其为声也，凄凄切切，呼号愤发。丰草绿缛而争茂[12]，佳木葱茏而可悦[13]，草拂之而色变，木遭之而叶脱。其所以摧败零落者，乃其一气之余烈[14]。夫秋，刑官也[15]，于时为阴[16]。又兵象也[17]，于行用金[18]。是谓天地之义气[19]，常以肃杀而为心。天之于物，春生秋实。故其在乐也，商声主西方之音[20]，夷则为七月之律[21]。商，伤也，物既老而悲伤；夷，戮也，物过盛而当杀。

"嗟乎！草木无情，有时飘零。人为动物，惟物之灵[22]。百忧感其心，万事劳其形，有动于中，必摇其精[23]。而况思其力之所不及，忧其智之所不能，宜其渥然丹者为槁木[24]，黟然黑者为星星[25]。奈何以非金石之质，欲与草木而争荣？念谁为之戕贼[26]，亦何恨乎秋声！"

童子莫对，垂头而睡，但闻四壁虫声唧唧，如助余之叹息。

注释

①欧阳子：作者自称。 ②悚(sǒng)然：吃惊的样子。 ③淅沥(xī lì)：雨声。萧飒：风声。 ④砰湃：波涛声。 ⑤𬓛(cōng)𬓛铮(zhēng)铮：金属相击声。 ⑥衔枚：古代行军时，士兵口中横衔一种筷形小棒，防止出声。 ⑦明河：指天上的银河。 ⑧烟霏云敛：烟云纷飞密集。霏，纷飞。"霏"字本训，兼有"甚"(盛、密)和"飞"二义。 ⑨日晶：阳光灿烂。 ⑩栗冽：寒冷。 ⑪砭(biān)：刺。 ⑫缛：丰茂。 ⑬葱茏：草木青翠茂盛的样子。 ⑭余烈：余威。 ⑮"夫秋"二句：指上古设官，以四时为名，掌管刑法的司寇为秋官。

⑯ 于时为阴：古人以春夏为阳、秋冬为阴。 ⑰ 兵象：古时以秋季为征伐之时。⑱ 于行用金：古人认为四季的变化是五行“相生”的结果，并把五行分配于四季，秋属金。行，五行，金、木、水、火、土。 ⑲ 天地之义气：《礼记·乡饮酒义》谓天地肃杀之气，始于西南方，至西北方时达到极盛，这是“天地之义气”。古时把四季与方位相配，由西南方至西北方，正是秋的方位。天地之义气，指刚正之气。⑳ “商声”句：古时五声与四季、方位相配，角属春、东方，徵(zhǐ)属夏、南方，商属秋、西方，羽属冬、北方，宫属中央。 ㉑ 夷则：十二律之一。律，本来是正音的器具。古人把十二律配于十二月，以占气候。夷则配七月。 ㉒ “人为动物”二句：谓人为万物之灵。 ㉓ 精：精神。 ㉔ 渥然丹者：指容貌红润，喻年轻力壮。渥然，滋润。槁(gǎo)木：朽木，喻衰老。 ㉕ 黟(yī)然黑者：形容头发乌黑。黟然，黑貌。星星：形容头发斑白。 ㉖ 戕(qiāng)贼：伤害。

品评

自宋玉《九辩》始，悲秋就成为古代作品中的一个传统主题，经过历代文人的摹写，秋色与萧瑟，秋意与悲哀，已积淀为一种固定的联想。而这篇写秋声的作品，立意较新，以悲秋起笔，而以摒弃悲意作结。在作者看来，秋气摧败了无情的草木，但有情的人类之所以衰颓主要因为人自身的思智忧劳过度，秋无关乎人事的盛衰。作者由此发挥了老庄哲学中清心寡欲、知足保和的养身之道，这其中也包含了作者深刻的人生体验和感慨。当然，作者的这层翻转不够有力，对悲哀的超解也显得匆忙单弱，掩盖不住弥漫全文的悲意。

此赋为宋代散文赋的代表。它运用散文的笔意笔调，保持了传统赋的铺叙对偶、词藻华美和讲究音律的特点，从而成为一种非赋非文、亦赋亦文的新体裁，乃是“赋之变调，别有文情”(储欣《唐宋八大家类选》评语)。文中或用三、四个形象化的比喻，或以秋色、秋容、秋气、秋意作铺垫，把无形无状的秋声渲染得似乎倾耳可闻，同时赋予无情无感的秋声以凄切肃烈的品格。作者对于秋声的高超艺术描绘，正是此赋成功的重要因素。

泷冈阡表①

呜呼！惟我皇考崇公卜吉于泷冈之六十年②，其子修始克表于其阡③，非敢缓也，盖有待也④。

修不幸,生四岁而孤[5]。太夫人守节自誓[6],居穷[7],自力于衣食,以长以教[8],俾至于成人[9]。太夫人告之曰:“汝父为吏廉,而好施与[10],喜宾客,其俸禄虽薄,常不使有余,曰‘毋以是为我累[11]’。故其亡也,无一瓦之覆,一垅之植[12],以庇而为生。吾何恃而能自守邪[13]?吾于汝父,知其一二,以有待于汝也。自吾为汝家妇,不及事吾姑[14],然知汝父之能养也[15];汝孤而幼,吾不能知汝之必有立[16],然知汝父之必将有后也。吾之始归也[17],汝父免于母丧方逾年[18],岁时祭祀,则必涕泣曰:‘祭而丰不如养之薄也。’间御酒食[19],则又涕泣曰:‘昔常不足而今有余,其何及也[20]!’吾始一二见之,以为新免于丧适然耳[21]。既而其后常然,至其终身未尝不然。吾虽不及事姑,而以此知汝父之能养也。汝父为吏,尝夜烛治官书[22],屡废而叹[23]。吾问之,则曰:‘此死狱也[24],我求其生不得尔。’吾曰:‘生可求乎?’曰:‘求其生而不得,则死者与我皆无恨也,矧求而有得邪[25]?以其有得,则知不求而死者有恨也。夫常求其生犹失之死,而世常求其死也。’回顾乳者剑汝而立于旁[26],因指而叹曰:‘术者谓我岁行在戌将死[27],使其言然,吾不及见儿之立也,后当以我语告之。’其平居教他子弟[28],常用此语,吾耳熟焉,故能详也。其施于外事[29],吾不能知;其居于家无所矜饰[30],而所为如此,是真发于中者邪[31]。呜呼!其心厚于仁者邪,此吾知汝父之必将有后也。汝其勉之!夫养不必丰,要于孝[32];利虽不得博于物[33],要其心之厚于仁。吾不能教汝,此汝父之志也。”修泣而志之,不敢忘。

先公少孤力学[34],咸平三年[35],进士及第,为道州判官[36],泗、绵二州推官[37],又为泰州判官[38]。享年五十有九,葬沙溪之泷冈[39]。太夫人姓郑氏,考讳德仪[40],世为江南名族。太夫人恭俭仁爱而有礼,初封福昌县太君[41],进封乐安、安康、彭城三郡太君[42]。自其家少微时[43],治其家以俭约,其后常不使过之[44],曰:“吾儿不能苟合于世,俭薄所以居患难也。”其后修贬夷陵[45],太夫人言笑自若,曰:“汝家故贫贱也,吾处之有素矣,汝能安之,吾亦安矣。”

自先公之亡二十年,修始得禄而养[46]。又十有二年,列官于朝,始得赠封其亲[47]。又十年,修为龙图阁直学士、尚书吏部郎中,留守南京[48],太夫人以疾终于官舍[49],享年七十有二。又八年,修以非才,入副枢密[50],遂参政事[51]。又七年而罢[52]。自登二府[53],天子推恩,褒其三世[54],故自嘉祐以来,逢国大庆,必加宠锡[55]。皇曾祖府君累赠金紫光禄大夫、太师、中书令[56]。曾祖妣累封楚国太夫人[57]。皇祖府君累赠金紫光禄大夫、太师、中书令兼尚书令[58]。祖妣累封吴国太夫人。皇考崇公累赠金紫光禄大夫、太师、中书令兼尚书令。皇妣累封越国太夫人。今上初郊[59],皇考赐爵为崇国公,太夫人进号魏国。

于是小子修泣而言曰:“呜呼!为善无不报,而迟速有时,此理之常也。惟我祖考,积善成德,宜享其隆,虽不克有于其躬[60],而赐爵受封,显荣褒大,实有三朝之锡命[61]。是足以表见于后世,而庇赖其子孙矣。”乃列其世谱,具刻于碑。既又载我皇考崇公之遗训,太夫人之所以教而有待于修者,并揭于阡,俾知夫小子修之德薄能鲜[62],遭时窃位[63],而幸全大节不辱其先者,其来有自。

熙宁三年岁次庚戌四月辛酉朔十有五日乙亥[64],男推诚保德崇仁翊戴功臣、观文殿学士、特进、行兵部尚书、知青州军州事兼管内劝农使、充京东东路安抚使、上柱国、乐安郡开国公,食邑四千三百户、食实封一千二百户修表[65]。

注释

① 泷(shuāng)冈:在今江西永丰南凤凰山。作者之父欧阳观墓葬于此。阡表:立于墓道的碑文。阡,墓道。 ② 皇考:对死去父亲的尊称。元朝以后为皇帝亡父的专称。皇,美显的意思。考,旧称死去的父亲。崇公:欧阳观,字仲宾,封崇国公。卜吉:占卜以择吉地。六十年:欧阳观葬于宋真宗大中祥符四年(1011),此表作于宋神宗熙宁三年(1070),相距六十年。 ③ 克:能。 ④ 有待:有所期待。 ⑤ 孤:古时以年幼无父为孤。 ⑥ 太夫人:指欧阳修之母郑氏。守节:守寡。 ⑦ 居穷:谓处境贫困。 ⑧ 以长(zhǎng)以教:扶养我,教育我。 ⑨ 俾(bǐ):使得。 ⑩ 施与:布施、周济。 ⑪ “毋以是”句:谓不要因为钱财而连累我的清名。 ⑫ “无一瓦”二句:指没有宅舍和田产。垅:田埂。 ⑬ 恃:依靠。 ⑭ 姑:婆婆。 ⑮ 养:侍养上辈。 ⑯ 有立:有成就。 ⑰ 归:女子出嫁。 ⑱ 免于母丧:指结束三年守母丧之期。逾年:过了一年。 ⑲ 间:有时。御:用。 ⑳ 其何及也:谓已经来不及用丰盛的酒食来侍奉母亲。 ㉑ “以为”句:谓以为新近免除丧服偶然如此罢了。适然,偶然。 ㉒ 治:处理。

官书：官家文书，这里指判案的文书档案。 ㉓ 废：放下。 ㉔ 死狱：该判死罪的案子。 ㉕ 矧(shěn)：况且。 ㉖ 乳者：奶妈。剑：原义为挟在胁下，这里是抱的意思。 ㉗ 术者：算命的人。岁行在戌：岁星正值戌年。岁星即木星，约十二年运行一周天。古人以十二地支配十天干来纪年，但习惯上只重视地支。㉘ 他子弟：指同族的子侄后辈。 ㉙ 施：施为，作为。 ㉚ 矜饰：夸耀、掩饰。㉛ 中：内心。 ㉜ 要：关键。 ㉝ 利：施利。 ㉞ 先公：对亡父的尊称。㉟ 咸平三年：公元1000年。咸平，宋真宗赵恒的年号(998—1003)。 ㊱ 道州：治所在今湖南道县。判官：州郡长官僚属，掌管文书。 ㊲ 泗：泗州，治所在今江苏盱眙东北。绵：绵州，治所在今四川绵阳。推官：州郡长官的僚属，掌管刑狱事务。 ㊳ 泰州：治所在今江苏泰州。 ㊴ 沙溪：在今江西永丰南凤凰山北，作者家乡。 ㊵ 考讳德仪：指郑氏之父名叫德仪。讳，表示不敢直称尊长的名。㊶ 福昌：县名，在今河南宜阳西。县太君：宋朝制度，按官员的不同等级，其母可分别封为国太夫人、郡太夫人、郡太君、县太君等等。 ㊷ 乐安：古郡名，治所在今山东博兴县西南。安康：古郡名，治所在今陕西汉阴西。彭城：古郡名，在今江苏徐州。 ㊸ 少微：指家境贫寒。 ㊹ 过之：花费过多。 ㊺ 贬夷陵：宋仁宗景祐三年(1036)，范仲淹遭贬，欧阳修为之抗争，亦被贬为夷陵(今湖北宜昌)县令。 ㊻ 始得禄：宋仁宗天圣八年(1030)，欧阳修进士及第，始授官食禄。㊼ 赠封其亲：宋仁宗庆历元年(1041)十一月，举行祭天大典，欧阳修被加官为"骑都尉"。祭天时，皇帝通常封臣僚及其亲属赐爵赠封，"赠封其亲"可能就在这时。 ㊽ 留守南京：宋仁宗皇祐二年(1050)，欧阳修以龙图阁直学士、吏部郎中任应天府知府兼南京留守。龙图阁，宋朝收藏图书典籍的馆阁之一，设有学士、直学士、待制、直阁等官。尚书吏部郎中，宋制吏部属尚书省，下设郎中四人，分管各司。留守南京，宋朝除以首都开封府(今河南开封)为东京外，又以河南府(今河南洛阳)为西京，以应天府(今河南商丘)为南京，以大名府(今河北大名)为北京，各置留守一人为行政长官，由知府兼任。 ㊾ "太夫人"句：郑氏死于宋仁宗皇祐四年(1052)。 ㊿ 入副枢密：宋仁宗嘉祐五年(1060)，欧阳修任枢密副使。副，作动词。枢密，枢密使，最高军事长官。 ⑤① 参政事：欧阳修在嘉祐六年(1061)任参知政事。参知政事，副宰相。 ⑤② 七年而罢：宋英宗治平四年(1067)，欧阳修罢任参知政事，出知亳(bó)州(治所在今安徽亳州市)。 ⑤③ 二府：指枢密院和中书省。 ⑤④ 褒其三世：指对其曾祖、祖、父三世都予赠封。

⑤⑤ 加宠锡：指加官晋爵。锡，同“赐”。 ⑤⑥ 府君：旧时子弟对其男性先世的尊称。金紫光禄大夫：汉时置光禄大夫，供皇帝咨询和议论朝政，魏晋以后，有加金印紫绶，故称。宋时为正三品散官，无实职。太师：周置的宰辅之官。宋时为褒赠之官，无实职。中书令：中书省长官。宋时为褒赠之官。 ⑤⑦ 曾祖妣（bǐ）：曾祖母。妣，旧称死去的母亲。 ⑤⑧ 尚书令：尚书省长官，宋时为褒赠之官。 ⑤⑨ 今上：指宋神宗赵顼（xū）。初郊：指皇帝登基后首次举行祭天大典。 ⑥⓪ 躬：身体，引申为自身。 ⑥① 三朝：指宋仁宗、英宗、神宗三朝。锡命：赐予宠命。 ⑥② 鲜：少。 ⑥③ 遭时：生逢其时。窃位：自谦才不副其官位。 ⑥④“熙宁三年”句：谓作表时间是熙宁三年四月十五日，即公元1070年5月27日。辛酉朔，指该月初一的干支属辛酉。朔，初一日。十有五日乙亥，指该月十五日的干支属乙亥。 ⑥⑤ 推诚……功臣：宋朝以“功臣”名号赐给臣僚，前面加一些褒扬的字。观文殿学士：宋宫殿名，设大学士、学士等官，作为授予宰执大臣的荣誉称号。特进：汉置，授予有特殊地位的列侯，宋时仅作表示官级的散官。行：兼职。兵部尚书：本为掌管全国军队的中央机构的长官，宋时仅为虚官。知青州军州事：宋朝朝臣外任知州，称“权知军州事”，掌管一州军政、民政。青州，治所在今山东青州。内劝农使：官名，掌管劝励农事，通常由知州兼职。京东东路：宋时大行政区名，辖管今山东中部、东部一带，治所在青州。安抚使：一路的长官，常以知州兼任。上柱国：宋朝最高一级的勋官。开国公：宋朝第六级爵位。食邑：指征取封地内民户所交的赋税。食实封：指实封的食邑。宋时食邑、食实封均为荣誉性的品级，无实际收入。

品评

这是欧阳修六十四岁时为其亡父精心构撰的一篇墓表。墓表的内容不外乎追怀逝者功德，抒发自己的悼念之情，本篇亦不例外。它以回环往复、含而不迫的行文风格，写出一篇感人肺腑的至情之文。

全文突出一个“有待”，并糅合转述、侧写、虚写等手法，使题意层层展现，委婉见情。“有待”反复出现了三次。篇首的“有待”，交待了迟迟不作墓表的原因。中间的“有待”，揭出了母亲对自己的期望，衬出父亲的仁孝；而母亲对父亲的了解和对儿子的期待，又见出母亲的品德志节；同时，先人的仁德将应于己身，这又放入自己。“有待”是先人与自己关系的连结点，也就成了作者感情的出发点，由此而发的种种追怀之思、颂扬之意，显得自然而又厚实。结尾处历数一家人所受的朝廷赏封和自己的官职，表示“有待”的结果，进一步赞美先人的仁德。“有待”不仅在题意上起到一笔多意的效用，而且在结构上造成了首尾的遥相呼应，文脉的贯通流畅。可见“有待”是理解全文的钥匙。

本文在细节处理上也颇见功力。作者笔致朴素，情景如绘，使读者于琐琐屑屑之中不但看出人物的性格，还能真切地感受到作者的悲悼之情。作者选择了能反映人物精神面貌的典型事件，生动形象，一扫碑传文中常见的平铺直叙、质木乏味之弊。比如欧阳观祭祀用用餐时的思母，体现了他的孝诚；判决死狱时的斟酌再三，则体现了他的审慎和一定的人道观念。故这种添毫传神的细节描写常为后人所推赏。

本文虽在整体结构与细节处理上颇见匠心，但最大优长乃在自然成文，正如林纾所评，是“以手腕随性情而行，所以特立千古”也。

醉翁亭记①

环滁皆山也。其西南诸峰，林壑尤美②，望之蔚然而深秀者③，琅邪也④。山行六七里，渐闻水声潺潺⑤，而泻出于两峰之间者，让泉也。峰回路转，有亭翼然临于泉上者⑥，醉翁亭也。作亭者谁？山之僧曰智仙也。名之者谁？太守自谓也⑦。太守与客来饮于此，饮少辄醉，而年又最高，故自号曰醉翁也。醉翁之意不在酒，在乎山水之间也。山水之乐，得之心而寓之酒也。

若夫日出而林霏开⑧，云归而岩穴暝⑨，晦明变化者，山间之朝暮也。野芳发而幽香⑩，佳木秀而繁阴⑪，风霜高洁⑫，水落而石出者，山间之四时也。朝而往，暮而归，四时之景不同，而乐亦无穷也。

至于负者歌于涂⑬，行者休于树，前者呼，后者应，伛偻提携⑭，往来而不绝者，滁人游也。临溪而渔，溪深而鱼肥，酿泉为酒，泉香而酒洌⑮，山肴野蔌⑯，杂然而前陈者，太守宴也。宴酣之乐，非丝非竹⑰，射者中⑱，弈者胜⑲，觥筹交错⑳，起坐而喧哗者，众宾欢也。苍颜白发，颓然乎其间者㉑，太守醉也。

已而夕阳在山㉒，人影散乱，太守归而宾客从也。树林阴翳㉓，鸣声上下，游人去而禽鸟乐也。然而禽鸟知山林之乐，而不知人之乐；人知从太守游而乐，而不知太守之乐其乐也㉔。醉能同其乐，醒能述以文者，太守也。太守谓谁？庐陵欧阳修也[25]。

注释

①醉翁亭：在今安徽滁州西南七里。当时作者贬为滁州知州。 ②壑(hè)：山谷。 ③蔚然：草木茂盛的样子。 ④琅邪：琅玡山，在今滁州西南十里。 ⑤潺潺：水流的声音。 ⑥翼然：鸟儿展翅欲飞的样子。 ⑦太守：汉代太守相当于宋时知州，故作者用于自称。 ⑧霏：雾气。 ⑨云归：指云烟聚集。归，原指云回到山中。暝(míng)：昏暗。 ⑩芳：花。 ⑪秀：苗长。阴：树阴。 ⑫风霜高洁：谓秋高气爽，霜色洁白。 ⑬涂：同"途"。 ⑭伛偻(yǔ lǚ)：俯身躬背的样子，指老年人。提携：搀着手走，指小孩。 ⑮洌：清凉。⑯山肴：野味。蔌(sù)：蔬菜。 ⑰丝、竹：弦乐器和管乐器。这里代指音乐。⑱射：这里即指投壶游戏，用箭状筹棒去投长颈的壶，以投中多少决胜负。⑲弈(yì)：下围棋。 ⑳觥(gōng)：酒器。筹：这里指酒筹，用来行酒令或饮酒计数的签子。 ㉑颓然：酒后昏沉欲倒的样子。其间：指在诸位宾客中间。㉒已而：过后。 ㉓翳(yì)：遮蔽。 ㉔"而不知"句：谓人们不知道太守是因为众人快乐而快乐。 ㉕庐陵：今江西吉安。这是欧阳修的祖籍。

品评

本文以点题自然，不着痕迹，为人所称道。但这种"自然"的效果，却是作者精心构筑而成的。从开头交代醉翁亭的环境位置，一直到山中四季景物的描写，似乎信笔所至、散漫无章，而实际上，却以"乐"为文眼，由山水之乐而及滁人游山之乐，从侧面衬出作者的为政有方；最后推进到作者的乐民之乐，表达了"与民同乐"的思想。全文句句记山水，又句句写亭，句句归结到自身，"点染穿插，布置呼应，各极自然之妙"(林云铭语)。

本文在句法上也很有特色：第一，骈偶句的大量运用，但又长短错落而不呆板，并夹有散句，形成似骈非骈、似散非散的风格，为"文家之创调"(吴楚材语)。第二，全篇都是陈述句，以二十一个"也"字作句尾，使文章的节奏纡徐圆畅，形成一种别致的吟咏句调。加上注意字音、节奏的调配，故此文特别宜于朗诵。

另外，作者字斟句酌，言简意赅。据说，首句"环滁皆山也"，原稿先用了几十个字来表述这层意思，最后才改定成这五字，可见作者语言上锤炼工夫之深。

总的来看，本文在主题思想与写作技巧两方面皆值得读者再三品味，储欣说:“与民同乐,是其命意处。看他叙次,何等潇洒。”本文赢得“此是文章中洞天也”(茅坤语)的美誉,乃是实至名归。

与高司谏书[1]

修顿首再拜白司谏足下[2]。某年十七时,家随州[3],见天圣二年进士及第榜[4],始识足下姓名。是时予年少,未与人接[5],又居远方,但闻今宋舍人兄弟与叶道卿、郑天休数人者,以文学大有名[6],号称得人[7]。而足下厕其间[8],独无卓卓可道说者[9],予固疑足下不知何如人也。

其后更十一年,予再至京师[10]。足下已为御史里行[11],然犹未暇一识足下之面,但时时于予友尹师鲁问足下之贤否[12]。而师鲁说足下正直有学问,君子人也,予犹疑之。夫正直者,不可屈曲[13];有学问者,必能辨是非。以不可屈之节,有能辨是非之明,又为言事之官[14],而俯仰默默[15],无异众人,是果贤者耶?此不得使予之不疑也。

自足下为谏官来,始得相识,侃然正色[16],论前世事历历可听[17],褒贬是非无一谬说。噫!持此辩以示人,孰不爱之[18]?虽予亦疑足下真君子也[19]。

是予自闻足下之名及相识,凡十有四年,而三疑之。今者,推其实迹而较之[20],然后决知足下非君子也[21]。

前日范希文贬官后[22],与足下相见于安道家[23],足下诋诮希文为人。予始闻之,疑是戏言;及见师鲁,亦说足下深非希文所为,然后其疑遂决[24]。希文平生刚正,好学通古今,其立朝有本末[25],天下所共知,今又以言事触宰相得罪[26]。足下既不能为辨其非辜[27],又畏有识者之责己,遂随而诋之,以为当黜,是可怪也!

夫人之性,刚果懦软禀之于天[28],不可勉强,虽圣人亦不以不能责人之必能[29]。今足下家有老母,身惜官位,惧饥寒而顾利禄,不敢一忤宰相以近刑祸[30],此乃庸人之常情,不过作一不才谏官尔[31],虽朝廷君子,亦将闵足下之不能[32],而不责以必能也。今乃不然,反昂然自得,了无愧畏,便毁其贤以为当黜[33],庶乎饰己言之过[34]。夫力所不敢为,乃愚者之不逮;以智文其过,此君子之贼也[35]。

注释

①高司谏:高若讷,字敏之,并州榆次(今属山西)人。时任右司谏。②足下:古代同辈相称的敬词。③家随州:欧阳修四岁时丧父,随母去随州(今湖北随州市)投靠叔父欧阳晔,遂定居于随。④天圣二年:公元1024年,高若讷于该年进士及第。天圣,宋仁宗赵祯的年号(1023—1032)。⑤接:交往。⑥宋舍人兄弟:指宋庠、宋祁兄弟,安陆(今属湖北)人,均为北宋著名文学家。舍人,官名,宋初起居舍人为寄禄官(一种用以表示品级、俸禄的官称),另有他官任记录皇帝言行之职,称同修起居注。宋庠曾任此职,故称舍人。叶道卿:叶清臣,字道卿,长洲(今江苏苏州)人,曾官翰林学士。《宋史》本传称其"善属文"。郑天休:郑戬,字天休,吴县(今江苏苏州)人,曾官吏部侍郎、枢密副使。《宋史》本传称其"以属辞知名"。这四人与高若讷同为天圣二年考取进士的有名文人(宋庠第一、叶清臣第二、郑戬第三、高若讷第四、宋祁第十)。⑦得人:指录取到有才学的人。⑧厕:参与。⑨卓卓:优秀突出。⑩更:经过。十一年:景祐元年(1034),欧阳修西京留守推官任满,返汴京任馆阁校勘等职。距天圣二年(1024)首尾正十一年。⑪御史里行:宋朝以寄禄官阶低者为御史时,称里行。御史,掌管监察的官。⑫尹师鲁:尹洙,字师鲁,曾官起居舍人,后贬为筠州酒税。贤否(pǐ):好坏。否,坏、恶。⑬屈曲:指摇摆的意思。⑭言事之官:指御史台、谏院等机构中的官员(御史、谏官)。这里指御史。⑮俯仰:指随人高下,没有主见。⑯侃然正色:刚直严肃的样子。⑰前世事:指前代的事。历历:清清楚楚。⑱"持此辩"二句:谓高若讷以这样的辩才出现在人们面前,谁会不敬爱您呢?⑲虽:即使。疑:推测之意。上、下文中其余的"疑"均作"怀疑"讲。⑳推:推究。实迹:实际的事迹。较:对照、考查。㉑决:断然,确然。㉒范希文:范仲淹,字希文。吴县(今江苏苏州)人。官至参知政事,死后谥"文正"。㉓安道:余靖,字安道,韶州曲江(今广东韶关)人,时任集贤校理。㉔其疑遂决:谓我的疑问就解决了,不再疑问的意思。㉕立朝有本末:谓在朝廷立身行事有始终如一的原则。本末,指临事知本末轻重。㉖"今又以言"句:景祐二年(1035),范仲淹论迁都事与宰相吕夷简意见不合;以上"帝王好尚"、"选贤任能"、"近名"、"推委"四论讥斥时政,且指责吕夷简败坏宋朝家法,任用私人。范由此获罪,贬知饶州(今江西鄱阳)。㉗非辜:无辜,无罪。㉘禀:承受。㉙"虽圣人"句:谓即使是圣人,也不能以做不到

的事情去强求别人一定要做到。㉚ 忤：触犯，违背。㉛ 不才谏官：不称职的谏官。㉜ 闵：同"悯"，可怜，同情。㉝ 便（pián）毁：随意诋毁。㉞"庶乎"句：谓大概是掩饰自己不敢进谏的过失。㉟"夫力所不敢为"四句：谓有能力而不敢去做，还不如没有能力的愚人；而用小聪明来掩饰自己的过失，这是君子中间的败类了。不逮：不及。文：掩饰。贼：害虫，败类。

且希文果不贤邪？自三四年来，从大理寺丞至前行员外郎①，作待制日②，日备顾问，今班行中无与比者③。是天子骤用不贤之人④？夫使天子待不贤以为贤，是聪明有所未尽⑤。足下身为司谏，乃耳目之官，当其骤用时，何不一为天子辨其不贤，反默默无一语，待其自败，然后随而非之？若果贤邪，则今日天子与宰相以忤意逐贤人，足下不得不言。是则足下以希文为贤，亦不免责；以为不贤，亦不免责。大抵罪在默默尔。

昔汉杀萧望之与王章⑥，计其当时之议⑦，必不肯明言杀贤者也；必以石显、王凤为忠臣，望之与章为不贤而被罪也。今足下视石显、王凤果忠邪，望之与章果不贤邪？当时亦有谏臣，必不肯自言畏祸而不谏，亦必曰当诛而不足谏也。今足下视之，果当诛邪？是直可欺当时之人，而不可欺后世也。今足下又欲欺今人，而不惧后世之不可欺邪？况今之人未可欺也。

伏以今皇帝即位已来⑧，进用谏臣，容纳言论。如曹修古、刘越⑨，虽殁犹被褒称，今希文与孔道辅皆自谏诤擢用⑩。足下幸生此时，遇纳谏之圣主如此，犹不敢一言，何也？前日又闻御史台榜朝堂⑪，戒百官不得越职言事，是可言者惟谏臣尔。若足下又遂不言，是天下无得言者也。足下在其位而不言，便当去之，无妨他人之堪其任者也。昨日安道贬官、师鲁待罪⑫，足下犹能以面目见士大夫，出入朝中称谏官，是足下不复知人间有羞耻事尔！所可惜者，圣朝有事，谏官不言，而使他人言之，书在史册，他日为朝廷羞者，足下也。

《春秋》之法，责贤者备⑬。今某区区犹望足下之能一言者，不忍便绝足下而不以贤者责也⑭。若犹以谓希文不贤而当逐，则予今所言如此，乃是朋邪之人尔⑮。愿足下直携此书于朝，使正予罪而诛之⑯，使天下皆释然知希文之当逐⑰，亦谏臣之一效也⑱。

前日足下在安道家召予往论希文之事，时坐有他客，不能尽所怀，故辄布区区⑲。伏惟幸察，不宣⑳。修再拜。

注释

①大理寺丞：中央司法机构的官员。范仲淹天圣二年(1024)任此职。前行员外郎：指吏部员外郎。范仲淹景祐二年(1035)任此职。前行，唐宋时六部分为前行、中行和后行三等，吏部属前行。 ②待制：宋朝在各殿阁皆设待制之官，备皇帝顾问之用。范仲淹于景祐二年十月任天章阁待制。 ③班行：班次行列，这里指同僚。 ④骤用：破格迅速提升。范仲淹从大理寺丞至前行员外郎，官资升迁十五阶。 ⑤聪明有所未尽：谓皇帝听得不清，看得不明。 ⑥萧望之：字长倩，东海兰陵(今山东苍山西南)人。汉宣帝时任太子太傅，后受宣帝遗诏辅佐幼主(即元帝)。他上书请勿重用宦官，被宦官弘恭、石显诬陷，废为庶人。不久复为关内侯，又遭石显等诬告下狱，服毒自杀。王章：字仲卿，钜平(今山东宁阳)人。汉成帝时为京兆尹(京城的行政长官)。后因论帝舅大将军王凤专权，被诬死于狱中。 ⑦计：估计。 ⑧今皇帝：指宋仁宗赵祯。 ⑨曹修古：字述之，建州建安(今福建建瓯)人。刘越：字子长，大名(今属河北)人。当章献太后(真宗之妻刘氏)垂帘听政，曹修古任御史知杂事，上书请太后还政，被贬兴化军，卒于官。刘越任秘书丞，也曾上书请太后还政。仁宗亲政时，二人已死，思其忠直，追赠曹为右谏议大夫，刘为右司谏，并赐财物给其遗属。 ⑩"今希文"句：明道二年(1033)，宋仁宗欲废郭皇后，且不许台谏论奏，御史中丞孔道辅、右司谏范仲淹等十余人竟叩宫门谏阻，获罪，孔、范均遭贬。至景祐二年又擢用孔为龙图阁直学士，范为礼部员外郎、天章阁待制。 ⑪"前日"句：景祐三年(1036)，范仲淹遭贬后，御史韩缜上奏请以范仲淹朋党名单张榜公布于朝堂，并戒百官不得越职言事。朝廷予以采纳。榜，通告。 ⑫安道贬官：范仲淹遭贬后，余靖上言论救，被贬为监筠州酒税。师鲁待罪：尹洙也上疏，自列于范党，后亦遭贬。按，据欧阳修《于役志》，范仲淹景祐三年五月九日贬知饶州，十五日余靖贬筠州，十七日尹洙贬郢州，这里说"昨日安道贬官，师鲁待罪"，尹尚在等待处分，则知此信当作于五月十六日。 ⑬"《春秋》之法"二句：指孔子作《春秋》的义例原则，要求贤者具有完美无缺的品德。 ⑭"今某区区"二句：谓现在我还是诚恳地希望您能向皇帝进一言，因而不忍就此与您决绝而不用贤者的标准来要求您。区区：忠诚专一。 ⑮朋邪之人：与坏人勾结之人。 ⑯诛：处分、斥

责。⑰释然:明白的样子。⑱亦谏臣之一效:也是你作为谏臣的一件功劳之事。这是讽刺高若讷的话。欧阳修五月十六日写此信,高若讷接信后果然奏闻朝廷,五月二十一日欧阳修即贬为峡州夷陵(今湖北宜昌)令。⑲故辄布区区:所以就说出我的浅见。指写此信。布,陈达。区区,自谦词,这里指微不足道的意见,与上文的"区区"意义不同。⑳不宣:不尽述了。旧时书信末尾常用的套语。

品评

北宋至仁宗朝已承平数十年之久,朝政多因循旧例,无所作为,而种种政治弊端、社会矛盾已渐露端倪,这引起一批有志改革之士的不满和担忧。景祐三年(1036)锐意革新的范仲淹因与趋向保守的宰相吕夷简政见不合,被贬为饶州(今江西鄱阳)知州。余靖、尹洙等上疏论救,也都遭贬谪。右司谏高若讷却在朝中保持沉默,而在私下非议范仲淹,认为罪当贬斥。欧阳修遂写此信,痛责高若讷"不复知人间有羞耻事"。从这封书信,可看出当时政治斗争的激烈,也表现出作者勇担道义、直言无畏的政治品格。

这封责难信,其显著特点是"语尖意曲"。作者义正辞严,激愤填膺,指斥抨击,不假掩饰。这是"语尖"。但同时,他善用缓急擒纵之法,把文章写得曲折抑扬,极富委婉条畅之致。这是"意曲"。前面以"疑"字为文眼,对高若讷的人品忽贬忽褒,"凡十有四年而三疑之";然后引入正题,以今事证之,高氏决非君子;但在结尾处又援《春秋》"责贤者备"之义,对高氏又回护一笔,然而紧接着又表明不畏刑祸的心迹。这就使此篇充满义愤的书信,并不一味追求痛快,一泻无余,相反在淋漓酣畅的痛责中又能曲尽其意。正如苏洵所评论的那样,欧文以"纡余委备,往复百折而条达疏畅"为基本特征,即使"气尽语极,急言竭论"也是"容与闲易,无艰难劳苦之态"的。此信即是佳例。

祭石曼卿文

维治平四年七月日具官欧阳修①,谨遣尚书都省令史李敭至于太清②,以清酌庶羞之奠③,致祭于亡友曼卿之墓下,而吊之以文曰:

呜呼曼卿④!生而为英⑤,死而为灵!其同乎万物生死⑥,而复归于无物者,暂聚之形;不与万物共尽,而卓然其不朽者⑦,后世之名⑧。此自古圣贤,莫不皆然；而著在简册者[9]，昭如日星。

呜呼曼卿！吾不见子久矣[10]，犹能仿佛子之平生[11]。其轩昂磊落[12]，突兀峥嵘[13]，而埋藏于地下者，意其不化为朽壤，而为金玉之精；不然，生长松之千尺，产灵芝而九茎[14]。奈何荒烟野蔓，荆棘纵横，风凄露下，走磷飞萤[15]，但见牧童樵叟，歌吟而上下[16]；与夫惊禽骇兽[17]，悲鸣踯躅而咿嘤[18]。今固如此；更千秋而万岁兮[19]，安知其不穴藏狐貉与鼯鼪[20]？此自古圣贤亦皆然兮，独不见夫累累乎旷野与荒城[21]！

呜呼曼卿！盛衰之理，吾固知其如此，而感念畴昔[22]，悲凉凄怆，不觉临风而陨涕者[23]，有愧乎太上之忘情[24]！尚享[25]！

注释

① 维：发语词。治平四年：公元1067年。治平，宋英宗赵曙的年号（1064—1067）。具官：官爵品级的省称。 ② 尚书都省：管理全国行政的衙门。令史：管理文书工作的官。李敭（yì）：具体不详。太清：在今河南省商丘市南，石曼卿的故乡。 ③ 清酌：美酒。庶羞：各种好吃的食品。奠：祭品。 ④ 呜呼：感叹词。 ⑤ 英：不平凡的人才。 ⑥ 乎：于。 ⑦ 卓然：出类拔萃的样子。 ⑧ 后世之名：意谓化为乌有的是身躯，不朽的是声名。 ⑨ 简册：指史书。简，古时用来写字的竹板。 ⑩ 子：你，指石曼卿。 ⑪ 仿佛：依稀，大致记得。平生：指石曼卿过去的一切。 ⑫ 轩（xuān）昂：形容人的气度不凡。磊（lěi）落：心地光明坦率。 ⑬ 突兀（wù）：高而不平。峥嵘：高峻。这里指人才的特异优秀。 ⑭ “而埋藏”六句：意谓石曼卿的尸体埋在地下，一定化为金、玉或长松、灵芝，绝不会跟普通事物一样变成烂泥的。灵芝：菌类，古人把它看作表示吉祥的植物。九茎：形容灵芝的茎很多。 ⑮ 走磷：旧时指鬼火，实际是夜间空旷地飘荡着（因磷氧化而产生的）青色火光。 ⑯ 上下：在墓前来回地走。 ⑰ 与夫（fú）：连接词，以及，还有。 ⑱ 踯躅（zhí zhú）：徘徊不前。咿嘤（yī yīng）：哭声，这里指禽兽悲鸣的声音。 ⑲ 兮（xī）：啊。 ⑳ 貉（hé）：一种像狐狸的野兽。鼯（wú）：飞鼠。鼪（shēng）：黄鼠狼。 ㉑ 累（léi）累：重叠相连的样子。城：指坟墓。 ㉒ 畴（chóu）昔：从前。 ㉓ 陨（yǔn）涕：落泪。 ㉔ 太上之忘情：晋朝人王衍死了儿子，山简前去慰问，看到他悲痛欲绝，就说：“何必为了一个小孩子弄成这个地步？”王衍回答说：“只有圣人才能忘情，愚蠢的人本来就没有感情，有感

情而又不能忘却的恰恰是象我们这一类人。”太上，最上，指圣人。 ㉕ 尚享：祭文的套语，意思就是：“请享用祭品吧！”

品评

本文是欧阳修为悼念其好友石曼卿而作的祭文。

石曼卿(994—1041)，名延年，宋州宋城(今河南商丘)人。他满腹经纶，才华横溢，所作文章气势劲健，尤以诗歌著名于时。同时他还留心边事，主张练兵于平时，防患于未然。但遗憾的是，他一生遭遇冷落，胸怀大志而不得舒展，最后郁郁而终，不及中寿。欧阳修十分推崇石曼卿的才干抱负与诗文创作，故对其赍志而殁，深感悲痛，曾为他写作《墓表》，在他离世二十六年后，又作此篇《祭文》，足见怀念惋惜之情，是何等深厚！文中三呼曼卿，先称赞他的声名不朽，必传后世；又对墓地满眼凄凉的情景，深感悲哀；最后归结到生前友情，直抒自己对死者的怀念。全文充满低回凄咽的情调，具有很强的表现力与感染力，这既是真情实意的自然流露，也与祭文的文体特征相符。

浦起龙说：“文虽极悲凉，却能向已墟境象，点出不朽精神。”坟墓已墟，而千载以下，精神不朽，读此文不能不让人心生悲凉又超越悲凉。

苏舜钦

苏舜钦(1008—1048),字子美,梓州铜山(今四川中江)人。宋仁宗景祐时进士。曾任大理评事、集贤校理、监进奏院。他屡次上疏议论国事,支持范仲淹等改革弊政,为政敌借故诬陷,革职,长期放废,闲居苏州沧浪亭。诗风雄健豪迈,与梅尧臣齐名。亦致力古文创作,反对浮艳文风。有《苏学士文集》。《宋史》卷四四二有传。

沧浪亭记

予以罪废无所归[①],扁舟南游[②],旅于吴中[③],始僦舍以处[④],时盛夏蒸燠[⑤],土居皆褊狭[⑥],不能出气,思得高爽虚辟之地[⑦],以舒所怀,不可得也。

一日过郡学[⑧],东顾草树郁然,崇阜广水[⑨],不类乎城中,並水得微径于杂花修竹之间[⑩],东趋数百步,有弃地,纵广合五六十寻[⑪],三向皆水也,杠之南[⑫],其地益阔,旁无民居,左右皆林木相亏蔽[⑬],访诸旧老,云钱氏有国[⑭],近戚孙承祐之池馆也[⑮]。坳隆胜势[⑯],遗意尚存,予爱而徘徊,遂以钱四万得之,构亭北碕[⑰],号沧浪焉。

前竹后水,水之阳又竹[⑱],无穷极,澄川翠干[⑲],光影会合于轩户之间[⑳],尤与风月为相宜。予时榜小舟[㉑],幅巾以往[㉒],至则洒然忘其归,觞而浩歌[㉓],踞而仰啸[㉔],野老不至[㉕],鱼鸟共乐,形骸既适则神不烦[㉖],观听无邪则道以明[㉗],返思向之汩汩荣辱之场[㉘],日与锱铢利害相磨戛[㉙],隔此真趣,不亦鄙哉[㉚]!

噫!人固动物耳[㉛]!情横于内而性伏,必外寓于物而后遣,寓久则溺,以为当然,非胜是而易之,则悲而不开[㉜]。惟仕宦溺人为至深,古之才哲君子[㉝],

有一失而至于死者多矣㉞,是未知所以自胜之道㉟。予既废而获斯境,安于冲旷㊱,不与众驱㊲,因之复能见乎内外失得之原,沃然有得㊳,笑傲万古,尚未能忘其所寓,自用是以为胜焉㊴。

注 释

①罪废:因获罪贬官。 ②扁(piān)舟:小舟。 ③吴中:即今江苏苏州。 ④僦(jiù):租赁。 ⑤蒸燠(yù):闷热。 ⑥土居:当地人的住所。 ⑦虚辟:空旷开阔。 ⑧郡学:苏州府学宫,旧址在今苏州南,沧浪亭即在其东。 ⑨崇阜广水:高山大河。 ⑩並(bàng):通“傍”,沿着。微径:小路。 ⑪纵广:长、宽。寻:古代长度单位,八尺为一寻。 ⑫杠:小桥。 ⑬亏蔽:遮蔽。 ⑭钱氏有国:指五代时钱镠做吴越王。 ⑮孙承祐:吴越国的皇亲国戚,官居要职。 ⑯坳:低洼。隆:高起。胜势:优美的地势。 ⑰碕(qí):曲岸。 ⑱水之阳:水的北面。 ⑲翠干:葱翠的竹干。 ⑳轩:长廊或小室。 ㉑榜:划船。 ㉒幅巾:古时男子用绢帛一幅束发代替冠帽,为闲散装束。 ㉓觞(shāng):酒杯,这里引申为举杯喝酒。 ㉔踞:蹲坐。 ㉕野老:指老农。 ㉖形骸:躯体。 ㉗“观听”句:谓所见所闻都无邪恶,那么事理也因此而显明。 ㉘汩(gǔ)汩:匆忙的样子。 ㉙锱铢:古代重量单位,六铢为锱,四锱为两。比喻极微量。磨戛:摩擦打击,比喻钩心斗角。 ㉚鄙:短识、鄙陋。 ㉛动物:指受外物打动。 ㉜“情横于内”六句:谓人的欲望原来潜伏在内心,必在外物上得到寄托排遣,久而久之,沉溺其中而以为当然;如果不加克服予以改变,就会陷入悲苦境地而不能排解。性,指人的天性。 ㉝才哲:有才有智的人。 ㉞一失:指偶然陷于名利场。 ㉟自胜:克服个人私欲。 ㊱冲旷:空旷宽阔的环境,兼指淡泊虚静的心境。 ㊲不与众驱:不与众人一同争名逐利。 ㊳沃然:丰盛充实的样子。 ㊴“尚未能”二句:谓我之所以未能忘怀外物,还欣赏沧浪亭的美景,是因为用它可以克服利禄之欲。所寓:所寄情的外物。

品 评

本文是作者贬谪苏州时所写,表达了与自然美景目注神合的怡然“真趣”,也是旧时士大夫在仕途不得意时所习见的一种自我超脱之法。贯穿全文的主线是寻找冲旷。作者所要寻找的冲旷有两层含义:一是指环境的空旷宽阔,一是指心境的淡泊虚静。作者先是因为土居褊狭,想找一块“高爽虚辟”之地,于是找到并修筑了沧浪亭;然后面对胜势佳景,作者开始寻找心境的冲旷。他反观官场,回味人生,豁然开朗,认为纷纷扰扰的官场正如褊狭土居一样不值留恋,从而获得“自胜之道”。寻找环境的冲旷是宾,寻找心境的冲旷是主,而绾合这两种冲旷的是沧浪亭,它不仅是逃避蒸燠的佳居,也是逃避荣辱之争的理想所在。结尾处以安于冲旷明志,意味深长。

本篇受了柳宗元山水记的影响,字句简洁,风格劲峭。并采取移步换景的手法,来写亭的位置和景物,使读者似乎跟着作者一起寻幽探胜,这也是柳氏山水记的一种常用写法。

苏 洵

苏洵(1009—1066),字明允,眉州眉山(今属四川)人。年二十七始发奋读书,虽屡试不第,而苦学不辍,学业大进。嘉祐初,携其子苏轼、苏辙赴京,为欧阳修所赏职和推荐,被授为秘书省校书郎,并参加编修《太常因革礼》。书成而卒,追赠光禄寺丞。苏洵散文深受《战国策》的影响,擅长策论、史论,词锋犀利、纵横恣肆,为"唐宋八大家"之一,与二子合称为"三苏"。有《嘉祐集》。《宋史》卷四四三有传。

六国论[①]

六国破灭,非兵不利[②],战不善,弊在赂秦[③]。赂秦而力亏,破灭之道也。或曰:六国互丧[④],率赂秦耶[⑤]?曰:不赂者以赂者丧,盖失强援,不能独完[⑥],故曰弊在赂秦也。

秦以攻取之外,小则获邑,大则得城。较秦之所得,与战胜而得者,其实百倍[⑦]。诸侯之所亡,与战败而亡者[⑧],其实亦百倍。则秦之所大欲,诸侯之所大患,固不在战矣。思厥先祖父[⑨],暴霜露[⑩],斩荆棘,以有尺寸之地,子孙视之不甚惜,举以予人,如弃草芥。今日割五城,明日割十城,然后得一夕安寝。起视四境,而秦兵又至矣。然则诸侯之地有限,暴秦之欲无厌。奉之弥繁[⑪],侵之愈急。故不战而强弱胜负已判矣[⑫]。至于颠覆[⑬],理固宜然。古人云:以地事秦,犹抱薪救火,薪不尽,火不灭[⑭]。此言得之[⑮]。

齐人未尝赂秦,终继五国迁灭[⑯],何哉?与嬴而不助五国也[⑰]。五国既丧,齐亦不免矣。燕、赵之君,始有远略,能守其土,义不赂秦。是故燕虽小国而后亡,斯用兵之效也,至丹以荆卿为计,始速祸焉[18]。赵尝五战于秦,二败而三胜,后秦击赵者再[19],李牧连却之[20],洎牧以谗诛,邯郸为郡[21],惜其用武而不终也。且燕、赵处秦革灭殆尽之际,可谓智力孤危,战败而亡,诚不得已。向使三国各爱其地[22],齐人勿附于秦,刺客不行,良将犹在,则胜负之数[23],存亡之理,当与秦相较,或未易量[24]。

呜呼!以赂秦之地,封天下之谋臣,以事秦之心,礼天下之奇才,并力西向[25],则吾恐秦人食之不得下咽也。悲夫!有如此之势,而为秦人积威之所劫[26],日削月割,以趋于亡,为国者,无使为积威之所劫哉!

夫六国与秦皆诸侯,其势弱于秦,而犹有可以不赂而胜之之势。苟以天下之大,下而从六国破亡之故事[27],是又在六国下矣。

注释

① 六国:指战国时的齐、楚、韩、赵、燕、魏。 ② 兵:武器。 ③ 赂:贿赂,这里指用割地的办法来讨好秦国。 ④ 互:相继。 ⑤ 率(shuài):全是。 ⑥ 独完:单独保全。 ⑦ 百倍:虚数,形容量多。 ⑧ 亡:指丧失的土地。 ⑨ 厥:其。先祖父:祖先。 ⑩ 暴(pù)霜露:冒着霜露之苦。 ⑪ 弥:愈,更加。 ⑫ 判:决定。 ⑬ 颠覆:灭亡。 ⑭“古人云”五句:是战国游士苏代对魏安釐(xī)王说的。其他不少游士也说过。 ⑮ 得之:很有道理。 ⑯ 迁灭:灭亡。 ⑰ 与嬴(yíng):结交秦国。嬴,秦国国君之姓。 ⑱“是故”四句:指燕太子丹曾派遣荆轲去刺杀秦王,没有成功,秦国便大举伐燕,燕亡。速祸,招致祸患迅速到来。 ⑲ 再:两次。 ⑳ 李牧:赵国名将。却:打退。 ㉑“洎牧”二句:指秦国买通赵国奸臣郭开,诬蔑李牧有谋反之迹,李牧被杀,不久赵为秦所灭。后秦置邯郸郡,治所即在原赵国国都邯郸(今属河北)。洎(jì):等到。 ㉒ 向:从前。三国:指韩、魏、楚。 ㉓ 数:定数、命运。 ㉔ 或未易量:或许还不容易判断。 ㉕ 并力西向:合力对付西面的秦国。 ㉖ 积威:久积的威势。劫:胁制。 ㉗ 下:指在六国之后。下句的“下”,作“下等”讲。故事:旧事,前例。

品评

苏洵父子三人各有一篇《六国论》,不妨看作命题作文的三份答卷。从其比较中看苏洵此文的特点,饶有兴味。

一是主旨。苏轼《六国论》的论题是“养士”，认为六国久存在于“诸侯卿相皆争养士自谋”，而秦国速亡即在不能“养士”。苏辙的论题是探讨六国灭亡之因，他提出六国团结抗秦之法：“莫如厚韩亲魏以摈秦，秦人不敢逾韩、魏以窥齐、楚、燕、赵之国。”苏洵此文的论题与小苏相同，但他尖锐地提出“弊在赂秦”的命题。小苏仅从策略上着眼，提出了齐、楚、燕、赵四国支援韩、魏来摈挡强秦的策略，以对付秦国“远交近攻”的方针；而苏洵则从战略原则立论，严厉地批判屈膝求和的投降思想，并把此作为六国自取灭亡的根本原因，比之小苏站得更高，看得更深。至于大苏的论点，实是似是而非的皮相之见。尤应指出，大苏、小苏的文章都是就史论史。而老苏却是借古讽今，有着明确的现实针对性。面对当时辽、夏的威胁，他在文末大声疾呼：“为国者无使为积威之所劫哉！”并直接警告北宋统治者不要“从六国破亡之故事”，重蹈历史的覆辙。

二是结构。苏洵此文劈头提出六国破灭“弊在赂秦”的命题；然后分别从“赂秦”（韩、魏、楚）与“未尝赂秦”（齐、燕、赵）两类国家及其不同后果来加以论证；最后得出结论。末尾又借古论今。这样的行文结构，一是把文章的重心始终牢牢地放在论证上，并使论点层层深入、反复论证，滴水不漏；二是脉络清楚，首尾照应，古今相映，完全符合逻辑推理的要求。相比之下，大苏之文提出论题的文字过长，没有遵行论说文应以论证为重心的一般规则；小苏之文结构严整，但论证缺乏层层展开、剥笋擘蕉之趣，稍嫌平板。沈德潜认为老苏此篇比之小苏“笔力远过”，是有道理的。

三是风格。苏洵以取径战国纵横之文名世，但他并非简单地重演游士们纵横捭阖、徒逞口辩的故技，而是取其某些长处来加强文章的表现力。如文中“抱薪救火”一段，战国游士苏代、孙臣各说魏安釐王、苏秦说韩宣王、虞卿说赵孝成王时都用过，但苏洵却巧妙地融为自己文章的有机构成。大苏之文也有《战国策》之风，但他的《六国论》却非成功之作，反而有游士们强词夺理的味道。小苏之文写得从容不迫，论证平实，则与父兄异趣。

总之，就文论文，三篇《六国论》，允推苏洵第一。清人盛赞此文，评为“笔力简老”（刘大櫆语）、“读之魄动”（浦起龙语），可见大概。

木假山记

木之生或蘖而殇①，或拱而夭②；幸而至于任为栋梁，则伐；不幸而为风之所拔，水之所漂，或破折或腐；幸而得不破折不腐，则为人之所材[3]，而有斧斤之患[4]。其最幸者，漂沉汩没于湍沙之间[5]，不知其几百年，而其激射啮食之余[6]，或仿佛于山者，则为好事者取去[7]，强之以为山[8]，然后可以脱泥沙而远斧斤；而荒江之濆如此者几何[9]，不为好事者所见，而为樵夫野人所薪者[10]，何可胜数：则其最幸者之中，又有不幸者焉。

予家有三峰。予每思之，则疑其有数存乎其间[11]。且其蘖而不殇，拱而不夭，任为栋梁而不伐，风拔水漂而不破折不腐，不破折不腐而不为人所材，以及于斧斤，出于湍沙之间，而不为樵夫野人之所薪，而后得至乎此，则其理似不偶然也[12]。

然予之爱之，则非徒爱其似山[13]，而又有所感焉。非徒爱之，而又有所敬焉。予见中峰，魁岸踞肆[14]，意气端重，若有以服其旁之二峰[15]。二峰者，庄栗刻峭[16]，凛乎不可犯，虽其势服于中峰，而岌然决无阿附意[17]。吁！其可敬也夫！其可以有所感也夫！

注释

① 蘖(niè)：分蘖，植物种子生出幼苗后，开始在主茎处分枝。殇(shāng)：未成年而死亡。 ② 拱：这里指树有两手合围那样粗。夭：夭亡，没有活到自然的年数。 ③ 为人之所材：就会被人们当作材料看待。材，作动词用。 ④ 斧斤：砍木的工具，这里作砍伐讲。患：灾难。此指有被乱伐的可能。 ⑤ 汩没：沉没。湍(tuān)沙：夹杂泥沙的急流。 ⑥ 激射啮(niè)食：指为水流所冲刷侵蚀。啮，咬。 ⑦ 好(hào)事者：喜欢多事的人。 ⑧ 强：勉强。 ⑨ 濆(fén)：沿河的高地。 ⑩ 所薪者：当作柴禾对待的。薪，作动词用。 ⑪ 数：定数，命运。 ⑫ 理：原是中国古代哲学概念，通常指准则、规律。这里的“理”相当于上文的“数”。 ⑬ 徒：只，但。 ⑭ 魁岸：犹“魁梧”，形容“中峰”体貌壮大的样子。踞肆：形容“中峰”傲慢舒展的神态。踞，同“倨”，傲慢。肆：不受拘束，舒展。 ⑮ “若有”句：谓好像要使旁边的两峰服从它似的。 ⑯ 庄栗：端严谨敬的样子。刻峭：严肃挺拔的样子。 ⑰ 岌然：高耸的样子。阿附：曲意附和。

品评

苏洵一生屡试不第，沉沦下僚，未能施展政治抱负；但他自重自尊，绝不与世浮沉,这篇以木假山为题的记,实际上是篇阐述人才问题的议论文,寄寓了作者怀才不遇的深沉感慨;同时也是对不亢不卑的独立人格的推崇,追求高洁不阿的情操。

文章的前面部分讲木假山得来不易,它经历了重重厄运:从树木生长本身讲,它随时可能夭折;从自然条件讲,它可能被风、水所摧折、腐蚀;从和人的关系讲,它成材后可能被随意砍伐。幸而度过这些厄运,又经过几百年急流的冲刷才造成假山形状,终可供人们观赏。因此比起那些已成山形而未经发现、或被当作一般柴禾砍伐掉的木假山来,确是难得的幸运了。文章用层层推演的论述手法,强调人才成长的艰辛历程,抒写了人才难成与人才难得的感叹,曲折地反映出当时社会摧残和压抑各种人才的现象。

文章后面部分才写到作者所藏的一座三峰木假山,从而回到这篇记的本题。作者以"中峰"比喻那些位尊权重者,以"二峰"比喻那些隶属于他们的士大夫阶层。其中突出地写了"二峰"。他们虽然按其社会地位不得不"服于中峰",但节操自守,绝无阿谀逢迎的媚态,表达了作者对有抱负、有气节的士人的赞颂,也是他的自励和自况。

文章多用排比句,而又长短不齐,错落有致;第二段"且其蘖而不殇"至"则其理似不偶然也"一句,长达七十三字,用复叠的形式概述前文,既推进论点,又增加文章的气势。曾巩在《苏明允哀词》中曾称赞苏洵的文章"烦能不乱,肆能不流",意即文意丰富而有条理,文气奔放而不违规矩,本文可算是一个例证。

周敦颐

周敦颐(1017—1073),原名敦实,字茂叔,道州营道(今湖南道县)人。宋仁宗景祐年间蒙荫出仕,后官至知南康军(治所在今江西星子)。曾于庐山莲花峰下小溪畔修筑书堂,以营道故居的濂溪命名,晚年即居此讲学,世称濂溪先生。卒谥元。他是北宋著名哲学家,理学的创导者。有《周元公集》。《宋史》卷四二七有传。

爱莲说

水陆草木之花,可爱者甚蕃[①]。晋陶渊明独爱菊[②];自李唐来,世人甚爱牡丹;予独爱莲之出淤泥而不染,濯清涟而不妖[③],中通外直[④],不蔓不枝[⑤],香远益清,亭亭净植[⑥],可远观而不可亵玩焉[⑦]。予谓菊,花之隐逸者也;牡丹,花之富贵者也;莲,花之君子者也。噫!菊之爱,陶之后鲜有闻[⑧];莲之爱,同予者何人?牡丹之爱,宜乎众矣!

注释

① 蕃(fán):繁多。 ② 陶渊明:晋朝大诗人,酷爱菊花。 ③ 濯(zhuó):洗涤。清涟(lián):清澈的水。妖:艳而邪。 ④ 中:指莲梗中心。 ⑤ 不蔓不枝:指莲梗既不蔓延,也不分枝。 ⑥ 亭亭:耸立的样子。植:树立。 ⑦ 亵(xiè)玩:亲昵玩赏的态度。亵,亲近而态度不庄重。 ⑧ 鲜:少。

品评

这是一篇处处透出理学家自然观、人生观而又绝少说教气的咏物佳作。理学家在观赏自然外物时,提倡“玩物为道”,即用外物来证合自己的性理,借外物来进行哲学思索。周敦颐是理学先驱，本篇即体现了理学家观照自然外物的思维方式：强调理趣。他对于莲、菊、牡丹的感受和受到的启示，充满了理性意味，借以表达为人处世的标准和志向。连对莲的外形特征的描绘“中通外直”、“不蔓不枝”等等，都带有理性化、道德化的内涵。

作者钟爱莲花，也体现了理学家的人生观。对于象征世俗富贵的牡丹，他不屑一顾，这无疑是以孔子传人自许的理学家视富贵如浮云的必然态度。对于象征隐逸者的菊花，作者似褒实贬，这也是主张积极用世的理学家对于隐士的根本看法。而“出淤泥而不染”的莲，正是理学家所追求的理想人格的化身，是忠直进取、不阿世俗的“君子”的写照。

虽然本文反映的是理学家的自然观和人生观，但是由于注重从自然中获取理性启迪的自然观并非为理学家所独有，追求忠直进取、不阿世俗的理想人格也是一般正直的士大夫的共同目标。所以本文的观点早已超越理学一家的范围，而广为人们所接受。

本文以议论为主，却没有丝毫说教气。一是作者巧妙运用连喻，用三种花比喻三类人，形象警策，富有可读性。二是简洁。作者行文一如其笔下莲花“不蔓不枝”，一经点明，戛然而止，余味无穷。

曾 巩

曾巩(1019—1083),字子固,建昌南丰(今属江西)人。宋仁宗嘉祐时进士。曾多年在中央史馆任职,整理、校勘《战国策》、《说苑》等古代典籍。出任判官、知州时,颇有政绩。官至中书舍人。他幼而能文,早年即以文章为欧阳修所称许。文风醇和简奥、纡徐委备,长于说理,为“唐宋八大家”之一。有《元丰类稿》。《宋史》卷三一九有传。

寄欧阳舍人书[①]

巩顿首再拜舍人先生:去秋人还[②],蒙赐书及所撰先大父墓碑铭[③]。反复观诵,感与惭并[④]。

夫铭志之著于世,义近于史,而亦有与史异者。盖史之于善恶无所不书,而铭者,盖古之人有功德材行志义之美者,惧后世之不知,则必铭而见之。或纳于庙[⑤],或存于墓,一也[⑥]。苟其人之恶,则于铭乎何有[⑦]?此其所以与史异也。其辞之作,所以使死者无有所憾,生者得致其严[⑧]。而善人喜于见传,则勇于自立,恶人无有所纪,则以愧而惧。至于通材达识,义烈节士,嘉言善状,皆见于篇,则足为后法警劝之道。非近乎史,其将安近[⑨]?

及世之衰,为人之子孙者,一欲褒扬其亲而不本乎理[⑩]。故虽恶人,皆务勒铭以夸后世[⑪]。立言者既莫之拒而不为,又以其子孙之所请也,书其恶焉,则人情之所不得,于是乎铭始不实。后之作铭者,常观其人[⑫]。苟托之非人,则书之非公与是[⑬],则不足以行世而传后。故千百年来,公卿大夫至于里巷之士,莫不有铭,而传者盖少。其故非他,托之非人,书之非公与是故也。

然则孰为其人而能尽公与是欤？非畜道德而能文章者无以为也[14]。盖有道德者之于恶人，则不受而铭之，于众人则能辨焉。而人之行，有情善而迹非[15]，有意奸而外淑[16]，有善恶相悬而不可以实指[17]，有实大于名，有名侈于实。犹之用人，非畜道德者恶能辨之不惑[18]。议之不徇[19]？不惑不徇，则公且是矣。而其辞之不工，则世犹不传。于是又在其文章兼胜焉。故曰非畜道德而能文章者无以为也。岂非然哉？

然畜道德而能文章者，虽或并世而有[20]。亦或数十年或一二百年而有之。其传之难如此，其遇之难又如此。若先生之道德文章，固所谓数百年而有者也。先祖之言行卓卓[21]，幸遇而得铭其公与是，其传世行后无疑也。而世之学者，每观传记所书古人之事，至其所可感，则往往衋然不知涕之流落也[22]，况其子孙也哉？况巩也哉？其追睎祖德而思所以传之之繇[23]，则知先生推一赐于巩而及其三世[24]。其感与报，宜若何而图之[25]？

抑又思若巩之浅薄滞拙[26]，而先生进之[27]；先祖之屯蹶否塞以死[28]，而先生显之。则世之魁闳豪杰不世出之士[29]，其谁不愿进于门？潜遁幽抑之士[30]，其谁不有望于世？善谁不为？而恶谁不愧以惧？为人之父祖者，孰不欲教其子孙？为人之子孙者，孰不欲宠荣其父祖？此数美者，一归于先生。既拜赐之辱[31]，且敢进其所以然[32]。所谕世族之次[33]，敢不承教而加详焉[34]。幸甚，不宣[35]。巩再拜。

注释

①欧阳舍人：欧阳修。舍人，官名。 ②人还：派去的人回来。 ③先大父：亡故的祖父。指曾致尧。 ④感与惭并：又感谢又惭愧。 ⑤纳：放。庙：家庙。 ⑥一也：用意是一样的。 ⑦于铭乎何有：有什么可铭志的呢？ ⑧致其严：表示他的尊敬。 ⑨"非近乎史"二句：谓不是接近于史传的话，那么又接近于哪种文体？ ⑩一欲：都希望。 ⑪勒：刻。 ⑫其人：指写墓志铭者的为人。 ⑬公与是：公正与正确。 ⑭"非畜道德"句：谓不是道德高尚、擅长文章的人就不能做到。畜：通"蓄"。 ⑮"有情善"句：谓有人内心善良而行迹不好。 ⑯意奸：内心刁奸。淑：美好。 ⑰实指：确凿地指出来。 ⑱恶（wū）：何，怎么。 ⑲徇（xùn）：袒护。 ⑳并世：同时代。 ㉑卓卓：优

秀特出。 ㉒ 蠹(xì)然:悲伤痛苦的样子。 ㉓ 睎(xī):仰慕。繇:同“由”,原因。 ㉔ 推一赐:给予一次恩赐,指欧阳修替作者祖父写墓志铭。三世:指本人、父、祖三代。 ㉕ 图:图谋(报答)。 ㉖ 滞拙:笨拙。 ㉗ 进:提携奖掖。 ㉘ 屯(zhūn)蹶否塞:境遇不顺利。 ㉙ 魁闳:宏伟。不世出:不常出。 ㉚“潜遁”句:指隐士。 ㉛ 辱:谦词。 ㉜ 进:进言,上达。 ㉝“所谕”句:指欧阳修在《与曾巩论氏族书》里讨论曾氏家系的次序。 ㉞ 承教而加详:遵照您的指示而加以审核研究。 ㉟ 不宣:不尽述了。旧时书信末尾常用的套语。

品评

宋仁宗庆历六年(1046)秋,欧阳修应曾巩请求,为其祖父曾致尧撰墓志铭。次年,曾巩写了这封信,向欧阳修表示感谢。信写得纡回百折,逐层牵引,最后才归到主旨。先从铭文和史传的异同说起,突出铭文的教化作用;然后慨叹当时铭文的卑下阿谀,提出撰铭者必须具备“畜道德而能文章”的条件,而欧阳修正具有此条件;这才渐渐说到本题,表达了他对欧阳修的感激和钦佩。信的风格舒缓不迫,而结构并不因此涣散无章。作者以“畜道德而能文章”作为中心句子,前后出现三次,文章围绕这一中心展开和推进,环环相连,主旨集中,布局完整而谨严,神聚形完。对此,储欣有形象的评论:“层累言之,如挹长江之水而注诸海。”

此信的目的是感谢、赞美,而主旨之一是反对溢美滥夸的谀墓作风。作者巧妙得体地处理这两层关系,不仅抓住“道德文章”两点,使对欧阳修的赞美不虚不浮;而且又以对时风的抨击从反面烘托了这一正面的赞美;同时又暗暗颂扬了自己的祖父。可谓善作文章。李扶九推崇此篇为“《南丰集》中第一”。

墨池记

临川之城东[①],有地隐然而高[②],以临于溪,曰新城。新城之上,有池洼然而方以长[③],曰王羲之之墨池者[④],荀伯子《临川记》云也[⑤]。羲之尝慕张芝[⑥],临池学书,池水尽黑,此为其故迹,岂信然邪[⑦]?方羲之之不可强以仕[⑧],而尝极东方[⑨],出沧海[⑩],以娱其意于山水之间,岂其徜徉肆恣[⑪],而又尝自休于此邪?羲之之书晚乃善,则其所能[⑫],盖亦以精力自致者[⑬],非天成也。然后世未有能及者,岂其学不如彼邪?则学固岂可以少哉!况欲深造道德者邪[⑭]?

墨池之上,今为州学舍[⑮]。教授王君盛恐其不彰也[⑯],书“晋王右军墨池”

之六字于楹间以揭之[17]，又告于巩曰："愿有记。"推王君之心[18]，岂爱人之善，虽一能不以废[19]，而因以及乎其迹邪[20]？其亦欲推其事以勉学者邪[21]？夫人之有一能，而使后人尚之如此[22]，况仁人庄士之遗风余思，被于来世者如何哉[23]。庆历八年九月十二日[24]，曾巩记。

注释

① 临川：宋时为江南西路抚州治所，在今江西抚州。 ② 隐然：高起的样子。 ③ 洼然：低凹的样子。 ④ 王羲之：东晋著名书法家，世称"书圣"。 ⑤ 荀伯子：南朝刘宋人，在临川任内史时，曾作《临川记》六卷。 ⑥ 张芝：东汉著名书法家，擅长草书，世称"草圣"。 ⑦ 信然：可靠。 ⑧ 方：正当。强以仕：勉强他做官。 ⑨ 极：游遍。 ⑩ 句指出海。 ⑪ 徜徉肆恣：自在游逛，不受拘束。 ⑫ 能：擅长。 ⑬ 以精力自致：靠自己用功刻苦努力达到的。 ⑭ 深造道德：使道德方面造就很高。 ⑮ 州学舍：指抚州官学的校舍。 ⑯ 教授：宋朝路学、州学中主管教育的官员。王盛：生平不详。不彰：不为人们所知。 ⑰ 楹：房屋的前柱。揭：悬挂。 ⑱ 推：推究。 ⑲ 一能：一技之长。 ⑳ 迹：遗迹。 ㉑ 推其事：推广王羲之勤学苦练的事迹。 ㉒ 尚：推崇。 ㉓ 被：影响到。 ㉔ 庆历八年：公元1048年。庆历，宋仁宗的年号(1023—1063)。

品评

这篇短文的一个显著特点是因小及大，小中见大。首先从传为王羲之洗濯笔砚的墨池，探讨王羲之成功的原因："盖亦以精力自致者，非天成也。"肯定了后天勤学苦练的重要。这是本文的第一层意思。它紧扣"墨池"题意，是题中应有之义。接着，又进一步引申、推论：(一)学习书法是如此，想要提高道德修养也是如此，都是通过后天的努力获得的；(二)从"人之有一能"尚且为后人追思不已，那么"仁人庄士之遗风余思"将永远沾丐后世。这是本文的第二层意思，从书法推及风节品德，从具体的书法家推及更广泛的仁人庄士，由小及大，顺理成章，表现出作者思路的开阔，善于伸发、挖掘，而不就事论事，死粘题目。沈德潜评说："用意或在题中，或出题外，令人徘徊赏之。""题中"、"题外"，就是上述两层意思。

但是"题外"实在还是在"题中"。因为"墨池"旧址今为州学舍；本文又是因教授王盛之请而作；王盛的目的又是"勉其学者(指学生)"。所以，重点是一个

"勉"字。从学习书法到一般的学习,到道德修养,是勉励学生们的应有内容。如果扣住"墨池",拘于一般的题意,只讲书法,不但死于题下,而且远离作记本意。因此,这第二层意思就一般作法来说是"题外";就本文的具体环境来说,实在还在"题中"。

本文还有一个特色是多用设问句、反问句、感叹句。其中设问句就有五句之多,为这篇旨在说理的短文凭添咏叹的情韵,而且兼有停顿舒展之功,避免一泻无余之弊,低回往复,玩索不尽。前人曾以"欧曾"并称,在这一点上,曾巩是颇得欧公"六一风神"之妙的。

司马光

司马光(1019—1086),字君实,陕州夏县(今属山西)人。宋仁宗宝元时进士。神宗时,任翰林学士,反对王安石变法。哲宗时,任尚书右仆射、门下侍郎,主持朝政,废除新法。为相八个月,病死。他是北宋著名史学家,主持修撰编年体通史《资治通鉴》。工散文,文辞清畅,长于叙事。亦能诗。有《温国文正司马公文集》。《宋史》卷三三六有传。

进资治通鉴表

臣光言:先奉敕编集历代君臣事迹[1],又奉圣旨赐名《资治通鉴》,今已了毕者。伏念臣性识愚鲁[2],学术荒疏,凡百事为,皆出人下,独于前史,粗尝尽心,自幼至老,嗜之不厌。每患迁、固以来[3],文字繁多,自布衣之士[4],读之不遍;况于人主,日有万几[5],何暇周览?臣常不自揆[6],欲删削冗长,举撮机要[7],专取关国家兴衰,系生民休戚[8],善可为法,恶可为戒者,为编年一书,使先后有伦[9],精粗不杂。私家力薄,无由可成。伏遇英宗皇帝,资睿智之性[10],敷文明之治[11],思历览古事,用恢张大猷[12],爰诏下臣[13],俾之编集[14]。臣夙昔所愿[15],一朝获伸,踊跃奉承[16],惟惧不称[17]。

先帝仍命自选辟官属[18],于崇文院置局,许借龙图、天章阁、三馆、秘阁书籍[19],赐以御书笔墨缯帛[20],及御前钱,以供果饵,以内臣为承受[21]。眷遇之荣[22],近臣莫及。不幸书未进御,先帝违弃群臣[23]。陛下绍膺大统[24],钦承先志[25],宠以冠序[26],锡之嘉名[27],每开经筵[28],常令进读。臣虽顽愚,荷两朝知待如此其厚,陨身丧元[29],未足报塞[30],苟智力所及[31],岂敢有遗。会差知永兴军[32]，以衰疾不任治剧[33]，乞就冗官[34]。陛下俯从所欲，曲赐容养，差判西京留司御史台[35]，及提举嵩山崇福宫[36]。前后六任，仍听以书局自随，给之禄秩[37]，不责职业。臣既无他事，得以研精极虑，穷竭所有；日力不足，继之以夜；遍阅旧史，旁采小说；简牍盈积，浩如烟海；抉擿幽隐[38]，校计毫厘[39]。上起战国，下终五代，凡一千三百六十二年，修成二百九十四卷。又略举事目，年经国纬[40]，以备检寻，为《目录》三十卷。又参考群书，评其同异，俾归一途，为《考异》三十卷：合三百五十四卷。自治平开局[41]，迨今始成[42]，岁月淹久[43]，其间牴牾[44]，不敢自保，罪负之重，固无所逃。

重念臣违离阙庭[45]，十有五年，虽身处于外，区区之心，朝夕寤寐，何尝不在陛下之左右。顾以驽蹇[46]，无施而可[47]，是以专事铅椠[48]，用酬大恩[49]，庶竭涓尘[50]，少裨海岳[51]。臣今筋骸癯瘁[52]，目视昏近，齿牙无几，神识衰耗，目前所为，旋踵遗忘[53]，臣之精力，尽于此书。伏望陛下宽其妄作之诛，察其愿忠之意，以清闲之燕[54]，时赐省览，监前世之兴衰，考当今之得失，嘉善矜恶[55]，取是舍非，足以懋稽古之盛德[56]，跻无前之至治[57]，俾四海群生，咸蒙其福，则臣虽委骨九泉[58]，志愿永毕矣。

注释

① 敕(chì)：帝王的诏书、命令。 ② 伏：趴着。这是旧时下对上表示敬意的用语。 ③ 迁、固：《史记》作者司马迁和《汉书》作者班固，他们都是著名的历史学家。 ④ 布衣之士：指没有官职的知识分子。 ⑤ 万几(jī)：指皇帝所治理的事务很多。 ⑥ 自揆(kuí)：自己估量。 ⑦ 举撮(cuō)机要：把重要的内容汇聚起来。 ⑧ 系：涉及。生民：老百姓。休戚：比喻切身的利害。休，欢喜；戚，忧愁。 ⑨ 伦：次序。 ⑩ 资：倚仗。睿(ruì)智之性：英明智慧的品性。⑪ 敷：施行。治：政治。 ⑫ 用：以。恢张：施展。大猷(yóu)：鸿图壮志。⑬ 爰(yuán)：于是。 ⑭ 俾(bǐ)：使。 ⑮ 夙昔：平素。 ⑯ 奉承：遵行(圣旨)。 ⑰ 不称(chèn)：不称职。称，符合，相副。 ⑱ 仍：乃，因而。选辟(bì)：选拔聘请。 ⑲ 龙图、天章阁、三馆、秘阁：收藏图书、编修国史的机关。龙图，阁名。三馆，史馆、集贤院、昭文馆。秘阁，皇宫中收藏图书的地方。 ⑳ 御：皇帝用的。缯 (zēng)帛：丝织品，这里代指纸张。 ㉑ 内臣：太监。承受：专职官

员。㉒ 眷遇：关怀、待遇。㉓ 违弃群臣：指皇帝逝世。㉔ 绍膺大统：继承皇位。绍，继承。膺，接受。㉕ 钦：封建时代尊敬皇帝的称谓。㉖ 宠以冠序：宠幸地写了序言放在卷首。㉗ 锡之嘉名：赐予美好的书名。㉘ 经筵：宋朝为皇帝讲解经史特设的讲席。㉙ 陨身丧元：指死亡。元，头。㉚ 报塞：报答。㉛ 苟：只要。㉜ 知永兴军：任永兴军（今陕西省西安市）的地方长官。㉝ 治剧：政务繁忙。㉞ 冗官：不负实际职务的挂名官员。㉟ 差判：改任。西京：今河南省洛阳市。留司御史台：西京的监察机关。㊱ 提举：宋朝对于某些领薪无职的官僚，往往给以提举某某宫（道观）的名义。㊲ 禄秩：官俸。㊳ 抉擿（tì）幽隐：发掘隐蔽罕见的史料。㊴ 校计毫厘：考证一点一滴史实的真伪。㊵ 年经国纬：这里是说《目录》以年表的形式，分国编排。直线叫经，横线叫纬。㊶ 治平：宋英宗赵曙的年号。㊷ 迨（dài）：到。㊸ 淹久：长远。㊹ 牴牾（dǐ wǔ）：矛盾。㊺ 违离阙庭：离开朝廷。阙，原是宫廷外面的观楼。㊻ 驽（nú）蹇（jiǎn）：愚笨。驽，劣马。蹇，跛脚；也引申为劣马。㊼ 无施而可：没有什么可以作为了。㊽ 专事铅椠（qiàn）：借指写书。铅，粉笔，用来修改错字。椠，书写用的木板。㊾ 酬：报答。㊿ 庶竭涓尘：庶几竭尽我微薄的力量。51 少裨海岳：稍稍有助于像大海、高山一般的建国大业。52 癯（qú）：瘦。瘁（cuì）：劳累成疾。53 旋踵（zhǒng）：转身。形容时间极短。踵，脚后跟。54 燕：休息。55 矜恶：警惕坏人坏事。56 懋（mào）：勉励。稽：考查。57 跻（jī）：攀登。无前之至治：史无前例的清明的政治。58 委骨九泉：埋身于地下。

品评

《资治通鉴》是一部上接《左传》、从周威烈王二十三年（前 403）一直到五代后周世宗显德六年（959）共十六个王朝的编年史，在我国史书中占有极其重要的地位。司马光是这部巨著的主编人，他自英宗治平三年（1066）奉命编纂，历经十九年之久，于神宗元丰七年（1084）才完成全书。本文即当年十二月随书上呈神宗的奏表。

在这封奏表中，作者首先开宗明义申明编纂目的，乃在“删削冗长，举撮机要，专取关国家兴衰，系生民休戚”的史实，逐年编为一书，方便“人主”于万机之暇“周览”历史，以为借鉴。其次叙述编纂过程，两朝知遇之隆，研精极虑之功，采摭史料之广，雠校剔抉之慎，俱见编纂的不易。最后袒露肺腑，寄望神宗能通过读这部书，“监前世之兴衰，考当今之得失”，从而开创清明的治世局面。

本文一方面受表状类公文体裁的束缚，不宜铺陈辞藻，驰骋情怀；另一方面也与司马光本人端谨内敛的性格相关，文风质朴无华，较为含蓄，但笔端还是流露出作者对《资治通鉴》的深厚感情，对积年辛苦、冷暖自知的著述事业的爱重，对君主贤明、庶民幸福的热忱期待。满腔感情，经过葆光含章之笔的节制，愈发显得沉厚醇雅，味之弥永。

训俭示康[1]

吾本寒家[2]，世以清白相承[3]。吾性不喜华靡[4]，自为乳儿，长者加以金银华美之服，辄羞赧弃去之[5]。二十忝科名[6]，闻喜宴独不戴花[7]，同年曰[8]：“君赐不可违也。”乃簪一花。平生衣取蔽寒，食取充腹，亦不敢服垢弊以矫俗干名[9]，但顺吾性而已。众人皆以奢靡为荣，吾心独以俭素为美。人皆嗤吾固陋[10]，吾不以为病，应之曰：“孔子称与其不逊也宁固[11]。”又曰：“以约失之者鲜矣[12]！”又曰：“士志于道而耻恶衣恶食者，未足与议也！”古人以俭为美德，今人乃以俭相诟病。嘻！异哉！

近岁风俗尤为侈靡，走卒类士服[13]，农夫蹑丝履[14]。吾记天圣中[15]，先公为群牧判官[16]，客至未尝不置酒，或三行五行[17]，多不过七行。酒沽于市，果止于梨栗枣柿之类，肴止于脯醢菜羹[18]，器用瓷漆，当时士大夫家皆然，人不相非也[19]。会数而礼勤[20]，物薄而情厚。近日士大夫家，酒非内法[21]，果肴非远方珍异，食非多品，器皿非满案，不敢会宾友。常数日营聚[22]，然后敢发书[23]。苟或不然，人争非之，以为鄙吝，故不随俗靡者盖鲜矣。嗟乎！风俗颓弊如是[24]，居位者虽不能禁[25]，忍助之乎？

又闻昔李文靖公为相[26]，治居第于封丘门内[27]。厅事前仅容旋马[28]，或言其太隘，公笑曰：“居第当传子孙，此为宰相听事诚隘，为太祝、奉礼听事已宽矣[29]。”参政鲁公为谏官[30]，真宗遣使急召之，得于酒家。既入，问其所来，以实对。上曰[31]：“卿为清望官[32]，奈何饮于酒肆？”对曰：“臣家贫，客至，无器皿肴果，故就酒家觞之[33]。”上以其无隐[34]，益重之。张文节为相[35]，自奉养如为河阳掌书记时[36]。所亲或规之曰：“公今受俸不少，而乃自奉若此。公虽自信清约，外人颇有公孙布被之讥[37]，公宜少从众[38]。”公叹曰：“吾今日之俸，虽举家锦衣玉食,何患不能?顾人之常情,由俭入奢易,由奢入俭难。吾今日之俸,岂能常有?身岂能常存?一旦异于今日,家人习奢已久,不能顿俭[39],必致失所。岂若吾居位去位、身在身亡常如一日乎[40]?"呜呼!大贤之深谋远虑,岂庸人所及哉!

御孙曰[41]:"俭,德之共也;侈,恶之大也。"共,同也,言有德者皆由俭来也。夫俭则寡欲,君子寡欲,则不役于物[42],可以直道而行;小人寡欲,则能谨身节用,远罪丰家[43]。故曰:"俭,德之共也。"侈则多欲,君子多欲则贪慕富贵,枉道速祸[44];小人多欲,则多求妄用,败家丧身,是以居官必贿,居乡必盗。故曰:"侈,恶之大也。"

昔正考父饘粥以糊口[45],孟僖子知其后必有达人[46];季文子相三君[47],妾不衣帛,马不食粟,君子以为忠;管仲镂簋朱纮[48],山楶藻棁[49],孔子鄙其小器[50];公叔文子享卫灵公[51],史鰌知其及祸[52],及戌[53],果以富得罪出亡;何曾日食万钱[54],至孙以骄溢倾家;石崇以奢靡夸人[55],卒以此死东市[56];近世寇莱公豪侈冠一时[57],然以功业大,人莫之非,子孙习其家风,今多穷困。其余以俭立名、以侈自败者多矣!不可遍数,聊举数人以训汝,汝非徒身当服行[58],当以训汝子孙,使知前辈之风俗云。

注释

①康:司马康,司马光之子。②寒家:清寒的家庭。③世:世世代代。④华靡:奢华靡丽。⑤羞赧(nǎn):羞惭脸红。⑥忝:(tiǎn):谦词,辱。⑦闻喜宴:皇帝赐给新科进士的公宴。⑧同年:同榜考取进士的人,互称"同年"。⑨垢弊:肮脏破烂的衣服。矫俗干名:故意用不同流俗的姿态来猎取名声。⑩嗤(chī):讥笑。固陋:固执而不通达,寒伧。⑪"孔子称"句:孔子曾说过,奢华就会使人傲慢无礼,节俭就会寒伧;与其傲慢无礼,不如寒伧。⑫"以约失之"句:谓由于节俭而造成的过失是很少的。⑬走卒:差役。⑭蹑(niè):脚穿。丝履:丝织的鞋子。⑮天圣:宋仁宗的年号。⑯先公:指司马光之亡父司马池。群牧:群牧司,宋时中央掌管马匹的机构。判官:官名。⑰行:斟酒一遍。⑱脯:干肉。醢(hǎi):肉酱。⑲非:非难。⑳会数(shuò):会面频繁。㉑内法:宫廷中酿酒的秘法。㉒营聚:经营聚集。

㉓ 书:请帖。 ㉔ 颓弊:败坏。 ㉕ 居位者:执政者。 ㉖ 李文靖公:李沆(hàng),宋太宗、真宗时宰相。谥号文靖。 ㉗ 治:造。封邱门:宋都汴京(今河南开封)城门。 ㉘ 厅事:大厅。旋马:牵马掉头转身。 ㉙ 太祝、奉礼:太祝、奉礼郎,为掌管宗庙礼仪的官职,常由功臣子弟担任。 ㉚ 参政鲁公:鲁宗道,宋真宗时任过右正言(谏官)、谕德(掌管教育太子)。宋仁宗时为参知政事。真宗诏鲁宗道,得之于酒肆事,据《宋史·鲁宗道传》记载,时鲁已任谕德;作者说成"为谏官",两说不同。 ㉛ 上:皇帝。 ㉜ 清望官:清高有名望的官职。 ㉝ 觞之:设酒招待客人。 ㉞ 无隐:坦率不隐瞒。 ㉟ 张文节:张知白,宋真宗曾任河阳(今河南孟州西)节度判官,仁宗时任宰相。谥文节。 ㊱ 掌书记:原为唐代官名,这里借指掌管公文的节度使僚属。 ㊲ 公孙布被之讥:公孙弘,汉武帝时任丞相,封平津侯。平居节俭,用布制被。但为人阴险,时人讥之为"诈"。 ㊳ 少:稍微。 ㊴ 顿:立刻。 ㊵ "岂在"句:谓何如我做不做官、在不在世,家中生活都天天一样的好呢? ㊶ 御孙:春秋鲁国大夫。 ㊷ 不役于物:不受外物牵制、摆布。 ㊸ 远罪丰家:远离法网,使家道丰盈。 ㊹ 枉道:做事不合正道。速祸:招致灾祸。 ㊺ 正考父:春秋时宋国大夫,孔子祖先。饘(zhān):厚粥。 ㊻ 孟僖子:春秋时鲁国大夫。达人:显达之人。 ㊼ 季文子:季孙行父,春秋时鲁国大夫,曾辅佐宣、成、襄三公,以忠俭著称。谥文。 ㊽ 管仲:春秋初期政治家,帮助齐桓公成为春秋时第一个霸主。镂:刻上花纹。簋(guǐ):古代盛食物的圆形器具。朱纮(hóng):红色的帽带。 ㊾ 山粢(jié):柱子上雕刻成山岳图形的斗拱。藻棁(zhuó):大梁上画有水藻的短柱。 ㊿ "孔子"句:谓孔子鄙视他见识短浅。 51 公叔文子:公叔发,春秋时卫国大夫。享:宴请。 52 史鳝(qiū):春秋时卫国大夫。及祸:招祸。 53 戌:公叔文子之子公叔戌。后被卫灵公驱逐出去。 54 何曾:西晋宰相,生活奢侈。 55 石崇:晋朝人,曾与权贵王恺、羊琇斗富。 56 东市:当时的刑场。 57 寇莱公:寇准,北宋名相,封莱国公。史称其"性豪侈"。 58 非徒:不但。

品评

本篇旨在教导儿子崇尚节俭,并以"由俭入奢易,由奢入俭难"为戒,因此在内容、语气上处处体现了家训文字的特点。

浦起龙评此文曰:"家庭语,清真详复如话。"确实如此。作者先从家世、自身说起,强调节俭清白是一贯家风,虽然正式的训词至篇尾才出现,但此中所透出的希冀、规勉，早已显示出家教色彩。在阐述俭奢的利弊关系时，又着眼于家族利益，认为“俭”能立身扬名维持家运久长，“奢”则导致身败名裂，遗祸后代，这里立论的角度正符合家训的本意。同时，行文比较随意，由己推人，左援右引，不忌详复，娓娓说出，如话家常，读之亲切。还用现身说法，生动真实，对子弟更具感染力和说服力。

本文后半部分的引证别有一番布置匠心。先举本朝三个“以俭素为美”的例子，后又从古今七个具体人物身上看出正反两面的教训，这两段中间插入议论，把俭与奢的对立，提高到善恶的伦理高度。前段引证结合着具体描写，后段引证包含着鲜明的对比。可以说，这些引证不仅是对论点的印证，而且也是论点借以推进和深化的杠杆。

王安石

王安石(1021—1086),字介甫,晚号半山,抚州临川(今属江西)人。宋仁宗庆历时进士。针对积贫积弱的国势,他力主变法图强。曾在江、浙等地任地方官,在局部地区推行革新措施。宋神宗时,任参知政事、同门下平章事,主持历史上著名的变法运动,后遭反对派的抨击和变法派内部的倾轧,被迫辞职。封荆国公,故称王荆公;死后谥文,又称王文公。"唐宋八大家"之一,其散文议论锋利、笔力豪健、语言简洁,形成拗折刚劲的风格,亦善诗词。有《临川先生文集》。《宋史》卷三二七有传。

本朝百年无事劄子[1]

臣前蒙陛下问及本朝所以享国百年,天下无事之故。臣以浅陋,误承圣问[2],迫于日晷[3],不敢久留,语不及悉[4],遂辞而退。窃惟念圣问及此[5],天下之福,而臣遂无一言之献,非近臣所以事君之义[6],故敢昧冒而粗有所陈[7]。

伏惟太祖,躬上智独见之明[8],而周知人物之情伪;指挥付托,必尽其材;变置施设,必当其务。故能驾驭将帅[9],训齐士卒[10];外以捍夷狄[11],内以平中国[12];于是除苛赋,止虐刑,废强横之藩镇[13],诛贪残之官吏。躬以简俭为天下先[14],其于出政发令之间,一以安利元元为事[15]。太宗承之以聪武,真宗守之以谦仁,以至仁宗、英宗,无有逸德[16]。此所以享国百年,而天下无事也。

仁宗在位,历年最久,臣于时实备从官[17],施为本末[18],臣所亲见,尝试为陛下陈其一二,而陛下详择其可,亦足以中鉴于方今[19]。伏惟仁宗之为君也,仰畏天,俯畏人;宽仁恭俭,出于自然,而忠恕诚悫[20],终始如一;未尝妄兴一役，未尝妄杀一人，断狱务在生之[21]，而特恶吏之残扰[22]，宁屈己弃财于夷狄[23]，而终不忍加兵；刑平而公；赏重而信；纳用谏官御史，公听并观[24]，而不蔽于偏至之谗[25]；因任众人耳目，拔举疏远[26]，而随之以相坐之法[27]。盖监司之吏以至州县[28]，无敢暴虐残酷，擅有调发以伤百姓[29]，自夏人顺服[30]，蛮夷遂无大变，边人父子夫妇，得免于兵死，而中国之人，安逸蕃息，以至今日者，未尝妄兴一役，未尝妄杀一人，断狱务在生之，而特恶吏之残扰，宁屈己弃财于夷狄，而不忍加兵之效也。大臣贵戚，左右近习[31]，莫敢强横犯法，其自重慎，或甚于闾巷之人[32]，此刑平而公之效也。募天下骁雄横猾以为兵[33]，几至百万，非有良将以御之[34]，而谋变者辄败[35]；聚天下财物，虽有文籍[36]，委之府史，非有能吏以钩考[37]，而断盗者辄发[38]；凶年饿岁，流者填道[39]，死者相枕[40]，而寇攘者辄得[41]；此赏重而信之效也。大臣贵戚，左右近习，莫能大擅威福，广私货赂，一有奸慝[42]，随辄上闻，贪邪横猾，虽间或见用，未尝得久，此纳用谏官御史、公听并观、而不蔽于偏至之谗之效也。自县令京官以至监司台阁[43]，升擢之任[44]，虽不皆得人，然一时之所谓才士，亦罕蔽塞而不见收举者[45]，此因任众人之耳目、拔举疏远、而随之以相坐之法之效也。升遐之日[46]，天下号恸[47]，如丧考妣[48]，此宽仁恭俭出于自然、忠恕诚悫终始如一之效也。

然本朝累世因循末俗之弊[49]，而无亲友群臣之议，人君朝夕与处，不过宦官女子，出而视事，又不过有司之细故[50]，未尝如古大有为之君，与学士大夫讨论先王之法，以措之天下也[51]。一切因任自然之理势[52]，而精神之运[53]，有所不加；名实之间[54]，有所不察；君子非不见贵，然小人亦得厕其间[55]；正论非不见容，然邪说亦有时而用；以诗赋记诵求天下之士，而无学校养成之法；以科名资历叙朝廷之位，而无官司课试之方；监司无检察之人，守将非选择之吏；转徙之亟[56]，既难于考绩，而游谈之众[57]，因得以乱真[58]；交私养望者[59]，多得显官[60]，独立营职者[61]，或见排沮[62]。故上下偷惰取容而已，虽有能者在职，亦无以异于庸人。农民坏于徭役，而未尝特见救恤，又不为之设官，以修其水土之利；兵士杂于疲老，而未尝申敕训练[63]，又不为之择将，而久其疆埸之权[64]；宿卫则聚卒伍无赖之人[65]，而未有以变五代姑息羁縻之俗[66]；宗室则无教训选举之实，而未有以合先王亲疏隆杀之宜[67]。其于理财，大抵无法，故虽俭约，而民不富，虽忧勤，而国不强。赖非夷狄昌炽之时，又无尧、汤水旱之变[68],故天下无事,过于百年,虽曰人事,亦天助也。盖累圣相继[69],仰畏天,俯畏人,宽仁恭俭,忠恕诚悫,此其所以获天助也。

伏惟陛下,躬上圣之质[70],承无穷之绪[71],知天助之不可常恃,知人事之不可怠终[72],则大有为之时,正在今日。臣不敢辄废将明之义[73],而苟逃讳忌之诛[74],伏惟陛下,幸赦而留神,则天下之福也。取进止[75]。

注释

① 劄(zhá)子:旧时代的一种公文。 ② 误承:"辱蒙"的意思。圣问:皇帝下问。 ③ 迫于日晷(guǐ):迫于时间短促。日晷,按照日影移动来测定时刻的仪器。 ④ 悉:详尽。 ⑤ 窃惟念:我私下在想。这和下文"伏惟"一样,都是旧时下对上表示敬意的用语。 ⑥ 近臣:被亲近的大臣。当时王安石任翰林学士,是侍从官。 ⑦ 昧冒:就是"冒昧"。 ⑧ 躬:本身具有。上智:极高的智慧。独见:独到的见解。 ⑨ 驾驭(yù):统率、指挥。 ⑩ 训齐:使人齐心合力。 ⑪ 捍:抵抗。夷狄:旧时对少数民族的侮辱性的称呼。这里指契丹、西夏。 ⑫ 中国:指中原地带。 ⑬ 废强横之藩镇:指宋太祖用"杯酒释兵权"的手段,解除了禁军将领石守信、节度使(藩镇)王彦超等的兵权。 ⑭ 躬:亲自,与上面的"躬"字意思稍有区别。 ⑮ 安利元元:使老百姓得到平安和好处。元元,老百姓。 ⑯ 逸德:失德。 ⑰ 实备从官:王安石在宋仁宗时曾任知制诰(负责起草国家的诏令),是皇帝的侍从官。 ⑱ 施为本末:一切措置的经过和原委。 ⑲ 申鉴于方今:引申来作为当前措施的借鉴。 ⑳ 诚悫(què):诚恳。 ㉑ 生:开脱。 ㉒ 恶(wù):厌恨。 ㉓ 弃财于夷狄:指用献币纳绢的办法向契丹等北方民族统治者屈服妥协。这是替宋仁宗曲为辩解的话。 ㉔ 公听并观:多听多看。 ㉕ 偏至之谗:片面的谗言。 ㉖ 拔举疏远:提拔、起用疏远的人。 ㉗ 相坐之法:被推荐的人如果后来失职,推荐人便要受罚。 ㉘ 监司之吏:监察州郡的官员。宋朝设置诸路转运使、安抚使、提点刑狱、提举常平四司,兼有监察的职责,称为监司。州县:指地方官员。 ㉙ 调发:征调。 ㉚ 夏人:西夏,当时据有西北地区。 ㉛ 左右近习:皇帝周围亲近的人。 ㉜ 闾巷之人:平民百姓。 ㉝ 骁(xiāo)雄横猾:勇猛强暴而奸诈的人。 ㉞ 御:统率、管理。 ㉟ 辄(zhé):就。 ㊱ 文籍:账册。 ㊲ 钩考:查核。 ㊳ 断盗者:贪污中饱的人。 ㊴ 流者:流亡的人。 ㊵ 死者相枕:尸体枕着尸体。 ㊶ 寇攘(rǎng)

者：强盗。 ㊷ 奸慝（tè）：奸邪的事情。 ㊸ 台阁：执政大臣。 ㊹ 升擢（zhuó）：提升。 ㊺ 罕：少有。收举：任用。 ㊻ 升遐（xiá）：对皇帝（这里指宋仁宗）死亡的讳称。 ㊼ 号恸（tòng）：痛哭。 ㊽ 考妣（bǐ）：称已死的父母。 ㊾ 累（lěi）世：世世。因循末俗：保守着旧习俗。 ㊿ 有司之细故：官吏们细小的事情。 ⑤1 措之：把它实施到。 ⑤2 自然之理势：客观形势。 ⑤3 精神之运：主观努力。 ⑤4 名实：名目和实效。 ⑤5 厕：参与。 ⑤6 转徙：调动官职。亟（qì）：频繁。 ⑤7 游谈之众：夸夸其谈的人。 ⑤8 乱真：混作真有才干的人。 ⑤9 交私养望者：私下勾结、猎取声望的人。 ⑥0 显官：显要的官职。 ⑥1 独立营职者：不靠别人，勤于职守的人。 ⑥2 排沮：排挤、压抑。 ⑥3 申敕（chì）：发布政府的命令，这里引申为告诫、约束的意思。 ⑥4 久其疆场之权：让他（指武将）长期在外担任武职的意思。 ⑥5 宿卫：禁卫军。 ⑥6 五代：指梁、唐、晋、汉、周五个朝代（907—960）。姑息羁（jī）縻（mí）：纵容笼络，胡乱收编的意思。 ⑥7 亲疏隆杀（shài）之宜：亲近或疏远、恩宠或冷落的区别原则。 ⑥8 尧、汤水旱之变：相传尧时有九年的水患，商汤时有五年的旱灾。 ⑥9 累（lěi）圣：指的是前面提到的太祖、太宗、真宗、仁宗、英宗各帝。 ⑦0 躬上圣之质：具备最圣明的资质。 ⑦1 承无穷之绪：继承永久无穷的帝业。绪，传统。 ⑦2 不可怠终：不可能轻忽马虎一直拖到最后。意思是最后要酿成大祸。 ⑦3 将明之义：实施和说明的职责。将，实施。明，辨明。 ⑦4 苟：苟且。讳忌之诛：因触犯皇帝忌讳而应该受到的惩罚。 ⑦5 取进止：这是写给皇帝奏章的套语，意思是，请对我的意见的可否、是非作出决定。

品评

本文是王安石极负盛名的政论文之一。

据李焘《续资治通鉴长编》记载，熙宁元年（1068）四月，神宗召见王安石时，询问道："祖宗守天下，能百年无大变，粗致太平，以何道也？"针对这个问题，王安石写了《本朝百年无事劄子》呈给神宗。这篇文章可分为两个部分：前一部分叙述并解释宋初百余年间太平无事的情况和原因；后一部分则尖锐地揭示了当时危机四伏的社会状况，这是全文的重心所在。前一部分是为反衬和突出这一部分服务的，目的在于向神宗说明变法改革的必要性和迫切性。王安石详细地剖析了百年无事的表象之下潜伏的种种弊病与危机，指出因循守旧、不思进取的危害，并提出改革主张，举凡吏治、教育、科举、农业、财政、军事诸多方面，均有精到的见解，最后以“大有为之时，正在今日”作结，激励神宗采纳变法主张，以期有所建树。

王安石的政论文，在“唐宋八大家”中至为突出。本文思路清晰，立论超卓，分析透彻，情感恳切，用语直白，见解锋芒锐利而措辞则委婉妥帖，堪称历代奏议之林中的佳作，也很好地反映了王安石散文的风格。茅坤认为：“此篇极精神骨髓。荆公所以直入神宗之胁，全在说仁庙(指宋仁宗)处，可谓搏虎屠龙手。”吴汝纶评曰：“纲举目应，章法高古。自首至尾，如一笔书。所谓瑰玮雄放。”所下评论，皆非过誉之辞。

答司马谏议书[①]

某启[②]：昨日蒙教[③]，窃以为与君实游处相好之日久[④]，而议事每不合，所操之术多异故也[⑤]。虽欲强聒[⑥]，终必不蒙见察，故略上报[⑦]，不复一一自辨。重念蒙君实视遇厚[⑧]，于反复不宜卤莽[⑨]，故今具道所以[⑩]，冀君实或见恕也。

盖儒者所争，尤在于名实[⑪]。名实已明，而天下之理得矣。今君实所以见教者，以为侵官、生事、征利、拒谏，以致天下怨谤也。某则以谓受命于人主，议法度而修之于朝廷，以授之于有司[⑫]，不为侵官；举先王之政，以兴利除弊，不为生事；为天下理财，不为征利；辟邪说[⑬]，难壬人[⑭]，不为拒谏；至于怨诽之多，则固前知其如此也。人习于苟且非一日[⑮]，士大夫多以不恤国事、同俗自媚于众为善[⑯]。上乃欲变此[⑰]，而某不量敌之众寡，欲出力助上以抗之，则众何为而不汹汹！然盘庚之迁，胥怨者民也，非特朝廷士大夫而已[⑱]。盘庚不为怨者故改其度[⑲]。度义而后动[⑳]，是而不见可悔故也[㉑]。

如君实责我以在位久，未能助上大有为，以膏泽斯民[㉒]，则某知罪矣；如曰今日当一切不事事[㉓]，守前所为而已，则非某之所敢知[㉔]。无由会晤，不任区区向往之至[㉕]。

注释

① 司马谏议：司马光，字君实。时任右谏议大夫。 ② 某：自称。在草稿或文集中代替自己名字。 ③ 蒙教：指收到来信。 ④ 窃：私意，谦词。 ⑤ 术：

指政治方略。 ⑥ 强聒(guō):硬在对方耳旁啰嗦。 ⑦ 故略上报:司马光曾先写一封长信给作者,作者只回了封短笺。司马光又写第二封信,作者这才写此信。上报,给您写回信。 ⑧ 视遇:看待。 ⑨ 反复:指书信往来。卤莽:简慢无礼。 ⑩ 具道:详细说明。 ⑪ 名实:名称与实际。 ⑫ 有司:负有专责的官员。 ⑬ 辟:驳斥。 ⑭ 难(nàn):责难。壬人:巧辩谄媚的坏人。 ⑮“人习于”句:谓人们习惯于苟且偷安已不是一天了。 ⑯ 恤(xù):关心。同俗自媚于众:附和世俗,讨好众人。 ⑰ 上:指宋神宗。 ⑱“然盘庚之迁”三句:指商朝君主盘庚为避开黄河水灾,打算迁都到亳(bó)京(今河南偃师),遭到不少人反对。胥怨:相怨。 ⑲ 度:计划。 ⑳ 度(duó)义:考虑是否合理。 ㉑ 是:认为做得对。 ㉒ 膏泽:施恩惠。 ㉓ 事事:做事。前一“事”为动词,后一“事”为名词。 ㉔ 所敢知:所愿意领教的。 ㉕“不任”句:为旧时信中的客套语,意谓私心不胜仰慕。不任:不胜。区区:诚恳。

品评

此信为反驳司马光对新法的指责而作。作者与司马光不但在政治上观点对立,而且此番书信论辩,在文风上也大异其趣。司马光前后写了三封信,其中一封长达三千余言,洋洋洒洒,条分缕析,详查复案,对新法罗列了种种罪状。而王安石则运笔简捷,此信不过三百余字。他善于以短总繁,且深谙纵横开阖之法。首先,他准确而简练地概括司马光指责的要点为“侵官”、“生事”、“征利”、“拒谏”四项,然后逐点辩驳,要言不烦,笔锋犀利,语势劲健,令对方无懈可击。接着集中剖析“怨诽之多”的原因,严厉指斥当前一般士大夫的不恤国事、屈己媚众,表明自己不改其度的鲜明态度。前面的反驳,全以守势为主;这里主动出击,渐露攻击的势头。最后,对司马光“未能助上大有为”的责备,明说“知罪”,实是反戈一击,把对方推到因循守旧的被告位置,从而完成了从守到攻的转变。

千年前的这场围绕革新与守旧斗争的历史硝烟早已散尽;其是非功过,这里也暂不置论。但从这封“理足气盛”(吴汝纶语)的驳难信中,已凸现出一位锐意进取、蔑视流俗、坚定不移的改革者形象,其见识、勇气和责任心令人钦佩。另外就文章而言,作者虽然态度坚定,风格劲悍凌厉,但措辞委婉得体,不卑不亢,尤显气度宏大。

读孟尝君传[1]

世皆称孟尝君能得士[2]，士以故归之[3]，而卒赖其力以脱于虎豹之秦[4]。嗟乎！孟尝君特鸡鸣狗盗之雄耳[5]，岂足以言得士！不然，擅齐之强[6]，得一士焉，宜可以南面而制秦[7]，尚何取鸡鸣狗盗之力哉？夫鸡鸣狗盗之出其门，此士之所以不至也。

注释

① 孟尝君传：指《史记·孟尝君列传》。孟尝君即田文，战国时齐国贵族。他喜养士，门下食客达几千人。 ② 得士：指孟尝君能"礼贤下士"，与士相得。③ 归：投奔。 ④ 虎豹之秦：像虎豹一样残暴的秦国。 ⑤ 特：不过，仅仅。鸡鸣狗盗：孟尝君曾在秦国做"人质"，他求秦昭王的宠妃设法放他回国。那宠妃要他拿早已送给昭王的一件白色狐裘作为报酬。孟尝君的一位会狗叫的食客，扮狗潜入宫中，偷出狐裘，献给那位宠妃，使他们被释逃跑。他们逃至函谷关时已是夜半。按规定，关门等鸡啼时才能打开。而这时昭王追兵将到。孟尝君的另一位会鸡鸣的食客，赚开了大门。孟尝君这才逃出秦国。 ⑥ 擅：拥有。⑦ 南面而制秦：使秦王向齐王称臣。南面，古代帝王听政时坐北朝南。

品评

王安石善作翻案文章，往往敏锐地抓住史书记载中的一些破绽，三言两语，力破陈说。这篇读后感式的史评文即是其中的代表作。作者以异于传统的"士"的标准，反驳了史书中所羡称的"孟尝君能得士"之说。对于"士"的这一独特理解和对传统之说的断然否定，从侧面反映出作者自许自负的态度和睨视世俗的胸襟。作者的议论新颖精警，而妙在不觉牵强附会。全文九十字，四句话四层意思，简洁紧凑，极尽转折腾挪之能事。首层提出论点，语势缓和；二、三两层为驳论，辞气凌厉，顿作巨澜；末层似老吏断狱，牢确不移。起得缓，接得陡，结得疾，为短论的杰构。谢枋得评说："笔力简而健。"沈德潜说："语语转，笔笔紧，千秋绝调。"皆为知言。

文章简短，难得气长。而读此文，不觉气长，于此可见佳妙。

伤仲永

金溪民方仲永[1]，世隶耕[2]。仲永生五年，未尝识书具[3]，忽啼求之。父异焉，借旁近与之[4]，即书诗四句，并自为其名[5]。其诗以养父母、收族为意[6]，传一乡秀才观之。自是指物作诗立就，其文理皆有可观者。邑人奇之[7]，稍稍宾客其父[8]，或以钱币乞之[9]。父利其然也[10]，日扳仲永环谒于邑人[11]，不使学。

予闻之也久。明道中[12]，从先人还家[13]，于舅家见之，十二三矣。令作诗，不能称前时之闻[14]。又七年，还自扬州，复到舅家，问焉。曰："泯然众人矣[15]。"

王子曰[16]："仲永之通悟，受之天也。其受之天也，贤于材人远矣[17]。卒之为众人，则其受于人者不至也[18]。彼其受之天也，如此其贤也；不受之人，且为众人[19]。今夫不受之天，固众人；又不受之人，得为众人而已邪[20]？"

注释

① 金溪：县名，今属江西。 ② 隶耕：从事农业生产。 ③ 书具：写字的工具。 ④ 借旁近：就近借来。 ⑤ 自为其名：自己取了个名字。 ⑥ 收族：招拢、安顿同族人。 ⑦ 邑人：同乡人。 ⑧ 宾客其父：用宾客的礼节款待他的父亲。 ⑨ 乞之：讨取仲永的诗作。 ⑩ 利其然：贪图这样(以诗换钱之事)。 ⑪ 扳：领着。 ⑫ 明道：宋仁宗的年号(1032—1033)。 ⑬ 从先人：跟着先父。 ⑭ 称：符合，相当。前时之闻：以前的传闻。 ⑮ 泯然众人：指仲永特异之处完全消失，混同于普通人。泯然，消失的样子。 ⑯ 王子：王安石自称。 ⑰ 材人：指后天培养起来的人才。 ⑱ 受于人者：指受教育。不至：没有受到。 ⑲ 且：尚且。 ⑳ "今夫不受之天"四句：谓没有天赋的，本来就是个普通人；又不受教育，要做个普通人能行吗？意思是连做普通人都不行。

品评

本篇旨在劝学，强调后天学习的重要性，但自始至终没有正面提出，只以"不学"为论题，从反面落笔。首先以一个天才少年沦为普通人的反面事例，运用背面敷写法，指出不学习的危害性。作者精心选择了方仲永五岁、十二三岁、成年后三个年龄时的智力表现，简要地展示出他从奇到凡的历程，从中突出了方父“不使学”是仲永沦落的这一关键因素。接着在只有三分之一篇幅的议论部分，作者以其特有的盘折文风，反反复复地比较“受之天”(指天赋)与“受之人”(指后天学习)两者谁为重要时，也是从“不受之人”(指不学习)切入，着重阐述无论有无天赋，后天学习都是不可或缺的：天质聪颖者不学习，会泯没他的天赋，沦为凡人；而资质平平的人不学习，就连做个凡人也不成。尤其是这后一个推论确如林纾所说“极危悚，又极精切”，所以能警动世人，达到劝学的目的。

这原本是一个关于天才沦落的故事，而世上多凡人，因而一般读者对于这类故事只感好奇有趣，不易产生一种与切身有关的警觉。但作者却从这则奇闻异事中剔发出普遍意义来，可见其思智笔力过人之处。

沈德潜说：“伤仲永，不独为仲永也。聪明子弟，宜悬为座右箴铭。”此文价值，不言而喻。

游褒禅山记[①]

褒禅山亦谓之华山，唐浮图慧褒始舍于其址[②]，而卒葬之[③]，以故其后名之曰“褒禅”[④]。今所谓慧空禅院者，褒之庐冢也[⑤]。距其院东五里，所谓华山洞者，以其乃华山之阳名之也[⑥]。距洞百余步[⑦]，有碑仆道[⑧]，其文漫灭[⑨]，独其为文犹可识，曰“花山”。今言“华”如“华实”之“华”者，盖音谬也[⑩]。其下平旷，有泉侧出[⑪]，而记游者甚众[⑫]，所谓前洞也。由山以上五六里，有穴窈然[⑬]，入之甚寒，问其深，则其好游者[⑭]，不能穷也[⑮]，谓之后洞。余与四人拥火以入[⑯]，入之愈深，其进愈难，而其见愈奇。有怠而欲出者，曰：“不出，火且尽[⑰]。”遂与之俱出。盖予所至，比好游者尚不能十一[⑱]，然视其左右来而记之者已少。盖其又深则其至又加少矣。方是时[⑲]，予之力尚足以入，火尚足以明也。既其出，则或咎其欲出者，而予亦悔其随之，而不得极夫游之乐也。

于是予有叹焉。古人之观于天地山川草木虫鱼鸟兽，往往有得[⑳]，以其求思之深而无不在也[㉑]。夫夷以近[㉒]，则游者众；险以远，则至者少。而世之奇伟瑰怪、非常之观[㉓]，常在于险远，而人之所罕至焉。故非有志者，不能至也；有志矣，不随以止也，然力不足者，亦不能至也；有志与力而又不随以怠，至于幽暗昏惑而无物以相之[24]，亦不能至也。然力足以至焉[25]，于人为可讥，而在己为有悔；尽吾志也而不能至者，可以无悔矣，其孰能讥之乎？此予之所得也。

余于仆碑，又以悲夫古书之不存[26]，后世之谬其传而莫能名者[27]，何可胜道也哉[28]！此所以学者不可以不深思而慎取之也。

四人者：庐陵萧君圭君玉[29]，长乐王回深父[30]，余弟安国平父、安上纯父[31]。至和元年七月某日[32]，临川王某记。

注释

① 褒禅山：在今安徽含山北。 ② 浮图：梵文的译音，亦译作“浮屠”、“佛图”，有佛、佛徒、佛塔等不同含义。这里指佛徒。慧褒：唐代著名和尚，因喜爱含山县北山林之美，筑室定居。舍：盖房居住。 ③ 卒：最后，与前“始”相应，不作“死”讲。 ④ 禅：梵文“禅那”的省称，静思之意。后来泛指一切与佛教相关的人和物。 ⑤ 庐冢：墓旁盖的房子，守墓用。 ⑥ 阳：山的南面或水的北面。 ⑦ 步：古代长度单位，这里泛指脚步的步。 ⑧ 仆(pū)道：倒在路上。 ⑨ 文：指成篇的文章。下句“其为文”的“文”，指碑上残存的文字。漫灭：指碑文剥蚀，模糊不清。 ⑩ “今言”二句：谓现在把“华山”的“华”，念“华实”的“华(huá)”，看来是读错了字音，应该读作“花”。 ⑪ 有泉侧出：谓泉水从平旷地旁流出。 ⑫ 记游者：指在壁上题字留念的人。 ⑬ 窈然：幽深的样子。 ⑭ 好(hào)：喜欢。 ⑮ 穷：尽。 ⑯ 拥火：举着火把。 ⑰ 且：将要。 ⑱ 不能十一：不到十分之一。 ⑲ 是时：指从洞中退出的时候。 ⑳ 有得：有心得。 ㉑ “以其”句：谓这是因为他们思考问题深刻而且处处都能深思的缘故。 ㉒ 夷以近：道路平坦而且近。 ㉓ 瑰(guī)怪：壮丽奇异。非常之观：少见的景观。 ㉔ 相：辅助。 ㉕ 然力足以至焉：此句下面省去“而不能至”之类的话。 ㉖ 以：因。悲：感叹。 ㉗ 谬其传：以讹传讹。莫能名：不能说出事物的真相。 ㉘ 胜：尽，完全。 ㉙ 庐陵：今江西吉安。萧君圭君玉：萧君圭，字君玉，生平不详。㉚ 长乐：今福建闽侯。王回深父：王回，字深父，宋代理学家。 ㉛ 安国平父：王安国，字平父。安上纯父：王安上，字纯父，作者幼弟。 ㉜ 至和元年：公元1054年。至和，宋仁宗的年号(1054—1056)。

品评

本文通过记游而进行说理，阐发了两点意见：一是从游历中得出了“世之奇伟瑰怪、非常之观，常在于险远”的辩证关系，进而提倡百折不回的探索精神，反对浅尝辄止，半途而废。同时，作者还提出实现目标的三个前提条件：志向、能力(体力)、一定的物质装备。在强调志向这一精神条件时，还注意体力、物质装备这些非精神性因素，无疑体现了作者考虑问题的周密性和注重现实性。这也是实干家所必不可少的素质。二是从残碑引出议论，认为古代文献资料有所不足，常有以讹传讹的现象，因而必须“深思”、“慎取”。这两个游山心得本来都是从治学角度来论述的，其实可以推广到更广泛的领域中去。

在行文中，上述两层意思不是平列叙述的，而是前者为主，后者为从，且注意首尾照应，文章整个布局显得灵活有变化。

加重议论成分的趋势，这既能使抽象的道理具象化，又能使记事绘景增加思想深度。本文即是一篇借记叙以说理的范文，甚或可看作一篇别致的说理文。

在前代诸多评论中，浦起龙的一段话尤为确当：“此游所至殊浅，偏偏取无穷深至之思，真乃赠遗不尽。当持此为《劝学篇》。”

沈 括

沈括(1031—1095),字存中,浙江钱塘(今浙江杭州)人。宋仁宗嘉祐八年(1063)进士。王安石变法集团的重要成员,曾任提举司天监、河北西路察访使、三司使等职,积极支持新法的推行。新法失败后,他也受到保守派的排斥和打击。晚年定居润州(今江苏镇江)梦溪园,写出了一部著名的笔记《梦溪笔谈》。在这部笔记中,他总结和记录了不少古代劳动人民在科技方面的创造,对于天文、历法、地质、数学、医药以及考古等多种学科领域,他都有许多科学的发现、论断和预见,为我国和世界的科技发展,作出了杰出的贡献。《宋史》卷三三一有传。

活字板[①]

板印书籍[②],唐人尚未盛为之[③]。自冯瀛王始印五经[④]。已后典籍皆为板本[⑤]。

庆历中[⑥],有布衣毕昇[⑦],又为活板。其法:用胶泥刻字[⑧],薄如钱唇[⑨],每字为一印,火烧令坚。先设一铁板。其上以松脂、蜡和纸灰之类冒之[⑩]。欲印,则以一铁范置铁板上[⑪],乃密布字印,满铁范为一板,持就火炀之[⑫];药稍镕[⑬],则以一平板按其面,则字平如砥[⑭]。若止印三二本,未为简易;若印数十百千本,则极为神速。常作二铁板,一板印刷,一板已自布字[⑮],此印者才毕,则第二板已具,更互用之,瞬息可就。每一字皆有数印,如“之”、“也”等字,每字有二十余印,以备一板内有重复者。不用则以纸贴之,每韵为一贴,木格贮之[⑯]。有奇字素无备者[⑰],旋刻之[⑱],以草火烧,瞬息可成。不以木为之者，木理有疏密，沾水则高下不平，兼与药相粘不可取[19]。不若燔土[20]，用讫，再火令药镕，以手拂之，其印自落，殊不沾污[21]。

昇死，其印为予群从所得[22]，至今宝藏。

注释

① 本书所选《梦溪笔谈》笔记三则，标题都是编选者拟加的。 ② 板印：指雕板印刷，即雕刻整块木板作为印刷的底板。 ③ 唐人尚未盛为之：明朝人胡应麟《少室山房笔丛》记载，隋文帝（杨坚）开皇十三年（593），下令用雕板印刷佛经、佛像；但有人认为雕板始于唐中叶。这里是说，唐朝只用雕板刻印历书、农书、佛经，但没有普遍地刻印各种书籍。 ④ 冯瀛（yíng）王：冯道（882—954），五代时在唐、晋、汉、周等朝做过宰相等大官，死后追封瀛王。后唐明宗（李亶）长兴三年（932），在冯道的倡议下，由田敏等人在国子监内校定经籍，并组织刻工雕印，世称“五代监本”。这是官府大规模刻书的开始。五经：指儒家的《诗》、《书》、《礼》、《易》、《春秋》五部“经典”。 ⑤ 已后：以后。板本：指用雕板印刷的书，区别于“抄本”。 ⑥ 庆历：宋仁宗赵祯的年号（1041—1048）。 ⑦ 布衣：平民。⑧ 胶泥：粘土。 ⑨ 钱唇：铜钱的边。这里指所刻字迹的深度。 ⑩ 和：拌和。冒：覆盖、涂敷。 ⑪ 铁范：铁框。 ⑫ 炀（yáng）：用火使物（指松脂、蜡与纸灰合成的胶着剂）熔化。 ⑬ 药：指上述胶着剂。 ⑭ 字平如砥（dǐ）：指泥字板面经过平板按压以后，平整得像磨刀石一般。砥，磨刀石。 ⑮ 布字：排字。⑯“不用”三句：是说，活字不用时，就贴上纸签标明，并按照字的韵部分开，分别在木格子中存放。这是为了便于查找。 ⑰ 奇字：生僻的字。素：平素、向来。⑱ 旋：立即、临时。 ⑲“不以木”四句：是说，不用木料来做活字，是因为木的纹理有的稀疏，有的严密，一遇水就变形，高低不平，而且与药剂相粘，不易取下。⑳ 燔（fán）：烧。 ㉑ 殊不沾污：一点也不和药剂沾粘。 ㉒ 予：我。群从：指同族中的兄弟或子侄辈。

品评

印刷术是我国古代四大发明（指南针、造纸术、印刷术、火药）之一。我国在一千三百年前，已经发明了刻版印刷。在八百多年前，更发明了活字印刷。这是我国对世界文明的又一项伟大贡献。

沈括《梦溪笔谈》的这则记载，是有关活字印刷术最早、最详尽的珍贵史料。从雕板印刷到活字印刷，是印刷发展史上的一个飞跃，而这个重大贡献，却是宋朝一位平民发明家毕昇做出的。沈括怀着对这位普通劳动者的极大敬意，记录了他所发明的胶泥活字板印刷术的原理和方法。可惜的是，毕昇用这种活字板印过什么书，未见记载，现在我们也很难找到确切答案。因此，《梦溪笔谈》对这一发明的记载、保存与流传，是起到极大作用的。本文在世界科技史上拥有重要地位，1847 年法国汉学家儒莲教授曾将其译为法文，1924 年美国汉学家卡特博士又将其译成英文。后又陆续译成日文及其他语文，从而为各国学者所知晓。

本文叙事精确，文笔简洁洗练，足见作者纯熟的文字驾驭能力。

雁荡山成因

温州雁荡山[①]，天下奇秀。然自古图牒，未尝有言者[②]。祥符中[③]，因造玉清宫[④]，伐山取材，方有人见之，此时尚未有名。按西域书[⑤]，阿罗汉诺矩罗居震旦东南大海际雁荡山芙蓉峰龙湫[⑥]。唐僧贯休为《诺矩罗赞》[⑦]，有"雁荡经行云漠漠[⑧]，龙湫宴坐雨蒙蒙[⑨]"之句。此山南有芙蓉峰，峰下芙蓉驿，前瞰大海，然未知雁荡、龙湫所在[⑩]。后因伐木，始见此山。山顶有大池，相传以为雁荡[⑪]；下有二潭水，以为龙湫[⑫]。又有经行峡、宴坐峰，皆后人以贯休诗名之也。谢灵运为永嘉守[⑬]，凡永嘉山水，游历殆遍[⑭]，独不言此山，盖当时未有雁荡之名。

予观雁荡诸峰，皆峭拔险怪[⑮]，上耸千尺，穹崖巨谷[⑯]，不类他山[⑰]，皆包在诸谷中。自岭外望之，都无所见，至谷中则森然干霄[⑱]。原其理[⑲]，当是为谷中大水冲激，沙土尽去，唯巨石岿然挺立耳[⑳]。如大小龙湫、水帘、初月谷之类，皆是水凿之穴[㉑]。自下望之则高岩峭壁，从上观之适与地平，以至诸峰之顶，亦低于山顶之地面[㉒]。世间沟壑中水凿之处，皆有植土龛岩，亦此类耳[㉓]。今成皋、陕西大涧中，立土动及百尺，迥然耸立，亦雁荡具体而微者，但此土彼石耳[㉔]。既非挺出地上，则为深谷林莽所蔽，故古人未见[㉕]。灵运所不至，理不足怪也[㉖]。

注释

① 温州：治所在今浙江省温州市。雁荡山：在今浙江省乐清市东北。山多奇峰、名胜，是著名的游览之地。 ②“然自古”二句：是说，但自古以来的文献资料，都没有记载到它的。图牒(dié)：地图书籍。 ③ 祥符：大中祥符的简称，宋真宗赵恒的年号(1008—1016)。 ④ 玉清宫：道观名。 ⑤ 西域书：指佛经。西域原指玉门关(今甘肃省敦煌市西北)以西地区，后也泛指通过西域所能达到的地区，包括印度半岛等在内。佛经来自印度，所以这里把佛经称作西域书。⑥ 阿罗汉：梵文(印度古文字)的译音，也略译作“罗汉”，原指佛教修行所达到的最高境界，这里是圣者的意思。诺矩罗：唐朝和尚。俗名罗尧运，眉州青神(今四川省青神县)人。震旦：古代印度人称中国为“震旦”。龙湫(qiū)：瀑布名。⑦ 贯休：唐末和尚。俗名姜德隐，婺(wù)州兰溪(今属浙江)人。他擅长诗、画、书法，著有《禅月集》。今存《禅月集》中没有《诺矩罗赞》这首诗。 ⑧经行：经过行走。 ⑨ 宴坐：闲居静坐。宴，休息。 ⑩“此山南”四句：大意是，佛经和贯休诗中提到的雁荡、芙蓉峰、龙湫三个地名，在当时(宋朝祥符中以前)除芙蓉峰外，雁荡、龙湫都不知何处。芙蓉驿：现在叫芙蓉镇。驿，驿站，古代官吏、信使在途中休息或换马的地方。瞰(kàn)：向下俯看。 ⑪ 雁荡：又名雁湖，在芙蓉峰顶。相传雁归时常在此湖宿息，故称。 ⑫“下有”二句：是说雁湖下面有两处瀑布冲蚀而成的水潭，就是大小龙湫了。 ⑬ 谢灵运：南朝宋人，曾任永嘉(郡名，郡治在今浙江省温州市)太守(一郡的行政长官)，爱好游览名胜，并以写山水诗为世所称。 ⑭ 殆(dài)：差不多、几乎。 ⑮ 峭拔：峻峭挺拔。 ⑯ 穹(qióng)崖巨谷：高崖深谷。 ⑰ 类：相似。 ⑱ 森然：高耸的样子。干霄：冲天。 ⑲ 原其理：推测雁荡山山峰形成的原因。 ⑳ 岿(kuī)然：高大的样子。㉑ 水凿之穴：流水冲蚀而成的洞穴(这里也指水潭、洼池)。 ㉒“自下望之”四句：是说，从下向上看，是高岩峭壁，从上向下看，四周山岭恰好在同一水平面上(雁荡山有名的峰峦达一百多座，海拔都在一千米左右)，至于许多山峰的顶端，也都不超过雁荡山山顶的地面。沈括以此说明整个雁荡山本来就是平陆，这与现代地质学中关于“古代夷平面”的学说是符合的。适：恰恰。 ㉓ 植土：向下垂直的土壁、土柱。龛(kān)岩：向内凹陷的岩石。沈括以日常所见水沟两边的泥、石形状为例，指出因流水长期的垂直切割或旁蚀作用，形成直立的土壁或内凹的岩石，这跟雁荡山的情形是相类的。 ㉔ 成皋：古地名，在今河南省荥阳

市。动及：意思与“动辄”相近，作“动不动就……”讲。具体而微：事物的各个组成部分都全备，只是规模较小。沈括再以黄土高原的土墩为例，指出因水流冲蚀的作用，它们的形状是雁荡诸峰的缩影，只是土和石的质地不同而已。 ㉕“既非”三句：是说，雁荡山既然不是高高露出地面，而是被深谷密林所掩蔽，因此，古人没有发现。林莽：丛生的草木。莽，茂密的草。 ㉖理不足怪也：按理是不值得奇怪的了。

品评

宋神宗熙宁六年(1073)，沈括奉命巡视两浙，调查农田、水利、差役诸务，期间顺道游览考察了雁荡山。本文即为这次考察后的记录。

全文以“温州雁荡山，天下奇秀”总起，既是作者对雁荡山的概括性评价，也是他面对壮丽风景时发出的由衷赞叹。然后从文献记载的角度，简述雁荡山的开发史。文章的后半则从他自己的实际观察出发，分析了雁荡山的成因，将感性认识提升到了理性认识的层次。作者根据雁荡诸峰峰顶都在同一水平面这一事实，推测它原是平原，而为流水长期浸蚀冲刷形成；他又以沟壑受流水冲蚀后常见的形态，与西北黄土高原的地貌特征作类比论证，从而提出了水蚀成山的科学创见，成为我国地质学、地形学理论研究的先驱，在世界地质学史上也占有一席之地。

本文将文献记载与实地考察相结合，推究雁荡山得名时间及其成因，文笔省净，条理清晰，一洗文人游山玩水、摇荡性灵、摛藻逞才的积习，体现出宋人独特的理性思辨性格，可与王安石《游褒禅山记》、苏轼《石钟山记》等名篇比观，体会宋人游记文的特色。

苏 轼

苏轼(1037—1101),字子瞻,号东坡居士,眉州眉山(今属四川)人。宋仁宗嘉祐时进士。神宗时,因与王安石政见不合而求外职,任杭州通判和密、徐、湖三州知州。以作诗讽刺新法贬居黄州。哲宗时任翰林学士、礼部尚书等,并出知杭、颍、扬、定四州。后又贬居惠州、儋州。与父洵、弟辙合称"三苏"。他是北宋继欧阳修之后的文坛领袖,诗词文均代表北宋文学最高水平。其文如行云流水,汪洋恣肆,雄健畅达,为"唐宋八大家"之一。有《东坡七集》等。《宋史》卷三三八有传。

赤壁赋[1]

壬戌之秋[2],七月既望[3],苏子与客泛舟游于赤壁之下[4]。清风徐来,水波不兴[5]。举酒属客[6],诵《明月》之诗,歌《窈窕》之章[7]。少焉[8],月出于东山之上,徘徊于斗、牛之间[9]。白露横江[10],水光接天。纵一苇之所如[11],凌万顷之茫然[12]。浩浩乎如凭虚御风[13],而不知其所止;飘飘乎如遗世独立[14],羽化而登仙[15]。

于是饮酒乐甚,扣舷而歌之[16]。歌曰:"桂棹兮兰桨[17],击空明兮溯流光[18]。渺渺兮予怀[19],望美人兮天一方[20]。"客有吹洞箫者,倚歌而和之[21]。其声呜呜然[22],如怨如慕[23],如泣如诉,余音袅袅[24],不绝如缕[25],舞幽壑之潜蛟[26],泣孤舟之嫠妇[27]。

苏子愀然[28],正襟危坐而问客曰[29]:"何为其然也[30]?"

客曰:"'月明星稀,乌鹊南飞[31]',此非曹孟德之诗乎[32]?西望夏口[33],东望武昌[34]，山川相缪[35]，郁乎苍苍，此非孟德之困于周郎者乎[36]？方其破荆州，下江陵，顺流而东也[37]，舳舻千里[38]，旌旗蔽空，酾酒临江，横槊赋诗[39]，固一世之雄也[40]，而今安在哉？况吾与子渔樵于江渚之上[41]，侣鱼虾而友麋鹿[42]；驾一叶之扁舟[43]，举匏樽以相属[44]。寄蜉蝣于天地[45]，渺沧海之一粟[46]。哀吾生之须臾[47]，羡长江之无穷。挟飞仙以遨游，抱明月而长终[48]。知不可乎骤得，托遗响于悲风[49]。"

苏子曰："客亦知夫水与月乎？逝者如斯，而未尝往也[50]；盈虚者如彼，而卒莫消长也[51]。盖将自其变者而观之，则天地曾不能以一瞬[52]；自其不变者而观之，则物与我皆无尽也[53]，而又何羡乎！且夫天地之间[54]，物各有主；苟非吾之所有，虽一毫而莫取。惟江上之清风，与山间之明月，耳得之而为声，目遇之而成色，取之无禁，用之不竭，是造物者之无尽藏也[55]，而吾与子之所共适[56]。"

客喜而笑，洗盏更酌[57]，肴核既尽[58]，杯盘狼籍[59]。相与枕藉乎舟中[60]，不知东方之既白[61]。

注释

① 赤壁：长江、汉水流域共有五处叫赤壁的地方。三国时"赤壁之战"的旧址，一般认为是在今湖北嘉鱼县境内；苏轼所游的赤壁，是今湖北黄冈的赤鼻矶，两者并非一地。 ② 壬戌：宋神宗元丰五年(1082)。 ③ 既望：阴历每月的十六日。既，过了。望，阴历每月十五日。 ④ 苏子：苏轼自称。泛舟：漂荡着船。⑤ 兴：起。 ⑥ 举酒属(zhǔ)客：举起酒杯，向客人敬酒。属，祝酒劝饮的意思。⑦《明月》之诗：指《诗经·陈风·月出》篇。《窈窕》之章：指此诗的第一章，其中有"月出皎兮，佼人僚兮，舒窈纠兮"的句子。窈窕，即窈纠。 ⑧ 少焉：一会儿。⑨ 徘徊：踌躇不前的样子(这是把月亮拟人化的说法)。斗、牛：星宿名，即斗宿、牛宿。 ⑩ 白露横江：白茫茫的水气横浮在江上。露，指水气。 ⑪ 纵：听任。一苇：比喻小船。所如：所去之处。如，往，到。 ⑫ 凌：越过。万顷：形容江面宽广。茫然：指江面旷远迷茫的样子。 ⑬ 浩浩乎：水大的样子。凭虚御风：腾空驾风而行。 ⑭ 遗世独立：抛开人世，了无牵挂。 ⑮ 羽化：道家用语，指成仙。登仙：飞入仙境。 ⑯ 扣舷：敲击船边。这是打节拍的意思。 ⑰ 棹

(zhào)桨:划船的工具(前推的叫桨,后推的叫棹)。桂兰:都是美称。 ⑱ 击空明:指船桨击打着清澈的江水。空明,水清见底,月照水中宛如透明。溯流光:指船在浮动着月光的水面上逆流而进。 ⑲ 渺渺兮余怀:我的情怀啊,深远无穷! ⑳ 美人:古人常用来作为贤君圣主或美好理想的象征。天一方:指"美人"在遥远的地方。 ㉑ 客:指道士杨世昌,四川绵竹人。识音律,善吹箫。倚歌而和之:按着歌声,吹箫伴奏。 ㉒ 呜呜然:形容箫声的吞吐、凄凉。 ㉓ 如怨如慕:像是哀怨,又像是眷恋。 ㉔ 袅袅:形容声音悠扬不绝。 ㉕ 不绝如缕:余音不断,宛如细丝一般。 ㉖"舞幽壑"句:谓箫声使潜伏在深渊里的蛟龙飞舞起来。幽壑(hè):深谷,这里指深渊。 ㉗"泣孤舟"句:谓使孤舟上的寡妇哭泣起来。嫠(lí)妇:寡妇。 ㉘ 愀(qiǎo)然:忧愁变容的样子。 ㉙ 正襟危坐:理直衣襟,端坐着。 ㉚"何为"句:谓箫声为什么这样悲凉呢? ㉛"月明星稀"二句:是曹操《短歌行》中的诗句。 ㉜ 孟德:曹操的字。 ㉝ 夏口:城名,故址在今武汉市黄鹄山上,相传为三国吴孙权所建。 ㉞ 武昌:今湖北鄂州。 ㉟ 缪(miù):连结,盘绕。 ㊱ 困于周郎:被周郎打败。周郎,即周瑜,三国孙吴的名将。 ㊲"方其破荆州"三句:指曹操在荆州降服刘琮、攻占江陵,向东进军赤壁。荆州:郡名,治所在今湖北襄阳。江陵,今属湖北。 ㊳ 舳舻(zhú lú):长方形的大船。千里:形容船多,前后相衔,千里不绝。 ㊴ 酾(shī)酒:斟酒。横槊(shuò):横执着长矛。 ㊵ 一世之雄:一代英雄。 ㊶ 渔樵:打鱼砍柴。江渚:江中的小洲。 ㊷"侣鱼虾"句:谓与鱼虾作伴,同麋鹿为友。侣:友,这里名词活用作动词。 ㊸ 扁(piān)舟:小船。 ㊹ 匏(páo)樽:葫芦做的酒器。 ㊺"寄蜉蝣"句:谓像蜉蝣那么短促地寄生在天地之间。蜉蝣:昆虫名,夏秋之交生于水边,传说早晨生,晚上死,存活时间很短。 ㊻ 沧海:大海。 ㊼ 须臾:片刻。 ㊽"挟飞仙"二句:谓希望同神仙一起游玩,与明月一起长存。挟:挟带。 ㊾"知不可"二句:意谓明知道这希望不可能马上实现,只得把表达这种心情的箫声托于悲凉的秋风之中。遗响:余音。 ㊿"逝者如斯"二句:谓像江水这样不断地流淌,而实际上并没有流去。斯:这里,指江水。 51"盈虚"二句:谓像那月亮时圆时缺,而到底没有一点增减。彼:那里,指月亮。 52"盖将"二句:谓若从变化的一面来看,那么天地间的事物连一眨眼的工夫都不能保持原样。53 无尽:永恒不尽。 54 且夫:发语词,况且。 55 造物者:指大自然。藏(zàng):宝藏。 56 共适:一起来赏玩适意。一本作"共食",共同享用。

57 洗盏更酌:洗杯重饮。 58 肴核:菜肴和果品。 59 狼籍:杂乱。 60 相与枕藉:互相靠着睡觉。枕,枕头。藉,垫褥。这里的"枕藉"作动词用。 61 既白:天色已经发白。

品评

元丰三年(1080)苏轼因反对新法被贬到黄州做了闲散的团练副使。这篇赋是在度过两年多苦闷贫困的谪居生活以后写的,它揭示了作者当时复杂矛盾的心情,表达他深刻的人生思考。

本文运用了主客对答体这一赋的传统手法,但已不是简单地借设问以说理,而是用以展示作者自己思想的波折、挣扎和解脱的过程。首段写"苏子"陶醉于清风、明月交织而成的江山美景之中,逗引起"羽化而登仙"的超然之乐;次段写"客"对曹操等历史人物兴亡的凭吊,跌入现实人生的苦闷;末段写"苏子"从眼前水、月立论,阐发"变"与"不变"的哲理,在旷达乐观中得到摆脱。这里,从游赏之乐,到人生不永之悲,到旷达解脱之乐,正是苏轼在厄运中努力坚持人生理想和生活信心的艰苦思想斗争的缩影。

本文的最大特点是"以文为赋",解放赋体,使之兼具诗文之长。散文的笔势笔调,使全篇文情勃郁顿挫,像"万斛泉源"喷薄而出。与骈赋、律赋之类的讲究整齐对偶不同,它的抒写更为自由。如开头一段"壬戌之秋,七月既望,苏子与客泛舟游于赤壁之下……"全是散句,参差疏落之中却有整饬之致;以下直至篇末,虽都押韵,但换韵较快。而且换韵处往往是文义的一个段落,这就使本篇特别宜于诵读,极富声韵之美。这又体现出韵文文学的长处。清人张伯行编选的《唐宋八大家文钞》评点此文云:"以文为赋,藏叶韵于不觉,此坡公工笔也。凭吊江山,恨人生之如寄;流连风月,喜造物之无私。一难一解,悠然旷然。"

后赤壁赋

是岁十月之望[1],步自雪堂[2],将归于临皋[3]。二客从予[4],过黄泥之坂[5]。霜露既降,木叶尽脱,人影在地,仰见明月。顾而乐之[6],行歌相答[7]。

已而叹曰[8]:"有客无酒,有酒无肴;月白风清,如此良夜何[9]?"客曰:"今者薄暮[10],举网得鱼,巨口细鳞,状似松江之鲈[11]。顾安所得酒乎[12]?"归而谋诸妇[13]。妇曰:"我有斗酒,藏之久矣。以待子不时之须[14]。"

于是携酒与鱼,复游于赤壁之下[15]。江流有声,断岸千尺[16],山高月小,水落石出。曾日月之几何[17],而江山不可复识矣。予乃摄衣而上[18],履巉岩[19],披蒙茸[20],踞虎豹[21],登虬龙[22],攀栖鹘之危巢[23],俯冯夷之幽宫[24]。盖二客不能从焉[25]。划然长啸[26],草木震动,山鸣谷应,风起水涌。予亦悄然而悲[27],肃然而恐,凛乎其不可留也[28]。返而登舟,放乎中流[29],听其所止而休焉[30]。时夜将半,四顾寂寥。适有孤鹤,横江东来[31]。翅如车轮,玄裳缟衣[32],戛然长鸣[33],掠予舟而西也。

须臾客去,予亦就睡。梦一道士,羽衣蹁跹[34],过临皋之下,揖予而言曰:"赤壁之游乐乎?"问其姓名,俯而不答。呜呼噫嘻!我知之矣。畴昔之夜[35],飞鸣而过我者,非子也耶?道士顾笑[36],予亦惊悟。开户视之,不见其处。

注释

①是岁:指宋神宗元丰五年(1082)。 ②雪堂:苏轼在黄州时建造的自住的厅堂。因在雪天落成,并四壁绘有雪景,故名。 ③临皋:亭名。在今湖北黄冈市南,长江之旁。苏轼家居于此。 ④二客从予:两位客人随我同行。⑤黄泥之坂:即黄泥坂,山坡名,是从雪堂到临皋的必经之路。坂,斜坡。⑥顾而乐之:俯仰环顾,非常快乐。 ⑦行歌相答:边走边唱,互相酬答。⑧已而:过了一会儿。 ⑨如此良夜何:如何度过这个良夜呢? ⑩薄暮:傍晚。薄:迫近。 ⑪松江之鲈:松江(流经今江苏省和上海市一带)盛产四鳃鲈,长仅五六寸,味甚鲜美。 ⑫顾安所得酒乎:但从什么地方能弄到酒呢?顾,但是。安所,从什么地方。 ⑬谋诸妇:和妻子商量这事。诸,之于。 ⑭子:您。古时对男子的尊称或通称。不时之须:随时的需要。 ⑮复游:这年七月苏轼曾游过赤壁,见前《赤壁赋》,这次是再度游览。 ⑯断岸:陡峭的江岸。⑰曾日月之几何:才隔了几天呀。曾,才,刚刚。 ⑱摄衣:撩起衣裳。 ⑲履巉(chán)岩:登上险峻的山岩。 ⑳披蒙茸:拨开稠密纷繁的山草。 ㉑踞虎豹:蹲坐在形似虎豹的山石上。 ㉒登虬龙:攀着像虬龙一样弯曲的古木。虬龙,古代传说中一种有角的小龙。 ㉓鹘(hú):一种凶猛的鸟。危巢:高高的鸟巢。 ㉔冯(píng)夷:水神名。幽宫:深宫。 ㉕盖:连接词,有提起下文的作用。 ㉖划然:形容长啸的声音。 ㉗悄然:忧愁的样子。 ㉘"肃然而恐"二句:谓感到害怕,不敢停留。 ㉙放乎中流:放船到江心。 ㉚"听其"句:谓随

它漂流到哪里，就在哪里停泊。 ㉛ 横江东来：横飞过长江，从东而来。㉜ 玄：黑色。裳：下裙。缟：白色的丝织品。衣：上衣。 ㉝ 戛(jiá)然：形容鹤叫得尖利声。 ㉞ 羽衣：用鸟羽毛制成的衣服。后称道士所穿的衣服为羽衣，这里的道士是鹤化成的，穿羽衣更确切。蹁跹(pián xiān)：飘然轻快的样子。㉟ 畴昔之夜：指昨天夜里。 ㊱ 顾：回头看。

品评

时隔三月，苏轼重游赤壁。一样风月，两种境界。前赋字字秋色，这篇句句冬景，但都具有诗情画意。这篇赋还写了上次没有写到的登山情景，渲染出可惊可怖的气氛，与上次风月水光的安谧幽静，恰成鲜明的对照。

至于道士化鹤的幻觉，写得迷离恍惚，带有比前赋更为浓重的虚幻飘缈的色彩，这是作者企图超尘绝俗的思想的曲折反映。

赋体原属韵文系统，从《楚辞》的“骚赋”经两汉的“辞赋”、魏晋时的“骈赋”直到唐代“律赋”的曲折发展，赋体似乎走到了尽头。发展到宋代，逐渐走向散文化，在形体上多用散句，押韵也较随便，特别是吸取散文的笔法气势，清新流畅，别开生面；但仍适当运用传统赋的铺张排比的手法，讲究词采，杂以骈偶韵语，于是成为一种类似散文诗的赋。欧阳修的《秋声赋》就是最早的成功范例。而苏轼的前后《赤壁赋》，更充分发挥诗文兼具之长，亦诗亦文，熔抒情、叙事、写景、说理于一炉，成为光照千古的不朽杰构，标志着散文赋这一新文体的成立和成熟，为赋的继续发展开辟道路。

元代虞集曾云：“陆士衡云‘赋体物而浏亮’，坡公《前赤壁赋》已曲尽其妙，《后赋》尤精于体物，如‘山高月小，水落石出’，皆天然句法。末用道士化鹤之事，尤出人意表。”已道出前、后《赤壁赋》的各自优点，而明代李贽甚至认为此篇后赋更胜于前赋：“前赋说道理时有头巾气，此则灵空奇幻，笔笔欲仙。”足见《后赤壁赋》在艺术上亦别具特点。

喜雨亭记①

亭以雨名，志喜也②。古者有喜则以名物，示不忘也。周公得禾，以名其书③；汉武得鼎，以名其年④；叔孙胜狄，以名其子⑤；其喜之大小不齐，其示不忘一也。

余至扶风之明年[6]，始治官舍，为亭于堂之北，而凿池其南，引流种木，以为休息之所。是岁之春[7]，雨麦于岐山之阳[8]，其占为有年[9]。既而弥月不雨[10]，民方以为忧。越三月乙卯乃雨[11]，甲子又雨[12]，民以为未足；丁卯大雨[13]，三日乃止。官吏相与庆于庭，商贾相与歌于市[14]，农夫相与忭于野[15]，忧者以乐[16]，病者以愈，而吾亭适成。

于是举酒于亭上以属客[17]，而告之曰："五日不雨可乎？"曰："五日不雨则无麦。""十日不雨可乎？"曰："十日不雨则无禾。"无麦无禾，岁且荐饥[18]，狱讼繁兴[19]，而盗贼滋炽。则吾与二三子，虽欲优游以乐于此亭，其可得耶？今天不遗斯民[20]，始旱而赐之以雨，使吾与二三子，得相与优游而乐于此亭者，皆雨之赐也。其又可忘邪？

既以名亭，又从而歌之。歌曰：使天而雨珠，寒者不得以为襦[21]；使天而雨玉，饥者不得以为粟。一雨三日，繄谁之力[22]？民曰太守[23]，太守不有。归之天子，天子曰不[24]。归之造物[25]，造物不自以为功，归之太空。太空冥冥，不可得而名，吾以名吾亭。

注释

① 喜雨亭：在凤翔府（今属陕西）城东北。　② 志：记。　③"周公得禾"二句：据《尚书·微子之命》，周成王的同母弟唐叔，得到一株特异的稻禾，结了两个稻穗，献给成王。成王赏赐给周公，周公为了表示对成王的谢意，作《嘉禾》。《嘉禾》为《周书》篇名，今已佚。　④"汉武得鼎"二句：《史记·孝武本纪》载，汉武帝元狩七年（116）六月，汾阳发现宝鼎，奏闻，迎鼎至甘泉宫，改年号为元鼎。⑤"叔孙胜狄"二句：《左传·文公十一年》载，狄人侵鲁，鲁文公使叔孙得臣击败狄军。俘获狄军首领侨如，并把叔孙得臣之子宣伯改名侨如，以表彰其功。⑥ 扶风：旧郡名，即指凤翔府。明年：第二年，即嘉祐七年（1062）。　⑦ 是岁：这一年。　⑧ 雨麦：天上落下麦子。一说播种麦子。岐山：在凤翔东北。阳：指山南。　⑨ 占：占卜。有年：丰年。年，年成。　⑩ 弥月：满一个月。　⑪ 越三月：至三月。乙卯：指阴历三月八日。　⑫ 甲子：指三月十七日。　⑬ 丁卯：指三月二十日。　⑭ 商贾：商人。　⑮ 忭（biàn）：欢欣。　⑯ 以：因此。　⑰ 属客：向客人敬酒劝饮。　⑱ 荐饥：连年饥荒。　⑲ 狱讼：打官司。繁兴：多次发

生。 ⑳ 不遗:不遗弃。 ㉑ 襦(rú):短衣、短袄。 ㉒ 繄(yī):语助词,近“维”字义。 ㉓ 太守:指宋选,字子才,荥阳人。嘉祐八年(1063)正月,他罢任,由陈希亮接任凤翔知府。 ㉔ 不:同“否”。 ㉕ 造物:造物主。旧指大自然的主宰者。

品评

苏轼在宋仁宗嘉祐六年(1061)十二月到凤翔府任签判。次年春,修治官舍,并作一亭。恰遇久旱得雨,即以“喜雨”命亭,写下了这篇亭记。

文章开头说,“亭以雨名,志喜也”,一语即把命名之由说清,也指明了文章的主旨。以下几段围绕“喜”、“雨”、“亭”三层意思,通过分写与合写、实写与虚写加以淋漓尽致的发挥。第一段引用“周公得禾”、“汉武得鼎”、“叔孙胜狄”三个历史故事,说明“喜则以名物”的惯例,先单说“喜”意。二、三段才把“喜”、“雨”、“亭”三者合说,但前段实写,后段虚拟,前段正叙,后段反问,互相映衬,道尽了喜雨之情。末段歌词,谓从太守、天子、造物主到太空,均不居得雨之功,涉笔成趣,与全文轻松幽默的风格复相谐和,对写透一个“喜”字,是很好的补笔。

此篇题小旨大,字里行间流露出作者对人民生活的深切关怀,却无枯燥说教之感。故而元人虞集认为:“此篇题小而语大,议论干涉国政民生大体,无一点尘埃俗气,自非具眼者未易知也。”

文与可画筼筜谷偃竹记①

竹之始生,一寸之萌耳,而节叶具焉②;自蜩腹蛇蚹③,以至于剑拔十寻者④,生而有之也⑤。今画者乃节节而为之,叶叶而累之⑥,岂复有竹乎⑦?故画竹必先得成竹于胸中,执笔熟视,乃见其所欲画者,急起从之,振笔直遂⑧,以追其所见,如兔起鹘落⑨,少纵则逝矣⑩。与可之教予如此。予不能然也,而心识其所以然⑪。夫既心识其所以然,而不能然者,内外不一,心手不相应,不学之过也⑫。故凡有见于中,而操之不熟者,平居自视了然,而临事忽焉丧之,岂独竹乎⑬?子由为《墨竹赋》以遗与可曰:“庖丁,解牛者也,而养生者取之⑭;轮扁,斫轮者也,而读书者与之⑮。今夫夫子之托于斯竹也,而予以为有道者则非耶⑯?”子由未尝画也,故得其意而已。若予者,岂独得其意,并得其法⑰。

与可画竹,初不自贵重[18]。四方之人,持缣素而请者[19],足相蹑其于门[20]。与可厌之,投诸地而骂曰:“吾将以为袜[21]!”士大夫传之,以为口实[22]。及与可自洋州还,而余为徐州。与可以书遗余曰[23]:“近语士大夫:‘吾墨竹一派,近在彭城,可往求之。’袜材当萃于子矣[24]。”书尾复写一诗,其略曰:“拟将一段鹅溪绢[25],扫取寒梢万尺长[26]。”予谓与可:“竹长万尺,当用绢二百五十匹[27],知公倦于笔砚,愿得此绢而已!”与可无以答,则曰:“吾言妄矣!世岂有万尺竹哉?”余因而实之[28],答其诗曰:“世间亦有千寻竹,月落庭空影许长[29]。”与可笑曰:“苏子辩则辩矣[30],然二百五十匹绢,吾将买田而归老焉[31]!”因以所画《筼筜谷偃竹》遗予曰:“此竹数尺耳,而有万尺之势。”筼筜谷在洋州,与可尝令予作洋州三十咏[32],筼筜谷其一也。予诗云:“汉川修竹贱如蓬[33],斤斧何曾赦箨龙[34],料得清贫馋太守[35],渭滨千亩在胸中[36]。”与可是日与其妻游谷中,烧笋晚食,发函得诗[37],失笑喷饭满案。

元丰二年正月二十日,与可没于陈州[38]。是岁七月七日,予在湖州[39],曝书画,见此竹,废卷而哭失声[40]。

昔曹孟德祭桥公文[41],有“车过”、“腹痛”之语[42],而予亦载与可畴昔戏笑之言者,以见与可于予亲厚无间如此也。

注释

① 文与可:文同(1018—1079),字与可,梓州永泰(今四川盐亭东)人。因曾任湖州太守,世称文湖州。他是北宋著名画家,擅长墨竹,形成“湖州竹派”。筼筜(yún dàng)谷:在洋州(治所在今陕西洋县),其地多竹。文同任洋州知州时常去观赏。筼筜,原为一种大竹名称。偃竹:风中仰斜的竹子。偃,原意仰卧。② 具:具备。 ③ 蜩(tiáo)腹蛇蚹(fù):形容竹笋开始脱壳拔节。蜩即蝉,蝉后腹上有一条条的横纹。蛇蚹,蛇腹下代足爬行的横鳞。 ④ 剑拔:指竹生长迅速,挺拔有力。十寻:形容竹长得很高,非实数。寻,古代长度单位,一寻等于八尺。 ⑤ 生而有之:这是自然生长发育的结果呀。 ⑥ 累:添加。 ⑦ 有竹:指具有竹的天然神韵。 ⑧ 振笔直遂:挥笔落纸,一气呵成。遂,成。 ⑨ 兔起鹘落:像兔子惊跑、鹰隼疾落一样迅速。鹘,鸷鸟,一种凶禽。 ⑩ 少纵:稍稍放松。逝:消失。 ⑪“予不能”二句:谓我不会这样画,但心里明白应该这样画

的道理。识：懂得。 ⑫“夫既心识”五句：大意谓心里虽有认识，手上却不能表达，这是不学的过失。 ⑬“故凡有见”五句：意谓所以凡是内心有一定见解，而做起来不熟练的人，往往是平时自以为很清楚，而临到做时忽然又不会了，这难道仅仅画竹才是这样吗？了然：清楚的样子。 ⑭“庖丁”三句：《庄子·养生主》载，庖(páo)丁为梁惠王解牛，技艺纯熟。庖丁自称掌刀已有十九年，杀过数千头牛，刀刃却如新磨过一般。诀窍在于牛的骨节有空隙(有间)，而刀刃很薄几乎没有厚度，“以无厚入有间，恢恢乎其于游刃必有余地矣(刀刃游行在空隙之中而大有回旋的余地)”。梁惠王听后说：“善哉，吾闻庖丁之言，得养生焉(养生之道)。”庖丁，姓丁的厨师。庖，厨师。解牛，分卸牛体。 ⑮“轮扁”三句：《庄子·天道》载，轮扁对正在看书的齐桓公说，砍削制造轮子，下手太慢，轮子就太松太滑以致不坚固；下手太快，轮子就滞涩难以插入。不快不慢则正好。而这不快不慢的速度自己内心清楚，却无法表达出来，所以这技艺无法口传给儿子。由此可见，古人所得的“道”是无法传下来的，借书本而传的只能是些糟粕罢了。齐桓公赞同这个看法。轮扁，名扁，是做轮子的工匠，故称。斫，砍。与，赞同。 ⑯“今夫夫子”二句：谓现在您把这样的道理寄托在竹中，因而我知道你也是深知事物规律的人，难道不是吗？夫子：指文同。 ⑰ 法：技法，绘画的技法。苏轼是“文湖州竹派”的重要画家。 ⑱ 不自贵重：不以自己的作品为珍贵之物。 ⑲ 缣(jiān)素：白色细绢，可供作画用。 ⑳ 足相蹑：脚互相踩着，比喻登门求画人之多。 ㉑ 吾将以为袜：我将用这些白绢来做袜子。这是文同的气话。 ㉒ 口实：话柄。 ㉓ 遗（wèi）：指送信。 ㉔“近语士大夫”五句：是文同信中的话：“我最近告诉士大夫们，我们墨竹画派中有人(指苏轼)正在彭城，你们可到那里去求画。做袜子的材料当聚集在您那儿。”萃：草丛生，引申为聚集。这里是文同开玩笑，介绍人们向苏轼求画。 ㉕ 鹅溪：在今四川盐亭西北，其地出产名绢“鹅溪绢”，宋人常用于绘画。 ㉖ 扫取寒梢：比喻画竹。 ㉗ 匹：量词，古时一匹等于四十尺，二百五十匹正合一万尺。 ㉘ 实之：指苏轼偏偏坐实有万尺之竹。 ㉙ 许：如此。 ㉚ 辩：善辩。 ㉛“然二百”二句：谓但有了二百五十匹绢，我就用来买田归居养老了。 ㉜ 尝：曾经。洋州三十咏：歌咏洋州的三十首诗。 ㉝ 汉川：汉水。洋州在汉水上游。 ㉞ 箨(tuò)龙：指笋。箨，原指笋壳。 ㉟ 太守：指文同，时任洋州知州。 ㊱ 渭滨千亩：渭水边上千亩竹子。渭水流经陕西，渭滨这里特指洋州。在胸中：双关语。一指吃了笋；一指“成竹在胸”的绘画技法。 ㊲ 发函：打开信封。 ㊳ 陈州：治所在今河南淮阳。 ㊴ 湖州：今属浙江。本年四月，苏轼改任湖州知州。 ㊵ 废卷：放下画卷。 ㊶ 曹孟德：曹操，字孟德。桥公：桥玄，睢阳（今河南商丘）人，曹操旧友。 ㊷ 有“车过”、“腹痛”之语：曹操击败袁绍后，治理睢阳渠，曾遣使用太牢祭祀桥玄，并写祭文说：“从容约誓言：‘殂逝之后，路有经由，不以斗酒鸡相沃酹，车过三步，腹痛勿怪。’虽临时戏笑之言，非至亲之笃好，胡肯为此辞乎？”

品评

文同是苏轼的从表兄，又是“文湖州竹派”的创立者；苏轼曾从他学画，成为这一画派的重要成员。文同死后，苏轼在晒所藏书画时，偶见文同所赠的筼筜谷偃竹图，不禁感慨万端；追思往事，遂写下这篇记文，以发抒对至亲好友的悼念之情。

散文的特点是“散”，也就是笔法自由，剪裁灵活。本文先写文同“成竹在胸”的艺术见解，生动地阐述了我国绘画理论中关于“神似”和“形似”的著名论点，也就是说，艺术家对于客观事物，不应零敲碎打地去追求一枝一叶的简单摹拟，而应该从整体上去突出事物的精神。文中还强调艺术作品要忠于生活，创作灵感的迸发来源于对生活的高度把握和熟练的艺术技巧，这些都是深得艺术奥秘的经验之谈。接着，本文写了与文同之间的戏谑调侃，轻松的戏笑寄托着严肃诚挚的友谊，从中可见彼此间相知相亲之深。而当年的“失笑”与现时的“哭失声”所造成的强烈反差，正显示出苏轼的悲痛之深。文章时而引证别人的诗文，时而记叙与文同的诗歌酬答或来往传语，叙事、议论、抒情交织并出，似乎散漫无章，实际上都是服从于从文同画竹写悼念之情这个主旨。文章从竹的生长写起，艺术见解由画竹而发，互相戏谑也不离竹的话题，处处有“竹”，处处活现文同的精神风貌，处处见出两人的情谊。所以，散文的特点虽是“散”，更确切地说，应该是形散神不散。

石钟山记①

《水经》云②：“彭蠡之口③，有石钟山焉。”郦元以为④：“下临深潭，微风鼓浪，水石相搏，声如洪钟⑤。”是说也，人常疑之。今以钟磬置水中⑥，虽大风浪不能鸣也，而况石乎？至唐李渤⑦，始访其遗踪⑧，得双石于潭上。“扣而聆之[9],南声函胡[10],北音清越[11],枹止响腾[12],余韵徐歇[13]”,自以为得之矣[14]。然是说也,余尤疑之。石之铿然有声者,所在皆是也[15],而此独以“钟”名,何哉?

元丰七年六月丁丑[16],余自齐安舟行[17],适临汝[18],而长子迈将赴饶之德兴尉[19],送之至湖口,因得观所谓“石钟”者。寺僧使小童持斧,于乱石间择其一二扣之,空空焉[20],余固笑而不信也。至莫夜月明,独与迈乘小舟,至绝壁下。大石侧立千尺,如猛兽奇鬼,森然欲搏人[21];而山上栖鹘[22],闻人声亦惊起,磔磔云霄间[23];又有若老人咳且笑于山谷中者,或曰[24]:“此鹳鹤也[25]。”余方心动欲还,而大声发于水上,噌吰如钟鼓不绝[26],舟人大恐,徐而察之,则山下皆石穴罅[27],不知其浅深,微波入焉[28],涵澹澎湃而为此也[29]。舟回至两山间,将入港口,有大石当中流,可坐百人,空中而多窍[30],与风水相吞吐,有窾坎镗鞳之声[31],与向之噌吰者相应[32],如乐作焉。因笑谓迈曰:“汝识之乎[33]?噌吰者,周景王之无射也[34];窾坎镗鞳者,魏庄子之歌钟也[35]。古之人不余欺也[36]。”

事不目见耳闻而臆断其有无,可乎?郦元之所见闻,殆与余同[37],而言之不详;士大夫终不肯以小舟夜泊绝壁之下,故莫能知;而渔工水师[38],虽知而不能言,此世所以不传也。而陋者乃以斧斤考击而求之[39],自以为得其实。余是以记之,盖叹郦元之简,而笑李渤之陋也。

注释

① 石钟山:在今江西湖口县。 ②《水经》:我国古代的一部地理书,记述江水河道的分布情况。 ③ 彭蠡:即鄱阳湖,在今江西北部。 ④ 郦元:即郦道元,北魏时范阳涿(今河北涿县南)人。他为《水经》作注,注文详实,文字优美生动,在地理学和文学上都有相当价值。《水经注》计四十卷。 ⑤ 相搏:互相搏击。洪钟:大钟。按,苏轼所引《水经》两句和《水经注》四句,今本均无。系转引自李渤《辨石钟山记》一文。 ⑥ 磬:古代一种用玉或石制成的乐器。 ⑦ 李渤:唐洛阳(今属河南)人,曾任江州(今江西九江)刺史,治理湖水,筑堤七百步。他写过一篇《辨石钟山记》的文章。 ⑧ 遗踪:旧迹。 ⑨ 扣:敲击。聆:听。 ⑩ 南声函胡:南边那块石头的声音含糊不清。函胡,即含糊。 ⑪ 北音清越:北

边那块石头的声音清脆响亮。 ⑫ 枹(fú)止响腾:停下鼓槌,响声还在腾播。枹,木制的鼓槌。腾,腾播,传扬。 ⑬ 余韵徐歇:余音久久才静止下来。按,从“扣而聆之”以下五句,均见李渤《辨石钟山记》一文。 ⑭ 之:指石钟山命名的原因。 ⑮ 所在皆是:各处都是这样的。 ⑯ 元丰七年:公元1084年。元丰,宋神宗的年号(1078—1085)。丁丑:古人常以干支纪年月日,元丰七年六月丁丑,是六月初九日(1084年7月14日)。 ⑰ 齐安:即黄州,今湖北黄冈。⑱ 适:到,往。临汝:今河南临汝。当时苏轼由黄州团练副使改官汝州。⑲ 饶之德兴:饶州府德兴县(今属江西)。尉:县尉,县的副长官。 ⑳ 空空焉:击石声。 ㉑ 森然:阴森森地。搏:扑击。 ㉒ 鹘:鸷鸟,一种凶猛的鸟。㉓ 磔(zhé)磔:鸟鸣声。 ㉔ 或曰:有人说。 ㉕ 鹳鹤:鸟名,像鹤而无红顶,颈长嘴尖,全身灰白,翅尾黑色。在树上结巢。 ㉖ 噌吰(chēng hóng):响亮厚重的钟声。 ㉗ 穴罅(xià):洞口和裂缝。 ㉘ 焉:于此。此指穴罅。 ㉙ 涵澹:大水流动的样子。澎湃:波涛奔腾的样子。而为此:而形成了噌吰之声。㉚ 窍:小孔。 ㉛ 窾(kuǎn)坎:击物声。镗鞳(tāng tà):钟鼓声。 ㉜ 向:刚才。 ㉝ 识:知道。 ㉞ 无射(yì):春秋时周景王(姬贵)铸造的钟名。 ㉟ 魏庄子:魏绛,春秋时晋国大夫。晋悼公曾赐给他歌钟一肆(十六座钟)。 ㊱“古之人”句:意谓古人把这座山命名为“石钟山”,确有根据,没有欺骗我们啊。不余欺,不欺余。 ㊲ 殆:大概。 ㊳ 渔工:渔夫。水师:船夫。 ㊴ 陋者:见识低下的人,指李渤。斧斤:斧头之类的工具。考击:敲击。

品评

“记”这种文体原以记叙为主,但宋代散文家却不拘成法,别出机杼,或巧妙地融入记叙以外的成分,如议论、抒情,或适当地吸取其他文体的特点,使杂记文呈现多姿多态的风貌。苏轼在欧阳修、王安石(如本书所选的《游褒禅山记》)等基础上,对此更作出突出的贡献。

这篇记是写石钟山命名意义的探求过程的,实是辨误之作,带有议论文的性质。作者既不满郦道元之“简”,因为他只说命名之由是“水石相搏,声如洪钟”,语焉不详;又指斥李渤之“陋”,因为他竟用潭上双石之声来求命名原因。作者亲自进行了一番实地调查,几经曲折,才对这个疑案提出了自己的解答:在郦道元“水石相搏”说的基础上作了具体的说明。虽然后人对苏轼的这个解答也提出过异议(认为因山形如覆盖之钟而得名),但本文所阐明的道理,即“臆断”如何妨碍对事物的正确认识，仍然富有启示意义。同时，对前人成说不迷信，不盲从，必得重新加以检验，这种精神也是十分可贵的。

文章的主旨在明理，但与叙事写景交相映衬抉发，而不是抽象的推理议论。全篇笔意轻灵，文情酣畅。尤其描写石钟山夜景一段，几笔点染，便凸现一个阴森逼人的境界，很见工力。方苞赞扬此文“潇洒自得，子瞻诸记中特出者”，刘大櫆更认为此文：“以心动欲还，跌出大声发于水上，才有波折，而兴会更觉得淋漓。钟声二处必取古钟二事以实之，具此诙谐文章，妙处洋溢行间，坡公第一首记文。”

书蒲永升画后①

古今画水多作平远细皱，其善者不过能为波头起伏，使人至以手扪之②，谓有洼隆③，以为至妙矣。然其品格，特与印板水纸争工拙于毫厘间耳④。

唐广明中⑤，处士孙位始出新意⑥，画奔湍巨浪⑦，与山石曲折，随物赋形⑧，尽水之变，号称神逸。其后蜀人黄筌、孙知微皆得其笔法⑨。始⑩，知微欲于大慈寺寿宁院壁作湖滩水石四堵，营度经岁⑪，终不肯下笔。一日，仓皇入寺⑫，索笔甚急，奋袂如风⑬，须臾而成⑭，作输泻跳蹙之势⑮，汹汹欲崩屋也。知微既死，笔法中绝五十余年。

近岁成都人蒲永升，嗜酒放浪，性与画会⑯，始作活水，得二孙本意，自黄居寀兄弟、李怀衮之流，皆不及也⑰。王公富人或以势力使之，永升辄嘻笑舍去⑱，遇其欲画，不择贵贱，顷刻而成。尝与余临寿宁院水⑲，作二十四幅，每夏日挂之高堂素壁，即阴风袭人，毛发为立。永升今老矣，画益难得，而世之识真者亦少。如往时董羽、近日常州戚氏画水⑳，世或传宝之；如董、戚之流，可谓死水，未可与永升同年而语也㉑。元丰三年十二月十八日夜㉒，黄州临皋亭西斋戏书㉓。

注释

① 题一作《画水记》。蒲永升：四川成都（今属四川）人，与苏轼同时而年纪稍长，其生平事迹仅见此文。 ② 扪：摸。 ③ 洼隆：高低起伏。 ④ 特：只是。 ⑤ 广明：唐僖宗李儇的年号（880—881）。 ⑥ 处士：有才德的隐居不仕

的知识分子。孙位：唐代画家，擅长人物、鬼神、松石、墨竹、鹰犬等，笔势超逸，气象雄放，画水尤为入神。 ⑦ 奔湍：奔腾的急流。 ⑧ 随物赋形：随着碰到的山石形状的不同而得到不同的形态。 ⑨ 黄筌：五代时画家，成都人。他的花鸟画法，被宋朝的国立画院定作"程式"(标准)。孙知微：宋代画家，眉山（今属四川)人。专攻宗教故事画，有"逸格"之称。 ⑩ 始：最初。 ⑪ 营度经岁：经营和酝酿了一年之久。 ⑫ 仓皇：匆匆忙忙。 ⑬ 奋袂：挥臂。袂，衣袖。 ⑭ 须臾：一会儿工夫。 ⑮ 输泻：指水势直奔而下。跳蹙(cù)：指水势奔腾紧迫。 ⑯ 性与画会：性情和画完全融合。 ⑰ 黄居寀(cǎi)：黄筌的第三子，继承家传绘画技法，在花鸟、人物及杂画等方面，沿袭和发挥了黄筌的风格。曾在五代后蜀和宋朝做过宫廷画家。李怀衮(gǔn)：宋四川人，擅长花竹翎毛，水石学黄筌笔意。 ⑱ 辄：就。舍去：离去。 ⑲ 尝：曾经。与：给。临：临摹。 ⑳ 董羽：昆陵(今江苏常州)人，曾为南唐和宋朝的宫廷画师，善画龙、水。戚氏：指宋朝人戚文秀，以善画水得名。 ㉑ 同年而语：相提并论。 ㉒ 元丰三年：公元1080年。元丰，宋神宗的年号(1078—1085)。 ㉓ 黄州：州治在今湖北黄冈。临皋亭：在黄冈县南大江边，苏轼贬居黄州时曾家居于此。

品评

在这篇谈画的跋文里，作者提出"死水"和"活水"的区别。他认为前人乃至其时董羽、戚文秀等所画之水，大都摹写"平远细皱"、"波头起伏"的形貌而已，与"印板水纸"无异，是谓"死水"；自孙位、黄筌、孙知微直至蒲永升等画家，则自出新意，"尽水之变"，获得了"汹汹欲崩屋"或"阴风袭人，毛发为立"的感受效果，此之谓"活水"。他结合唐宋画水艺术的发展实际，形象地阐发了我国绘画中"形似"和"神似"的理论。也就是说，艺术家不应该满足于对事物外貌的逼真摹写，而应着力于表现事物的神理。这是深得艺术奥秘的，对我国艺术理论和文学理论都有深远影响(诗歌中即有"死法"、"活法"之说)。

文中还生动地描绘了孙知微创作冲动的情状，提出了创作灵感问题。灵感具有突发性、不确定性的特点，倏忽而来，瞬息即逝，但并不是完全神秘而不可理喻的。它是艺术家在长期酝酿、艰苦积累、"营度经岁"的基础上，又当精神高度兴奋集中之时的突然爆发，是艺术家"性与画会"、创作潜力的强烈迸射。作为一位大文学家，苏轼本人屡有亲身体会。本文原是信手挥就的"戏笔"，记叙议论，交错并出。写孙知微仓皇入寺一段，也堪称神来之笔；写蒲永升画品、人品处，寥寥几语，却呼之欲出，可以看作一幅极省简而又传神的人物素描。本文论画状人，可作一字评：神。

答谢民师书[1]

近奉违[2]，亟辱问讯[3]，具审起居佳胜[4]，感慰深矣。某受性刚简[5]，学迂材下[6]，坐废累年[7]，不敢复齿搢绅[8]。自还海北[9]，见平生亲旧，惘然如隔世人，况与左右无一日之雅而敢求交乎[10]？数赐见临[11]，倾盖如故[12]，幸甚过望[13]，不可言也。

所示书教及诗赋杂文[14]，观之熟矣。大略如行云流水，初无定质[15]，但常行于所当行，常止于所不可不止，文理自然，姿态横生。孔子曰："言之不文，行而不远[16]。"又曰："辞，达而已矣[17]。"夫言止于达意，即疑若不文[18]，是大不然。求物之妙，如系风捕影；能使是物了然于心者[19]，盖千万人而不一遇也，而况能使了然于口与手者乎？是之谓辞达。辞至于能达，则文不可胜用矣[20]。扬雄好为艰深之辞[21]，以文浅易之说[22]；若正言之[23]，则人人知之矣。此正所谓"雕虫篆刻"者[24]，其《太玄》、《法言》皆是类也[25]，而独悔于赋，何哉？终身雕篆而独变其音节[26]，便谓之"经"，可乎[27]？屈原作《离骚经》，盖风、雅之再变者[28]，虽与日月争光可也，可以其似赋而谓之"雕虫"乎？使贾谊见孔子[29]，升堂有余矣[30]；而乃以赋鄙之[31]，至与司马相如同科[32]。雄之陋如此比者甚众[33]。"可与知者道，难与俗人言也[34]"，因论文偶及之耳。欧阳文忠公言[35]："文章如精金美玉，市有定价，非人所能以口舌定贵贱也。"纷纷多言，岂能有益于左右，愧悚不已[36]。

所须惠力"法雨堂"字[37]，轼本不善作大字，强作终不佳，又舟中局迫难写[38]，未能如教。然轼方过临江[39]，当往游焉。或僧有所欲记录，当为作数句留院中，慰左右念亲之意[40]。今日至峡山寺[41]，少留即去，愈远[42]。惟万万以时自爱[43]，不宣[44]。

注释

① 题一作《与谢民师推官书》。谢民师：名举廉，新淦（今江西新干）人。宋

哲宗元符三年(1100),他在广东做幕僚,遇到苏轼从海南岛赦回,彼此书信往返,结交为友。 ② 奉违:离别。奉,表示尊敬的用语。 ③ 亟:屡次。辱:辱蒙、辱承的略语,谦词。问讯:写信问候。 ④ 具:完全。审:明白。起居:指日常生活。 ⑤ 受性:秉性。刚简:刚直简慢。 ⑥ 学迂:学问迂阔,不合时宜。 ⑦ 坐废:因事贬职。累(lěi):好几年。 ⑧ 复齿搢(jìn)绅:再列入官僚士大夫阶层。搢绅,古代官员的装束,借指官员。搢,插,指插笏(手版,记事用)于带。绅,官员腰间束于衣外的带子。 ⑨ 自还海北:自从渡海北返。 ⑩ 左右:对受信者的敬词。意谓不敢直接干犯对方,而由其左右转致。无一日之雅:平素没有来往。雅,素常。 ⑪ 数赐见临:承蒙您几次来看望我。见,被动词,承受之意。 ⑫ 倾盖如故:一见如故。倾盖,两人乘车偶然相遇,并车对语,彼此的车盖相依而下倾,比喻偶遇之间就如同老友一样。 ⑬ 过望:出于望外。 ⑭ 书教:指书启信函。 ⑮ 初无定质:本来没有一定的形状。 ⑯"言之不文"二句:谓语言没有文采,传播就不远。原话见于《左传·襄公二十五年》。 ⑰ 辞,达而已矣:文章,只要能够达意就足够了。语出《论语·卫灵公》。 ⑱ 疑若不文:误以为不需要文采。 ⑲ 了然:彻底明白。 ⑳"辞至于"二句:谓"辞"能够做到达,那么文采(包括各种修辞手段)已经用不胜用了(意思是文采已很丰富了)。 ㉑ 扬雄:字子云,西汉著名文学家。 ㉒ 文:文饰,遮掩。说:内容。 ㉓ 正言之:直截了当地说出来。 ㉔ 雕虫篆刻:意为雕琢字句。扬雄曾后悔作赋,认为这是小孩子的雕虫小技。(《法言·吾子》:"童子雕虫篆刻。") ㉕《太玄》、《法言》:都是扬雄的著作,内容谈哲理和政治,形式模仿《易经》和《论语》。皆是类也:都是这一类雕虫篆刻的东西。 ㉖ 独变其音节:单单改变《太玄》、《法言》的句法,使它们散文化而不同于赋的韵文形式。 ㉗"便谓之"二句:谓便自称《太玄》、《法言》是"经书",这可以吗? ㉘ 风、雅:《诗经》的组成部分,后来常用以作为《诗经》的代称。再变,指屈原《离骚》继承发扬《诗经》的传统。 ㉙ 贾谊:西汉著名政论家,著有《新书》,也写过赋。 ㉚ 升堂:入门、升堂、入室,比喻学问由浅至深的三种境界。升堂,喻学问已达到相当的深度;升堂有余,已快达到"入室"的极深造诣阶段。 ㉛ 以赋鄙之:指扬雄因为贾谊曾作过赋而轻视他。 ㉜ 至与司马相如同科:竟至于把贾谊和司马相如同等相待。司马相如,字长卿,西汉著名词赋家。同科,等类齐观。 ㉝ 陋:指见识低下。比:类。 ㉞"可与知者道"二句:见司马迁《报任安书》:"可为智者道,难为俗人言也。" ㉟ 欧阳文忠公:欧阳修,文忠是他的谥号。 ㊱ 愧悚:惭愧和恐惧。 ㊲ 惠力:寺名。谢民师替该寺向苏轼求字。 ㊳ 局迫:局促,狭窄。 ㊴ 临江:即临江军(军,宋朝行政区域名称),今江西清江。 ㊵ 慰左右念亲之意:安慰您对乡亲的思念。㊶ 峡山寺:即广庆寺,是古代有名寺庙之一,在今广东清远。 ㊷ 愈远:离您越远。 ㊸ 惟万万以时自爱:请您千万要随时保重自己。 ㊹ 不宣:旧时书信末尾常用套语,不一一陈述的意思。

品评

本文作于元符三年(1100),苏轼自海南岛北归常州,途经广东清远时。

在这封回信中,作者表述了自己的艺术主张。一是崇尚"行云流水"的"自然"风格,反对束缚雕饰,又强调"常行于所当行,常止于所不可不止",也就是说,圆活流转,自然真率之美,又必须与艺术规律的"当"相统一。二是与此相联系,他从作家对于客观事物的艺术把握的角度,阐述了"辞达"的内涵:从"了然于心"到"了然于口与手",这就是说,作家首先必须对事物特征具有深刻的观察和全面的认识,然后充分发挥文字的性能,加以准确而形象的表现。作为对立面,他批评了扬雄的文意浅易而辞句艰涩之弊。三是肯定文学作品"如精金美玉",有其独立的自身价值,不由世俗的"口舌"来决定"贵贱"。这就坚持了文学批评的客观的、科学的标准。这封文艺书简,应该看作是苏轼晚年对于自己创作经验的宝贵总结,是很值得珍视的。其中对扬雄的评价虽未能得到所有人的赞同,但也颇有影响;而他用来赞誉谢民师文章的一段话,也表达了他自己的艺术理想,常被后人用来评论苏轼自己的创作。

作者信笔挥洒,亲切如晤,用语简洁生动,比喻新颖贴切。短短篇幅,即把艺事真谛奥秘抉剔无遗,真非大手笔不办。吕留良云:"论文到精妙处,亦唯东坡能达。"的确如此。

日 喻

生而眇者不识日[①],问之有目者[②]。或告之曰:"日之状如铜盘。"扣盘而得其声[③],他日闻钟[④],以为日也。或告之曰:"日之光如烛。"扪烛而得其形[⑤],他日揣籥[⑥],以为日也。

日之与钟、籥亦远矣,而眇者不知其异,以其未尝见而求之人也[⑦]。道之难见也甚于日，而人之未达也[8]，无以异于眇。达者告之，虽有巧譬善导[9]，亦无以过于盘与烛也。自盘而之钟，自烛而之籥，转而相之[10]，岂有既乎[11]？故世之言道者，或即其所见而名之，或莫之见而意之，皆求道之过也[12]。然则道卒不可求欤[13]？苏子曰[14]：道可致而不可求[15]。何谓致？孙武曰[16]："善战者致人，不致于人[17]。"子夏曰[18]："百工居肆，以成其事，君子学以致其道[19]。"莫之求而自至，斯以为致也欤[20]！

南方多没人[21]，日与水居也，七岁而能涉[22]，十岁而能浮[23]，十五而能没矣。夫没者岂苟然哉[24]？必将有得于水之道者[25]。日与水居，则十五而得其道；生不识水，则虽壮，见舟而畏之。故北方之勇者，问于没人，而求其所以没[26]，以其言试之河，未有不溺者也。故凡不学而务求道，皆北方之学没者也。

昔者以声律取士[27]，士杂学而不志于道；今也以经术取士[28]，士知求道而不务学。渤海吴君彦律[29]，有志于学者也，方求举于礼部[30]，作《日喻》以告之。

注释

①生而眇者：天生的瞎子。这里泛指瞎子。眇，瞎一只眼睛。②之：指太阳的形状。③扣：敲。④他日：后来有一天。⑤扪：摸。⑥揣：摸索。籥(yuè)：一种似笛的管乐器。⑦以：因为。⑧达：懂得，明白。⑨巧譬：巧妙的比喻。导：开导，指点。⑩转而相之：一个譬喻连着一个譬喻地辗转相比。⑪既：完。⑫"故世之言道者"四句：谓所以一般论"道"的人，或是只就他所见的那一部分而称之为道，或是根本未曾见"道"而只凭主观的臆测，这都是硬求"道"的弊病。⑬卒：终于，毕竟。⑭苏子：苏轼自称。⑮致：使其自至。求：强求。⑯孙武：春秋时期著名的军事学家，著有《孙子》，是著名的兵书。⑰"善战者"二句：引自《孙子·虚实篇》，意谓善于打仗的人使别人不自觉地落入自己的罗网，而不使自己被别人牵制。致，招致。⑱子夏：孔子的弟子。⑲"百工居肆"三句：引自《论语·子张》，意谓工匠们只有住在自己的工场，才能把活干好；君子只要不断地学习，就能自然而然地得到"道"。⑳斯以为：这就是所谓。㉑没人：能潜水的人。㉒涉：步行渡河。㉓浮：浮水。㉔岂苟然哉：难道是偶然的吗？苟，随便。㉕水之道：水性。㉖求其所以没：请教潜水的方法。㉗以声律取士：唐朝和宋初都用诗赋取士。㉘以经

术取士：自王安石变法以后，改用经述取士。苏轼以为这样形成了知识分子只读经书，空求仁义之道而不讲求广泛的学习。 ㉙ 渤海：旧郡名，郡治在今山东阳信县南。吴彦律：名琯，苏轼知徐州时，吴为监酒正字。曾与苏轼交往唱和。㉚ 求举：应试。礼部：管理教育、考试的中央机关。

品评

此文题一作《日喻说》，实系韩愈《杂说》一类作品，其特点是借喻论证，托事说理抒感。它不同于一般议论文中的作为修辞手段的片断比喻，也不同有一定故事或情节的寓言，而是用比喻来建构通篇的论说结构，从喻体引发到本论，由此及彼，联想自然，推论合理。这种写法在韩愈以后的散文史中已形成系列（如本书所选的《爱莲说》等），极大地提高了说理文的形象性和说服力。苏轼此文即以"盲人议日"和"北人学没"两个比喻来组织全篇，借以阐明"道可致而不可求"和"学以致其道"两点见解。首先应该说明，本文含有对王安石变法中改革科举制度的指责。王安石以经术取士，取代以往的以诗赋取士，自有其合理的根据；但作为封建官僚选拔的具体制度，其间的是非优劣颇难遽下判断。苏轼是主张维护原来的考试科目的，但在本文中，却同时批评两者的弊端：一个是"士杂学而不志于道"，一个是"士知求道而不务学"，态度较为辩证公允。然而，本文提出的两点见解，其意义大大超出了这一具体论争，而涉及到关于"道"的本体特征的深刻思想。

"道"是中国古代哲学中的基本概念，它是人们对于自然或社会发展的总的认识和最高概括，有时也专指孔孟之道。作者继承先哲所谓"道可道，非常道"，"道不可言，言而非也"的看法，认为"道"是难以言传的，至理妙道存在于言语迹象之外。从根本上说，语言作为表达媒介不能完全再现道的真相，因而单靠"达者"的"巧譬善导"也是无法勉强求得的，而只能在实践中去体认领悟，使其自然而然地获得。

苏轼的论述触及到"道"的无限性和模糊性的本体特征，似有一些神秘色彩；但他同时认为，"道"并不是不可知的，通过"学"，即长期不断地亲身实践，是能够逐步掌握"道"的奥秘的，充分肯定了实践对认识的关键作用。

两个著名的比喻，也超出论"道"的范围而产生独立形象的意义。"盲人识日"突出强调了耳目见闻直接感受客观事物的重要性，"识日"必须用眼，要知梨子的滋味必须亲口一尝；也巧妙地说明只求一点、不及其余的方法，将会导致何等荒谬的结论。"北人学没",又生动地阐发了客观事物必须在亲身实践中才能领会和掌握,光凭一点理论知识,仍然是要碰壁的。这在认识论上都对人们具有普遍的启迪作用。

记承天寺夜游①

元丰六年十月十二日②,夜,解衣欲睡;月色入户,欣然起行,念无与为乐者③。遂至承天寺,寻张怀民④。怀民亦未寝,相与步于中庭。

庭下如积水空明⑤,水中藻、荇交横⑥,盖竹柏影也。

何夜无月,何处无竹柏,但少闲人如吾两人者耳⑦。

注释

① 承天寺:故址在今湖北黄冈市南。 ② 元丰六年:公元1083年。元丰,宋神宗的年号(1078—1085)。 ③ 念无与为乐者:想到没有可与自己一起领略这月夜乐趣的人。 ④ 张怀民:即张梦得,清河人,当时亦贬居黄州。 ⑤ 如积水空明:月光宛如一泓积水那样清澈透明。 ⑥ 藻、荇(xìng):两种水草名。⑦ 闲人:指清闲少事而能从容赏景的人。苏轼当时贬官为黄州团练副使,是有名无实的官;加以官衔上有"本州安置"的字样,更近于流放。既无一定的职务,所以称为"闲人"。

品评

苏轼有许多随笔式的散文,大都从日常生活片断的记叙中,坦率地表现了落拓不羁、随缘自适的个性。它们在艺术上的显著特色,是用少到不能再少的文字,鲜明地而又仿佛极不经意地渲染出一种情调或一片心境。这对以后明朝的小品文的发展,起过很大作用。这篇八十五字的短记,就是其中的一个典型例子,被誉为"仙笔也。读之觉玉宇琼楼,高寒澄澈"。

此文俨然也是先叙事、继写景、结抒慨,具有一般杂记文的规格,但这样冷静乃至冷漠的分析,未必符合作者写作和读者欣赏时内心的律动。不错,不少论者指出其中"庭下"三句景物描写的入神,但类似描写在作者的《月夜与客饮杏花下》之类作品中也有("褰衣步月踏花影,炯如流水涵青苹"),未必获得在此文中的艺术效果。这篇短记激动人们之处在于认识了一个既寂寞又自悦、遭际困于他人而在精神生活上超出常人的灵魂。胸怀大志却落得有闲之身固然引起千愁万恨,但正是"闲人"才是无主江山的真正主人,多少佳景胜概被"忙人"匆匆错过。"庭下"三句正是在这个意义上取得了诗意和哲理,使人玩味不尽。平心而论,苏轼所写之地,景物实很平常,几乎随处可见,但他在平常景物中发现了美,或领悟到人生的某些哲理,使人们认识到发现这种自然美和人生哲理的心灵的丰富性。这是不少读者喜爱乃至偏爱他这类作品的重要原因。

苏　辙

苏辙(1039—1112),字子由,号颍滨,眉州眉山(今属四川)人。宋仁宗嘉祐时,与兄苏轼同时考中进士。神宗时,与王安石政见不合,出任河南府推官,并屡遭贬谪。哲宗时,旧党执政,他官至尚书右丞、门下侍郎等显职。晚年又遭贬谪。他与父兄合称“三苏”,同入“唐宋八大家”之列。世称“小苏”。其文含蕴澹泊而又清秀奇拔。有《栾城集》。《宋史》卷三三九有传。

上枢密韩太尉书[①]

太尉执事[②]:辙生好为文,思之至深,以为文者气之所形,然文不可以学而能,气可以养而致[③]。孟子曰:“我善养吾浩然之气[④]。”今观其文章宽厚宏博,充乎天地之间,称其气之小大[⑤]。太史公行天下[⑥],周览四海名山大川,与燕赵间豪俊交游[⑦],故其文疏荡[⑧],颇有奇气。此二子者岂尝执笔学为如此之文哉[⑨]?其气充乎其中而溢乎其貌,动乎其言而见乎其文,而不自知也[⑩]。

辙生十有九年矣,其居家所与游者,不过其邻里乡党之人[⑪],所见不过数百里之间,无高山大野可登览以自广[⑫]。百氏之书虽无所不读[⑬],然皆古人之陈迹,不足以激发其志气。恐遂汨没[⑭],故决然舍去,求天下奇闻壮观,以知天地之广大。过秦汉之故都[⑮],恣观终南嵩华之高[⑯],北顾黄河之奔流,慨然想见古之豪杰。至京师仰观天子宫阙之壮[⑰],与仓廪府库城池苑囿之富且大也[⑱],而后知天下之巨丽。见翰林欧阳公[⑲],听其议论之宏辩,观其容貌之秀伟,与其门人贤士大夫游,而后知天下之文章聚乎此也。

太尉以才略冠天下,天下之所恃以无忧,四夷之所惮以不敢发[⑳],入则周公、召公,出则方叔、召虎[21],而辙也未之见焉。且夫人之学也,不志其大[22],虽多而何为?辙之来也,于山见终南嵩华之高,于水见黄河之大且深,于人见欧阳公。而犹以为未见太尉也。故愿得观贤人之光耀[23],闻一言以自壮,然后可以尽天下之大观而无憾者矣。

辙年少,未能通习吏事。向之来,非有取于斗升之禄[24],偶然得之,非其所乐。然幸得赐归待选[25],使得优游数年之间[26],将归益治其文[27],且学为政。太尉苟以为可教而辱教之[28],又幸矣[29]。

注释

① 韩太尉:韩琦,时任枢密使。太尉:秦汉时官名,是全国军事首脑。枢密使相当于太尉,故称。 ② 执事:左右的人。旧时信中常用作对对方的尊称,表示不敢直指。 ③“以为文者”三句:谓我认为文章是气的表现;但文章不是通过学习就能写好的,而气经过修养却是能获得的。 ④ 浩然之气:指刚正不阿之气。 ⑤ 称(chèn):符合。小大:指大小的程度。 ⑥ 太史公:指西汉著名史学家司马迁,曾任太史令,自称太史公。 ⑦ 燕赵:战国时两国名,这里借指现在的河北、山西一带。 ⑧ 疏荡:指文风疏放洒脱、跌宕多姿。 ⑨ 岂尝:何曾。 ⑩“其气充乎”三句:谓他们二人的“气”充满在心中,就会表露在外表上,发而为言语,表现为文章。自己是不知不觉而然的。中:内心。 ⑪ 乡党:本乡本土。古代以一万二千五百家为乡,以五百家为党。 ⑫ 自广:扩大自己的胸襟。 ⑬ 百氏:指诸子百家。 ⑭ 汩没:埋没。 ⑮ 秦汉之故都:指秦都城咸阳(今属陕西)、西汉都城长安(今陕西西安)、东汉都城洛阳(今属河南)。 ⑯ 恣:尽情。终南:山名,在今陕西南部。嵩:中岳嵩山,在今河南登封北。华:西岳华山,在今陕西华阴。 ⑰ 宫阙:宫殿。阙原指宫廷外面的望楼。 ⑱ 苑囿:种植花木、畜养禽兽的园子。 ⑲ 翰林欧阳公:欧阳修,曾任翰林学士。 ⑳ 四夷:指边境各少数民族。惮:畏惧。发:侵扰。 ㉑“入则”二句:指韩琦兼有将相才能。入:在朝。周公、召公,均为周初大臣,武王之弟。辅助幼主成王,政绩卓著。出:出守边疆。方叔、召虎,周宣王时名臣,都曾征战有功。 ㉒ 不志其大:不在大处上着眼。 ㉓ 光耀:指人的风采。 ㉔“向之来”二句:谓以前来此,并非为了取得区区官俸。向:以前。 ㉕ 赐归待选:诏令回家,等待考选。 ㉖ 优游:空闲。 ㉗ 益治:更加研究。 ㉘ 苟:如果。辱教:屈尊指教。辱,谦词。 ㉙ 幸:幸运。

品评

这是初出茅庐的苏辙写给声位隆重的韩琦的一封求见信。这本属“干谒”文字，但却一扫此类文字中所常见的阿谀献谄、低声下气的鄙薄不堪之状，而是自抒志向、意气风发，并提出了重要的文论思想，无论就内容而言，或就文势而言，都足以名世。

作者沿承古人论文重气的传统，认为文章是“气”的表现。同时他又给“气”赋予了新的内涵：所谓“气”是人的修养、气质和精神力量的总和，是可以“养而致”的。接着详细阐述了如何“养气”的两条途径：一是侧重内在的自我修养，如孟子的“善养吾浩然之气”；一是侧重于外境的阅历交游，如司马迁的“周览四海名山大川”，与“豪俊交游”。在这两者中，作者更偏重于后者。作者以“养气”为中介，把写作与社会生活相联系，这是“养气说”的重要发展。此信由此也成为苏辙文论思想的一个重要文献。

此信在文势上有两个特点。一是纡徐曲折，饶有余味。作者先就文章与养气关系说起，中叙自己为了养气治文已游览了名山大川，拜见了京华人物，独以未见韩琦为憾。二是最后才点明主旨，方吐求见之语。起笔远，推进缓，一波三折，然后委婉见旨。

此信的内容是论气，而信本身亦即奇气灌注，盛气逼人，这是此信在文势上的另一特点。信中提及孟子、司马迁，明为取譬，实是取则，暗以自许。作者游历的是名山大川，愿结交的是欧阳修、韩琦等时彦，既赞誉了对方，又显示出自己的胸襟博伟、意气英迈。而作者求见，不是为了猎取功名利禄，而是为了养气治文，自占高标。所以虽是求见求教，但意气无所屈抑，于从容含蕴中，充溢着一股疏宕之气。苏轼曾评论其弟为文特征：“汪洋澹泊，有一唱三叹之声，而其秀杰之气，终不可没。”于此文中可窥一斑。

黄州快哉亭记[①]

江出西陵[②]，始得平地。其流奔放肆大[③]，南合湘沅[④]，北合汉沔[⑤]，其势益张[⑥]。至于赤壁之下[⑦]，波流浸灌[⑧]，与海相若[⑨]。清河张君梦得谪居齐安[⑩]，即其庐之西南为亭[⑪]，以览观江流之胜，而余兄子瞻名之曰快哉。盖亭之所见，南北百里，东西一舍[⑫]，涛澜汹涌，风云开阖[⑬]。昼则舟楫出没于其前，夜则鱼龙悲啸于其下[14]。变化倏忽[15]，动心骇目，不可久视。今乃得玩之几席之上，举目而足[16]。西望武昌诸山[17]，冈陵起伏，草木行列[18]，烟消日出，渔夫樵父之舍，皆可指数[19]，此其所以为快哉者也。至于长洲之滨[20]、故城之墟[21]，曹孟德、孙仲谋之所睥睨，周瑜、陆逊之所骋骛[22]。其流风遗迹[23]，亦足以称快世俗[24]。

昔楚襄王从宋玉、景差于兰台之宫[25]，有风飒然至者[26]，王披襟当之曰[27]："快哉此风，寡人所与庶人共者耶[28]？"宋玉曰："此独大王之雄风耳，庶人安得共之？"玉之言盖有讽焉[29]。夫风无雌雄之异，而人有遇不遇之变[30]。楚王之所以为乐，与庶人之所以为忧，此则人之变也，而风何与焉[31]？士生于世，使其中不自得，将何往而非病[32]？使其中坦然，不以物伤性，将何适而非快[33]？今张君不以谪为患，窃会计之余功[34]，而自放山水之间[35]，此其中宜有以过人者[36]。将蓬户瓮牖无所不快[37]，而况乎濯长江之清流，揖西山之白云[38]，穷耳目之胜以自适也哉[39]？不然，连山绝壑[40]，长林古木，振之以清风[41]，照之以明月，此皆骚人思士之所以悲伤憔悴而不能胜者[42]，乌睹其为快也哉[43]？

元丰六年十一月朔日赵郡苏辙记[44]。

注释

① 快哉亭：在黄州（治所在今湖北黄冈）城南。 ② 江：长江。西陵：西陵峡，长江三峡之一，西起湖北巴东，东至宜昌，全长一百多公里。 ③"其流"句：指水流迅急、浩大。 ④ 湘沅：湘江、沅江，均北流入洞庭湖，注入长江。 ⑤ 汉沔（miǎn）：即汉水。汉水上游的一段称沔水。源出陕西宁强，东南流至湖北武汉，注入长江。 ⑥ 张：大。 ⑦ 赤壁：指赤鼻矶，在今黄冈西北，并非三国赤壁之战的旧址。但下文混称之。 ⑧ 浸灌：灌注。 ⑨ 相若：相似。 ⑩ 清河：古郡名，治所在今河北清河。齐安：古郡名，即黄州。 ⑪ 即：就着。 ⑫ 一舍：古时以三十里为一舍。 ⑬ 风云开阖：指风云时散时聚，变幻不定。阖，通"合"。 ⑭ 鱼龙：指鱼类。 ⑮ 倏（shū）忽：迅急。 ⑯"今乃得"二句：谓现在能在亭中的几旁席上赏玩江景，举目一望，就能看到全景。 ⑰ 武昌：指今湖北鄂城，与黄冈隔长江相望，并非今日武昌。 ⑱ 行列：一行行排列着。 ⑲ 指数：用手指一一点数。 ⑳ 长洲：水中长条形的陆地。 ㉑ 故城：指邾（zhū）城，战国时楚

宣王所建,遗址在黄冈西北,今呼女王城(或禹王城)。隋唐时始改置黄州,州治移至今黄冈。 ㉒“曹孟德”二句:谓此地曾是曹操(字孟德)、孙权(字仲谋)窥伺欲得的地方,也是周瑜、陆逊驰骋争战的所在。睥睨,斜视。这里引申为侧目窥察。周瑜、陆逊,吴国名将。骋骛:往来奔跑的样子。 ㉓流风:前代流传下来的良好风尚。 ㉔称快世俗:为社会时尚所称快。 ㉕“昔楚襄王”句:此事出于宋玉所撰《风赋》。楚襄王,战国时楚国国君。从:侍从,指楚襄王由宋玉、景差二人侍从。宋玉、景差,楚国人,辞赋家。兰台:楚国宫苑,旧址在今湖北钟祥。㉖飒然:风声。 ㉗披襟当之:解开衣襟迎着风。 ㉘寡人:国君自称,谦词。庶人:平民。共:共享,共有。 ㉙“玉之言”句:谓宋玉的话里大概有讽喻的意思。 ㉚遇:遇合,旧时指得到上级的赏识。变:不同。 ㉛风何与焉:跟风又有什么关系。与,参与。 ㉜“使其中”二句:谓假使他心中没有自得之乐,那么他将去何处而不感到忧怨?病:忧怨。 ㉝适:到。 ㉞窃:这里是偷闲、利用之意。会计:办理钱谷赋税等财务。余功:余暇。 ㉟放:纵情。 ㊱“此其中”句:谓他心中该是有超过常人识见的地方。 ㊲将:即使。蓬户瓮牖(yǒu):用蓬草编成门,用破瓮当窗,形容住所简陋。 ㊳揖:这里是拱手相对之意。西山:一名樊山,在鄂城西。 ㊴穷:穷尽。胜(shèng):美景。自适:自我满足。㊵绝壑:险峻的山谷。 ㊶振:摇动,这里指“吹”。 ㊷骚人:诗人。思士:有忧思的人。胜(shēng):担,任。与上文“耳目之胜”的“胜”音义均不同。㊸“乌睹”句:谓哪里看得出这里快乐的呢? ㊹元丰六年:公元1083年。元丰,宋神宗的年号。赵郡:苏辙祖籍为赵郡栾城(今河北赵县)人。

品评

这也是一篇抒写贬谪心态的亭阁记。快哉亭的建造者张梦得、命名者苏轼谪居黄州,而作者时亦贬官筠州(治所在今江西高安),文章的着眼点很自然地落在如何看待这共同的遭遇之上。作者因景生意,通过对亭名“快哉”之义的抉发,着重宣扬了一种随缘自适的人生观,既藉以誉人慰人,也用来自慰自勉。这番由“快哉”一词的出处所引发的议论,是从外境与心境关系切入的。作者认为外境本无忧乐,而随人的心境之变而变。接着从正反两面进行说明:内心自得者,无往而不适,身居劣境,一样怡然而乐;不自得者,即使面对清风明月,也会不胜悲悼憔悴。这番议论,宏阔旷放而又具现实性。因为在困厄之时,这种不以物伤性的处世原则,是保持内心平宁的有效武器。这正是作者所追求的人生境界。

在议论中，穿插了对张梦得能随遇而安的赞美，巧妙地绾合了题意；而对苏轼的称赏，则以全文解释“快哉”的来由和内涵来达到的。因为苏轼是命名者，苏辙对乃兄的理解，显示了两人在这个问题上的心心相印。三人（尤其是苏氏兄弟）患难与共、志趣相投，无疑在这凶险叵测的宦海仕途中，平添了一份默契和温馨，令后世读者感佩羡慕不已。

议论是本文的重点，而叙事绘景之处，笔力亦不弱。文章紧紧扣住“快哉”两字，着力渲染亭子周围足以快意的胜景古迹。劈头写江流出峡后，水势三变而愈为壮阔浩大，在托出亭子时，已饱蓄着峭劲奔放的痛快之意，顺势写及亭名为“快哉”。而后的赏景吊古，进一步畅抒“快哉”之情，分别结以“此其所以为快哉者也”、“亦足以称快世俗”。“快哉”一意贯穿全文，熔叙事、写景、议论于一炉，笔势明快洒脱、雄健酣畅。

黄庭坚

黄庭坚(1045—1105),字鲁直,号山谷道人,晚号涪翁,洪州分宁(今江西修水)人。宋英宗时进士,历官叶县尉、著作佐郎、起居舍人等职,在北宋新旧党争中受牵连,被贬宜州而卒。早年受知于苏轼,是"苏门四学士"之一,擅诗文、工书法,诗风奇崛瘦硬,力摈轻俗之习,为江西诗派领袖。有《豫章黄先生文集》。《宋史》卷四四四有传。

江西道院赋 并序

江西之俗①,士大夫多秀而文②,其细民险而健③,以终讼为能④,由是玉石俱焚,名曰"珥笔之民⑤"。虽有辩者,不能自解免也⑥。惟筠为州⑦,独不嚣于讼⑧,故筠州太守号为守江西道院⑨。然与南康、庐陵、宜春三郡⑩,并蒙恶声⑪。元祐八年⑫,武陵柳侯子仪守筠之明年也⑬,乐其俗之美,使为政者不勤⑭,乃新燕居之堂⑮,榜曰"江西道院⑯",以鼓舞其国风⑰,且为高安之父老雪耻焉⑱。秋九月,遣使来告成于双井永思堂⑲,于是为之赋,其词曰:

句吴之区⑳,维斗所直㉑。半入于楚,终蚀于越㉒。有泰伯、虞仲、季子之风㉓,故处士有岩穴之雍容㉔;有屈原、宋玉、枚乘之笔㉕,故文章有江山之秀发㉖。吴越之君多好勇,故其民乐斗而轻死㉗;江汉之俗多禨鬼,故其民尊巫而淫祀㉘。虽郡异而县不同,其大略不外是矣㉙。

注释

① 江西之俗:江西的风俗。江西,江南西道的简称,春秋时期是吴、越、楚三

国的交界之处。俗，风俗。 ② 秀而文：优秀而富有文才。秀，优秀、杰出。文，富有文才。 ③ 其细民险而健：百姓内心阴险而性格刚健。细民，平民。险，阴险。健，刚健。“险而健”出自《周易·讼》的彖辞。 ④ 终讼：坚持到底打官司。 ⑤ 珥（ěr）笔：古代史官、谏官上朝，常插笔于冠侧，以便记录。这里指爱写讼状。珥，插戴。 ⑥ 解免：避免、逃脱。 ⑦ 惟筠为州：筠州，北宋时属江西道，治所在高安（今江西高安）。 ⑧ 嚣：喧哗、打扰。 ⑨ 道院：本指道士居住的地方，这里意谓清净之地。 ⑩ “然与”句：南康、庐陵、宜春三个州郡，均属江西。南康，南康军，即虔州，治所在赣县（今江西赣县）。庐陵，即吉州，治所在庐陵（今江西吉安）。宜春，即袁州，治所在宜春（今江西宜春）。 ⑪ 并蒙恶声：都遭受了不好的名声。蒙，遭受。恶声，不好的名声，这里指爱诉讼的名声。 ⑫ 元祐八年：公元1093年。元祐，宋哲宗的第一个年号。 ⑬ “武陵”句：武陵的柳子仪来治理筠州的第二年。武陵：北宋荆湖北路的鼎州，治所在武陵县（今湖南常德）。子仪：柳平字。守：治理，这里指以知州的身份出任地方长官。明年：第二年。 ⑭ 不勤：不劳苦。 ⑮ 燕居：闲居。 ⑯ 榜：匾额。 ⑰ 国风：国家的风俗。这里指筠州的风俗。 ⑱ 高安：筠州的治所所在地。 ⑲ 双井永思堂：黄庭坚在母亲墓葬旁建馆庐，名曰“永思堂”，以纪念母恩。双井，即双井村，在今江西修水县西。 ⑳ 句吴：即吴国。 ㉑ 维斗所直：对应的星宿正好是斗宿。 ㉒ 蚀：吞噬。 ㉓ “有泰伯”句：泰伯，周古公亶父的长子，吴国第一代君主。虞仲，泰伯的弟弟，又作“仲雍”，吴国第二代君主。泰伯与虞仲兄弟二人，都让三弟季历承袭父位而逃至吴国地带。季子，即季札，吴王寿梦之子，不受君位，封地延陵。这三个人均有超脱飘逸的风范。 ㉔ “故处士”句：所以有才德而隐居的人住在岩穴之中也很雍容自在。处士，有才德而不出仕的人。 ㉕ “有屈原”句：屈原（前343年—前290?），战国时期楚国诗人，作有《离骚》等。宋玉，战国时期楚国人，辞赋家，相传为屈原的弟子，作有《九辩》等。枚乘（? —前140年），西汉淮阴人，辞赋家，作有《七发》等。这三个人都是吴楚地区成就突出的文学家。 ㉖ 秀发：俊逸卓越。 ㉗ “吴越”二句：吴越的君主都喜逞勇武，所以他们的民众也喜欢打斗而不怕死。 ㉘ “江汉”二句：江汉的风俗多鬼神祆祥，所以他们的民众崇尚巫术而祭祀泛滥。江汉，长江、汉水流域，古代楚国所在地。禨鬼，鬼神祆祥。淫祀，不符合礼制的祭祀。 ㉙ “虽郡”二句：即使州郡、县邑不同，它们的大概情况不外乎这样了。大略，大概。

若乃高安之城，豫章之别①，虽风气之未遂②，亦美俗之可悦③。故柳侯下车④，解牛而不割，未尝发硎，初不折缺⑤，则喟然叹曰⑥："江西道院，名不虚生，爰作新堂⑦，合陈鼓笙⑧。有斐翰墨⑨，宾赞令丞⑩。作为诗歌，接民颂声⑪。"昔也忧民之忧，今则乐民之乐，怀仙伯之蜕蝉⑫，有勿剪之乔木⑬。制剑池之菡萏以为裳⑭，酿丹井之清冷以为酌⑮，醉而起舞，父老持足⑯，恐使君之仙去⑰，而鳏寡之长失职也⑱。

吾闻风行于上而水波，此天下之至文⑲；仁形于心而民服，此天下之善化⑳。岂可多为令而病民慢㉑，自设险而病民诈耶㉒？九转丹砂铸铁成金㉓，两汉循吏铸顽成仁㉔。我简静则民肃㉕，我平易则民亲。今使高安之农，养生于桁杨之外㉖，珥笔教讼者传问孝之章㉗，膀耳锁吭者深春耕之耒㉘，卖私斗之刀剑以为牛，羞淫祠之樽俎以养亲㉙。虽承平百年，雨露渗漉㉚，非二千石所以牧人者乎㉛？

虽然，有一于此。堂密有美枞㉜，而未闻处士之节；岑蔚有于菟㉝，而不见墨客之文。岂其龟藏而自畀㉞，蠖屈而不伸者耶㉟？公试酌樽中之渌㊱，谢山川之神，为余问之。

注释

① 豫章之别：不同于江西其他地方。豫章，江西的古称。别，不相同的。② 遂：如愿。 ③ 美俗：淳美的风俗。 ④ 下车：刚刚到任。 ⑤"解牛"三句：指治理筠州游刃有余，不用多操心。《庄子·养生主》载"庖丁解牛"事，说："良庖岁更刀，割也；族庖月更刀，折也。今臣之刀十九年矣，所解数千牛矣，而刀刃若新发于硎。"割，刀口伤缺。发硎（xíng），刀新从磨刀石上磨出来。硎，磨刀石。 ⑥ 喟（kuì）然：感叹的样子。 ⑦ 爰（yuán）：于是。 ⑧ 合陈鼓笙：鼓和笙一起演奏。陈，施用。 ⑨ 有斐翰墨：有文采的诗文。斐，有文采的样子。有，无义，形容词词头。 ⑩ 宾赞令丞：大大小小的官员。宾赞，幕僚。令丞，知县及其副手。 ⑪ 接民颂声：接应民众的歌颂赞美之声。 ⑫ 仙伯之蜕蝉：仙人解脱成仙。仙伯，仙人之长，也泛指仙人。 ⑬ 勿剪之乔木：不用修剪的大树。这里指德政。 ⑭ 剑池：仙人李八百的淬剑池，在高安。 ⑮ 丹井：仙人李八百的炼丹之井，又名玉井，在高安。清泠：水。 ⑯ 持足：拖住腿脚。 ⑰ 使

君：州郡长官的尊称，这里指柳平。 ⑱ 鳏(guān)寡：没有依靠的人。失职：失去常业，流离失所。 ⑲ 水波：水面泛起的波浪。至文：最好的文章。 ⑳ 形：表现、显露。善化：善于教化。 ㉑ 病：责怪。 ㉒ 险：险碍、险阻。诈：欺诈。㉓ 九转丹砂：道教中经过九次提炼而出的仙丹。 ㉔ 两汉：西汉和东汉。循吏：守法循理的官吏。 ㉕ 简静：施政简单不苛繁。 ㉖ 养生：保养生命，维持生计。桁(háng)杨：加在脚上或者手上的刑具，也泛指刑具。 ㉗ 问孝之章：《论语·为政》有孟懿子、樊迟、孟武伯、子游、子夏等向孔子问孝，孔子有多种回答。 ㉘ 剺(lí)耳：割耳流血；锁吭，锁铐颈项。这里均指犯事违法的人。深春耕之耒：即用耒耜去努力春耕。 ㉙ 羞：以之为羞辱。樽俎(zǔ)：酒器。 ㉚ 渗漉(lù)：恩泽下施。 ㉛ 二千石：汉代时郡守的俸禄为二千石，后世借以称郡守。牧人：治理百姓。 ㉜ 堂密：平缓的山坡。美枞(cōng)：高大的枞树。 ㉝ 岑蔚：深茂的草丛。于菟：老虎的别称。 ㉞ 龟藏而自畀(bì)：像乌龟缩藏全身一样自给自足。比喻人的才智不外露。 ㉟ 蠖(huò)屈而不伸：像尺蠖一样的屈曲不伸。比喻人才屈居下位。 ㊱ 渌(lù)：同"醁"。醽醁的省称，美酒名。

品评

宋哲宗元祐八年(1093)，黄庭坚在家乡江西分宁守母丧，这首赋就写于此时。赋题虽名作"江西道院"，实际上并非一篇体物赋，其内容主要在于称颂筠州当地的风俗民情，以及太守柳子仪简静平易的治理风格和政绩化功。这与一般的体物、抒情赋都不太相同，倒似一篇铭赞之文。此赋风格也颇为高古，与艳丽辞赋不在一格，从中可以看出唐宋古文运动对赋体新变的影响。

此赋以柳平新建江西道院堂为契机，在赞颂筠州风俗之美的同时，也赞颂了柳平行政之仁，柳平其人也借此赋而在历史长河中留下了比较光辉的形象。赋文行文骈散相生，摇曳生姿，气格高古而一洗赋体浮靡华丽之态，尽显宋代文赋的风采。最后一段的疑问，更是画龙点睛，颇有汉大赋"劝百讽一"的遗风。在黄庭坚约30篇辞赋中，这篇赋颇为后人重视。从内容来说，它既表现出黄庭坚的一些政治理念，也折射出他在新旧党争漩涡下的心理状态。从艺术来说，元代刘埙在其学术笔记《隐居通议》中称赞其赋作"风骨苍劲，义理深长"，这篇散体文赋正是代表。赋写成后，高安当地传诵不已，磨碑刻石，印本相传，有人求字于黄庭坚，他即手书此赋以赠。金代的王若虚在《滹南遗老集》中评价说："江西道院赋最为精密，然'酌樽中之渌'一句颇赘，但云'公试为我问山川之神'足矣。"虽然称赞全文精密可喜，却认为最后一句有点冗赘，这自然是见仁见智的看法，尚可商榷。而清代李调元《赋话》中说此赋“不似赋体，只是有韵之赞铭”，则确实点中了该文的缺点。不过，这个缺点或许也正是此赋的特点所在，毕竟在宋人笔下“破体为文”非但不是什么新鲜事，反倒恰恰是他们创新意识的一种表现。“文赋”一名的产生，不正是最好的例子吗？似赋似文，兼二体之长，而蕴议论与藻饰之中，确然自成一体。

晁补之

晁补之(1053—1110),字无咎,号归来子,济州钜野(今山东巨野)人。宋神宗元丰时进士。历任著作佐郎、吏部员外郎、礼部郎中和扬州、齐州等地方官。后遭贬谪,退居故里。他工书画,善诗词文,其文清峻典雅、好奇务深,早年即受知于苏轼,为"苏门四学士"之一。有《鸡肋集》、《晁氏琴趣外编》等。《宋史》卷四四四有传。

新城游北山记①

去新城之北三十里,山渐深,草木泉石渐幽。初犹骑行石齿间②,旁皆大松,曲者如盖③,直者如幢④,立者如人,卧者如虬⑤。松下草间有泉,沮洳伏见⑥,堕石井⑦,锵然而鸣⑧。松间藤数十尺,蜿蜒如大虮⑨。其上有鸟,黑如鸲鹆⑩,赤冠长喙⑪,俯而啄,磔然有声⑫。稍西一峰高绝,有蹊介然⑬,仅可步。系马石嘴⑭,相扶携而上,篁筱仰不见日⑮,如四五里,乃闻鸡声。有僧布袍蹑履来迎⑯,与之语,愕而顾,如麋鹿不可接⑰。顶有屋数十间,曲折依崖壁为栏楯⑱,如蜗鼠缭绕乃得出⑲,门牖相值⑳。既坐,山风飒然而至,堂殿铃铎皆鸣㉑。二三子相顾而惊㉒,不知身之在何境也。且莫㉓,皆宿。

于时九月㉔,天高露清,山空月明,仰视星斗皆光大㉕,如适在人上㉖。窗间竹数十竿相摩戛㉗,声切切不已。竹间梅棕森然㉘,如鬼魅离立突鬓之状㉙,二三子又相顾魄动而不得寐㉚。迟明皆去㉛。

既还家数日,犹恍惚若有遇,因追记之。后不复到,然往往想见其事也。

注释

① 新城:今属浙江富阳。北山:官山,在新城北。 ② 骑行:骑马而行。石

齿：指路面有突出的齿状碎石。 ③ 盖：车盖。盖柄弯曲，故形容曲松。 ④ 幢：古代旗子一类的东西。 ⑤ 虬：传说中一种有角的小龙。形容盘曲的松树。 ⑥ 沮洳(jù rù)：低湿的地方。伏见：指泉流忽隐忽现。 ⑦ 堕石井：指泉水流入石井。 ⑧ 锵然：象声词。 ⑨ 蜿蜒：曲折绵长的样子。蚖(yuán)：即蝮蛇。 ⑩ 鸲鹆(qú yù)：即八哥。 ⑪ 喙(huì)：鸟嘴。 ⑫ 磔然：鸟鸣声。 ⑬ 有蹊介然：谓有一条界线分明的小径。介然，界线分明的样子。 ⑭ 石嘴：石角。 ⑮ 篁筱(xiǎo)：竹。 ⑯ 布袍蹑履：穿着袍子、鞋子。 ⑰ 如麋鹿不可接：谓僧人如鹿一般不与外人交接。麋，鹿的一种。 ⑱ 栏楯(dùn)：栅栏。直为栏，横为楯。 ⑲ 如蜗鼠缭绕：像蜗牛、老鼠那样弯曲而行。 ⑳ 相值：相对。 ㉑ 铎：大铃。 ㉒ 二三子：同行的几位朋友。 ㉓ 且：将。莫：通"暮"。 ㉔ 于时：时值。 ㉕ 光大：指星既亮且大。 ㉖ 适：正，刚。 ㉗ 摩戛：摩擦相击。 ㉘ 棕：棕榈。森然：阴森森的样子。 ㉙ 离立突鬓：两两并立、鬓发怒张的样子。 ㉚ 魄动：心惊。 ㉛ 迟明：天将明未明之时。

品评

此文中的"北山"与柳宗元《永州八记》中的诸景一样都是人迹罕至之处，文章也深受柳文的影响，从语言的凝练简洁到风格的峭刻峻拔，无不肖似。然而两者形似质异。柳文以意驭景，意主景宾。幽邃冷寂的景观处处烙上了主观情感的印记，映照出一个物我相融的心灵世界，读后有意在笔先的感觉。而晁氏此文则是景主意宾，虽然其主观感受(惊怖之感)被渲染到极点，但终不过是外在景物的自然引发。所以文章也侧重于对景物的摹刻和对恐怖氛围的烘托上。这也是全文最为精彩的地方。

作者的摹写抓住了北山幽僻冷峭、令人神凄骨寒的特点，绘形绘色，如在目前。前一段北山之游，按行进方式分三层：第一层是石径"骑行"。只写怪松、鸣泉、虬藤、黑鸟四物，已酝酿出诡怪之意。第二层是小蹊步行。则竹篁茂密蔽日，僧人见人而惊，又生荒外绝世之感。第三层崖壁间攀行，如蜗如鼠。山顶静坐，唯闻风声铃声。真是渐行渐幽，步步逼向惊惧，其层次清晰可按。最后一段山上投宿，状写秋夜，更为狞厉，照应并强化了恐怖的感受。刻肖传神的状景绘物，使此文在山水游记中自占一席之地。陆翔就认为这篇"峭劲幽秀"之作，"可与子厚永州诸记并驾"。高步瀛也说此文"摹写极工，巉刻处直逼柳州"。

李格非

李格非，生卒年不详，字文叔，济南(今属山东)人。宋神宗熙宁时进士。历任礼部员外郎、提点东京刑狱等官。后因列入元祐党籍而被罢官。他工于词章，笔力健迈，陵轹直前，文章曾受到苏轼的称赏。著作颇丰，现仅存《洛阳名园记》。《宋史》卷四四四有传。

书洛阳名园记后[①]

洛阳处天下之中，挟殽、渑之阻[②]，当秦、陇之襟喉[③]，而赵、魏之走集盖四方必争之地也[④]。天下常无事则已；有事，则洛阳先受兵[⑤]。予故尝曰："洛阳之盛衰，天下治乱之候也[⑥]。"

方唐贞观、开元之间[⑦]，公卿贵戚开馆列第于东都者[⑧]，号千有余邸[⑨]。及其乱离[⑩]，继以五季之酷[⑪]，其池塘竹树，兵车蹂践，废而为丘墟；高亭大榭[⑫]，烟火焚燎，化而为灰烬，与唐共灭而俱亡，无余处矣。予故尝曰："园圃之废兴，洛阳盛衰之候也。"

且天下之治乱[⑬]，候于洛阳之盛衰而知[⑭]；洛阳之盛衰，候于园圃之废兴而得；则《名园记》之作，予岂徒然哉[⑮]？

呜呼！公卿大夫方进于朝[⑯]，放乎一己之私以自为[⑰]，而忘天下之治忽[⑱]，欲退学此乐[⑲]，得乎？唐之末路是矣[⑳]。

注释

① 书后：即跋，又称后记、后序，置于正文后面的文辞。 ② 挟：靠着。殽(yáo)：山名，主峰在今河南灵宝东南。渑：渑池，古时"九塞"之一，在今河南渑

池。阻:险阻。 ③ 当:正处于。秦:指秦地,今陕西一带。陇:指今陕西西部和甘肃一带。襟喉:衣襟和咽喉,比喻地势险要。 ④ 赵、魏:指赵地和魏地,今河北、山西、河南接邻地区。走集:原指边境上的堡垒,常地处险要,是往来的必经之地,故称“走集”。这里指洛阳是通往赵魏的要冲。 ⑤ 受兵:遭逢战事。⑥ 候:征兆,标志。 ⑦ 方:当。贞观:唐太宗的年号(627—649)。开元:唐玄宗的年号(713—741)。 ⑧ 开、列:建造,设置。东都:唐代以洛阳为东都(陪都)。⑨ 号:号称。邸:官员的住宅。 ⑩ 乱离:指遭乱而流离失所。 ⑪ 五季:五代,即梁、唐、晋、汉、周。酷:指兵祸惨重。 ⑫ 榭:建造在高台上的敞屋。⑬ 且:相当于“那么”之意。 ⑭ 候:作动词用,象征,预兆。 ⑮ 予岂徒然哉:我难道是白白写作吗?意指是别有寄托的。 ⑯ 进:进用。 ⑰ 放:放纵。自为:为所欲为。 ⑱ 治忽:指国事的好坏。忽,怠忽,轻慢。 ⑲ 退:退隐不做官。 ⑳ 唐之末路是矣:唐朝灭亡时的情况就是这样的。

品评

作者曾著《洛阳名园记》一卷,记述北宋洛阳十九座花园的情况。此文即为其跋记。但它与其说是阐述写作旨意的后记,毋宁说饱含忧患意识的政论文。本是游观之属的园池亭榭,在作者看来却关系至大,其兴废系乎都市的盛衰、国运的治乱,并用前代惨痛事实告诫沉湎于享乐的“公卿大夫”。因小及大,目光如炬,对于目前殆危国势有着清醒的认识和深深的担忧。二十多年后,北宋覆灭,洛阳陷落,繁丽的花园也随之灰飞烟灭。作者的忧虑不幸而成现实,他的告诫最终于国事无补。难怪南宋不少人读此文,为之流涕不已。

从洛阳建筑的盛衰来窥测国家的兴亡,并非肇始于此文。北朝杨衒之的《洛阳伽蓝记》,早已借寺庙的兴废寄托对故朝崩溃的哀悼。但杨氏是于乱后残毁的洛阳追记前盛,李氏则于盛时的洛阳预测后事,两者异曲同工,都赋予洛阳象征国运盛衰的这一特殊的历史内涵。

文章立论的角度是因小及大,而结构却是由大及小。先论洛阳与国家之间的兴衰关系,进而论及园圃与洛阳之间的兴衰关系,然后揭出写作目的和对公卿大夫的告诫。逐层推理,逻辑严密,兼用大段的排比、复叠,文势畅达。语言也省净利落,结尾戛然而止,健拔有力。

李清照

李清照(1084—1152后),自号易安居士,济南(今属山东)人。她为李格非之女,自幼即受到良好的教育,文名早著。十八岁与太学生赵明诚结婚,夫妇志趣相投,相得与乐。金人南侵,举家渡江逃亡,赵明诚随即病逝,她辗转避乱,晚境凄苦。能诗善文,尤长于词,是我国杰出的女词人,有《漱玉词》。今人辑有《李清照集》。

金石录后序[1]

右《金石录》三十卷者何[2]?赵侯德父所著书也[3]。取上自三代[4],下迄五季[5],钟、鼎、甗、鬲、盘、匜、尊、敦之款识[6],丰碑、大碣,显人、晦士之事迹[7],凡见于金石刻者二千卷[8],皆是正伪谬[9],去取褒贬,上足以合圣人之道,下足以订史氏之失者[10],皆载之,可谓多矣。呜呼,自王播、元载之祸[11],书画与胡椒无异;长舆、元凯之病[12],钱癖与传癖何殊。名虽不同,其惑一也[13]。

余建中辛巳[14],始归赵氏[15]。时先君作礼部员外郎,丞相时作吏部侍郎[16]。侯年二十一,在太学作学生[17]。赵、李族寒,素贫俭。每朔望谒告出[18],质衣[19],取半千钱,步入相国寺[20],市碑文果实归[21],相对展玩咀嚼,自谓葛天氏之民也[22]。后二年,出仕宦,便有饭蔬、衣练[23],穷遐方绝域[24],尽天下古文奇字之志[25]。日就月将[26],渐益堆积。丞相居政府[27],亲旧或在馆阁[28],多有亡诗、逸史,鲁壁、汲冢所未见之书[29],遂尽力传写,浸觉有味[30],不能自已。后或见古今名人书画,三代奇器,亦复脱衣市易。尝记崇宁间[31],有人持徐熙牡丹图[32],求钱二十万。当时虽贵家子弟,求二十万钱,岂易得耶。留信宿[33],计无所出而还之。夫妇相向惋怅者数日。

后屏居乡里十年[34]，仰取俯拾[35]，衣食有余。连守两郡[36]，竭其俸入，以事铅椠[37]。每获一书，即同共勘校，整集签题[38]。得书、画、彝、鼎[39]，亦摩玩舒卷，指摘疵病，夜尽一烛为率[40]。故能纸札精致[41]，字画完整，冠诸收书家。余性偶强记[42]，每饭罢，坐归来堂烹茶[43]，指堆积书史，言某事在某书、某卷、第几叶、第几行，以中否角胜负[44]，为饮茶先后。中即举杯大笑，至茶倾覆怀中，反不得饮而起。甘心老是乡矣[45]！故虽处忧患困穷，而志不屈。

收书既成，归来堂起书库大橱，簿甲乙[46]，置书册。如要讲读，即请钥上簿，关出卷帙[47]。或少损污，必惩责揩完涂改，不复向时之坦夷也[48]。是欲求适意而反取憀栗[49]。余性不耐，始谋食去重肉，衣去重采[50]，首无明珠、翠羽之饰，室无涂金、刺绣之具。遇书史百家，字不刓缺、本不讹谬者[51]，辄市之，储作副本。自来家传《周易》、《左氏传》，故两家者流[52]，文字最备。于是几案罗列，枕席枕藉，意会心谋，目往神授[53]，乐在声色狗马之上[54]。

至靖康丙午岁[55]，侯守淄川[56]，闻金寇犯京师，四顾茫然，盈箱溢箧，且恋恋，且怅怅，知其必不为己物矣。建炎丁未春三月[57]，奔太夫人丧南来。既长物不能尽载[58]，乃先去书之重大印本者，又去画之多幅者，又去古器之无款识者。后又去书之监本者[59]，画之平常者，器之重大者。凡屡减去，尚载书十五车。至东海[60]，连舻渡淮[61]，又渡江，至建康[62]。青州故第，尚锁书册什物，用屋十余间，期明年春再具舟载之[63]。十二月，金人陷青州，凡所谓十余屋者，已皆为煨烬矣[64]。

建炎戊申秋九月，侯起复知建康府[65]。己酉春三月罢[66]，具舟上芜湖[67]。入姑孰[68]，将卜居赣水上[69]。夏五月，至池阳[70]。被旨知湖州[71]，过阙上殿[72]。遂驻家池阳，独赴召。六月十三日，始负担舍舟，坐岸上，葛衣岸巾[73]，精神如虎，目光烂烂射人，望舟中告别。余意甚恶[74]，呼曰："如传闻城中缓急[75]，奈何？"戟手遥应曰[76]："从众。必不得已，先弃辎重，次衣被，次书册卷轴，次古器，独所谓宗器者[77]，可自负抱，与身俱存亡，勿忘也！"遂驰马去。涂中奔驰，冒大暑，感疾。至行在[78]，病痁[79]。七月末，书报卧病。余惊怛[80]，念侯性素急，奈何病痁；或热，必服寒药，疾可忧。遂解舟下，一日夜行三百里。比至，果大服柴胡、黄芩药[81]，疟且痢，病危在膏肓[82]。余悲泣仓皇，不忍问后事。八月十八日，遂不起。取笔作诗，绝笔而终，殊无分香卖履之意[83]。

注释

①《金石录》：赵明诚撰。收集汇录了镌刻在古代青铜器和石碑上的文字资料。后序：《金石录》书已前有赵明诚自序，李清照此序放在书后，故称。②右："以上"的意思。③侯：旧时对州郡地方长官的尊称，赵明诚曾任几处知州，故称。德父：赵明诚的字。④三代：指夏、商、周。⑤五季：五代，即梁、唐、晋、汉、周。⑥钟、鼎……尊、敦：这些都是商周青铜器的名称。钟：古代乐器。鼎：古代炊器。甗(yǎn)：古代炊器，分上下两层，上层蒸物，下层煮物。鬲(lì)：鼎类的炊器。盘：盛水的器具。匜(yí)：舀水的器具。尊：酒器。敦(duì)：盛食物的器具。款识(zhì)：铭刻的文字。⑦大碣：大石碑。显人：声位显赫之人。晦士：不为人所知之人。⑧卷：这里相当"幅"、"件"之意。⑨是正：校订。⑩史氏：历史学家。⑪王播：字明扬，唐文宗时尚书左仆射。生平没有藏书画的事，亦没有遇祸，疑当作王涯。王涯，字广津，唐文宗时宰相，酷爱书画，收藏甚富，后来全被抄没。元载：字公辅，唐代宗时的宰相，后因罪抄家，仅胡椒就有八百石。⑫长舆：和峤的字，晋人，性悭吝，人称"钱癖"。元凯：杜预的字，晋人，注《春秋左传》等书。他曾对晋武帝说："臣有《左传》癖！"⑬"名虽不同"二句：谓收藏的名称不一样，但痴迷的本质是一样的。这是反话，表示感慨激愤之意。⑭建中辛巳：宋徽宗建中靖国元年，公元1101年。⑮归：出嫁。⑯丞相：指赵明诚之父赵挺之，曾任尚书右仆射兼中书侍郎，相当于宰相。⑰太学：官立的最高学府。⑱朔：阴历每月初一。望：阴历每月十五。谒告：请假。⑲质：典当。⑳相国寺：在今河南开封。㉑市：买。㉒葛天氏：传说中远古帝王名，代指生活纯朴悠闲的远古时代。㉓练(shū)：这里指粗糙的丝帛。一作"练"，即粗布。㉔穷：尽，这里是走遍之意。遐方绝域：遥远的边地。㉕古文：指秦以前的文字。奇字：指异体字。㉖日就月将：谓日有所成，月有所得。㉗"丞相"句：指宋徽宗崇宁二年(1103)赵挺之任中书侍郎。政府，指中书省，全国最高行政机构。㉘馆阁：收藏图书、编修国史的机关。㉙"鲁壁"句：指罕见的书籍秘本。鲁壁：汉武帝时，鲁恭王捣毁孔子故宅墙壁，发现《古文尚书》等书。汲冢：晋武帝时，汲郡(今河南汲县)人盗战国魏襄王墓，得到竹书十车。㉚浸：渐渐。㉛崇宁：宋徽宗的年号(1102—1106)。㉜徐熙：五代南唐大画家，擅长花鸟画。㉝信宿：连宿两夜。信，再宿。㉞屏居：隐居。㉟仰取俯拾：仰头取、低头拾，形容节俭，博取无遗。

㊱“连守”句：指赵明诚任莱州(今属山东)、淄州(今山东淄博)知州。 ㊲铅椠(qiàn)：指校勘、刻版、著述。铅，粉笔，用以改正错字。椠，没有写过字的书板。 ㊳整集签题：整理收集、题上书名。 ㊴彝：古代祭器的总称。 ㊵率：标准。 ㊶纸札：纸张。 ㊷偶：偶然，谦词。强记：记忆力很强。 ㊸归来堂：在青州(今属山东)赵明诚家中。 ㊹角：比赛。 ㊺老是乡：终老于这种环境里。 ㊻簿甲乙：编制目录。 ㊼“即请”二句：谓就领出钥匙(开橱)、登记书目后领出书籍。 ㊽向时：以前。坦夷：随随便便。 ㊾“是欲”句：谓本想追求快意，却反而心存顾忌，受到拘束。憀栗(liáo lì)：严肃拘谨。 ㊿重肉：两种以上的荤菜。重采：两件以上的锦衣绣服。 [51]刓(wàn)缺：残缺。 [52]两家者流：指有关《周易》、《左传》的各种注疏书。 [53]“意会”二句：谓意与书会，心与书合，目所视是书，精神所注也是书。形容人对书籍的极度爱好，已达到彼此精神相通的境界。 [54]声色：音乐和女色。狗马：代指玩好之物。 [55]靖康丙午：即靖康元年(1126)。靖康：宋钦宗的年号。 [56]淄川：即淄州，今山东淄博。 [57]建炎丁未：即建炎元年(1127)。建炎，宋高宗的年号(1127—1130)。 [58]长物：多余的东西。 [59]监本：国子监印行的书，称监本。因公开出售，较为普通易得。 [60]东海：古郡名，辖区在今江苏东北及山东南部一带。 [61]连舻：大船前后衔接，指船多。 [62]建康：今江苏南京。 [63]具舟：备船。 [64]煨烬：火灰。 [65]建炎戊申：即建炎二年(1128)。起复：又被任用。 [66]己酉：即建炎三年(1129)。 [67]芜湖：今属安徽。 [68]姑孰：溪名，在今安徽当涂。 [69]卜居：选择居处。赣水：赣江，在今江西。 [70]池阳：今安徽贵池。 [71]湖州：今属浙江。 [72]过阙上殿：谓至京晋见皇帝。 [73]葛衣：葛布衣服。岸巾：把头巾推后，露出额顶，表示穿戴随便。 [74]余意甚恶：我的心绪不好。 [75]缓急：偏意复词，指紧急事变。 [76]戟手：竖起食指、中指来指人，其形如戟(古时一种兵器)。一般形容怒骂之态，这里是加强语气的动作。 [77]宗器：祠堂里祭祀和陈设的礼器。 [78]行在：皇帝外出时临时的驻所，这里指建康(今江苏南京市)。 [79]病痁：患疟疾。 [80]惊怛(dá)：惊恐忧伤。 [81]柴胡、黄芩：均属寒性药。 [82]膏肓：心膈之间。中医认为这里是药力达不到的。 [83]“殊无”句：谓没有留下安排家事的遗嘱。分香卖履：曹操临死前，令把剩余的香料分给众夫人；又让她们学制鞋带卖钱。

葬毕，余无所之[①]。朝廷已分遣六宫[②]，又传江当禁渡[③]。时犹有书二万卷，金石刻二千卷，器皿、茵褥[④]，可待百客[⑤]，他长物称是[⑥]。余又大病，仅存喘息。事势日迫。念侯有妹婿任兵部侍郎，从卫在洪州[⑦]，遂遣二故吏，先部送行李往投之[⑧]。冬十二月，金寇陷洪州，遂尽委弃。所谓连舻渡江之书，又散为云烟矣！独余少轻小卷轴书帖，写本李、杜、韩、柳集[⑨]，《世说》、《盐铁论》[⑩]，汉唐石刻副本数十轴，三代鼎鼐十数事[⑪]，南唐写本书数箧，偶病中把玩，搬在卧内者，岿然独存[⑫]。

上江既不可往[⑬]，又虏势叵测[⑭]，有弟迒[⑮]，任敕局删定官[⑯]，遂往依之。到台[⑰]，守已遁[⑱]。之剡[⑲]，出陆[⑳]，又弃衣被。走黄岩[㉑]，雇舟入海，奔行朝[㉒]，时驻跸章安[㉓]，从御舟海道之温[㉔]，又之越[㉕]。庚戌十二月[㉖]，放散百官[㉗]，遂之衢[㉘]。绍兴辛亥春三月[㉙]，复赴越，壬子[㉚]，又赴杭。

先侯疾亟时[㉛]，有张飞卿学士，携玉壶过视侯，便携去，其实珉也[㉜]。不知何人传道[㉝]，遂妄言有颁金之语[㉞]。或传亦有密论列者[㉟]。余大惶怖，不敢言，亦不敢遂已[㊱]，尽将家中所有铜器等物，欲赴外廷投进[㊲]。到越，已移幸四明[㊳]。不敢留家中，并写本书寄剡。后官军收叛卒取去，闻尽入故李将军家。所谓"岿然独存"者，无虑十去五六矣[㊴]！惟有书画砚墨可五七簏[㊵]，更不忍置他所。常在卧榻下，手自开阖。在会稽[㊶]，卜居土民钟氏舍。忽一夕，穴壁负五簏去[㊷]。余悲恸不得活，立重赏收赎。后二日，邻人钟复皓出十八轴求赏，故知其盗不远矣。万计求之，其余遂不可出。今知尽为吴说运使贱价得之[㊸]。所谓"岿然独存"者，乃十去其七八。所有一二残零不成部帙书册，三数种平平书帙，犹复爱惜如护头目，何愚也耶！

今日忽阅此书，如见故人。因忆侯在东莱静治堂[㊹]，装卷初就，芸签缥带[㊺]，束十卷作一帙。每日晚吏散，辄校勘二卷，跋题一卷。此二千卷，有题跋者五百二卷耳。今手泽如新[㊻]，而墓木已拱[㊼]，悲夫！

昔萧绎江陵陷没，不惜国亡，而毁裂书画[㊽]；杨广江都倾覆，不悲身死，而复取图书[㊾]：岂人性之所著，死生不能忘之欤[㊿]？或者天意以余菲薄[51]，不足以享此尤物耶[52]？抑亦死者有知，犹斤斤爱惜，不肯留在人间耶？何得之艰而失之易也？呜呼！余自少陆机作赋之二年，至过蘧瑗知非之两岁[53]，三十四年之间，忧患得失，何其多也？然有有必有无，有聚必有散，乃理之常。人亡弓，人得之[54]，又胡足道？所以区区记其终始者[55]，亦欲为后世好古博雅者之戒云。

绍兴二年玄黓岁壮月朔甲寅易安室题[56]。

注释

① 之：往。 ② 分遣六宫：指把后妃们遣散到安全的地方。宋高宗建炎三年(1129)七月，陆祐太后率六宫逃往洪州(今江西南昌)。 ③ 江：指长江。 ④ 茵：垫子。 ⑤ 待：招待。 ⑥ 他长物称是：其他顶用的东西与上述器物数目略同。 ⑦ 从卫：侍从保卫皇室。 ⑧ 部送：护送。 ⑨ 写本：抄写本。李、杜、韩、柳集：指李白、杜甫、韩愈、柳宗元的集子。 ⑩《世说》：即《世说新语》，刘义庆著。《盐铁论》：汉朝桓宽著。 ⑪ 鼐：大鼎。事：件。 ⑫ 岿然：单独的样子。 ⑬ 上江：这里指江西一带。今"上江"指安徽一带，"下江"指江苏一带。 ⑭ 叵：不可。 ⑮ 有弟迒(háng)：作者之弟李迒。 ⑯ 敕局删定官：官名，负责编定政府诏令的机构中的官员。 ⑰ 台：台州，今浙江临海。 ⑱ 守：指台州知州晁公为。 ⑲ 剡(shàn)：今浙江嵊州。 ⑳ 陆：一作"睦"，今浙江建德。 ㉑ 黄岩：今属浙江。 ㉒ 行朝：即上文的"行在"。 ㉓ 驻跸：皇帝临时居地。章安：镇名，在今浙江临海东南。 ㉔ 温：温州，今属浙江。 ㉕ 越：越州，今浙江绍兴。 ㉖ 庚戌：建炎四年(1130)。 ㉗ 放散百官：谓下诏让百官自由择地居住，不必跟随皇帝。 ㉘ 衢：衢州，今属浙江。 ㉙ 绍兴辛亥：即绍兴元年(1131)。绍兴：宋高宗的年号(1131—1162)。 ㉚ 壬子：绍兴二年(1132)。 ㉛ 疾亟：病危。 ㉜ 珉：像玉的石头。 ㉝ 传道：谣言。 ㉞"遂妄言"句：谓于是就有人乱说赵明诚把玉送给金人。颁：赐予。 ㉟"或传"句：谓或传说有人秘密向朝廷告发此事。论列：议论、列举罪状，弹劾。 ㊱ 已：罢休。 ㊲ 外廷：朝廷，与"内廷"相对而言。 ㊳ 幸：皇帝到某处，称"幸"。四明：明州，今浙江宁波。 ㊴ 无虑：大概。 ㊵ 可：大约。 ㊶ 会稽：今浙江绍兴。 ㊷ 穴壁：掘壁(偷盗)。 ㊸ 吴说：字傅朋，当时名画家，曾任福建路转运判官。 ㊹ 东莱：今山东莱州。 ㊺ 芸签：书签。古时藏书多用芸草驱蠹虫，故称。缥带：束书用的浅青色的带子。 ㊻ 手泽：指赵明诚的墨迹。 ㊼ 墓木已拱：坟上的树木已粗壮到要用手合抱。意思是去世很久。 ㊽"昔萧绎"三句：指梁元帝萧绎在北魏攻陷梁都江陵时，烧毁了图书十四万卷。 ㊾"杨广"三句：指隋炀

帝杨广出游江都时，为部将宇文化及所杀。据载他临死前曾烧书三十七万卷。复取：再取，这里指焚烧。 ㊿“岂人性”二句：谓难道人心中所执着的东西，无论生死都不会忘吗？著：附着。 51 菲薄：微不足道。 52 尤物：优异之物。53“余自少”二句：谓作者嫁与赵明诚的十八岁到写此序时的五十二岁。陆机：字士衡，晋朝文学家，相传他二十岁作《文赋》。蘧瑗：字伯玉，春秋卫国大夫。五十岁自知四十九时之非。后世即用“知非之年”代称五十岁。 54“人亡弓”二句：语出《孔子家语》。相传楚恭王丢失一张名弓，侍从们欲去寻找，楚王阻止道：“楚人失之，楚人得之。”孔子听说后，认为楚王胸襟还不够大，应该说“人遗弓，人得之”。这里借以表示自己所得或为人所得，没有什么两样。这是作者无可奈何的自慰语。 55 区区：爱而不舍的样子。 56 玄黓(yì)：古时以干支纪年，太岁在壬称“玄黓”，绍兴二年干支为壬子，故称。壮月：八月的别称。朔甲寅：初一日。查绍兴二年八月初一日的干支是戊子，疑有脱误。另据宋刊本洪迈《容斋四笔》卷五等书记载，此序应作于绍兴四年，较符合李清照生平。易安室：李清照的居室名。这里是“易安室主人”的意思。

品评

这篇序文除了开头说明《金石录》一书的内容和目的外，主要可分两大部分：前一部分是写作者夫妇如何节衣缩食收集金石典籍，以及沉浸其中的乐趣，调子是欢快的；后一部分写在金兵南下以后的逃亡生活中，收藏的文物如何屡遭厄运，充满了悲惨低沉的情思。最后以抒发感慨作结。全文大致以事件发生的先后为次序，逐层写来，文字简洁朴实，而其内蕴却大大超出一般书序的范围。

序文是围绕金石资料和文献典籍的“得难失易”的思想线索来写的，这样才能和书序切题；但是，此点与作者的生活和命运有着密切的关联，其中凝结着她对往日美满和谐生活的温馨追忆和遭遇变故后辛酸痛楚的感受，反映出作者生活史和感情史的巨大转折；而作者生活和感情的巨变又与南渡前后整个时代、政局息息相关，因而“金石存亡—身世巨变—时代动乱”这三个层面实是合而为一的。文物的历史映照出人的历史，而个人的命运又折射出时代的命运，这使文章在清晰脉络之中而显得意蕴深沉。而最后一段关于得失聚散，“乃理之常”的感慨，又把这一切提高到普遍性的人生哲理的思考，增加了本文的思想深度。

文章夹叙夹议，一路信笔挥洒，纯用白描手法。而对典型细节，却不惮辞繁，肆意点染，使文情酣畅，摇曳多姿。如夫妇质衣换钱，展玩碑文，咀嚼果实，尽力传写，摩玩舒卷，特别是归来堂猜书角胜斗茗一段，犹如传神阿睹，活画出一幅夫妇陶醉学术文化、乐在其中的行乐图，一股墨香书卷之气扑面而来；后幅写在金石图书的被弃、被焚的背景中，赵明诚的临行嘱咐，表示了宗器文物“与身俱存亡”的决心，仓促间夫妻一问一答，神情腔吻宛然。前后幅喜悲互衬。对比强烈，尤具震撼人心的力量。这些对细节的精心选择和描摹，不仅叙出李、赵二人的生平行迹(《宋史》中二人均无传)，而且刻画了他们的性格志趣和音容笑貌，使这篇序具有传记文学的特色和性质。

清人李慈铭曾评本文云：“叙致错综，笔墨疏秀，萧然出畦町之外。予向爱诵之，谓宋以后闺阁之文，此为观止。”肯定了本文的独创性及其在中国妇女文学中的特殊地位，是有见地的。

刘子翚

刘子翚(1101—1147),字彦冲,自号病翁,建州崇安(今福建武夷山市)人。曾任兴化军(治所在今福建莆田)通判。后退居屏山讲学,被称为屏山先生。朱熹少时曾从其受学。能诗,颇有感慨时事之作。有《屏山集》。《宋史》卷四三四有传。

试梁道士笔

善将不择兵,善书不择笔①,顾所用如何耳②!南渡以来③,毛颖乏绝④,幔亭黄冠以笔遗予⑤,玉表霜里⑥,视之皆触藩之柔毳也⑦。束缚精妙,驱使如意,亦管城之亚匹焉⑧。因念神州赤县半没埃秽中⑨,或言南兵剽轻不足仗者⑩,而春秋吴、楚之霸⑪,六朝晋、宋之捷⑫,不闻借锐于他方⑬,选徒于外境⑭。昔人云:"京口酒可饮,兵可用⑮。"岂用之自有道邪⑯?书生过计⑰,推此理于试笔之间,庶几毚㲜之裔⑱,不得专美于旧谈⑲,组练之军⑳,或有为于今日。

注释

①"善将"二句:谓善于带兵的人用不着挑选士兵,善于写字的人用不着挑选毛笔。 ② 顾:但看。 ③ 南渡:指公元1127年,金兵攻占北宋首都汴京(今河南开封),宋高宗率群臣渡江,定都临安(今浙江杭州)。 ④ 毛颖:指毛笔。⑤ 幔亭:山峰名,在福建武夷山。黄冠:道士的代称,这里指梁道士。遗:送。⑥ 玉表霜里:形容笔毛内外洁白。 ⑦ 触藩:指羊抵擦篱笆,这里代指羊。柔毳(cuì):柔软的细毛。 ⑧ 管城:上好毛笔的别称。韩愈《毛颖传》把毛笔拟人化,

并说秦始皇把毛笔封在管城(实指笔管),号为“管城子”。亚匹:相配、匹敌。亚,次,引申为侍匹。 ⑨“因念”句:指北中国被女真族占领。神州赤县:中国的别称。战国齐人邹衍创立“大九州”之说,把中国称为赤县神州。 ⑩剽轻:剽悍而易动好乱。 ⑪“春秋”句:春秋时,吴楚(地在湘、鄂、皖、江、浙一带的两个国家)曾先后称霸一时。 ⑫“六朝”句:六朝时,东晋和刘宋均建都在今江苏南京,曾屡次打败入侵的北方少数民族统治者。 ⑬锐:精兵劲卒。 ⑭徒:士兵。 ⑮昔人:指东晋大将桓温。其语出《晋书·郗超传》。京口:现在江苏镇江。 ⑯道:方法。 ⑰过计:多虑。 ⑱毚䨲(jùn nuò)之裔:指毛笔。毚䨲,两种兔子。 ⑲旧谈:前人以毛笔为题的文章,如韩愈《毛颖传》等。 ⑳组练:“组甲被练”的简称,军士所穿的两种衣甲,引申为精壮的军队。

品评

这则杂感式的短文,从一支毛笔谈起,联想到用兵救亡的大事,旨在表达作者奋起抗战、收复中原失地的坚决意志和对国家命运的深切关怀。

作者暗以反驳南方笔、兵不如北方笔、兵之旧说,作为立论的出发点。首先提出“善将不择兵,善书不择笔”的论点,着重举出古人用南兵战胜北兵之例,强调兵不必选择,关键在于“善用”;其次,用梁道士所送南方之佳笔,暗示南方亦有精兵锐卒,进一步强调了南兵的“可用”。总此两条,顺势推出了只要有抗战的决心,就无不胜之理(“或有为于今日”)的结论。

全文以择笔、用笔比喻择兵、用兵,笔为喻体,兵为本体;但文章开头以“善将不择兵”兴起“善书不择笔”,却是笔为主,兵为宾,以照应“试笔”题意。中间以“因念”一词领起,由试笔推想用兵,转入阐发抗战的本旨。行文中喻体、本体,主宾互换,而又转接自然,不露痕迹。

胡　铨

胡铨(1102—1180),字邦衡,号澹庵,庐陵(今江西吉安)人。宋高宗时进士,做过枢密院编修官(担任撰述工作)。一生坚决主张抗战,反对与金人议和,是位进步的政治家。文章多驰骋纵横,痛快淋漓。有《澹庵集》。《宋史》卷三七四有传。

上高宗封事①

绍兴八年十一月日②,右通直郎枢密院编修官臣胡铨谨斋沐裁书昧死百拜献于皇帝陛下③:臣谨案王伦本一狎邪小人④,市井无赖⑤。顷缘宰相无识⑥,遂举以使虏⑦。专务诈诞,欺罔天听⑧,骤得美官。天下之人,切齿唾骂。今者无故诱致虏使,以诏谕江南为名,是欲臣妾我也⑨,是欲刘豫我也⑩。刘豫臣事丑虏⑪,南面称王,自以为子孙帝王万世不拔之业,一旦豺狼改虑⑫,捽而缚之⑬,父子为虏。商鉴不远⑭,而伦又欲陛下效之!夫天下者⑮,祖宗之天下也;陛下所居之位,祖宗之位也⑯。奈何以祖宗之天下,为犬戎之天下⑰,以祖宗之位,为犬戎藩臣之位⑱?陛下一屈膝,则祖宗庙社之灵,尽污夷狄;祖宗数百年之赤子⑲,尽为左衽⑳;朝廷宰执㉑,尽为陪臣;天下之士大夫,皆当裂冠毁冕变为胡服㉒。异时豺狼无厌之求㉓,安知不加我以无礼如刘豫者哉㉔?夫三尺童子,至无知也,指犬豕而使之拜㉕,则怫然怒㉖。今丑虏则犬豕也,堂堂天朝,相率而拜犬豕㉗,曾童稚之所羞㉘,而陛下忍为之耶!伦之议乃曰:"我一屈膝,则梓宫可还㉙,太后可复㉚,渊圣可归㉛,中原可得。"呜呼㉜!自变故以来㉝,主和议者,谁不以此说啖陛下哉㉞?而卒无一验㉟,是虏之情伪㊱,已可知矣。而陛下尚不觉悟,竭民膏血而不恤㊲,忘国大仇而不报,含垢忍耻[38],举天下而臣之甘心焉[39]。就令虏决可和[40],尽如伦议,天下后世,谓陛下何如主[41]?况丑虏变诈百出,而伦又以奸邪济之[42],梓宫决不可还,太后决不可复,渊圣决不可归,中原决不可得。而此膝一屈,不可复伸;国势陵夷[43],不可复振,可为痛哭流涕长太息也[44]。

向者陛下间关海道[45],危如累卵[46],当时尚不肯北面臣虏[47];况今国势稍张[48],诸将尽锐,士卒思奋。只如顷者丑虏陆梁[49],伪豫入寇[50],固尝败之于襄阳[51],败之于淮上[52],败之于涡口[53],败之于淮阴[54],较之前日蹈海之危[55],已万万矣[56]。倘不得已而遂至于用兵,则我岂遽出虏人下哉[57]?今无故而反臣之,欲屈万乘之尊[58],下穹庐之拜[59],三军之士,不战而气已索[60],此鲁仲连所以义不帝秦[61],非惜夫帝秦之虚名,惜天下大势,有所不可也。今内而百官,外而军民,万口一谈,皆欲食伦之肉,谤议汹汹,陛下不闻。正恐一旦变作[62],祸且不测。臣窃谓不斩王伦,国之存亡,未可知也。

注释

①高宗:宋高宗赵构。封事:密封的奏章。 ②绍兴八年:公元1138年。绍兴,宋高宗的年号(1131—1162)。 ③右通直郎:闲散的从六品文官。斋沐:斋戒沐浴(表示虔诚)。昧死:冒死。 ④王伦:字正道,莘县(今属山东)人。宋高宗时,他屡次出使金朝求和,最后促成了绍兴十一年(1141)的和议,割地称臣于金朝。狎(xiá)邪:奸刁。 ⑤市井:街坊。 ⑥顷:不久前。缘:因为。宰相:指秦桧。 ⑦虏:对敌人的贱称。下文的"丑虏"、"豺狼"都是这个意思。 ⑧天听:皇帝的视听。 ⑨"今者"三句:宋高宗绍兴八年(1138)十月,金朝派张通古、萧哲为江南诏谕使,由王伦陪同前来宋朝。所谓"诏谕江南",实际上已把南宋看成了附属国。臣妾我:使我变成他的臣妾。 ⑩刘豫我:使我变成刘豫一样的附庸。刘豫,原是宋朝的大臣,降金后,被女真族统治者扶植为傀儡皇帝,建立伪齐政权。 ⑪臣事:臣服,顺从。 ⑫改虑:另作打算。 ⑬捽(zuó):揪住。 ⑭商鉴:又叫"殷鉴"。《诗经》里有一首诗,要殷的子孙以夏的覆灭为诫,后来就用这一词汇泛指值得引以为鉴戒的先例(公元1137年,金人见刘豫无用,就取消了伪齐政权,囚禁了刘豫、刘麟父子,所以胡铨用这个例子来破除宋高宗的幻想)。 ⑮夫(fú):语助词。 ⑯祖宗之位:祖宗传下来的天子之位。 ⑰犬戎:本是周朝时少数民族,这里是对金朝统治者的贱称。 ⑱藩臣:

属国。 ⑲ 赤子：老百姓。 ⑳ 左衽(rèn)：衣襟开在左边，是古代少数民族的服装，这里指沦为亡国奴。 ㉑ 宰执：执政的正副宰相。 ㉒ 冠、冕：帽子。胡：北方少数民族的总称。 ㉓ 厌：满足。 ㉔ 安知：怎知。 ㉕ 豕(shǐ)：猪。 ㉖ 怫(fú)然：发怒的样子。 ㉗ 相率：一个接一个地。 ㉘ 曾：乃，甚至。 ㉙ 梓(zǐ)宫：皇帝、皇后的棺材。这里指宋徽宗赵佶的棺材。他被金朝统治者北掳而去，于公元1135年死于金。当时留在金朝的，还有郑后(后来又有邢后)之棺。 ㉚ 太后：指宋高宗的母亲韦后。复：回来。 ㉛ 渊圣：指宋钦宗赵桓。 ㉜ 呜呼：感叹词。 ㉝ 变故：公元1127年金兵南侵、汴京失守、徽钦北掳的事。 ㉞ 啖(dàn)：利诱。 ㉟ 卒：终于。无一验：没有一件能实现。 ㊱ 情伪：真情和假意。 ㊲ 竭民膏血而不恤：尽情搜刮民脂民膏用以向金求和，毫不顾惜。恤，怜惜。 ㊳ 含垢：承受着污辱。 ㊴ 臣：臣服。之：代词，指女真族统治者。 ㊵ 就令：即使。 ㊶ 何如主：怎样一个君主？ ㊷ 济：帮助。 ㊸ 陵夷：衰微。 ㊹ 长太息：深深的叹息。 ㊺ 向：从前。间关海道：指宋高宗从河南辗转逃难到浙东一带。 ㊻ 危如累卵：危险得像堆垒蛋一样。 ㊼ 臣虏：向敌屈服称臣。 ㊽ 张：强盛。 ㊾ 陆梁：原义是跳着走的样子，这里指扰乱入侵。 ㊿ 伪豫：刘豫伪齐的军队。 51 襄阳：今属湖北。 52 淮上：今淮河流域。 53 涡口：涡水流入淮河处，在今安徽省怀远县东北。 54 淮阴：今江苏省淮安市淮阴区。以上四次战役，刘豫伪军分别被宋朝岳飞、韩世忠、杨存中(又名沂中)等军队所败。 55 蹈海之危：和上文“间关海道”的意义相同。蹈海，在海上来往奔波。 56 已万万矣：已经大大的(不同)了。 57 岂遽出虏人下哉：难道就比敌人弱吗？遽，遂。 58 万乘之尊：皇帝的尊贵身份。 59 穹(qióng)庐：毡帐(代指女真族统治者的住所)。 60 索：消尽。 61 鲁仲连：战国时著名的辩士，齐人。秦军包围赵都邯郸(今属河北)，他以利害说服赵、魏大臣，劝他们不要尊秦昭王为帝。 62 变作：发生变故。

虽然，伦不足道也。秦桧以腹心大臣，而亦为之。陛下有尧舜之资，桧不能致陛下如唐虞[①]，而欲导陛下如石晋[②]。近者礼部侍郎曾开等[③]，引古谊以折之[④]，桧乃厉声曰：“侍郎知故事，我独不知？”则桧之遂非狠愎[⑤]，已自可见。而乃建白令台谏从臣佥议可否[⑥]，是明畏天下议己，而令台谏从臣共分谤耳[⑦]。有识之士，皆以为朝廷无人。吁[⑧]！可惜哉！孔子曰：“微管仲，吾其被发左衽矣[9]。”夫管仲，霸者之佐耳[10]，尚能变左衽之区为衣冠之会[11]；秦桧，大国之相也，反驱衣冠之俗，归左衽之乡。则桧也，不惟陛下之罪人，实管仲之罪人矣！孙近附会桧议[12]，遂得参知政事[13]，天下望治[14]，有如饥渴，而近伴食中书[15]，漫不可否事[16]。桧曰“虏可和”，近亦曰“可和”；桧曰“天子当拜”，近亦曰“当拜”。臣尝至政事堂[17]，三发问而近不答，但曰“已令台谏侍从议矣”。呜呼！参赞大政[18]，徒取容充位如此[19]！有如虏骑长驱[20]，尚能折冲御侮耶[21]？臣窃谓秦桧[22]、孙近亦可斩也。

臣备员枢属[23]，义不与桧等共戴天[24]，区区之心[25]，愿斩三人头，竿之藁街[26]。然后羁留虏使[27]，责以无礼，徐兴问罪之师[28]。则三军之士，不战而气自倍。不然，臣有赴东海而死耳[29]，宁能处小朝廷求活耶？小臣狂妄，冒渎天威[30]，甘俟斧钺，不胜陨越之至[31]。

注释

① 唐虞：即尧、舜。 ② 石晋：石敬瑭，五代后晋高祖。他勾结契丹族统治者消灭后唐，受契丹册封为帝，割让燕云十六州（今河北、山西北部地区），并自称儿皇帝。 ③ 礼部侍郎：管理国家考试、教育、礼法的中央机关的副长官。④ 古谊：古人所说的义理。折：责难。 ⑤ 遂非：让错误一直错下去，即坚持错误。狠愎（bì）：凶狠固执不讲理。 ⑥ 建白：建议。台谏从臣：指御史、谏官和其他侍从官。佥（qiān）议：众议。 ⑦ 分谤：分担舆论的指责。 ⑧ 吁（xū）：感叹词。 ⑨“微管子”二句：意谓要是没有管仲的话，我们都披着头发、穿着左边开襟的衣服沦为异族了。管仲，春秋初期的杰出政治家，帮助齐桓公改革政治，国力大振，使齐桓公成为当时第一个霸主。 ⑩ 佐：辅助。 ⑪ 衣冠：指中原的服饰。 ⑫ 附会：附和。 ⑬ 参知政事：副宰相。 ⑭ 治：国家安定，兴旺。⑮ 伴食：陪着白吃闲饭，指在职不任事。中书：中书省，国家最高的行政机关。⑯ 漫不可否事：马马虎虎地对事情不敢置以可否。 ⑰ 政事堂：大臣们讨论国家大事的地方。 ⑱ 参赞大政：参与决定国家大事。 ⑲ 徒取容充位：只想取悦于人，虚占官位。 ⑳ 有如：假使。骑（jì）：部队。 ㉑ 折冲：抵抗敌人。意思与“御侮”相同。 ㉒ 窃谓：私意认为。 ㉓ 备员枢（shū）属：指担任枢密院编修官的职务。备员，谦词，聊充官位而已。 ㉔ 共戴天：共同生存在一个天地里。 ㉕ 区区：忠诚的样子。 ㉖ 竿之：把头挂在高竿上（示众）。藁街：原是

汉朝长安的一条街，专住国内边境各少数民族的人和外国人。这里是说把秦桧三人的首级拿到金朝使臣住的街上去示众。 ㉗ 羁(jī)留：扣留。 ㉘ 徐兴：慢慢地发动。 ㉙ 赴东海而死耳：用战国时鲁仲连的话。他说，如果秦国称帝，他就跳东海而死，不做秦国的臣民。 ㉚ 冒渎(dú)：触犯。天威：皇上的尊严。㉛“甘俟”二句：甘心等待处分，心情实在不安、急迫得很。斧钺(yuè)：古代兵器，借指刑戮。不胜(shēng)：无限。陨越：跌倒，颠坠。引申为情急或失职，这里作情急讲。这是奏书的套语。

品评

宋高宗建立南宋后，长期置家仇国恨于不顾，一味求和苟安，以秦桧为首的投降派更是极力打压朝廷中的抗战派，使得金国更加肆无忌惮，得寸进尺。绍兴八年(1138)，金国使者与宋朝使金的王伦一道南来，竟敢称是“诏谕江南”，将南宋与金国定位在君臣之国的关系上。如此奇耻大辱，震惊朝野内外，爱国士人纷纷上书表达激愤之情和抗战之策，胡铨这篇奏章态度最坚决，言辞最激切，天下士人为之震动。

胡铨此文可谓是声讨当时秦桧卖国集团的檄文，是对误国庸君赵构敲起的警钟，也是奋起抗战、收复失地的宣言。奏章先借斥责王伦，来说明屈膝投降是民族的奇耻大辱，也分析了抗战的有利形势，作者规劝宋高宗放弃言和的幻想，振起抗敌之志，一篇之中，三致意焉；接着把锋芒指向罪魁秦桧和他的心腹爪牙孙近，揭露了他们的叛国罪行；最后作者呼吁宋高宗将王伦、孙近、秦桧三人斩首示众，否则唯有一死以警士林，显示出他和这些民族叛徒的不共戴天的仇恨和斗争的决心。全文辞意激切，肝胆毕露，敢怒敢骂，充分表现出作者嫉恶如仇的高风亮节。相传女真族统治者曾以千金觅去这篇文章，读后慌乱失色，惊呼：“南朝有人！”胡铨自己也因此受到秦桧集团的残酷迫害，长期被贬抑。

岳 飞

岳飞(1103—1142),字鹏举,相州汤阴(今河南汤阴)人。他英勇善战,带兵有方,多次打败金兵。后被秦桧等以"莫须有"的罪名杀害,年仅三十九岁。岳飞写作不多,但诗、词、文都具有强烈的爱国思想,气魄宏大,风格豪迈。有《岳武穆集》。《宋史》卷三六五有传。

五岳祠盟记

自中原板荡①,夷狄交侵②,余发愤河朔③,起自相台④,总发从军⑤,历二百余战,虽未能远入荒夷⑥,洗荡巢穴⑦,亦且快国仇之万一。今又提一旅孤军,振起宜兴、建康之城⑧,一鼓败虏⑨,恨未能使匹马不回耳。故且养兵休卒,蓄锐待敌,嗣当激励士卒⑩,功期再战⑪。北逾沙漠,蹀血虏廷⑫,尽屠夷种⑬,迎二圣归京阙⑭,取故地上版图⑮,朝廷无虞⑯,主上奠枕⑰,余之愿也。河朔岳飞题。

注释

① 板荡:原是《诗经》中两篇诗的题目,内容写周厉王的残暴无道,后用来代称局势混乱。 ② 夷狄:古代对少数民族的贱称。这里指女真族。 ③ 河朔:黄河以北的地区。宋时相州属河北路,所以文末题河朔。 ④ 相台:铜雀台,故址在今河北省临漳县西南,旧属相州(州治在今河南省安阳市)。这里用来指他的家乡。 ⑤ 总发从军:幼年参军。总发,古代男子未成年时的发式。 ⑥ 荒夷:边远的地区。 ⑦ 巢穴:指女真族统治者的根据地。 ⑧ 宜兴:今属江苏。

公元1129年，金兵渡江南侵，岳飞移军宜兴一带，坚持抗战。1130年，岳飞收复建康，使战局大有转变。 ⑨ 虏：对敌人的贱称。 ⑩ 嗣(sì)：接着。 ⑪ 功期再战：致力于再战的准备。 ⑫ 蹀（dié）血：杀得敌人遍地是血。蹀，踩。⑬ 夷种：对女真族的贱称。“尽屠夷种”，带有狭隘的民族复仇主义情绪，对兄弟民族的少数统治者和广大人民不加区别，应批判地对待。 ⑭ 二圣：指被金兵掳到北方去的宋徽宗和宋钦宗。京阙：代指皇城。 ⑮ 故地：指失去的旧有疆土。 ⑯ 虞：忧患。 ⑰ 奠枕：安枕，高枕无忧的意思。奠，安定。

品评

五岳祠在今江苏省宜兴市境内，据《宋史·岳飞传》记载，建炎四年(1130)，“兀术攻常州，宜兴令迎飞移屯焉”，本文应即此时写下的。“盟记”实是题写在壁上的誓词。岳飞戎马倥偬之中游览五岳祠，想到的不是水光山色，而是“还我河山”。这短短百字之文，正是他精忠报国心迹的最好表白。文章先叙述以往从军抗战的经过，次写目前的战争形势，最后表示收复失地、重整山河的雄心壮志，显示了这位民族英雄的精神面貌，也反映了当时人民群众同仇敌忾、慷慨悲壮的思想感情。全篇气势充沛、文笔遒劲，四字句的运用，更让节奏明快，感染力强。

陆　游

陆游(1125—1210)，字务观，号放翁，越州山阴(今浙江绍兴)人。一生主张抗击金兵，恢复中原。早年应省试，为第一；次年应礼部试，却为秦桧所黜。后长期遭排挤。中年入蜀，投身军旅，对其创作产生深刻影响。晚年罢职还乡，间或出任地方官。在乡村躬耕著书，仍关注国家命运。他是著名爱国诗人，现存诗作九千余首，为宋人之冠。其诗各体兼备，七律更胜；风格多样，以壮阔豪迈为主。并擅词文。其中志铭记序一类作品，超迈简洁，尤能体现其散文成就。有《剑南诗稿》、《渭南文集》等。《宋史》卷三九五有传。

姚平仲小传①

姚平仲，字希晏，世为西陲大将②。幼孤，从父古养为子③。年十八，与夏人战臧底河④，斩获甚众，贼莫能枝梧⑤。宣抚使童贯召与语⑥，平仲负气不少屈⑦，贯不悦，抑其赏。然关中豪杰皆推之⑧，号“小太尉”。睦州盗起⑨，徽宗遣贯讨贼，贯虽恶平仲⑩，心服其沉勇，复取以行。及贼平，平仲功冠军⑪，乃见贯曰：“平仲不愿得赏，愿一见上耳。”贯愈忌之。他将王渊、刘光世皆得召见，平仲独不与⑫。钦宗在东宫知其名，及即位金人入寇，都城受围，平仲适在京师，得召对福宁殿，厚赐金帛，许以殊赏。于是平仲请出死士斫营擒虏帅以献⑬。及出，连破两寨，而虏已夜徙去。平仲功不成，遂乘青骡亡命，一昼夜驰七百五十里，抵邓州⑭，始得食。入武关⑮，至长安⑯，欲隐华山⑰，顾以为浅⑱，奔蜀，至青城山上清宫⑲，人莫识也。留一日，复入大面山⑳，行二百七十余里，度采药者莫能至㉑，乃解纵所乘骡，得石穴以居。朝廷数下诏物色求之[22]，弗得也。乾道、淳熙之间[23]，始出，至丈人观道院[24]，自言如此。时年八十余，紫髯郁然[25]，长数尺，面奕奕有光，行不择崖堑、荆棘[26]，其速若奔马；亦时为人作草书，颇奇伟，然秘不言得道之由云。

注释

① 姚平仲：北宋末年名将。 ② 世：世世代代。西陲：西部边疆。 ③ 从父：伯父或叔父。古：姚古，北宋末名将。汴京危急，曾率部驰援。 ④ 夏人：西夏党项人。臧底河：指臧底河城，宋、夏于宋徽宗政和时曾在此一战。 ⑤ 枝梧：抵挡。 ⑥ 童贯：北宋著名奸恶宦官。曾任陕西、河东、河北宣抚使，负责西北和北部地区军事。 ⑦ 负气不少屈：自恃意气，不肯屈居事人。 ⑧ 关中：今陕西中部一带。推：推崇。 ⑨ 睦州盗：指方腊起义军。睦州，治所在今浙江建德。 ⑩ 恶：讨厌。 ⑪ 功冠军：功劳为全军之首。 ⑫ 不与：不在其内。⑬ 斫营：袭击敌营。 ⑭ 邓州：今属河南。 ⑮ 武关：在今陕西商南县西北。⑯ 长安：今陕西西安。 ⑰ 华山：在今陕西华阴。 ⑱ 顾以为浅：只认为（华山）不够幽深。 ⑲ 青城山：在今四川都江堰市西南，山顶有上清宫。 ⑳ 大面山：为青城山主峰。 ㉑ 度：猜测。 ㉒ 物色：寻找。 ㉓ 乾道：宋孝宗的年号（1165—1173）。淳熙：宋孝宗的年号（1173—1189）。 ㉔ 丈人观道院：青城山有丈人峰，丈人观道院即在此峰。 ㉕ 郁然：浓密的样子。 ㉖ 崖堑：山崖和山沟。

品评

"小传"不像正式传记那样要概述传主一生的行事大节，面面俱到，而是要突出重点，摹刻出人物最具特色、最显风采的一面。在这篇不足四百字的传记中，作者突出了姚平仲的传奇色彩，简要地记叙了这位名将不平凡的一生。

围绕传主的传奇性，作者作了多角度、多层次的描绘和渲染。首先通过大胜夏兵、豪杰敬重、权奸嫉恨而又不得不倚重其力等描写，既强调其骁勇善战的特点，又从侧面点出遭际的坎坷，给读者一个不同凡响的初步印象。其次，晋见钦宗，誓死斩敌，必欲力挽狂澜；功不成后，便遁入深山，隐居长达数十年。从叱咤风云的猛将到避居绝境的隐士，强烈的形象反差又给人物增添了浓厚的传奇色彩。最后，写传主年虽老而面有神光，攀崖走壁，健步如飞，书法奇伟，在这位隐士身上犹见当年的豪气。而一句“秘不言得道之由”，则给人物又蒙上一层神秘的面纱。

作者在刻画传主的经历、才能、性格的不平凡时，表达了由衷的敬佩之情，同时也揭露出当时权宦弄权误国、忠臣良将备遭排挤的黑暗现象。联系作者自身的遭际，他撰写此传当是有感而发的。

另外值得一提的是，明代文学家陈继儒作有《跋姚平仲小传》一文，从陆游的文章引申出另一番感慨，也足见这篇小传的艺术魅力打动了一代又一代读者。

跋李庄简公家书①

李丈参政罢政归乡里时②，某年二十矣。时时来访先君③，剧谈终日④。每言秦氏，必曰“咸阳⑤”。愤切慨慷，形于色辞。

一日，平旦来⑥，共饭。谓先君曰：“闻赵相过岭⑦，悲忧出涕。仆不然⑧，谪命下，青鞵布袜行矣⑨，岂能作儿女态邪？”方言此时，目如炬，声如钟，其英伟刚毅之气，使人兴起⑩。

后四十年，偶读公家书，虽徙海表⑪，气不少衰；丁宁训戒之语，皆足垂范百世⑫。犹想见其道“青鞵布袜”时也。淳熙戊申五月己未⑬，笠泽陆某书⑭。

注释

① 李庄简公：李光，字泰发，上虞（今属浙江）人。宋徽宗时进士。宋高宗时，任吏部尚书、参知政事等职，因与秦桧政见不合，被罢职。死后谥庄简。
② 丈：对男性长辈的尊称。参政：参知政事的简称。 ③ 先君：指陆游亡父陆宰。 ④ 剧谈：畅谈。 ⑤“每言”二句：谓每次提及秦桧，必称之为“咸阳”。咸阳是秦朝国都，这里代指秦桧姓氏，表示愤恨，不愿直呼其姓。 ⑥ 平旦：早晨。
⑦ 赵相：赵鼎，字元镇。宋徽宗时进士。宋高宗时任同中书门下平章事兼枢密使等职，立志恢复中原，与秦桧不合，被贬至岭南。 ⑧ 仆：男性自称，谦词。
⑨ 鞵：同“鞋”。 ⑩ 使人兴起：让人振奋。 ⑪ 海表：海外，指琼州（今属海南岛）。 ⑫ 垂范百世：为后代留下典范。 ⑬ 淳熙戊申五月己未：即淳熙十五年五月二十四日，公元1188年6月20日。 ⑭ 笠泽：太湖。陆游祖籍甫里（今江苏苏州角直），靠近太湖，故称。一说，笠泽为吴淞江（古称松江），流经吴县，陆

游亦可自称籍贯为笠泽。

品评

陆游此跋的用意，与他的《姚平仲小传》相同，都为抗敌的仁人志士写照立传，抒发自己的崇仰之心和报国之志。所以文虽短小而气势旺盛，精神贯注，富有感染力。比如描写少时亲见李光慷慨陈说“岂能作儿女态邪”的情形，作者结以“使人兴起”，此并非泛语，正是他自身感情投入参与的表现。

此跋在叙写这位愤切国事的抗金名臣时，避开其重大行迹，专择细节琐事，突出一个“气”字，串连起其生平两件小事(言秦氏、评赵相)和晚年家书，寥寥几笔，其英伟刚毅的形象，鲜明生动，呼之欲出，达到了很高的文字功力。近人胡怀琛《古文笔法百篇》将此文归入“步步传神法”，颇有道理。

朱 熹

朱熹(1130—1200),字元晦,号晦翁,徽州婺源(今属江西)人。宋高宗绍兴时进士。曾任知南康军(治所在今江西星子),恢复白鹿洞书院,并订立学规。后又任漳州(今属福建)知州、焕章阁待制侍讲等职。卒谥文。他集宋代理学之大成。著述甚丰,创立"闽学"流派。其文与曾巩相近,长于议论,思致周密,简健有力。有《朱文公文集》、《朱子语类》等。《宋史》卷四二九有传。

送郭拱辰序[1]

世之传神写照者[2],能稍得其形似,已得称为良工。今郭君拱辰叔瞻,乃能并与其精神意趣而尽得之,斯亦奇矣。

予顷见友人林择之、游诚之[3],称其为人,而招之不至。今岁惠然来自昭武[4],里中士夫数人[5],欲观其能[6],或一写而肖,或稍稍损益[7],卒无不似,而风神气韵,妙得其天致[8]。有可笑者:为予作大小二象,宛然麋鹿之姿,林野之性[9],持以示人,计虽相闻而不相识者,亦有以知其为予也。

然予方将东游雁荡[10],窥龙湫,登玉霄以望蓬莱[11],西历麻源[12],经玉笥[13],据祝融之绝顶[14],以临洞庭风涛之壮,北出九江[15],上庐阜[16],入虎溪,访陶翁之遗迹[17],然后归而思自休焉。彼当有隐君子者,世人所不得见,而予幸将见之,欲图其形以归。而郭君以岁晚思亲[18],不能久从予游矣。予于是有遗恨焉。因其告行[19],书以为赠。淳熙元年九月庚子晦翁书[20]。

注释

① 郭拱辰:字叔瞻,三山(今福建福州)人。朱熹门生,善画。 ② 传神写照

者:指人物肖像画家。 ③ 林择之:林用中,字择之,古田(今属福建)人,朱熹门生。游诚之:游九言,字诚之,建阳(今属福建)人,张栻门生。官至知光化军(治所在今湖北光化西)。 ④ 今岁:指宋孝宗淳熙元年(1174)。惠然:敬词,这里指惠临、光顾的意思。昭武:即邵武,今属福建。 ⑤ 里中:闾里之中,指本地。⑥ 能:技能,本领。 ⑦ 损益:删削和增添几笔,指修改。 ⑧ 天致:天然的意态情趣。 ⑨"麋鹿"二句:比喻自然天真的状貌,纯朴率真的性格。 ⑩ 雁荡:山名,在浙江乐清市境,有大小龙湫(qiū)。 ⑪ 玉霄:峰名,在浙江天台西北,为桐柏山九峰之一。望蓬莱:指望海。蓬莱,与方丈、瀛洲并为古代传说中海上的三座仙山。 ⑫ 麻源:地名,在今江西南城西。 ⑬ 玉笥(sì):山名,在湖南湘阴东北。 ⑭ 祝融:衡山七十二峰之一。 ⑮ 九江:亦名浔阳江,是长江的一段,流经今江西九江市一带。 ⑯ 庐阜:庐山。山中有东林寺,虎溪即在其寺前。 ⑰ 陶翁:指陶渊明,浔阳柴桑(今九江市西南)人。柴桑有其故居。⑱ 岁晚:一年将尽。 ⑲ 因其告行:趁他来向我辞行之机。 ⑳ 九月庚子:即九月十六日。

品 评

从表面上看,此序的内容、结构相当单纯,似乎可以一览而尽,无奥折曲衍之处。文章先是从虚实两面赞扬郭拱辰的画艺高超,传神入妙;继而叙及自己将远游,欲邀郭同行,发挥其一技之长;最后以郭氏思亲将归不能从行为憾,从而表示了惜别之意,归结到送别这一题旨上。单就这一层来看,本文已是文简意足,可算作是一篇刻画生动、笔致隽永、有情有感的赠序。

但此文似乎别有深意,可堪玩索。文中数次提及隐逸之事,恐怕不是无谓的闲笔。首先郭氏给作者画像,画出其"宛然麋鹿之姿,林野之性",暗示作者有隐士的风度;其次作者拟游名山,这也是追踪隐逸、放身世外的表现;又提及欲"访陶翁之遗迹",而陶渊明自古就有"隐逸之宗"的称号;他邀约郭氏同行,是请其为屏居山中的隐士画像留世;并宣称游山归来,将准备退休。这层若隐若现的向往隐逸的意思,贯穿在作者对郭氏画技的称美和邀游不成的惋惜之中,向人们展露出在送别惜别后面的某种较为深层的心态。

至于朱熹对隐逸的向往,难道仅仅是一种兴趣好尚吗?清代林云铭认为朱熹是别有所怀的。朱熹所拟就的游历路线,实为南宋东西北三方的疆域极限,暗示了版图的狭小;隐士实为生不逢时的贤人,而朱熹对他们的认同和追寻,则表示他对现实的不满。因而文章“语虽壮而实悲”。从朱熹平生的为人和政治倾向来看,这种分析不无道理,可备一说。

百丈山记①

登百丈山三里许,右俯绝壑②,左控垂崖③,垒石为磴④,十余级乃得度⑤。山之胜,盖自此始⑥。循磴而东,即得小涧,石梁跨于其上⑦,皆苍藤古木,虽盛夏亭午无暑气⑧,水皆清澈,自高淙下⑨,其声溅溅然。度石梁,循两崖,曲折而上,得山门⑩,小屋三间,不能容十许人⑪。然前瞰涧水⑫,后临石池,风来两峡间,终日不绝。门内跨池,又为石梁,度而北,蹑石梯⑬,数级入庵。庵才老屋数间,卑庳迫隘⑭,无足观。独其西阁为胜,水自西谷中循石罅奔射出阁下⑮,南与东谷水并注池中,自池而出,乃为前所谓小涧者。阁据其上流,当水石峻激相搏处,最为可玩,乃壁其后无所睹⑯,独夜卧其上,则枕席之下,终夕潺潺,久而益悲⑰,为可爱耳。出山门而东十许步,得石台。下临峭岸,深昧险绝⑱。于林薄间⑲,东南望,见瀑布自前岩穴瀵涌而出⑳,投空下数十尺,其沫乃如散珠喷雾,日光烛之㉑,璀璨夺目㉒,不可正视。台当山西南缺,前揖芦山㉓,一峰独秀出,而数百里间峰峦高下亦皆历历在眼。日薄西山㉔,余光横照,紫翠重迭,不可殚数㉕。旦起下视,白云满川,如海波起伏,而远近诸山,出其中者,皆若飞浮来往,若涌若没,顷刻万变㉖。台东径断,乡人凿石容磴以度,而作神祠于其东,水旱祷焉。畏险者或不敢度,然山之可观者,至是则亦穷矣㉗。

余与刘充父、平父、吕叔敬、表弟徐周宾游之,既皆赋诗以纪其胜,余又叙次其详如此,而其最可观者,石磴、小涧、山门、石台、西阁、瀑布也。因各别为小诗以识其处㉘,呈同游诸君,又以告夫欲往而未能者㉙。

注释

① 百丈山:在今福建省建阳市东北七十里,接武夷山市、浦城县界。 ② 绝壑(hè):深谷。 ③ 控:控制,这里是靠临的意思。 ④ 磴(dèng):石级。 ⑤ 度:过去。 ⑥ 盖:大概是,表示推测语气。 ⑦ 石梁:石桥。 ⑧ 亭午:正

午。 ⑨ 淙：灌。 ⑩ 山门：寺庙的门。 ⑪ 十许人：约莫十个人。 ⑫ 瞰(kàn)：向下看。 ⑬ 蹑(niè)：踩。 ⑭ 卑庳(bēi)迫隘：指房屋矮小狭窄。 ⑮ 罅(xià)：裂缝。 ⑯ 壁其后：它后面是石壁。 ⑰ 久而益悲：愈听愈凄清。 ⑱ 深昧：深暗。 ⑲ 林薄：草木丛生的地方。 ⑳ 濆(fèn)涌：喷涌。 ㉑ 烛：照。 ㉒ 璀(cuǐ)璨：灿烂。 ㉓ 前揖：前面正对着。 ㉔ 日薄(bó)西山：指傍晚。薄，迫近。 ㉕ 不可殚(dān)数：数不尽。 ㉖ 顷刻：一会儿。 ㉗ 穷：尽。 ㉘ 识(zhì)其处：记述那些地方。 ㉙ 夫：句中语助词。

品评

百丈山在今福建建阳东北，这篇游记偏重于对该山自然景物的客观描绘，包括清澈的涧水、不绝的山风、峻激的水石、奔涌的瀑布、苍翠的山峦、绚丽的晚霞、起伏的云海等六处胜景。作者每至一处均创作小诗一首以为纪念，诗兴未尽，又创作了这篇游记。作者的描写有主有宾、层次分明，而且愈向前走，愈有兴味，最后到了瀑布、石台之处，更是色彩绚烂。文章最精彩处也即对石台的描写。这一段又可分为三层：第一层只用两句“下临峭崖，深昧险绝”来交代石台的地理形势。然石台之美，并不在它自身，而在石台上可纵目远眺瀑布、云海。因此，下面的两层，一写瀑布，一写云海。至此，作者浏览百丈山的兴致也达到顶峰，如同画家蘸了彩墨，大笔泼洒，淋漓酣畅。这与此前描写石磴、小涧、山门、西阁的手法颇不相同，前似淡淡水墨山水，这里则已似油画般绚烂了。作者移步换景，详略得当，堪称散文高手。

王 质

王质(1135—1189),字景文,号雪山,兴国军(今湖北阳新)人。宋高宗时进士,曾做过当时枢密使张浚和宰相虞允文的幕僚。文章精致清丽,诗词则豪迈俊爽,是南宋颇有特点的中小文学家。有《雪山集》、《绍陶录》等。《宋史》卷三九五有传。

游东林山水记[①]

绍兴二十八年八月三日欲夕[②],步白阛阓中出[③],并溪南行百步[④],背溪而西又百步,复并溪南行。溪上下色皆重碧,幽邃靖深[⑤],意若不欲流。溪未穷[⑥],得支径,西升上数百尺。既竟[⑦],其顶隐而青者,或远在一舍外[⑧],锐者如簪,缺者如玦[⑨],隆者如髻,圆者如璧。长林远树,出没烟霏[⑩],聚者如悦,散者如别,整者如戟[⑪],乱者如发,于冥濛中以意命之[⑫]。水数百脉[⑬],支离胶葛[⑭],经纬参错[⑮],迤者为溪[⑯],漫者为汇[⑰],断者为沼[⑱],涸者为坳[⑲]。洲汀岛屿,向背离合[⑳],青树碧蔓,交罗蒙络[㉑]。小舟叶叶,纵横进退,摘翠者菱,挽红者莲,举白者鱼,或志得意满而归,或夷犹容与若无所为者[㉒]。山有浮图宫[㉓],长松数十挺,俨立门左右[㉔],历历如流水声从空中坠也[㉕]。既暮不可留,乃并山北下[㉖],冈重岭复[㉗],乔木苍苍。月一眉挂修岩巅[㉘],迟速若与客俱[㉙]。尽山足,更换二鼓矣[㉚]。

翌日[㉛],又转北出小桥,并溪东行,又西三四曲折,及姚君贵聪门[㉜]。俯门而航,自柳竹翳密间,循渠而出[㉝]。又三四曲折,乃得大溪,一色荷花,风自两岸来,红披绿偃[㉞],摇荡葳蕤[㉟],香气勃郁[㊱],冲怀罥袖[㊲],掩苒不脱[㊳]。小驻古柳根[㊴],得酒两罂[㊵],菱芡数种[㊶]。复引舟入荷花中,歌豪笑剧,响震溪谷。风起水面，细生鳞甲，流萤班班㊷，若骇若惊，奄忽去来㊸。夜既深，山益高且近，森森欲下搏人㊹。天无一点云，星斗张明，错落水中，如珠走镜，不可收拾。隶而从者㊺：曰学童㊻，能嘲哳为百鸟音㊼，如行空山深树间，春禽一两声，倏然使人怅而惊也㊽；曰沈庆，能为歌声，回曲宛转，嘹亮激越，风露助之，其声愈清，凄然使人感而悲也。

追游不两朝昏㊾，而东林之胜殆尽㊿。同行姚贵聪、沈虞卿、周辅及余四人。三君虽纨绮世家[51]，皆积岁忧患[52]；余亦羁旅异乡[53]，家在天西南隅[54]，引领长望而不可归[55]，今而遇此，开口一笑，不偶然矣。皆应曰："嘻[56]！子为之记。"

注释

① 东林：山名，在浙江省湖州市吴兴区西南。 ② 绍兴二十八年：公元1158年。欲夕：傍晚。 ③ 阛阓(huán huì)：市区。 ④ 并溪：沿溪。 ⑤ 幽邃(suì)靖(jìng)深：幽雅、深远和恬静。 ⑥ 穷：尽。 ⑦ 既竟：走完。 ⑧ 一舍：三十里。 ⑨ 玦(jué)：环形有缺口的佩玉。 ⑩ 出没烟霏(fēi)：忽隐忽现地在烟云之中。 ⑪ 戟(jǐ)：古代的一种兵器。 ⑫ 冥濛：迷茫。 ⑬ 脉：支流。 ⑭ 支离：散乱。胶葛：纵横交错。 ⑮ 经纬：直线和横线。 ⑯ 迤(yǐ)：伸延。 ⑰ 漫：水流四溢。汇：众水围聚之处。 ⑱ 沼(zhǎo)：池塘。 ⑲ 涸(hé)者为坳(āo)：水干的地方成了低坑。 ⑳"洲汀"二句：水上的岛屿，有的相对，有的相背，有的分离着，有的连在一起。 ㉑"青树"二句：青色的树和碧绿的蔓藤，互相交结纠缠。 ㉒ 夷犹：逗留。容与：舒展放任。 ㉓ 浮图宫：佛寺。浮图，梵文(印度古文字)的译音，也译作"浮屠"，有佛、佛教徒、佛塔等不同意义。这里指佛。 ㉔ 俨(yǎn)立：庄严地立在。 ㉕"历历"句：形容松树被风吹动的声音，好像流水的声音从空而降。历历：分明清楚的样子。 ㉖ 并山：沿山。㉗ 冈重岭复：冈岭重叠。 ㉘ 一眉：一弯。修：长。 ㉙ 迟速若与客俱：月亮好像跟着人们走，走的快慢都一样。 ㉚ 更换二鼓：已经二更时分。 ㉛ 翌(yì)日：第二天。 ㉜ 及：到。 ㉝"自柳竹"句：在柳树、竹子的遮蔽之中，沿着水渠划船出来。 ㉞ 红披绿偃：指荷花和荷叶被风吹斜。红，指荷花。绿，指荷叶。㉟ 葳蕤(wēi ruí)：茂盛的样子。 ㊱ 勃郁：浓郁。 ㊲ 罥(juàn)：牵挂，这里是"沾"的意思。 ㊳ 掩苒不脱：香气袭人，甩也甩不掉。 ㊴ 小驻：暂时停留。

㊵ 罂(yīng):酒器。 ㊶ 芡(qiàn):一年生水草,茎叶都有刺,叶圆,浮出水面,开紫花,果实叫芡实,可吃。 ㊷ 班班:明亮的样子。 ㊸ 奄忽:迅速。 ㊹ 森森:阴森森地。搏:击。 ㊺ 隶而从者:跟随的人。 ㊻ 曰学童:名叫学童的人。 ㊼ 嘲哳(zhāo zhā):鸟鸣声。 ㊽ 翛(xiāo)然:孤独无依的样子。 ㊾ "追游"句:游玩了不到两天。 ㊿ 殆(dài):几乎。 51 纨绮世家:世代相传的贵族家庭。 52 积岁:连年。 53 羁旅:作客。 54 家在天西南隅:王质的故乡在江西南部,正好位于吴兴的西南方。 55 引领:伸着脖子。 56 嘻:感叹词。

品评

这篇游记写了两天游程的见闻。在第一天里,作者以轻灵飞洒的笔墨,铺写了各种各样的峰峦,变幻无常的烟霏,形形式式的水脉;并描写了人们在江上摘菱、采莲和捕鱼的情景。介绍第二天时,他的笔致似更凝练集中。略叙路径以后,就在荷溪处展开了一个爽心快目的天地。色、香、饮、歌、縠纹、流萤,构成一幅清丽诱人的画面,充满着诗情。接着写萧森清澈的夜景,着笔不多,而形象突出。后面人事的点缀也和全文的情调和谐统一。

作者大量运用辞赋一般的铺陈手法来描摹山水之形,又时时不忘刻画它们的内在神韵,流连秀丽山水,时有羁旅异域的乡愁和积年忧患的感伤,让这山水错落、色彩斑驳的画卷添上了几笔离乱的哀思。文章又善用比喻,翻新出奇,俱见匠心,大量四字句、排比句、对偶句的使用,也让整篇节奏明快,音调浏亮,充满独特的韵味。

辛弃疾

辛弃疾(1140—1207),字幼安,号稼轩,济南(今属山东)人。南宋最杰出的爱国词人。青年时在山东金国统治区曾参加耿京的抗金起义军。南渡后,曾任职州郡刺史和安抚使等职。一生主张抗金,但为主和派排斥,闲居信州上饶达二十年之久。词作慷慨沉郁,风格多样。有《稼轩长短句》。《宋史》卷四〇一有传。

美芹十论[①]·审势

用兵之道,形与势二[②]。不知而一之[③],则沮于形、眩于势[④]、而胜不可图,且坐受其毙矣。何谓形?小大是也。何谓势?虚实是也。土地之广,财赋之多,士马之众[⑤],此形也,非势也。形可举以示威,不可用以必胜[⑥]。譬如转嵌岩于千仞之山,轰然其声,嵬然其形,非不大可畏也,然而堑留木拒,未容于直,遂有能迂回而避御之,至力杀形禁,则人得跨而逾之矣[⑦]。若夫势则不然:有器必可用,有用必可济[⑧]。譬如注矢石于高墉之上[⑨],操纵自我,不系于人,有轶而过者[⑩],抨击中射惟意所向,此实之可虑也。自今论之:虏人虽有嵌岩可畏之形[⑪],而无矢石必可用之势,其举以示吾者,特以威而疑我也[⑫];谓欲用以求胜者,固知其未必能也[⑬]。彼欲致疑,吾且信之以为可疑;彼未必能,吾且意其或能;是亦未详夫形、势之辨耳[⑭]。臣请得而条陈之[⑮]:

虏人之地,东薄于海[⑯],西控于夏[⑰],南抵于淮[⑱],北极于蒙[⑲],地非不广也;虏人之财,签兵于民而无养兵之费[⑳],靳恩于郊而无泛恩之赏[㉑],又辅之以岁币之相仍[㉒],横敛之不恤[㉓],则财非不多也;沙漠之地马所生焉,射御长技人皆习焉,则其兵又可谓之众矣。以此之形,时出而震我[㉔],亦在所可虑,而臣独以为不足恤者，盖虏人之地虽名为广，其实易分[25]，惟其无事，兵劫形制，若可纠合[26]，一有惊扰，则忿怒纷争，割据蜂起。辛巳之变[27]，萧鹧巴反于辽[28]，开赵反于密[29]，魏胜反于海[30]，王友直反于魏[31]，耿京反于齐、鲁[32]，亲而葛王又反于燕[33]，其余纷纷所在而是，此则已然之明验。是一不足虑也。

虏人之财虽名为多，其实难恃[34]，得吾岁币惟金与帛，可以备赏而不可以养士[35]；中原廪窖[36]，可以养士，而不能保其无失。盖虏政庞而官吏横[37]，常赋供亿民粗可支，意外而有需，公实取一而吏七八之[38]，民不堪而叛，叛则财不可得而反丧其资[39]。是二不足虑也。

注释

①美芹：即"芹献"的意思。《列子·杨朱》中说，有个乡下人以芹菜为美味，献给乡豪，乡豪尝后大倒胃口。后用以自谦所献微薄、简陋不足道。 ②道：方法，法则。形与势二："形"与"势"这两方面。 ③不知而一之：不知道区别"形"与"势"，而把二者混同起来。 ④"沮于形"二句：慑于"形"的（强大），又被"势"所迷惑。 ⑤士马：士兵和马匹。 ⑥"形可举"二句：意谓"形"只能拿来摆摆威风，而不能光凭它来获得胜利。 ⑦"譬如"九句：譬如有块大石头从极高的山上滚下来，它的声音轰轰作响，它的形体又高又大，不是不可怕的；然而（石头）遇到壕沟和树木阻挡，使它不能一直滚下去，人们就能绕着躲避它，等到石头的冲力一完，停止住了，那么人们就可以跨过它了。嵌（qiàn）岩：形状像张着口的岩石，这里泛指险峻的巨石。千仞（rèn）：形容极高。仞，古时长度单位，一仞是七尺（一说是八尺）。嵬（wéi）然：高大的样子。堑（qiàn）：壕沟。力杀（shài）：指石头的冲力竭尽。 ⑧"有器"二句：意谓有器物一定可以使用，能使用一定可以成功。器：泛指有形的具体事物，相当于现在所说的物质条件。济：成功。 ⑨注：射击、投掷。矢石：箭和礌（léi）石，古时守城的武器。高墉（yōng）：高的城墙。 ⑩轶（yì）：出击，侵越。 ⑪虏人：对敌人的贱称。这里指金统治者。 ⑫特以威而疑我也：只不过用表面的威势来使我疑惧而已。 ⑬"谓欲用"二句：意谓讲到用以求胜的"势"（或"器"），可以确知他们未必具备。 ⑭"彼欲致疑"五句：意谓他们打算使我们疑惧的，我们相信了以为确实可疑；他们未必具备的，我们却猜测他们可能已经具备；这是没有对"形"和"势"的情况加以详细考辨的缘故。 ⑮条陈：分条陈述。 ⑯薄：逼近。 ⑰控：据有。夏：西夏党项族

所占有的地区，在今宁、陕、甘、青、内蒙一带地区。⑱淮：淮河。⑲蒙：蒙古。⑳签兵：征兵。㉑“靳恩”句：金朝廷只在郊祀祭天地时才给臣下一些有限的赏物，而没有广赐恩宠。靳(jìn)，吝惜。郊，郊祀，古时祭祀天地的仪式。㉒辅：附加，补助。岁币：公元1141年宋金第二次“和议”，规定南宋每年向金进贡银二十五万两，绢二十五万匹。相仍：源源不断的意思。㉓横敛之不恤：对人民横征暴敛而不顾惜。㉔震我：威吓我们。㉕其实易分：其实是容易分裂的。㉖“兵劫”二句：部队局限于体制，好像可以结集在一起。㉗辛巳之变：宋高宗绍兴三十一年(1161)，金朝国主完颜亮征调契丹、汉等各族丁壮六十万人，大举攻宋。完颜雍却乘机自立为王，即金世宗。完颜亮不久被部下杀死。㉘萧鹧巴：《金史·叛臣传》作“撒八”，西北路契丹族人。辽(契丹)被金灭亡后，他任金朝的招讨司译史(翻译官)。完颜亮南侵，下令征发西北路契丹族全部丁壮，撒八聚众反金。辽：指辽地，在今河北、山西、内蒙一带地区。㉙开赵：金占领区抗金起义军首领，曾率领部队与耿京、魏胜等联合作战。密：密州，治所在今山东省诸城市。㉚魏胜：金占领区抗金起义军首领。他曾攻占海州(治所在今江苏省连云港市西南)，并在海州大败完颜亮南侵的部队。㉛王友直：金占领区抗金起义军首领。魏：魏州，治所在今河北省大名县。㉜耿京：金占领区抗金起义军首领。辛弃疾曾率二千人投他部下。王友直也派人来表示愿意听他节制。后被叛徒杀害。齐、鲁：春秋时齐、鲁两国所在地，在今山东省西部和胶东半岛地区。㉝葛王：即完颜雍。公元1161年，他乘完颜亮南侵之际，在辽阳(今辽宁省辽阳市)自立，即金世宗。燕：战国时燕国所在地，在今河北省北部和辽宁省西部地区。㉞难恃：很难靠得住。㉟“得吾岁币”二句：金朝获得南宋的“岁币”，只是钱和绢，这些东西可以供赏赐用，却不能作为军队的给养。㊱中原廪窖：中原地区的粮仓。㊲政庞：政府机构庞大。㊳“常赋”三句：意谓经常性的赋税、供给，老百姓还勉强可以缴纳，遇到额外的需求，再向老百姓去征收，往往官府只收到一成而官吏却中饱七八成。供亿：供给。㊴反丧其资：反而丧失了全部资财来源。

若其为兵，名之曰多，又实难调而易溃[①]。且如中原所签、谓之“大汉军”者[②]，皆其父祖残于蹂践之余，田宅罄于槌剥之酷[③]，怨愤所积，其心不一；而沙漠所签者越在万里之外，虽其数可以百万计，而道里辽绝[④]，资粮器甲一切取办于民,赋输调发非一岁而不可至。始逆亮南寇之时,皆是诛胁酋长、破灭资产[5]、人乃肯从,未几中道窜归者已不容制[6],则又三不足虑也。

又况虏廷今日用事之人,杂以契丹、中原、江南之士,上下猜防,议论龃龉[7],非如前日粘罕、兀术辈之叶[8]。且骨肉间僭弑成风[9]。如闻伪许王以庶长出守于汴,私收民心,而嫡少尝暴之于其父,此岂能终以无事者哉[10]?我有三不足虑,彼有三无能为,而重之以有腹心之疾,是殆自保之不暇,何以谋人[11]?

臣抑闻古之善觇人国者[12],如良医之切脉,知其受病之处而逆其必殒之期[13],初不为肥瘠而易其智[14]。官渡之师,袁绍未遽弱也[15],曹操见之以为终且自毙者,以嫡庶不定而知之[16]。咸阳之都[17],会稽之游[18],秦尚自强也,高祖见之以为当如是矣[19],项籍见之以为可取而代之者[20],以民怨已深而知之。盖国之亡,未有如民怨、嫡庶不定之酷[21],虏今并有之[22],欲不亡何待[23]?臣故曰"形与势异"。惟陛下实深察之。

注释

① 难调而易溃:难于调遣,易于溃乱。 ②"中原所签"句:金朝有所谓签军制度,每遇战事,强行签发汉人当兵,每家丁壮,都被征入伍,号"大汉军"。③ 罄(qìng):尽。槌剥:敲诈勒索。 ④ 辽绝:辽远。 ⑤"诛胁酋长"二句:完颜亮为南侵准备兵力和物力,对契丹族等部落头目诛杀、胁迫,搞得他们倾家荡产。 ⑥ 制:制止。 ⑦ 龃龉(jǔ yǔ):意见不合,争吵。 ⑧ 粘罕:完颜宗翰,金军的统帅。曾与斡离布攻陷汴京(今河南省开封市),灭北宋。兀术:完颜宗弼,先随从粘罕灭北宋,后任金军统帅,渡长江与南宋作战。叶:时期,时世。⑨ 骨肉:至亲。僭弑(jiàn shì):地位在下的人谋杀地位在上的人,如子杀父、弟杀兄、庶杀嫡等。僭,超越自己的身份。 ⑩ 许王:完颜永中。他是金世宗的庶出长子,完颜胡土瓦(金显宗)是嫡少子,法定的王位继承人。完颜永中曾任大兴(今北京市)尹,收买人心,大兴府竟没有犯法入狱的人。完颜胡土瓦就向金世宗说他的坏话。后来,完颜胡土瓦之子章宗当国,于公元1195年以谋反罪将完颜永中处死。汴:汴州,治所在今河南省开封市,是北宋国都的所在地区。这里借指金中都所在地区的大兴府。 ⑪"而重之"三句:意谓而又加上有嫡庶之争等心腹之患,几乎连自保都来不及,凭什么去谋取别国呢?殆:几乎。 ⑫ 抑:表

示转折的联结词,“却”的意思。觇(chān):暗中察看。 ⑬ 逆其必殒(yǔn)之期:推断他必将死去的时间。逆,推测,预料。殒,死亡。 ⑭ 初不为肥瘠而易其智:不为病人眼前的或胖或瘦而改变他的诊断。 ⑮ 官渡:今河南省中牟县东北。东汉末年,曹操在此歼灭袁绍的主力。袁绍,东汉末北方大军阀,曾据有冀、青、幽、并等州(今河北、山东、山西一带),一度是北方最强大的割据势力。遽弱:指袁绍的军力没有马上就衰弱。 ⑯ 嫡庶不定:袁绍宠爱庶子袁尚,打算立他为继承人,而不立长子袁谭。他死后,袁氏兄弟互相攻击,结果被曹操各个击破。 ⑰ 咸阳:秦国国都,在今陕西省咸阳市东北。 ⑱ 会稽之游:秦始皇曾于公元前210年去会稽山巡游,祭祀夏禹,并树碑立石,歌颂自己的功德。会稽,山名,在今浙江省绍兴市南。 ⑲ 高祖:汉高祖刘邦。他有一次在咸阳看到秦始皇,感叹说:“大丈夫当如此也。”表示出灭秦称帝的意愿。 ⑳ 项籍:项羽。他遇见秦始皇游会稽回来,说:“彼(指秦始皇)可取而代也。” ㉑ “未有”句:意谓国家的灭亡,以民怨和嫡庶争权这两项原因最为重大。酷:最,极。 ㉒ 并有:两者兼有。 ㉓ 何待:有何期望。

品评

宋孝宗隆兴元年(1163),南宋张浚北伐军队在淮北军事重镇符离(今安徽宿州市)溃败,主和派的活动和舆论又甚嚣尘上。辛弃疾在公元1165年左右写了《美芹十论》(又名《御戎十论》)进呈宋孝宗,力驳主和派的谬论,积极主张备战抗金。辛弃疾在这组文章中指点江山、激扬文字,它们不仅是一组逻辑严密、情感饱满的文学散文,更是一组高屋建瓴、议论精辟的军事论文,充分体现出辛弃疾卓越的战略思想和出众的政治才能。南宋中后期的著名文人刘克庄就曾评价辛弃疾的文章说:“文墨议论,尤英伟磊落,乾道、绍熙奏篇及所进《美芹十论》、上虞雍公《九议》,笔势浩荡,智略辐凑,有《权书》、《衡论》之风。”《审势》是《美芹十论》的第一篇。在这篇文章中,作者首先提出“形”和“势”不同的命题,指出不应被敌人的貌似强大所吓倒,应该看到敌人内在的虚弱;接着分析了敌方土地、财力、兵力的情况,明确提出“三不足虑”的结论;最后又揭露金国朝廷内部分崩离析、争权夺利的矛盾,指明它必然灭亡的前途。文章条分缕析,结构严谨,论证有力。

刘克庄

刘克庄(1187—1269),初名灼,字潜夫,号后村居士,莆田(今属福建)人。宋宁宗时以父荫入仕,历官靖安主簿、袁州知州、工部尚书等。仕途因“梅花诗案”而颇为坎坷,长期里居家乡。兼工诗、词、文各体,诗歌调和“晚唐体”与“江西体”,词多豪放,为文则尚雅洁,是南宋中后期的文坛领袖。有《后村先生大全集》。

跋傅自得文卷

日余出守宜春①,行盱、抚乱石中②,盛寒大雪,人迹既绝,鸟影亦稀。有一士独载贽追余③,问其姓名,南城傅生自得也,践雪淖行二百余里矣④。余窃怪生求余之急如此,岂有谒哉。坐而叩之⑤,无他说,袖文一卷蕲余商榷而已⑥。余忍笑曰:“甚哉,生之迂也!”然绝奇其人,又奇其文。

后余斥居田里⑦,世所僇笑⑧,以为狂人,户外无屦⑨,几案上无故旧书,生复勤勤寄声⑩,其求余之急犹前日也,生之迂不愈甚乎!夫人皆为文,文不能皆奇,由俗学窒之、俗虑汩之耳⑪。迂则不俗,不俗则奇,非极天下之迂不能极天下之奇,生其懋焉⑫!”

或曰:“今人之文主于适用,不主于奇,何也?”曰:“非恶夫奇也,恶夫迂也。迂者去富贵利达常远,而去淡泊枯槁常近也。”生其择焉。

生族父泳之,余友也,故生诸文皆有泳之之风。泳之不可复见。因书以贻生,善为之,汝伯不死矣。

注释

① 日:过去,以前。余:我。 ② 盱(xū)、抚:盱江和抚河,这里泛指抚州一

带。 ③ 载贽(zhì):带着晋见的礼物。 ④ 淖(nào):泥沼。 ⑤ 叩:询问。⑥ 蕲(qí):祈求。 ⑦ 田里:故乡。 ⑧ 僇(lù)笑:耻笑。 ⑨ 屦(jù):鞋子,这里意指登门拜访。 ⑩ 寄声:托人传话。 ⑪ 汩(gǔ):扰乱。 ⑫ 懋(mào):努力。

品评

刘克庄的散文,在当时就有很大名气、很高地位,他的好友林希逸曾经说他:"文不主一家而兼备众体。摹写之笔工妙,援据之论精详。其错综也严,其兴寄也远。或春容而多态,或峭拔以为奇。"虽有过誉之嫌,却也不乏真知灼见。它指出了刘克庄文章兼备众体、融贯诸家的特点,错综、兴寄的笔法,凸显出刘克庄文章的价值与地位。《四库全书总目》则说他"文体雅洁,较胜其诗,题跋诸篇,尤为独擅",认为其散文特别是题跋文的成就最高,时有《后村题跋》专集流传于世,就是一个很好的注脚。

这篇跋文表现出高明的穿针引线和谋篇布局能力。文章先以生动语言叙述傅自得在江西乱雪之中拜谒他,引出文眼"迂",再翻转一层,进叙傅生在他归乡里居时仍然不忘寄声一事以言傅生之"迂",两事相类,两"迂"相复。在叙傅生"迂"之时,又已埋下伏笔"奇其人,又奇其文",将"人之迂"与"文之奇"巧妙地暗相勾连。叙事完毕,转而议论其文之"奇",此字又为文章一关键。进而将"迂"与"奇"的关系阐明,推演为"迂则不俗,不俗则奇,非极天下之迂不能极天下之奇"的独特文论观点。至此,文章本已达到高潮,而刘克庄又宕开一笔,于此处引入设问对答之体,以尽论"文之奇"与"人之迂"的关系。前部分是由"迂"而论至"奇",这里又反推回去,以"奇"而递述于"迂"。整篇跋文,短短二百余字,却融叙事、议论、抒怀于一体,不仅写事明快,而且立论新颖,紧扣"迂"、"奇"二字,做足了文章。

谢枋得

谢枋得(1226—1289),字君直,号叠山,信州弋阳(今属江西)人。宋末著名的爱国诗人。宋理宗时进士,恭帝时任江东提刑、江西招谕使等职。元兵进攻宋朝时,他曾在信州一带率兵抵抗,宋亡隐居福建,后强至元都,绝食而亡。诗文豪迈奇绝,自成一家,有《叠山集》。《宋史》卷四二五有传。

却聘书

夷、齐虽不仕周,食西山之薇①,亦当知武王之恩;四皓虽不仕汉,茹商山之芝②,亦当知高帝之恩;况羹藜含糗于大元之土地乎③?

大元之赦某屡矣④! 某受大元之恩亦厚矣! 若效鲁仲连蹈东海而死则不可⑤。今既为大元之游民矣,庄子曰⑥:"呼我为马者,应之以为马;呼我为牛者,应之以为牛。"世之人有呼我为宋之逋播臣者⑦,亦可;呼我为大元游惰民者,亦可;呼我为宋顽民者⑧,亦可;呼我为大元之逸民者⑨,亦可。为轮为弹,与化往来;虫臂鼠肝,随天付予⑩。若贪恋官爵,昧于一行⑪,纵大元仁恕,天涵地容⑫,哀怜孤臣,不忍加戮⑬,某有何面目见大元乎?

某与太平草木,同沾圣朝之雨露⑭,生称善士⑮,死表于道曰⑯:"宋处士谢某之墓⑰。"虽死之日,犹生之年⑱,感恩感德,天实临之⑲! 司马子长有言⑳:"人莫不有一死,死或重于泰山,或轻于鸿毛。"先民广其说曰㉑:"慷慨赴死易,从容就义难㉒。"公亦可以察某之心矣㉓。

注释

① 夷、齐:伯夷、叔齐,殷朝孤竹国(今河北省卢龙县到辽宁省朝阳市一带地

方)国君的儿子。他们反对周武王讨伐殷纣王的进步事业,认为这是违背"君臣大义"。周灭商后,他们隐居首阳山(在河南省偃师市西北),采薇而食,不久饿死。西山:指首阳山。薇:马齿类草本植物,嫩叶可食。谢枋得为了强调自己的政治态度,一开始就借用典故。现在来看,伯夷、叔齐反对周武王进行的正义战争,是不应该肯定的。 ② 四皓(hào):指汉朝的东园公、绮里季、夏黄公、角(lù)里先生四位隐士,他们隐居商山(在陕西省商县东南),采芝而食,汉高祖请他们出仕,不就。茹:吃。 ③"况羹藜"句:何况(我)在大元土地上吃野菜羹和粗粮的呢(这样更应知道大元的恩德了)。这是反话。 ④ 某:作者自指。屡:次数很多。 ⑤"某受"二句:意谓我受元朝的恩德是很厚重的了,若仿效鲁仲连的行为而不承认元朝,那是不恰当的。鲁仲连:战国时著名的辩士,齐人。他曾以利害说服赵、魏大臣,劝他们不要尊秦昭王为帝。他声称,自己宁愿"蹈东海而死",也不肯承认秦王为帝。 ⑥ 庄子:名周,战国时期著名的唯心主义哲学家。 ⑦ 逋(bū)播臣:逃亡的臣子。 ⑧ 宋顽民:忠于宋朝、不服元朝统治的遗民。 ⑨ 逸民:隐士。 ⑩"为轮为弹"四句:引用《庄子》上的话,原意是说:如果死后造物主把我的臀部化成车轮,反而可以乘着跑路;如果把我的右臂化成弹丸,反而可以打鸟吃。化成虫腿,化成鼠肝,也都可以。这是安时处顺、无所不可的意思。作者借以表示把名誉、荣禄、生死置之度外了。 ⑪ 眛于:迷惑于。一行:一时的行为。 ⑫ 天涵地容:包涵的度量像天地一样大。 ⑬ 戮(lù):杀害。 ⑭ 圣朝:指元朝。 ⑮ 善士:良士,正派守法的知识分子。 ⑯ 死表于道:死后在墓道上立碑。 ⑰ 处士:隐居的知识分子。 ⑱"虽死之日"二句:虽然是死的日子,还像是得到了重生一样。 ⑲ 临:照临。 ⑳ 司马子长:西汉杰出历史学家司马迁,子长是他的字。下面的话是他在《报任少卿书》中说的。 ㉑ 先民:以前的人。广其说:补充他的见解。 ㉒"慷慨"二句:意谓慷慨激昂地迅速一死,是容易的;要忍住长期的折磨,从从容容地就义这就比较难了。这里着重在前一句,言外之意是,你如果强迫我的话,我就把生命豁出去了。 ㉓ 公:指留梦炎。

品评

谢枋得是位坚持民族气节的宋末遗民。他在宋理宗宝祐四年(1256)与民族英雄文天祥同科中进士,在历史上与这位"同年"一样上演了一幕悲壮史剧。蒙古统治者在统一中国的过程中,对汉族官员采取了笼络政策,曾多次征召谢枋得出来做官，都遭到他的拒绝。本文就是他给当时已经降元的留梦炎(谢枋得的老师)劝降书的复信，原名《上丞相留忠斋书》，后人截录其中一段，题为“却聘书”。

谢枋得这封信，表面上写得委婉恭顺，实际上充满着凛然不屈的骨气，那些感“恩”戴“德”的话头，正是旁敲侧击的激愤语。在信末作者又表示了誓死捍卫名节的决心。后来他果然用生命实践了这个庄严的誓言：元世祖至元二十六年(1289)，他被福建参政挟持北上，逼其仕元，在元都悯忠寺绝食而死。《四库全书总目》说：“枋得忠孝大节，炳著史册。《却聘》一书，流传不朽，虽乡塾童孺皆能诵而习之。”足见其人其文的影响。

文天祥

文天祥(1236—1283),字宋瑞,又字履善,自号文山,吉水(今江西吉安)人。宋理宗宝祐时状元。历任湖南提刑、赣州知州等职。元兵渡江后,他从赣州率部入卫京师,任右丞相、枢密使,积极组织抗元。后兵败被俘,囚拘大都(今北京)三年,最后从容就义,至死不屈。他是著名的民族英雄,其诗文也多以救国复兴的内容为主,慷慨激昂,气贯长虹。有《文山先生全集》。《宋史》卷四一八有传。

指南录后序[①]

德祐二年正月十九日[②],予除右丞相兼枢密使[③],都督诸路军马[④]。时北兵已迫修门外[⑤],战、守、迁皆不及施[⑥]。缙绅、大夫、士萃于左丞相府[⑦],莫知计所出。会使辙交驰[⑧],北邀当国者相见[⑨]。众谓予一行为可以纾祸[⑩]。国事至此,予不得爱身,意北亦尚可以口舌动也[⑪]。初,奉使往来无留北者[⑫],予更欲一觇北[⑬],归而求救国之策;于是辞相印不拜[⑭]。翌日,以资政殿学士行[⑮]。

初至北营[⑯],抗辞慷慨,上下颇惊动。北亦未敢遽轻吾国。不幸吕师孟构恶于前[⑰],贾余庆献谄于后[⑱],予羁縻不得还[⑲],国事遂不可收拾。予自度不得脱[⑳],则直前诟虏帅失信[㉑],数吕师孟叔侄为逆[㉒],但欲求死,不复顾利害。北虽貌敬,实则愤怒。二贵酋名曰“馆伴[㉓]”,夜则以兵围所寓舍,而予不得归矣。

未几,贾余庆等以祈请使诣北[㉔]。北驱予并往,而不在使者之目[㉕]。予分当引决[㉖],然而隐忍以行,昔人云“将以有为也[㉗]”。至京口[㉘],得间奔真州[㉙],

即具以北虚实告东西二阃[30]，约以连兵大举[31]。中兴机会，庶几在此。留二日，维扬帅下逐客之令[32]。不得已，变姓名[33]，诡踪迹[34]，草行露宿，日与北骑相出没于长淮间[35]，穷饿无聊，追购又急[36]，天高地迥，号呼靡及[37]。已而得舟，避渚洲，出北海，然后渡扬子江，入苏州洋，展转四明、天台，以至于永嘉[38]。

呜呼！予之及于死者，不知其几矣[39]。诋大酋当死[40]；骂逆贼当死[41]；与贵酋处二十日，争曲直[42]，屡当死；去京口，挟匕首以备不测，几自刭死[43]；经北舰十余里[44]，为巡船所物色[45]，几从鱼腹死[46]；真州逐之城门外，几彷徨死；如扬州[47]，过瓜洲、扬子桥[48]，竟使遇哨，无不死；扬州城下，进退不由[49]，殆例送死[50]；坐桂公塘土围中[51]，骑数千过其门，几落贼手死；贾家庄几为巡徼所陵迫死[52]；夜趋高邮[53]，迷失道，几陷死[54]；质明[55]，避哨竹林中，逻者数十骑[56]，几无所逃死；至高邮，制府檄下[57]，几以捕系死；行城子河[58]，出入乱尸中，舟与哨相后先[59]，几邂逅死[60]；至海陵[61]，如高沙[62]，常恐无辜死；道海安、如皋[63]，凡三百里，北与寇往来其间[64]，无日而非可死；至通州[65]，几以不纳死[66]；以小舟涉鲸波出[67]，无可奈何，而死固付之度外矣。呜呼，死生昼夜事也[68]，死则死矣，而境界危恶，层见错出，非人世所堪。痛定思痛，痛何如哉[69]！

注释

①《指南录》：文天祥诗集名。宋恭帝德祐二年(1276)，元兵进逼南宋首都临安(今浙江杭州)。文天祥奉命赴元营谈判，遭扣押。后乘隙逃归福州。此集便是他出使、被扣和逃归途中的纪行诗集。后序：在集前《自序》之后，不在诗集之末。 ② 正月：原文作“二月”，实误。今据《指南录·自序》订正。 ③ 除：被任命。 ④ 都督：统领监督。路：宋朝大行政区名。 ⑤ 修门：国都的城门。⑥“战、守、迁”句：谓无论抗战、守城或迁都，都来不及进行了。 ⑦ 缙绅：做官的人。萃：会集。左丞相府：即左丞相吴坚家中。 ⑧ 会使辙交驰：恰好双方使节往来频繁。辙，车印，代指车子。 ⑨ 北：指元人、元军。当国者：执政的人。⑩“众谓”句：谓众人都认为我出使一次可以解除祸患。 ⑪“意北”句：谓估计元人也还是可以用言语打动的。 ⑫ 无留北者：没有被扣留在元地的。 ⑬ 一觇(chān)：暗中察看一下。 ⑭ 不拜：不接受官职。 ⑮ 以资政殿学士行：以

资政殿学士名义出发。资政殿学士,宋朝所设一种荣誉官衔,授予大臣。⑯ 北营:指当时元军统帅伯颜的军营。⑰“不幸”句:吕师孟本为宋朝兵部尚书,为叛将吕文焕之侄,文天祥曾上书要求斩他。他曾在德祐元年(1275)出使元军求和,愿向元称侄纳币。此次文天祥在元营中谈判,相持不下时,吕师孟却带来降表。构恶:做坏事。⑱“贾余庆”句:贾余庆本是宋朝的同签书枢密院事、知临安府。与文天祥一起出使元营,暗与元军统帅伯颜商定宋朝投降之事,并唆使元军扣留文天祥。献谄:讨好。⑲ 羁縻:扣押。⑳ 度:猜想,估计。㉑ 虏帅失信:伯颜放回贾余庆等人,却单独扣留了文天祥。文天祥当场责骂伯颜失信。㉒ 吕师孟叔侄:吕师孟之叔吕文焕原为宋朝襄阳守将,时已降元。㉓ 贵酋:高级头目。馆伴:陪伴外国使臣的接待人员。㉔“未几”二句:指德祐二年二月元兵占领临安,宋帝降元,并派贾余庆为“祈请使”赴大都。祈请使:求和的专使。㉕ 不在使者之目:不算使者之列。㉖ 分当:本当。引决:自杀。㉗ 将以有为也:此语原系唐朝名将南霁云所说(参见韩愈《张中丞传后叙》),意谓忍辱留生,是为了有所作为。㉘ 京口:今江苏镇江。㉙ 得间:趁机。真州:治所在今江苏仪征。㉚ 东西二阃:指淮东、淮西制置使(主管边防军务的长官)李庭芝和夏贵。阃,在朝廷外统管军事的将帅。㉛“约以”句:指约定李庭芝、夏贵和真州守将苗再成联兵攻元。㉜“维扬帅”句:当时李庭芝听信谣言,以为文天祥是元人派来说降的,便密令苗再成处死文天祥。维扬帅:李庭芝驻扎在扬州,故称。下逐客之令:即借指李庭芝的密令。㉝ 变姓名:苗再成不忍杀文天祥,便放走了他。文天祥东行时,自称“刘洙”。㉞ 诡踪迹:指行动秘密。㉟ 长淮:淮河流域,这里指淮东路(今江苏中部一带)。㊱ 追购:指元人对文天祥的悬赏缉捕。㊲“天高”二句:谓天高地远,呼叫不应。㊳“避渚洲”六句:是文天祥南行的路线。他避开长江中已被元军占领的沙洲,便绕道走淮海,从长江口渡江,从海上到宁波、天台,最后到温州。渚洲:长江中的沙洲。北海:淮海,是东海的里海。苏州洋:长江口外偏南的一片海面。四明:明州,治所在今浙江宁波。永嘉:今浙江温州。㊴“予之”二句:谓我面临死亡不知有多少次了。㊵ 诋:辱骂。大酋:指伯颜。㊶ 骂逆贼:指痛骂吕文焕、吕师孟叔侄。㊷ 曲直:是非。㊸ 自到:刎颈自杀。㊹“经北舰”句:谓从北军战船旁经行了十多里。㊺ 物色:搜寻。㊻ 从鱼腹死:指投水死。㊼ 如:到。㊽ 瓜洲:在今江苏扬州南四十里。扬子桥:地名,在扬州南。㊾ 不由:不能自主。 ㊿ 殆例送死：几乎等于去送死。例，类乎。 ㊿㊀ 桂公塘：小丘名，在扬州城外，山腰有土围墙。 ㊿㊁"贾家庄"六句：指文天祥在贾家庄遇到宋朝骑兵，他们挥刀欲砍，文天祥贿以钱财才免遭毒手。贾家庄：在扬州城北门外。巡徼：指宋朝的巡逻兵。陵迫：欺侮。 ㊿㊂ 高邮：今属江苏。 ㊿㊃ 陷死：陷入敌手而死。㊿㊄ 质明：黎明。 ㊿㊅ 逻者：指元军巡逻兵。 ㊿㊆ 制府檄下：谓李庭芝的制置府发下命令。即指李庭芝误信文天祥已降元的谣言，发出缉捕命令。 ㊿㊇ 城子河：在高邮附近。 ㊿㊈"舟与哨"句：谓所乘之船与元军哨兵险些遭遇。 ⑥⓪ 邂逅：不期而遇。 ⑥① 海陵：今江苏泰州市。 ⑥② 高沙：在高邮西南城子河滨。⑥③ 海安、如皋：今均属江苏。 ⑥④ 寇：土匪。 ⑥⑤ 通州：今江苏南通。 ⑥⑥ 不纳：不准入城。 ⑥⑦ 涉鲸波出：指出海。鲸波，大浪。 ⑥⑧ 死生昼夜事：生死是早晚间事，随时有死的可能。 ⑥⑨"痛定思痛"二句：谓事后追思当时所受的痛苦，又是怎样的痛苦啊！

予在患难中，间以诗记所遭，今存其本不忍废[1]。道中手自抄录。使北营，留北关外[2]，为一卷；发北关外，历吴门、毗陵[3]，渡瓜洲，复还京口，为一卷；脱京口，趋真州、扬州、高邮、泰州、通州，为一卷；自海道至永嘉，来三山[4]，为一卷。将藏之于家，使来者读之，悲予志焉。

呜呼，予之生也幸，而幸生也何为[5]？所求乎为臣，主辱臣死，有余戮[6]，所求乎为子，以父母之遗体，行殆而死，有余责[7]。将请罪于君，君不许；请罪于母，母不许；请罪于先人之墓。生无以救国难，死犹为厉鬼以击贼，义也。赖天之灵，宗庙之福，修我戈矛[8]，从王于师，以为前驱[9]，雪九庙之耻[10]，复高祖之业[11]。所谓"誓不与贼俱生"，所谓"鞠躬尽力，死而后已"，亦义也。嗟夫，若予者，将无往而不得死所矣[12]！向也使予委骨于草莽，予虽浩然无所愧怍，然微以自文于君亲，君亲其谓予何[13]！诚不自意返吾衣冠，重见日月，使旦夕得正丘首[14]，复何憾哉！复何憾哉！

是年夏五，改元景炎。庐陵文天祥自序其诗[15]，名曰《指南录》。

注释

① 本：底稿。 ② 北关外：指临安北门外明因寺，文天祥初即在此与伯颜谈

判。 ③ 吴门:吴县,今江苏苏州。毗(pí)陵:今江苏常州。 ④ 三山:指福州市南有闽山、越王山、九仙山等三座山。这里代指福州。 ⑤"予之"二句:谓我能逃生很幸运的,但活下来又是为了什么呢? ⑥"所求乎"三句:谓求做忠臣的话,国君受辱,臣子就该效死;我不死是有余罪的。戮:罪。 ⑦"以父母"三句:谓求做孝子的话,把父母留给自己的身体去冒极大的危险而死,是要受到重责的。 ⑧ 修我戈矛:整治我的武器。语出《诗经·秦风·无衣》。 ⑨"从王于师"二句:谓跟随国君投身军旅,去做前锋。 ⑩ 九庙:指被破坏的皇室宗庙。⑪ 高祖:指宋朝开国皇帝太祖赵匡胤。 ⑫"将无往"句:谓任何地方都可能是我死的场所。 ⑬"向也"四句:谓以前如果我抛尸在荒草丛中,虽然光明正大,无惭愧之处,但在君王父母面前,无法文饰自己的过失,君王父母又会怎样说我呢?微:无。 ⑭"诚不自意"三句:谓真没想到我能再穿上宋朝官服,重见宋帝,能够死在故国。日月:指宋帝。正丘首:古代传说狐狸在外死去,必把头对着洞穴所在的山丘,表示对老巢的依恋。引申为死于故国、故乡。 ⑮ 庐陵:古郡名,即吉州吉水,今江西吉安。

品评

用"文如其人"来评文天祥此文,是再恰当不过了。此文通篇突出地表达了作者的坚定信念和巨大毅力。作者的悲剧遭遇是双重的:既有来自敌人的悬购追捕,又有来自我方内部的误解和误伤。因此,这非同寻常的九死一生的经历,越发昭示出他信念的崇高和毅力的非凡。

文章三次重复南下路线,但每次作用各异。《指南录》是纪行诗集,第三次所叙只是客观地介绍四卷诗编次的起讫地点;第一次用于记述南逃过程的大要,属于总写;第二次则是特写,最为详尽也最为重要。与众多地名相结合的种种死境,成了作者宣泄悲愤情怀的爆发点,也是人们窥视其高尚情操、坚贞心灵的窗口。这三次记叙,由于作用、目的不同,表达方式也随之有异,语气有缓有急,自叙出使元营、不幸被拘、真州脱逃、辗转而至永嘉、福州的始末,显示出这位民族英雄的如日月经天的一身正气、至死不渝的爱国忠心、救亡图存的报国宏愿。全文在朴实的记事中,涌动着一股真情激流,是一曲用血泪凝成的悲壮的爱国之歌,足以垂范后世,浩气永存。

文章最令人过目难忘的是"呜呼!予之及于死者,不知其几矣"领起的第四段,一连列举18种面临死亡的险境。且叙且议,悲愤沉郁之情充溢其中;句式全用并立排比句，或长或短，每句大都以“死”字煞尾，具有紧迫而不可稍顿的前驱力和一气呵成的凌厉文势，犹如奇峰突起，飞瀑自天而降，万派奔腾齐注，构成了全文的高潮，主观感情色彩有浓有淡，造成了低、高、低的曲折起伏的行文节奏。要之，这三次重复，说明它对作者的刺激之强和痛苦之烈，也给读者以深刻的印象。

邓　牧

邓牧(1247—1306),字牧心,别号九锁山人、大涤隐人、三教外人,钱塘(今浙江杭州)人。思想进步,不满现实政治的腐败,幻想一个没有剥削和压迫的社会。三十二岁时,宋亡,他怀着悲愤的心情漫游名山大川,和志士谢翱、周密等亲密往还。有《伯牙琴》。

雪窦游志[1]

岁癸巳春暮[2],余游甬东[3],闻雪窦游胜最诸山[4],往观焉。

廿四日,由石湖登舟,二十五里下北□堰达江[5]。江行九折,达江口。转之西,大桥横绝溪上,覆以栋宇[6]。自桥下入溪行,九折达泉口。凡舟楫往还[7],视潮上下[8],顷刻数十里[9];非其时,用人力牵挽,则劳而缓焉。初[10],大溪薄山转[11],岩壑深窈[12],有曰"仙人岩",巨石临水,若坐垂踵者[13];有曰"金鸡洞",相传凿石破山,有金鸡鸣飞去,不知何年也。

水益涩[14],曳舟不得进[15],陆行六七里,止药师寺。寺负紫芝山[16],僧多读书,不类城府[17]。

越信宿[18],遂缘小溪[19],益出山左[20],涉溪水,四山回环,遥望白蛇蜿蜒下赴大壑,盖涧水尔[21]。桑畦麦陇,高下联络,田家隐翳竹树[22],樵童牧竖相征逐[23],真行画图中!欲问地所历名,则舆夫朴野[24],不深解吴语[25],或强然诺[26],或不应所问[27],率十问仅得二三[28]。次度大溪[29],架木为梁,首尾相啮[30],广三尺余,修且二百跬[31],独野人往返捷甚[32]。次溪口市,凡大宅多废者,间有诵声出廊庑[33],久听不知何书,殆所谓《兔园册》耶[34]?

渐上,陟林麓[35],路益峻,则睨松林在足下[36]。花粉逆风起为黄尘,留衣襟不去,他香无是清也[37]。

越二岭,首有亭当道,髹书“雪窦山”字[38]。山势奥处[39],仰见天宇[40],其狭若在陷井;忽出林际,则廓然开朗,一瞬百里[41]。次亭曰隐秀,翳万杉间,溪声绕亭址出山去。次亭曰寒华,多留题,不暇读;相对数步为漱玉亭,复泉,窦虽小[42],可汲,饮之甘。次大亭,值路所入[43],路析为两[44]。先朝御书“应梦名山”其上[45],刻石其下,盖昭陵梦游绝境[46],诏图天下名山以进,兹山是也[47]。左折松径,径达雪窦。自右折入,中道因桥为亭,曰锦镜。亭之下为圆池,径余十丈[48],植海棠环之,花时影注水涘[49],烂然疑乎锦[50],故名。度亭支径亦达寺,而缭曲[51]。主僧少野,有诗声[52],具觞豆劳客[53],相与道钱塘故旧[54],止余宿[55];余度诘旦且雨[56],不果留。

出寺右偏登千丈岩,流瀑自锦镜出,泻落绝壁下潭中,深不可计;临崖端,引手援树下顾,率目眩心悸[57]。初若大练[58],触崖石,喷薄如急雪飞下[59],故其上为飞雪亭。憩亭上[60],时觉霑醉[61],清谈玄辩[62],触喉吻动欲发,无足与云者[63];坐念平生友,怅然久之。寺前秧田羡衍[64],山林所环,不异平地。然侧出见在下村落,相去已数百丈;仰见在上峰峦,高复称此[65]。

次妙高台,危石突岩畔[66],俯视山址环凑,不见来路[67]。周览诸山,或绀或苍[68],覆盂者[69],委弁者[70],蛟而跃,兽而踞者[71],不可殚状[72]。远者晴岚上浮[73],若处子光艳溢出眉宇[74],未必有意,自然动人。凡陵登[75],胜观花焉。

土人云,又有为小雪窦,为板锡寺,为四明洞天。余亦兴尽,不暇登陟矣[76]。

注释

① 雪窦(dòu):山名,今浙江省奉化市西。 ② 癸巳:指元世祖(忽必烈)至元三十年(1293)。春暮:晚春。 ③ 甬东:今浙江省舟山市定海区。 ④ 游胜最诸山:风景在众山之中是最好的。 ⑤ 北□堰:中缺一字。 ⑥ 栋宇:房屋。 ⑦ 舟楫(jí):指船只。楫,划船的工具。 ⑧ 视潮上下:顺着潮水的涨落。视,这里有利用的意思。 ⑨ 顷刻:一会儿。 ⑩ 初:起先。 ⑪ 薄(bó)山转:紧沿着山转。 ⑫ 壑(hè):山谷。深窈(yǎo):幽深。 ⑬ 若坐垂踵(zhǒng)者:好像坐着垂下脚的样子。踵,脚跟。 ⑭ 涩:不滑润,这里指潮落时水越来越

浅。 ⑮ 曳舟:撑船。 ⑯ 负:背靠着。 ⑰ 不类城府:不像城市(里的寺僧)。 ⑱ 越信宿:过了两夜。再宿叫信。 ⑲ 缘:沿。 ⑳ 益:更。 ㉑ 盖:原来是。尔:语气词,耳。 ㉒ 隐翳(yì):隐蔽。 ㉓ 牧竖:牧童。相征逐:互相招呼,互相追逐。 ㉔ 舆夫:轿夫。 ㉕ 吴语:江浙一带方言。(邓牧讲杭州话,与宁波话的语音有差别。) ㉖ 强然诺:勉强地答应。 ㉗ 应:符合。 ㉘ 率:大抵。㉙ 次:随又。 ㉚ 首尾相啮(niè):首尾相连。啮,咬。 ㉛ 修:长。跬(kuǐ):旧时以一举足为跬,两举足为步,故半步叫跬。 ㉜ 野人:当地土人。 ㉝ 间(jiàn):偶或。廊庑(wǔ):走廊、廊房。庑,旧式建筑中堂下周围的屋子。㉞ 殆(dài):大概。《兔园册》:即《兔园策》,原是唐朝虞世南编纂的集录古今史事的书,后在民间广泛流行,用为课本。原书已佚。这里作为乡间书塾教的通俗课本的代称。 ㉟ 陟林麓:越过树林。麓,生在山脚下的树林。 ㊱ 睨(nì):斜视。 ㊲ 他香无是清:别种香气没有这么清。 ㊳ 髹(xiū)书:用红漆漆字。㊴ 奥:幽深。 ㊵ 天宇:天空。 ㊶ 一瞬:一眨眼。 ㊷ 窦:洞穴。 ㊸ 值:正当。 ㊹ 析:分。 ㊺ 先朝:指宋朝。御书:指宋理宗赵昀亲笔写的字。㊻ 昭陵:指宋理宗。 ㊼ 兹山:这座山。 ㊽ 余十丈:十丈多。 ㊾ 花时:开花时节。水涘(sì):水边。 ㊿ 烂然疑乎锦:光彩灿烂的样子,像是锦帛一样。乎,语助词。锦,有彩色花纹的丝织品。 51 缭曲:曲折。 52 诗声:诗名。53 觞(shāng)豆:酒器和盛菜器。这里指酒和食物。 54 钱塘:指南宋国都临安(今浙江省杭州市)。 55 止:留。 56 度(duó):估计。诘旦:明晨。且雨:将要下雨。 57 目眩心悸:眼花心跳。 58 练:白帛。 59 喷薄:喷射。60 憩(qì):休息。 61 霑(zhān)醉:醉醺醺。 62 清谈玄辩:漫无边际地谈话,辩论玄妙的哲理。 63 "触喉"二句:有话在喉头,要想讲出来,但没有足以对谈的人。 64 美衍:广阔平坦。 65 称(chèn)此:和这相当(也有"数百丈")。66 突:突出在。 67 "俯视"二句:朝下看山脚,山路从四面八方聚拢在一起,辨认不出刚才来的那条山路。 68 绀(gàn):红黑色。苍:青色。 69 覆盂:覆盖着的盂。盂,圆口器皿,如水盂、钵盂。 70 委弁(biàn):遗弃的帽子。 71 踞(jù):蹲坐。 72 不可殚(dān)状:不能一一描述。殚,尽。 73 晴岚(lán):晴天山上的水蒸气。 74 处子:处女。眉宇:眉际。 75 凡陵登:凡是在此登山(观赏)。 76 登陟:登临。

品评

这是作者四十六岁时写的一篇游记,见于他亲自编定的诗文集《伯牙琴》。

文章从闻胜起笔，写至游毕兴尽，笔法轻松自然，前后浑然一体，文势也像山水一样曲折迂回。文中记叙游程，由江行到溪行，再到陆行，再到山行，笔笔紧扣而在山水之间。溪行则傍山转折，陆行又四周皆山，进山之后，视点又在水，写流泉飞瀑，写圆池深潭，处处表露出江南山水的鲜活灵秀之美。山行一段所记亭台多而不乱，有雪窦山亭、隐秀亭、寒华亭、漱玉亭、御书亭、锦镜亭、飞雪亭、妙高台，它们错落有致，各占其胜。文中偶尔点缀一些人事，如轿夫的答话、野僧的留客，也烘托出一种淳朴深厚的气氛，和整篇游记的基调是一致的。

谢 翱

谢翱(1249—1296),字皋羽,晚号晞发子,福州长溪(今福建霞浦)人。宋末著名的爱国志士。元军南下,文天祥起兵,他散家财募集乡兵,投入文天祥部下,任咨议参军。宋亡后,他坚不仕元,与一批遗民诗人组成具有浓厚政治色彩的诗社,互相唱和,抒发亡国之痛。后漫游两浙,病死于杭州。他是宋末代表作家。其诗沉郁悲愤,散文则效法柳宗元,风格峭劲。有《晞发集》。

登西台恸哭记①

始,故人唐宰相鲁公开府南服②,余以布衣从戎③。明年,别公漳水湄④。后明年,公以事过张睢阳庙及颜杲卿所尝往来处⑤,悲歌慷慨⑥,卒不负其言而从之游⑦。今其诗具在,可考也。

余恨死无以藉手见公⑧,而独记别时语,每一动念,即于梦中寻之。或山水池榭⑨,云岚草木⑩,与所别之处及其时,适相类⑪,则徘徊顾盼,悲不敢泣。又后三年⑫,过姑苏⑬。姑苏,公初开府旧治也⑭,望夫差之台而始哭公焉⑮。又后四年⑯,而哭之于越台⑰。又后五年及今⑱,而哭之于子陵之台。

先是一日,与友人甲、乙若丙约⑲,越宿而集⑳。午雨未止,买榜江涘㉑。登岸,谒子陵祠;憩祠旁僧舍,毁垣枯甃㉒,如入墟墓㉓。还,与榜人治祭具㉔。须臾雨止,登西台,设主于荒亭隅㉕;再拜,跪伏;祝毕㉖,号而恸哭者三㉗,复再拜,起。又念余弱冠时㉘,往来必谒拜祠下。其始至也,侍先君焉㉙。今余且老,江山人物,眷焉若失㉚。复东望,泣拜不已。有云从西南来,渰浥浡郁㉛,气薄林木㉜,若相助以悲者。乃以竹如意击石㉝,作楚歌招之曰㉞:“魂朝往兮何极[35]？暮归来兮关塞黑[36]，化为朱鸟兮有咮焉食[37]？"歌阕[38]，竹石俱碎，于是相向感唶[39]。复登东台[40]，抚苍石，还憩于榜中。榜人始惊余哭，云："适有逻舟之过也[41]，盍移诸[42]？"遂移榜中流，举酒相属[43]，各为诗以寄所思。薄暮，雪作风凛，不可留，登岸宿乙家，夜复赋诗怀古。明日，益风雪[44]，别甲于江。予与丙独归。行三十里，又越宿乃至。其后，甲以书及别诗来，言："是日风帆怒驶[45]，逾久而后济[46]；既济，疑有神阴相以著兹游之伟[47]。"予曰："呜呼！阮步兵死[48]，空山无哭声且千年矣！若神之助，固不可知；然兹游亦良伟。其为文词，因以达意，亦诚可悲已。"予尝欲仿太史公，著《季汉月表》，如《秦楚之际》[49]。今人不有知予心，后之人必有知予者。于此宜得书[50]，故纪之，以附季汉事后。

时，先君登台后二十六年也。先君讳某[51]，字某。登台之岁在乙丑云[52]。

注释

① 西台：指东汉隐士严子陵的钓鱼台，即下文所称"子陵之台"，在今浙江桐庐。 ② 始：当初。唐宰相鲁公：本指唐朝宰相颜真卿，曾抗击安禄山叛乱，后被封为鲁郡公。这里借指宋朝宰相文天祥。开府南服：文天祥于景炎元年(1276)七月在南剑(今福建南平)建立府署，聘选僚属。南服：南方。 ③ 布衣：平民。 ④"别公"句：景炎二年(1277)，文天祥率部赴漳州(今属福建)作战，作者在漳江边与文天祥分别。湄：水滨。 ⑤"公以事"句：祥兴元年(1278)十二月，文天祥兵败被俘。次年，被押往大都，路过张巡庙和颜杲卿作战过的地方。以事：忌讳之辞，指文天祥被俘北行。张睢阳，指唐代名将张巡，曾在睢阳(今河南商丘)抗击安禄山，后城破被俘，慷慨殉难。后人在睢阳立庙纪念张巡等人。参见韩愈《张中丞传后叙》。颜杲卿，安禄山叛乱时，他任常山(今河北正定)太守，城陷被俘，痛骂不屈，被割去舌头。 ⑥ 悲歌慷慨：文天祥北上，曾有《睢阳》、《颜杲卿》等诗，吊唁张、颜，并表示殉国决心。 ⑦ 卒：终于。从之游：指文天祥追随张巡、颜杲卿殉国而死。 ⑧"余恨"句：谓文天祥死时我恨找不到机会见他。藉：凭借。 ⑨ 榭：建筑在高台上的敞屋。 ⑩ 云岚：云气。 ⑪ 适相类：恰好相似。 ⑫ 又后三年：即元世祖至元十九年十二月(1282年1月)，文天祥于是年就义。 ⑬ 姑苏：今江苏苏州。 ⑭"姑苏"二句：德祐元年(1275)，文天祥被任命浙西江东制置使兼江西安抚大使知平江府事，驻守吴县(今江苏苏

州）。 ⑮ 夫差之台：即姑苏台，在苏州姑苏山上。夫差：春秋时吴国国王。 ⑯ 又后四年：即元世祖至元二十三年(1286)。 ⑰ 越台：越王台，在今浙江绍兴稷山，为春秋战国时越王勾践所建。 ⑱ 又后五年：即元世祖至元二十七年冬(1291年初)。 ⑲ 友人甲、乙若丙：谢翱朋友吴思齐、严侣和冯桂芳。谢翱为避免元朝统治者的迫害，不敢直书姓名，故用代称。若，和。 ⑳ 越宿：过了一夜。 ㉑ 买榜：雇船。江涘(sì)：江边。 ㉒ 毁垣枯甃(zhòu)：谓倒毁的墙、干枯的井。甃，井里用砖砌的墙，代指井。 ㉓ 墟墓：废墓。 ㉔ 榜人：船夫。 ㉕ 主：牌位。 ㉖ 祝：祷告。 ㉗ 恸哭者三：多次悲声痛哭。 ㉘ 弱冠：二十岁左右。古代男子年满二十举行冠礼，以示成年。 ㉙ 先君：指作者亡父谢钥。 ㉚ 眷焉若失：悲痛宋朝江山人物的沦亡。眷，反顾，依恋。 ㉛ 渰浥浡(yǎn yì bó)郁：形容云气的润湿和蕴积。 ㉜ 薄：逼近。 ㉝ 如意：原为搔痒用器，后演变为玩赏之物，用竹、玉、骨等制成，头部制成灵芝或云叶形状，柄稍弯曲。此处作为唱歌时打节拍的工具。 ㉞ 作楚歌：指模仿《楚辞》的声调和形式。招：招魂。 ㉟ 何极：到哪里为止。 ㊱ 关塞：关口。 ㊲ “化为朱鸟”句：谓文天祥的灵魂化为南方的鸟形星宿，虽有嘴但能吃什么？言外之意，宋朝已沦亡，不能为文天祥立庙祭祀。朱鸟：南方七个星宿之总称。咮(zhòu)：鸟嘴。 ㊳ 歌阕：歌毕。 ㊴ 感喟(jiè)：叹惜。 ㊵ 东台：与西台相对。 ㊶ 逻舟：指元朝巡逻船。 ㊷ 盍：何不。 ㊸ 相属：互相敬酒。 ㊹ 益：更加。 ㊺ 怒驶：急驶。 ㊻ “逾久”句：谓过了很长时间，才渡过了河。 ㊼ “疑有”句：谓怀疑暗里相助来表彰我们此游的壮伟。 ㊽ 阮步兵：阮籍，魏晋名士，任步兵校尉。在魏晋易代之际，曾驾车外出，随意奔驰，到无路可走时，便恸哭而返。 ㊾ “予尝”三句：指司马迁在《史记》中作《秦楚之际月表》，因世事纷纭，瞬息万变，所以按月纪事。宋亡之际，各地抗元斗争风起云涌；谢翱又不愿用元朝“正朔”来纪年，所以想仿效司马迁作《月表》。季汉：汉末，这里假托前朝，实指季宋（宋末）。 ㊿ 宜得书：应该记录下来。 (51) 讳某：即名某。古时父名要避讳。 (52) “登台”句：乙丑指宋度宗咸淳元年(1265)，这是谢翱随父初登西台的时间，距此次登台(1291)已有26年。

品评

作者曾是文天祥的部下，对他的人格和气节深为景仰。在这篇登台哭祭的文章中，作者抒发了追悼文天祥的悲痛欲绝之情，也融注着对故宋的坚贞和忠诚。

本文写于至元二十七年冬，离文天祥就义已整整有八年了。《礼记·檀弓上》有语："朋友之墓有宿草而不哭焉。"然而作者于至元十九年(1282)始哭于姑苏，至元二十三年再哭于越台，至今三哭于钓台(即西台)。"哭"，正是本文的主旨所在，也是贯穿全文的"文眼"。在文中，作者对"哭"的时间、地点、情景、场面和心理活动，一一作了细致真实的描绘。这里，有哭拜仪式的详细记述："再拜，跪伏；祝毕，号而恸哭者三，复再拜，起。"这种"琐笔"并不令人觉得繁细可厌，反而显得庄严肃穆以及感情的凝重真挚。又有自然景象的烘托：一则说，"有云从西南来，渰浥浡郁，气薄林木，若相助以悲者"；二则说，"是日风帆怒驶，逾久而后济；既济，疑有神阴相以著兹游之伟"。这种写云写风的"染笔"，迷离仿佛，却渲染出人神共悲、普天同悼的悲剧气氛。尤其是用竹如意击石，作楚歌一段，"歌阕，竹石俱碎"，达到了感情的高潮。这是"特笔"，内心的不平用不平常的方式来发泄，有力地体现了他对文天祥哀悼痛惜之情，不仅没有随时间的推移而减弱、淡薄，而是愈加深厚和强烈了。

作者在写作本文时，元朝统治已经逐渐趋于稳定，所以本文在不少地方不免隐约其辞。比如以唐宰相颜真卿借指文天祥，以季汉借指宋末，均托言前朝；用甲乙丙代称朋友，隐蔽了同祭者。这种写法在理解上固然增加一些困难，然而在文情上反而平添一种深沉压抑的气氛，跟当时的祭奠之情复又谐和。另外全文不称元朝年号，唯书甲子，这自然表明作者与元朝不共戴天的民族立场，是别有深意的。